# 编 委 会

**主　编**

刘　倩　周子渝　陈　矿

**编委会成员** （排名不分先后）

姚芊如　童馨巧　段少锦　姜凤翯　孔令钰　冯　磊

杨婷婷　张了凡　王　丽　文仕莲　吴帅均　陈荣勇

宋来欣　陈　语　陈　翾　周　鑫　侯香洁

*Film Screenwriter*

成都大学中国－东盟艺术学院学科科研重大成果资助项目

# 电影编剧

## 方法与实例

刘 倩 周子渝 陈 矿◎主编

四川大学出版社

SICHUAN UNIVERSITY PRESS

图书在版编目（CIP）数据

电影编剧方法与实例 / 刘倩，周子渝，陈矿主编.
成都：四川大学出版社，2025.7. —— ISBN 978-7-5690-
7513-7

Ⅰ．I053.5

中国国家版本馆 CIP 数据核字第 2025C4P244 号

书　　名：电影编剧方法与实例
　　　　　Dianying Bianju Fangfa Yu Shili
主　　编：刘　倩　周子渝　陈　矿
----------------------------------------------------------------
选题策划：张建全　唐　飞
责任编辑：卢丽洋
责任校对：庞　韬
装帧设计：墨创文化
责任印制：李金兰
----------------------------------------------------------------
出版发行：四川大学出版社有限责任公司
　　　　　地址：成都市一环路南一段 24 号（610065）
　　　　　电话：（028）85408311（发行部）、85400276（总编室）
　　　　　电子邮箱：scupress@vip.163.com
　　　　　网址：https://press.scu.edu.cn
印前制作：四川胜翔数码印务设计有限公司
印刷装订：四川煤田地质制图印务有限责任公司
----------------------------------------------------------------
成品尺寸：185 mm×260 mm
印　　张：14.5
字　　数：351 千字
----------------------------------------------------------------
版　　次：2025 年 7 月 第 1 版
印　　次：2025 年 7 月 第 1 次印刷
定　　价：56.00 元
----------------------------------------------------------------

扫码获取数字资源

四川大学出版社
微信公众号

# 前言

在浩瀚的文化星空中，电影如同璀璨的星辰，照亮了人们的精神世界，它们跨越国界，讲述故事，传播文明，将不同文化的魅力展现得淋漓尽致。编剧作为电影创作的重要参与者，通过精心构思和创作，将抽象的观念转化为具体的情节和人物，赋予电影生动的灵魂和深刻的内涵。

自公元前478年，古希腊作家埃斯库罗斯写下第一部命运悲剧《被缚的普罗米修斯》时起，戏剧的种子便悄然生根发芽。文艺复兴的巨响如甘霖雨露，为戏剧的创作带来了和煦春风。从轰动世界的文学巨作《哈姆雷特》，到荒诞派剧作《等待戈多》，再到描绘平凡生活的《茶馆》，这些跨越时代与文化的经典著作至今仍不断被演绎、传播和研究。艺术作品往往具有极强的"表达欲"。在观看的过程中，观众与作品进行着某种交流，理解并接受作者的创作意图。戏剧用表演的方式呈现故事，借演员的肢体表达情感，故事源于生活，戏剧自然也源于生活。

戏剧与电影密不可分。可以说，电影是戏剧的变体，是最接近戏剧的艺术形式，也是戏剧最直观的处理表达。1902年，乔治·梅里埃根据法国作家儒勒·凡尔纳的科幻小说创作电影《月球旅行记》并搬上银幕，为观众呈现出了一个前所未有的科幻世界。从此，文本有了从静到动的转化，影视艺术在时代的浪潮中不断发展，绽放出美妙多彩的生命之花。

电影仅诞生百余年，却如同一部波澜壮阔的史诗，超越了时空的界限，持续激发着人们的情感与想象。自1895年法国咖啡厅午后的历史性放映以来，电影就以其独特的魅力，将观众带入了一个个奇幻而又真实的世界。电影，作为戏剧艺术的继承者和发扬者，在戏剧的母体中汲取营养，不断成长蜕变，展现着人类情感与想象的无尽可能。

随着电影艺术的发展，行业内涌现出大量的优秀编剧，他们用才华横溢的笔触，将人性光辉与社会现实巧妙地融合在一起，编织出跌宕起伏、感人至深的电影故事。在纷繁复杂的世界中，编剧好似一盏明灯，用故事点亮人们前行的道路，为观众带来无尽的慰藉与感动。

优秀的电影作品，是人类情感的阶梯和文化的桥梁。2014年，习近平总书记在文艺工作座谈会上指出，"文艺工作者应该牢记，创作是自己的中心任务，作品是自己的立身之本，要静下心来、精益求精搞创作，把最好的精神食粮奉献给人民"。这一方面为文艺工作者指明了方向，另一方面也对我国的文艺创作提出了更高的要求。经济快速发展催生出多元的电影题材，呈现出百花齐放的盛况。编剧作为美好时代的记录者、和谐社会的观察者、幸福生活的描绘者以及优秀文化的传承者，承担着讲述时代故事、反映社会现实、传播正能量的重要责任，更应当坚定文化自信，讲好中国故事，担当起传承中华文明、弘扬中华文化的重要使命。

目前，我国的影视编剧类图书大致分为西方经典编剧著作和中国影视编剧教材两类。西方经典编剧著作以全球编剧大师为核心，通过专著、访谈等形式融合经典理论与实践经验，形成了系统化的理论体系，深刻影响着全球学院派编剧的创作思路。此类著作虽然具有一定的理论高度，但其内容不仅需要翻译转换，还会因译者的差异化表达进一步加大阅读难度，使其在我国的传播范围受限。中国影视编剧教材多将西方理论与中国实际结合，部分书籍已获良好反响，但仍存在一定的局限：一是囿于单一风格流派，难以覆盖多元学习需求；二是偏重实用技巧与速成模式，弱化了体系构建与理论深度。

《新时代公民道德建设实施纲要》提出："加强思想品德教育，遵循不同年龄阶段的道德认知规律，结合基础教育、职业教育、高等教育的不同特点，把社会主义核心价值观和道德规范有效传授给学生。"《电影编剧方法与实例》将课程思政融入到编剧的方法教学中，搭建起加强社会主义核心价值观教育的"长链条"，力求在教材中呈现出深厚的文化底蕴和时代精神。

首先，本书编纂团队结合《编剧理论与实践》《编剧基础》《编剧与叙事研究》等课程十余载的教学实践经验，针对中国文艺工作者未来的创作方向，将编剧技巧与创作实践紧密结合，帮助新手编剧在探索故事海洋的同时获得有效的编剧理论指导。其次，本书秉承着成都大学"校城融合、开放协同、区域应用"的人才培养理念，在理论教学中融入了实践经验，介绍了项目式学习方法，以达到提升学生实操能力的目的。最后，本书在时效性与创新性方面表现突出：一是精选前沿影视案例进行评析，帮助学生掌握最新市场动态与创作趋势，案例覆盖爱国主义、励志成长等多个领域，为学生提供多元化的创作参照；二是突破传统理论教材框架，构建案例分析、课堂讨论、实践作业三维教学体系，提升本书实用价值。总的来说，本书系统整合了理论与实践资源，支持分组创作、混合式教学等多元教学模式，能够助力教师在多媒介环境下展开教学活动。

本书框架遵循科学思维逻辑，建议结合书中前沿案例与配套思维导图开展编剧训练与知识体系构建。第一章系统解析故事话语与剧本创作基础；第二章聚焦故事素材开发，指导初学者挖掘生活素材并确定适配的故事类型；第三章、第四章详解叙事视点与结构设计，重点拆解三幕式结构的搭建逻辑；第五章至第七章分述情节设计、人物塑造与悬念设置的核心技法；第八章系统阐释了编剧艺术思维与风格化创作路径。

编剧教学不仅是技法训练，更是价值引领与思想启迪。本书致力于提升学生的专业创新能力，引导其构建正向的价值体系，为讲好中国故事、繁荣社会主义文化储备创作力量。愿此书成为创作者成长路上的基石，以文字承载时代温度，用叙事传递精神力量，共同见证中国影视创作的高质量发展。

编 者

2025 年 6 月

目录

# 序　章

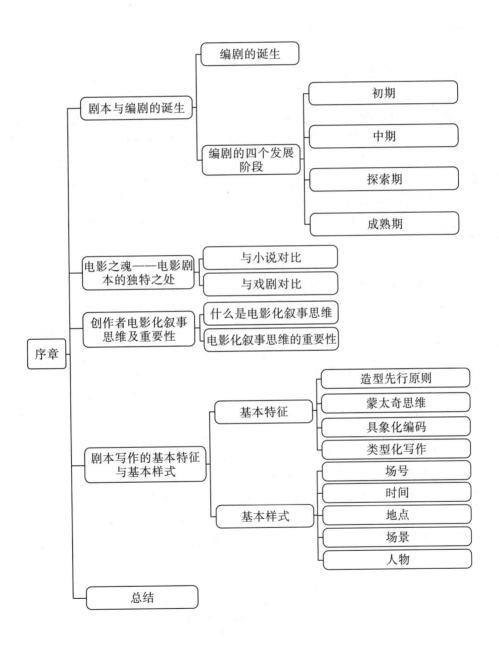

1895 年 12 月，卢米埃尔兄弟在巴黎放映了世界上的首部电影，该影片以"火车进站""水浇园丁"等纪实场景为核心，摒弃人工布景，专注现实记录。同期，导演开始尝试拍摄经过编排的新闻片，其简单的叙事设计为后人在编剧领域内的探索奠定了基础。1897 年，乔治·梅里爱基于卢米埃尔的发明开创了特效电影，推动电影从影像纪实转向艺术创作。其代表作《月球旅行记》（1902）融合了儒勒·凡尔纳《从地球到月球》与 H·G·威尔斯《第一个到达月球上的人》两部小说，形成了一段 14 分钟的完整叙事影片。通过改编与情节设计，乔治·梅里爱完成对编剧领域的首次探索，并由此奠定了编剧在艺术创作中的重要地位。

## 一、剧本与编剧的诞生

"编剧"这一概念源自戏剧。公元 2000 年前，古埃及的《玛拉尼》和古希腊的《伊底帕斯王》[1] 等早期戏剧虽未形成现代的编剧概念，但已通过神话传说与宗教仪式构建出了叙事雏形。古希腊时期的戏剧与宗教神话密不可分，人们建造神坛，扮演酒神的模样吟唱酒神颂歌，迈向了古希腊戏剧转化的第一步。[2] 同古老的东方文明一样，古希腊酒神祭典的宗教仪轨也遵循着"神话→宗教祭祀→戏剧"[3] 的演化路径。

若将编剧的发展历程视为整体，可将其分为四个阶段，分别是初期、中期、探索期与成熟期。

初期（1895—1930 年）：早期影视行业普遍轻视编剧职能，在梅里爱开创的改编传统下，多数电影直接移植文学/戏剧文本，编剧沦为边缘角色。美国的电影行业尤为典型，著名戏剧制作人麦克·塞纳特仅允许编剧用潦草的笔记向导演口述情节。[4] 同期中国，郑正秋的《难夫难妻》与黎民伟的《庄子试妻》相继问世，标志着本土编剧职业化的第一步。[5]

中期（1930—1950 年）：在此阶段，影视行业逐步确立了编剧的专业职能，电影的工业化进程也推动编剧发展成了独立领域。编剧开始系统学习剧本结构、情节设计及角色塑造等专业技巧。与此同时，美国好莱坞进入黄金时代，1939 年西德尼·霍华德改编自小说《飘》的《乱世佳人》，凭借宏大叙事与深刻人物塑造成为经典范本。而我国的电影行业也同步迎来了重要突破：1921 年问世的《阎瑞生》《海誓》《红粉骷髅》三部作品，在剧本篇幅上已与国外作品持平。此后，长故事片迅速崛起，开启了中国电影剧作的黄金时代。1933 年，明星公司编剧委员会成立后，新一代编剧在吸收好莱坞创作经验的同时，转向五四新文艺与左翼文艺的美学追求，夏衍创作的《狂流》可被视为左翼电影的奠基之作。1949 至 1965 年，中国电影编剧创作全面转向社会主义、现实主义方向。[6]

① 牛耕云.《tsou·伊底帕斯》演出的多种意义 [J]. 文艺研究，1998（01）：156—158.
② 叶梦. 浅析古希腊戏剧诞生的因素 [J]. 鄂州大学报，2018，25（06）：50—51+56.
③ 王嘉馨. 巴伯《漫游集》中当代音乐元素的运用及演奏分析 [J]. 黄河之声，2016（22）：6—8.
④ 无机客. 美国编剧史 [J]. 书城，2008（04）：110—111.
⑤ 燕俊，张巍. 百年中国电影编剧简史 [J]. 电影艺术，2005（06）：17—26.
⑥ 燕俊，张巍. 百年中国电影编剧简史 [J]. 电影艺术，2005（06）：17—26.

探索期（1960—1980 年）：此阶段电影编剧在创作手法与题材选择上展开突破性尝试。电影行业的多元化与国际化趋势推动编剧拓宽创作视野，聚焦社会议题、人性剖析及实验性风格探索。例如，1976 年保罗·施拉德编剧的《出租车司机》，就是借越战退伍士兵的精神困境来剖视社会阴暗面。而同期中国电影界经历了两次革新浪潮：七十至八十年代，编剧着力探索类型片创作，通过历史反思重构具有大众启蒙意义的叙事框架；进入八十年代后，在国家资金支持下，主旋律创作方向逐渐明晰。

成熟期（1990 年至今）：此阶段编剧确立为电影创作的核心力量，其创作成果获得行业重视与广泛认可。编剧从故事架构者升格为电影创作的核心灵魂，通过对情节铺陈、角色塑造与台词设计的精密打磨，赋予作品深厚的艺术价值与社会洞察。2017 年，马丁·麦克唐纳创作的《三块广告牌》正是以母亲追寻正义的叙事为切口，来犀利剖解社会的不公与人性的困境。同期，中国电影进入创作繁荣期，王朔、芦苇等金牌编剧成为主要的推动力量。芦苇在《狼图腾》（2015）中延续其标志性的历史观照与史诗格局，作品始终聚焦人文精神与个体命运的交织，形成了独特的创作辨识度。

## 二、电影之魂——电影剧本的独特之处

编剧艺术虽植根于戏剧传统，但其创作逻辑与文学、戏剧存在显著分野。剧本创作流程更为复杂，且需遵循严格的格式规范。相较于文学小说，二者的差异首先体现在语言表达层面，小说以文字为媒介，通过阅读触发想象，其描述天然带有模糊抽象的特质，具备高度灵活的发挥空间。相较之下，剧本语言需转化为视听符号，其叙事的自由度也会因此受限。其次在选材维度上，小说可自由截取任意时空片段[①]，其表达具有多维性——能在同一文本中融合多重感官体验、时空转换及内外视角的交织，形成复合的叙事层次。这种创作特性使小说在题材选择与叙事手法上呈现出更强的包容性。

相较而言，电影艺术如同"戴着镣铐起舞"，其叙事多依托客观视角构建，对隐秘、抽象信息的表达需通过具象化转译实现。电影更依赖视听符号系统，虽在时空转换上较戏剧灵活，但仍受限于影像叙事的物理逻辑。戏剧则在时空维度上受制最深，其本质是演员与观众共享时空的现场事件。舞台空间的局限性使戏剧叙事高度依赖表演张力与台词功底，任何时空转换都须通过舞台调度与观众想象共同完成。这种媒介特性造就了戏剧独特的创作法则与审美价值。

剧本之于电影的核心地位不言而喻。以奉俊昊《寄生虫》（2019）为例，其突破传统三幕结构的叙事设计，通过精准的双层故事嵌套实现情节共振，正是作品斩获国际声誉的关键所在。[②] 黑泽明曾断言："剧本的优劣直接决定影片的生死，电影的命运早在文字阶段就已注定。"这些创作实践与行业箴言共同印证：剧本不仅是电影诞生的基石，更是框定作品艺术高度的初始基因，在创作链条中占据决定性位置。[③]

---

① 崔剑剑. 谈影视文学视觉性和造型性的文字写作 [J]. 传奇. 传记文学选刊（理论研究），2012（02）：17—18.

② 高璐. 剧本对于影片的重要性研究——以韩国影片《寄生虫》为例 [J]. 传媒论坛，2020，3（12）：144.

③ 张洪彬. 电影剧本创作：讲好中国故事 [J]. 新世纪剧坛，2018（05）：23—27.

## 三、创作者电影化叙事思维及重要性

基于上述对比可归纳电影叙事的三大特质：声画交融的复合表达、时空重构的叙事语法、造型与叙事的有机互动。这决定了剧本创作需遵循电影媒介的基本规律。当代电影理论将影像叙事材料系统划分为五类核心要素——画面、音响、对话、文字及音乐，这些元素共同建构起具象化的"影像叙述体"，在剧本阶段即需进行精密编排。以下以《调音师》（2018）剧本开篇为例进行解析。

> 序
> 字幕（文字）：什么是生命，这取决于肝脏。
> 画外音（话语）：说来话长，咖啡。
> 淡入（画面）
> 炎日，一个男人手拿猎枪行走在卷心菜地中。一只兔子边吃菜边观望，男人看到兔子，提着猎枪，朝着兔子走去，脚踩在一个个塑料瓶上，惊动了兔子，兔子只有一只眼睛是健全的，跳跃间撞上了一个稻草人，男人在后面追逐，抬起了猎枪瞄准，兔子瞬间飞跃起来，男人赶忙追去，不慎摔倒，爬起身来继续追逐，随即站定，瞄准向前奔跑的兔子，兔子跳到路边的里程碑旁，男人扣下了手里的扳机，画面黑，随即传来汽车打滑声（音响），接着碰撞声（音响）。

剧本中的文字描述、对话与场景指示共同印证：从摄影构图到造型设计均需根植于编剧预设的影像基因。将抽象文本转化为银幕具象，要求编剧必须具备电影化叙事思维——即运用视听媒介特性构建故事的创作意识。

理解这一思维需溯源至电影本体特性。阿尔弗雷德·希区柯克曾强调："电影的本质规律在于：若所有信息仅靠讲述而非具象呈现，观众必将陷入困惑。"[①] 在电影诞生初期，默片时代的《火车大劫案》（1903）、《战舰波将金号》（1925）等经典已印证：摄影机运动、光影造型、蒙太奇组接等纯视觉手段，足以完成复杂叙事。[②] 这种通过视听元素推进情节发展的叙事机制，即为电影化叙事的核心。

电影化叙事思维要求编剧将影像语法内化为创作本能：构思滴滴答答的时钟如何暗示时间压迫感，考虑车窗开启幅度怎样传递人物心理状态，设计汽车转弯轨迹以强化戏剧张力。每个文字符号都应暗含转化为声画组合的可能性，在戏剧结构框架内建构起立体的"影像叙事场域"。[③] 这种思维模式使得剧本既是文学文本，更是未来电影成品的基因图谱。

影视编剧需建立精准的影像思维体系，其创作须遵循"银幕可见性"原则。剧本写

① ［法］弗朗索瓦·特吕弗. 希区柯克论电影［M］. 严敏，译. 上海：上海文艺出版社，1988.
② ［美］詹妮弗·范茜秋. 电影化叙事：电影人必须了解的100个最有力的电影手法［M］. 王旭锋，译. 桂林：广西师范大学出版社，2015.
③ ［美］悉德·菲尔德. 电影剧本写作基础［M］. 钟大丰，鲍玉珩，译. 北京：世界图书出版公司，2012.

作本质上是对高度具象化的视听符号系统的编码：人物塑造依赖外貌特征、动作细节及场景交互的直接呈现，避免心理阐释与抒情性语言；环境描写需转化为可拍摄的物理空间特征[①]，如《黄土地》（1984）剧本中，以绵延黄土地占据全画幅的构图将人物挤压至视觉边缘，通过造型语言直接传递环境压迫感与生命渺茫的哲学命题。

通过以上的案例，我们可以直观地感受到电影化叙事思维之于剧本撰写的重要性——文本能否将无限的遐想转化为具象的影像，都要看编剧的能力。

## 四、剧本写作的基本特征与基本样式

"展示而非讲述"的编剧铁律要求剧本构建以视觉优先为原则，通过动作与环境推进叙事。其核心创作准则可提炼为：

（1）造型先行原则——确立视觉母题统领全片美学体系。

（2）蒙太奇思维——将分镜意识融入文本架构。

（3）具象化编码——规避抽象表述，确保文字可转译为视听符号。

（4）类型化写作——遵循不同题材的叙事范式与节奏图谱。

剧本格式作为工业化生产的基础规范，需遵循严格的行业标准：除特定字体、行距等技术参数外，场次划分须明确标注场号、时间（昼夜）、空间属性、场景性质及在场人物。尽管不同文化语境存在细微差异，这五大要素始终构成剧本写作的基础框架。标准格式范例如下。

> 场号：第×场
>
> 1、地点：××，时间：××，室内/室外
>
> 人物：×××……
>
> 场景：×××……

剧本作为影视工业的"技术蓝本"，其核心功能是为创作团队提供可执行的叙事框架与美学坐标。创作流程需系统整合艺术思维与技术参数，通常遵循五大关键阶段：确立创作动机、精准筛选母题、建构人物图谱、设计叙事骨架、细化文本内容。其中人物塑造与结构设计构成剧作双核——前者需通过行为细节与空间交互揭示角色深层心理，后者则作为叙事脉络支撑主题表达[②]。

本书将从剧本开端的叙事设计、发展段落的冲突升级到结局的叙事闭环，系统地解析创作方法，结合《肖申克的救赎》《活着》等中外经典案例，呈现人物弧光构建、多线叙事设置及视点转换技巧。编剧创作是持续突破媒介边界的精神远征，唯有深入理解影像语法与人性洞察的辩证关系，才能在文本阶段为电影注入永恒的艺术生命力。

①　汪少明，余浩. 影视编剧的核心素养剖析［J］. 电影文学，2018（21）：13—18.

②　刘钰. 电影剧本创作要点分析［J］. 新闻研究导刊，2017，8（04）：149—167.

# 第一章　剧作入门：话语、故事与剧本

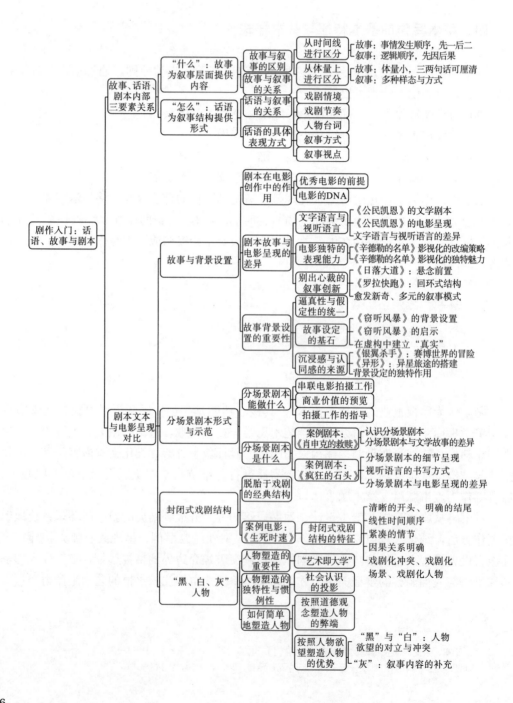

如何创作出优秀的剧本？

初入门的同学会回答道：将人物置于故事时空的恰当位置，通过矛盾的推进与化解串联情节，最终揭示故事真相或伟大时刻。但繁荣文艺创作的关键在于精品创作。讲好中国故事正与编剧初心相契合——精品应当具备思想深度、题材广度及时间穿透力。那些根基虚浮的剧本、失真的人物轨迹、脱离现实的臆造，纵使套用视觉奇观加以包装，终究难以摆脱庸俗化表达的窠臼。

讲好中国故事需要扎根中国叙事体系，深刻把握我们党提升文化软实力、构建国际话语权的战略布局。通过展现不同文明对真善美的共同追求，让"中国的故事"升华为"世界的故事"，使"我们的故事"成为展现全人类共同情感、共同价值、共同认知的"大家的故事"。

## 第一节　故事、话语、剧本内部三要素关系

电影剧本创作并非只是呈现三两人物在设定的时间、地点内发生的某些事件。从狭义的角度看，剧本是故事的视觉化呈现；但从广义的角度看，剧本的创作跨越了文学、艺术学等多个学科。由于电影是一门利用空间来表现时间的特种艺术，在实际创作过程中编剧需考虑的元素相当多元与复杂，这也指向了剧本是否能打动观众的核心。简单概括三者之间的关系：剧本是依据故事发生的时间，将人物安置于不同的场次之中，将故事中的描绘转换为可供银幕呈现的话语表达，通过情节的推进强化主题，深化叙事效果，从而与观众达到深层次的情感沟通与链接。

在西方叙事学框架中，叙事学探讨叙事文本内在构成及各部分间的关系，其研究方法有二分法与三分法。将叙事分为故事与话语两个层面是早期叙事研究较为普遍的观点，法国文学理论家托多洛夫首先提出用"故事"和"话语"来区分作品的素材与表达方式。法国叙事理论家布雷蒙也将叙事作品的符号学分析分为两个层面，一个是叙事技巧的分析（话语），另一个是对所叙故事支配作用规律的研究（故事）。荷兰叙述学作家米克·巴尔虽将叙事作品分为素材（fabula）、故事（story）和本文（text）三个层面，但使用的仍是二分法。法国文学评论家查特曼则明确指出"叙事"包括故事与话语两个必要因素。[①]

相较于二分法，法国文学评论家热奈特认为"叙事"包含对话语、故事和叙述行为的区分。为避免语言上的含混和麻烦，热奈特建议用"故事"一词代表叙述所指或内容（哪怕这个内容具有很弱的戏剧性或很少的情节）；把能指陈述语句、叙述话语或原文称为叙事文；用叙述行为代表产生叙述行为的动态过程以及叙述行为所处的真实或虚构的情境。[②] 热奈特将叙述行为从二分法的"话语"中独立出来，强调其在叙事研究中的重

① 谢龙新. 经典"叙事"概念：外延、内涵及其超越 [J]. 湖北师范学院学报（哲学社会科学版），2010，30（5）：24—29.

② 张寅德. 叙述学研究 [M]. 北京：中国社会科学出版社，1989.

要性。作为"叙述"的延伸，叙事虽然也在讲述事件的发生，但"谁"在讲述"什么事"这个行为借鉴了格雷马斯、托多洛夫等人的研究成果。法国文学评论家罗兰·巴尔特把叙事作品分为三个描述层：功能层、行动层、叙事层，并强调这三个层次是按逐步归并的方式联系起来并共同运作的。他认为，功能层应该是一种问题指向，研究的是叙事内容之下的意义层次，并把对"功能"的分析建立在这样一种观念之上，即艺术品里的所有因素都能发挥某种作用。在实际的剧本创作中，人物的每一句台词设计、场景中任意出现的道具，都应有更深层的意义与指向，能具备一个及以上的"功能"。行动层指的是人物的戏剧动作。亚里士多德认为，可能有不存在"人物"的故事，却不可能有不存在故事的人物。因而，行动层所指的是人物的行为及戏剧动作。

　　行动层虽有意义，但只有将功能层与行动层结合起来才能将"叙事"进一步完善，这也印证了三个叙事层次的迭代作用。叙事层是剧本的核心，无叙事不剧本，任何电影剧本都是在叙事层上展开的。除了叙述故事以外，叙事层还兼顾着叙事者与叙事接收者双方的交流与沟通，并非单向的叙事结构。在"国王死了，不久之后王后也死了"的经典故事中，叙事接收者在接收过程中，根据自己的阅历与经验，理解、补充并完善了整个故事，参与了叙事本身，也赋予了叙事新的意义与走向。罗兰·巴尔特强调叙事接收者在叙事过程中的重要性，这也是使叙事研究走出封闭文本研究的关键所在。

　　在以往的研究中，故事、话语、叙事三者密不可分，关系错综复杂，难以用语言简单地概括，而这也正是剧本创作中人物、时间、行为等要素存在的原因。在剧作内部，各元素之间接纳并印证着彼此的存在，从而完成叙事的表达与主题的抒发，与叙事接收者达到深层的情感与思想共振。

## 一、"什么"：故事为叙事层面提供内容

　　远古人类生活在山洞里，熊熊燃烧的火焰、口耳相传的传说充溢着漫漫长夜。虽然是想象的画面，但据相关考古记载，古代圣人、巫师、政客及思想大家都善于讲故事，无论是篝火边的狐鸣"大楚兴，陈胜王"，是周幽王为博美人褒姒一笑而烽火戏诸侯，还是共工为与颛顼争帝怒触不周山，很大一部分神话、宗教、历史事件等都借助"故事"这一形式传世，只不过在不同的时代它们有着不同的演绎方式，戏曲、文学乃至电影等都是不同的故事载体。

　　"叙事"应时、应势而出。在剧本的创作过程中，我们应当厘清故事与叙事的区别。故事是时间的排列组合，故事的叙事结构一般存在一些硬性要求。亚里士多德认为，戏剧作品是一个"整体"，包含"开局、过程和结局"，并将任何叙事都分为三个阶段。好莱坞剧作采用了这一理论，通常将一部剧分为第一幕、第二幕和第三幕。三幕之间相互关联，但不可相互替代，因为每一幕都有自己的特点。[①] 因此，叙事并非一定要按照线性的时间顺序来开展，为增添戏剧张力，甚至可将结局前置。

　　通常来说，在与旁人讲述故事时，不会先告知结果，而是按时间脉络一一罗列，最

---

　　① ［法］皮埃尔·让. 剧作技巧［M］. 高虹，译. 北京：中国电影出版社，2005.

后延伸至结果；而在电影叙事中，结局前置或是先告知经过，并不会改变或破坏叙事效果，甚至会发展出多条时间线，让观众产生窥探心理，对人物前史及叙事后续感到好奇。

可以说，从叙事逻辑即可轻易分辨故事与叙事。故事按照事情发生的时间顺序，先一后二；叙事则以因果为主要顺序推进情节，先因后果。

故事的叙事方式与线性叙事高度一致，叙事节奏随主人公的一生或者为之努力的事业起承转合。这与中国古典文学的叙事方式相似，也更易被人接纳，观众在观影与解读上没有太大难度。例如，在陈凯歌导演的《霸王别姬》（1993）中，故事随着程蝶衣与师兄段小楼的成长缓缓展开，主人公的一生都在传统的线性叙事中波澜起伏。

但叙事的推进更侧重事情的因果、人物的关系等。例如，在李芳芳导演的电影《无问西东》（2018）中，影片采用四个不同时空的叙事线索，展示人物命运的交织。与娓娓道来的故事截然相反，影片的自然时间与叙事时间割裂，并行推进四条叙事线，在插叙、倒叙、顺叙等叙事手法的交替使用中，剥离、解构并重置了自然时间。四个故事中的人物却并不割裂，吴岭澜是沈光耀在西南联大求学期间的老师，陈鹏是沈光耀参军后空投食物救助的孤儿之一，李想后因为愧疚主动选择支援边疆，他牺牲生命救下的同事正是张果果的父母。四个时空看似独立，却互为因果，紧密相连，呈现出了更为巧妙的叙事效果，给观众带来了探索真相的快感。

除此之外，故事与叙事的区别还在于体量。常见的民间话本、神话传说、坊间传闻等都可以用几句话将其概括为故事，但叙事却无法只以寥寥几句便交代清楚。因此，故事常有不同媒介的演绎，如戏剧、文学、电影、舞蹈等，此外叙事还会因不同媒介产生不同形态的表意方式，如行为叙事、文本叙事、镜头叙事、身体叙事等。

故事与叙事虽有差异，但互为表里。以《白蛇传》为例，每一版作品的故事都以白素贞与许仙的爱情为内核，百年来却诞生了十余部影视作品。《荒塔沉冤》（1939）是迄今为止唯一一部以现实主义手法演绎该故事的作品，电影中的白素贞并非传统文学作品中的妖怪。整部电影信奉唯物主义，无任何的妖魔鬼怪，只是一场由误会引发的悲剧。徐克的《青蛇》（1993）充分反映了女性主义思潮在中国兴起、发酵的时代特征，描绘了青蛇的觉醒与爱欲，做出了大胆的创新与颠覆。程小东在《白蛇传说》（2011）中增添了大量的新角色，以及许仙盗仙草、青蛇与法海的徒弟能忍的纠葛、法海布阵救许仙等新情节，通过多元叙事和情理融合呈现出现代的叙事风格。除电影外，还有戏曲《白蛇传》、冯梦龙的话本《白娘子永镇雷峰塔》及方成培的《雷峰塔传奇》等。无论是横向对比，还是纵向罗列，《白蛇传》的故事都没有产生质变，只是在叙事手段上不同程度地加入了今人的思想，或在经典叙事的基础上适当地进行了技术创新。

在剧本中，故事是核心，而叙事是手段。可以说，剧本创作就是在用叙事手段讲故事。故事决定内容，而叙事决定以怎样的方式讲述内容。

## 二、"怎么"：话语为叙事结构提供形式

故事着眼于叙事的内容，话语则聚焦于叙事的形式，是故事的讲述方式。热奈特指

出，"叙述系指陈述语句口头的或书写的话语，用来连贯一个事件或一系列事件"。他从三个意义层面阐释了这一含义：在符号层面，它是"能指"；在文本层面，它是"原文本身"；在叙述语法层面，它是"叙述话语"。其含义的丰富性决定了它在叙事研究中的重要地位。[①] 茨维坦·托多洛夫指出，"形式学派不把叙事当作故事，只是把叙事当作话语"。[②] 简而言之，在剧本创作中，故事是内容，话语是工具。更具体地说，话语是叙事时间、叙事体态、叙事语式等叙事中的形式规律。

就电影文本内部而言，戏剧情境、人物动作、戏剧冲突等都可被视为电影话语。以陈凯歌导演的影片《百花深处》（2002）为例，电影中的冯先生请搬家公司到百花深处胡同搬一个虚无的"家"，在这一戏剧情境中，观众从一开始便被导演用电影话语带入了现代化城市文明与传统老北京胡同的矛盾之中。搬家工人假意应承冯先生搬"家"后的戏剧性一幕：一群搬家工人在废墟之中挪动着"紫檀衣橱""金鱼缸""花瓶"。从一开始搬"紫檀衣橱"的不屑到"花瓶碎掉"后的内疚与同情，搬家工人的情绪随影片中特定"道具"的变化层层递进，让观众自动代入搬家工人的视角，情绪随影片主人公的经历一同起伏。影片结尾，观众随搬家工人一起看到了复原后的百花深处胡同，从而深化了叙事效果，揭露了传统文化的式微。

电影学家弗朗索瓦·若斯特在《电影话语与叙事：两种考察陈述问题的方式》中总结出话语的特征：第一，它拥有能够界定自身的指示符号；第二，它包含关于说话者或讲述者与它所传达的事实之间的关系的信息。在《百花深处》中，搬家工人在车上的那句"如今就这老北京，才在北京迷路呢"，状若无意地揭示了冯先生的遭遇。作为活在过去的人，冯先生对于百花深处胡同的缅怀，在此处显得既悲壮又残忍。电影话语是一种符号语言。当故事无须自己叙述，且与讲述者、倾听者的在场有关，就涉及话语层面，电影中的一切表达都与话语密不可分。

如当代著名叙事学家华莱士·马丁所言，"在最普遍的意义上，一切叙事都是话语"。[③] 剧本中人物之间的台词是最基础的话语，它们并非只是简单的日常对白，还可能是推进后续情节的关键伏笔，或揭露剧本主题、展现人物性格的点睛之笔。例如，在日本导演土井裕泰的电影《垫底辣妹》（2016）中，"这个世界最大的谎言就是你不行"这句经典台词，恰如其分地点明了影片的励志主题——无数个沙耶加努力学习的场景正是社会中为生活努力的平凡人的缩影。理查德·林克莱特导演的《爱在黎明破晓前》（1995）中也充斥着大量的人物对白，影片并没有复杂的剧情或华丽的特效，只有男女主人公之间关于死亡、艺术、爱情等话题的探讨与街头"流浪"，却也十分浪漫，如一首娓娓道来的诗歌，含蓄温婉，这样的叙事话语正好塑造出了影片独特的风格。

不同于文本，话语的所指更加复杂，其语言表征也非一成不变，甚至涉及超出电影范畴的文化符码体系。不同的观众在感受过程中都会形成自己的解读，这也是话语的一

① 谢龙新. 经典"叙事"概念：外延、内涵及其超越［J］. 湖北师范学院学报（哲学社会科学版），2010，30（5）：24—29.

② 张寅德. 叙述学研究［M］. 北京：中国社会科学出版社，1989.

③ ［以］里蒙-凯南. 叙事虚构作品［M］. 姚锦清，黄虹伟，傅浩，于振邦，译. 北京：生活·读书·新知三联书店，1989.

大魅力。

在美国导演比利·怀尔德执导的电影《日落大道》（1950）的开场中，编剧将一起发生在游泳池中的命案前置，再娓娓道出此事件的前因后果，引起了观众强烈的窥探欲。这种将事件与人物共同放置于戏剧情境之中的方式，就是编剧建构的电影话语——以紧张的节奏刺激观众的视听感受，从而抓取观众的注意力，调动观众的审美机制。

日本导演黑泽明执导的电影《罗生门》（1950）只是讲述了一起简单的命案，却通过不同人物的视角，多方面地展示了事情经过，剧情在多个人物视点之间转换，让观众在扑朔迷离的案件中产生思考，获得观影的心理沉浸感。编剧通过变化叙事焦点，以多视点结合的叙事方式，创新了电影话语的具体呈现模式。

影视叙事的艺术张力源于内容与形式的辩证关系：故事内容构成叙事基底，电影话语则决定其美学呈现。优秀剧本的本质是叙事力量的精准传导——话语形式需与故事内容达成动态平衡，既避免形式喧宾夺主，又能拓展内容表达的维度，最终实现艺术真实与观赏体验的和谐共存。

剧作创作可被拆解为以下三个层面：一是建构故事原型；二是设计叙事方式；三是打磨视听语言。当编剧的生命经验引起集体共鸣，当编剧个性化的表达与对人性的洞察形成戏剧张力，便是剧本突破类型框架，获得观众认可的时刻。

## 第二节　剧本文本与电影呈现对比

### 一、故事与背景设置

电影剧本在电影创作中有着重要的作用和地位。日本电影大师黑泽明曾说："一部影片的命运几乎要由剧本来决定。我甚至认为，抓住一个好的剧本是导演艺术的第一步。"一部好的电影大多基于一个优秀的剧本，电影中的每一个人物、每一处环境、每一段情节，都依赖编剧在剧本上的细致编排。苏联导演杜甫仁科曾谈到，"影片的高质量首先要以真正优秀的剧本为前提"。电影理论家鲁道夫·爱因汉姆曾提出，促使观众将电影看作电影的，不是因为它是现实的重现，而是因为艺术家对现实的巧妙重组，这样才能呈现出电影本身的特点。换言之，电影能摆脱工业产品标签的关键，便在于艺术家对现实生活的重组和创造。电影创作犹如孕育生命，需要每一位创作者的紧密协作。正如 DNA 编码着世间万物的体貌特征，剧本也决定着电影的艺术特征，是电影创作的源头。在上一节中，我们谈到了故事与剧本的关联，故事是整个剧本的叙事脉络，因此一个精彩的故事既是剧本创作的前提，也是电影能否在观众心中留下好印象的根本。

但需要注意的是，剧本中讲述故事的方式与最终电影的呈现效果之间仍存在许多不同。剧本与文学作品以文字的形式传递信息，电影则主要依靠声音和画面，传播媒介本质上的不同意味着故事在由文字转为影像的过程中，需要经过新的编排与设置。由奥逊·威尔斯导演兼编剧的电影《公民凯恩》（1941）讲述了美国报业大亨凯恩在桑那都庄园中留下"玫瑰花蕾"的遗言孤独死去后，一位青年记者受媒体委托调查这四个字含义的故事。这位记者走访了凯恩生前的同事好友，试图利用他们对凯恩的评价还原出一个真实的凯恩，并探寻"玫瑰花蕾"背后的含义。在剧本中，奥逊·威尔斯是这样描述的。

　　远处一扇很小的亮着灯的窗口。四周几乎是一片漆黑的银幕。现在，当摄影机朝着那个像一张邮票大小的窗口缓缓推进时，其他的轮廓开始浮现：铁蒺藜、围墙，接着在拂晓的天空背景上朦胧地浮现出巨大的铁栏杆。摄影机现在推向一个大铁栅栏门，门的顶上嵌着巨大的字母"K"，在拂晓的天空的背景上，变得越来越黑。通过这道大门我们看见远处像仙境般的上都山顶，在山顶上耸立着一座庞大的城堡的剪影，远处的小窗突出了周围的黑暗。（叠化）一系列镜头，一个比一个更接近那个窗口。

　　查尔斯·福斯特·凯恩的令人难以置信的广大领地的右翼几乎占据了海湾海岸四十英里的地方，向目之所及的四面八方延伸开来。当凯恩买下这块地时，这里几乎是一片完全荒芜和平坦的沼泽地，不仅过去是这样，还有继续发展的趋势。但是凯恩改变了它的面貌——现在这里已是一块悦目的地方，既有连绵的山丘，又有一座相当可观的大山，全是人工造出来的。几乎所有的土地都经过了改良，或者是为了种植，或者是变成了公园、湖泊的美丽景色。城堡本身，是由从欧洲运来的具有不同建筑风格的真正城堡堆砌而成的，它从大山顶上俯瞰着整个景致。（叠化）

　　高尔夫大球场（模型）摄影机向前移动。茂盛的植物向四处蔓延，球场的场地上热带野草丛生，这是个荒废了的球场，长期以来完全无人照管。

　　（化出）（化入）这里曾经是一个规模可观的动物园（模型）动物园具有哈根贝克的规模。现在剩下的只是一块块由深沟环绕着的动物饲养地，这些深沟使各种动物可以自由自在地，又是相互隔离地在那里安全地生活。动物园的全景（从有些地块竖立的牌子上可以看出，这里或那里曾经养过老虎、狮子、长颈鹿等）。（叠化）

　　猴山（模型）前景上有一只污秽的短尾猿的轮廓隐现在黎明的昏暗之中。它一面若有所思地慢条斯理地搔着身子，一面通过查尔斯·福斯特·凯恩的领地，盯着远处山上的城堡中的那点灯光。（叠化）

　　鳄鱼池（模型）一堆睡眼惺忪的蠢鳄鱼。浑浊的水面上映出那扇亮着灯的窗子。

　　礁湖（模型）游艇码头已塌陷。一张旧报纸漂浮在水面上，这是一张纽约的《问事报》。当这张报纸移过画面时，再次显露出城堡中的那扇窗子，较之前更近了。

　　大游泳池（模型）干涸的游泳池。一张报纸被风吹过游泳池龟裂的池底。（叠化）

　　小别墅（模型）城堡的阴影。当摄影机移过时，我们看到这些小别墅的门窗都上了锁，钉上了板条，并且安上了大横木以便保护和加封。（化出）

　　（化入）吊桥（模型）一条现在已变成一潭死水和野草丛生的护城河。摄影机跨过这条河，穿过一扇坚固的高大的门，来到一个正规的花园。花园宽约三十码，长一百码，一直延伸到城堡墙根。周围虽是一片荒凉，长期无人经管，但是这个花园却是管理得很精心。当摄影机通过花园朝城堡中那扇露出灯光的窗口移动时，一路上显露出各种各样的奇花异草。它给人一种过分葱郁的热带景象的印象，又表露出无精打采和绝望的情绪。青苔、青苔、青苔。那天夜里，末代王朝的皇帝驾崩了。（叠化）

那扇窗（模型）摄影机向前推，直到窗框与画框重叠。灯光突然熄灭了。这时摄影机停止运动，而为这一段伴奏的音乐也突然停止。从窗玻璃的反映中，我们看到后面凯恩先生的领地那派满目疮痍的可怕景象和破晓的天空。

通过上述剧本，我们可以看出奥逊·威尔斯为了表现一代报业大亨的迟暮，在剧本设计阶段便充分发挥自身的视听语言思维，塑造了很多具有强烈画面感的场景，并事无巨细地描绘了场景的细节，使我们仅依靠阅读剧本便可以充分体会到凯恩庄园过去的宏伟与现在的残破。而在最终上映的电影中，奥逊·威尔斯对剧本的耕耘结出了丰厚的果实。影片开头，奥逊·威尔斯利用一个固定镜头，展示了一块钉在铁丝网上的告示牌，上面写着"NO TRANSPASSING（禁止越界）"的标语，随后镜头上摇，高耸的铁丝网似乎看不见尽头，画面出现一些牢固的障碍物——带刺的粗铁丝网，高大的螺旋形围墙，宏伟的栅栏门。画面叠化，在黑沉沉的夜色中，远处的城堡中有扇窗户透出了细微的光亮。随后，画面多次叠化，出现了一个囚禁着两只猴子的铁笼和几处装饰豪华但却空无一人的庭院。镜头逐渐靠近那个闪着细微光亮的窗户，画面渐渐与水晶球中飞舞的雪花相融。最终，镜头聚焦在濒死的凯恩手里握着的水晶球上，他用尽力气说出"玫瑰花蕾"这句遗言后，手里的水晶球滑落打碎，直到这时屋外的护士才被惊扰并进门查看。通过剧本与电影画面的前后对比，我们可以看出，尽管奥逊·威尔斯在最终的电影成片中，为了控制篇幅和节奏，省略了剧本中诸如"鳄鱼池""纽约《问事报》""大游泳池"等塑造凯恩庄园破败感的场景描写，但他保留和优化了剧本中"高耸入云的铁丝网""被囚禁的猴子""黑夜中唯一亮着的窗户"等几个关键场景，将剧本中精湛的视听语言思维转化为镜头中的实际内容，借画面之口，直观地反映出凯恩临终前的无尽悲凉与痛苦，使观众在影片的开头便被深深吸引。

由史蒂文·斯皮尔伯格导演，托马斯·肯尼利与斯蒂文·泽里安编剧的电影《辛德勒的名单》（1993），讲述了第二次世界大战期间，奥斯卡·辛德勒从一个雇佣犹太人工作、大发战争财的商人，到目睹德国对犹太人惨绝人寰的屠杀后，在良心的驱使下，冒着生命危险救助犹太人的故事。在原著小说中，故事的体量十分庞大，详细记录了辛德勒从二战前夕到二战结束期间，工作、感情与救助犹太人的全部历程。编剧在将小说中的故事改编为电影时，删去了与主要故事无关的部分，仅保留小说中能够刻画人物形象、支撑故事发展与制造戏剧冲突的部分，重构了时间与事件的顺序。相较于小说中有着些许人性瑕疵的辛德勒，电影中辛德勒更加纯洁与神圣。这一方面是以减少对复杂人性的刻画，来精简故事容量，另一方面则是为了更加鲜明地凸显人物形象，更好地传递故事的主旨，使其能够更加适应电影媒介的展示。此外，电影放大了故事中红衣女孩的人物形象，将其变为黑白影调中唯一的色彩个体。电影中，红衣女孩穿过正在被搜捕的犹太人社区，穿过正在屠杀的街角，穿过满载犹太人的卡车，最终独自躲在了危楼的床板下祈求平安。远处的辛德勒注视着这一切悲剧的发生，这一刻成为他决定拯救犹太人的契机。此时，银幕前的观众也注视着这一切的发生，目睹了战争的残酷与人性的泯灭。斯皮尔伯格运用这一设计，不仅敲醒了主角，也敲醒了观众，这一抹红色带来的视觉冲击抵得过故事文本中的千言万语。通过上述两部电影，我们可以看出同样是讲故事，电影使用的视听语言是一种更加简明、直观的语言，也是一种更加丰富的表达方式。因此，在剧本创作中，编剧应当带着视听语言思维，用电影的方式书写故事，这样不仅能为观众营造生动、真实的电影世界，也能为电影创作的其他部分带来启迪。

除灵活运用视听语言以外，电影也可以通过别出心裁的讲故事方式吸引观众。在传统电影中，故事的发展通常是线性的，即故事以时间顺序娓娓道来，但随着电影叙事艺术的发展，编剧不再满足于平铺直叙，开始在故事的讲述方式上创新，让故事更具张力。电影《日落大道》（1950）的故事内容是：一位落魄编剧乔为了逃避债务，偶然来到过气明星诺玛的豪华别墅，此后乔和诺玛怀揣着各自的目的，开始交往，最终乔背叛诺玛，并被诺玛杀害。影片以在当时看来颇为大胆的方式调整了叙事顺序，在电影开头便借由已经过世的剧作家乔之口向观众呈现了故事的结局，即乔死在了豪宅的游泳池内。这突如其来的命案让整部电影从一开始便充满悬念，随后导演才开始叙述故事，让乔"起死回生"，展现他是如何认识豪宅女主人诺玛并最终因背叛诺玛被杀死的。电影《罗拉快跑》（1998）的故事内容更加简单——少女罗拉为了拯救黑道混混男友曼尼的生命，必须在20分钟内筹集10万马克。在电影中，汤姆·提克威大胆地使用了一种电子游戏式的叙事展现故事，使罗拉在相同的时空环境中一次次重生，她拼尽全力奔跑，力图在20分钟内找到挽救男友的最佳方式。电影中的环境设定与人物关系也并非传统电影那样平铺直叙，而是在一次次的循环中不断完善。20分钟的时间限制与不断循环的情节设计，这两种叙事上的创新使影片的观影体验异常紧张、刺激，也让《罗拉快跑》中原本普通的故事情节变得扣人心弦。近年来，电影产业对"如何讲故事"的探索愈发多元，以《瞬息全宇宙》（2022）、《源代码》（2011）、《太阳照常升起》（2007）等为代表，使用复杂非线性叙事的电影正不断出现在观众眼前，也不断拓宽着电影故事的表现边界。

电影艺术的美学特征中包含了假定性与逼真性。假定性即电影中的故事、人物、时空等一切观众能够看到的东西都不是完全客观的存在，它们是创作者主观意识的体现，是创作者对于现实世界的捕捉与对时空关系的重组。假定性为艺术创作带来了无尽的源泉，让创作者不用拘泥于现实，能够天马行空地设计自己的作品。相反，电影艺术的逼真性要求电影创作的结果必须能够真实地再现空间与时间，为观众带来感官上的直观真实与心灵上的内在真实。假定性与逼真性在电影艺术中是辩证统一的，它要求编剧在编写电影剧本时，除了构思一个精彩的故事作为剧本的"地基"之外，还需要为剧本中的故事塑造一个真实可信的背景。

背景真实是电影逼真性的集中体现，是假定性故事是否合乎常理的重要条件，也是让观众认可影片中故事发展、人物行动的前提。别出心裁的背景设置在很多时候都能为影片加分。例如，德国电影《窃听风暴》（2006）展现了冷战末期，东德国家安全局对东德全民的窃听监控行动。尽管电影中的故事是完全虚构的，但本片的导演兼编剧多纳斯马尔科为了让故事更加逼真，仍在两德合并 26 年后通过人工置景、复古道具等，还原出冷战时东德的街道、楼房、汽车、人们的着装等视觉要素。同时，编剧也通过事件的编排，勾勒出当年极度阴暗、压抑的东德政治环境——学生在课堂上学习如何拷问平民，百姓的所有生平信息都被国家掌控，对于出版物的严苛封禁等。正是由于出色的背景设置，主角魏斯曼掩护剧作家德莱曼的行为才更令人敬佩与动容。

由雷德利·斯科特导演，汉普顿·范彻、大卫·韦伯·皮普尔斯、菲利普·迪克编剧的美国电影《银翼杀手》（1982）展现了一个发生在未来时代的科幻故事，探讨了人类与仿生人之间的伦理纠葛（如图 1-1）。电影拍摄前，那些故事中对未来科幻世界的描述仅停留在原著小说。在小说故事中，人们拥有高等科技，却生活在低等社会，全方位受科技寡头公司的控制。在这样一个完全虚构的故事中，导演雷德利·斯科特为了使电影的呈现更具真实感，和美术、道具团队一起为电影中虚幻的世界背景做了大量构思。创作团队参考未来主义、表现主义的建筑风格，事无巨细地设计电影故事中的城市，几乎为影片中出现的每一个人物、每一处街区、每一件服装都绘制了概念设计图。创作团队努力塑造出的逼真场景，让观众透过银幕好似真的看见了未来世界的人类生活，对这场电影呈现的未来冒险故事有了更深的沉浸感和认同感。

图 1-1 ［美］雷德利·斯科特《银翼杀手》（1982）截图

在雷德利·斯科特导演的另一部科幻惊悚电影《异形》（1979）中，电影制片方二十世纪福克斯在阅读了电影剧本后，觉得剧本中对外星怪物巢穴的塑造貌似在叙事方面没有任何作用，想要删除这个场景。但雷德利·斯科特执意要在片场做一个与剧本描述等大的外星怪物模型，于是《异形》的美术团队花费了全片百分之五的预算，搭建了宏伟、庞大的实体模型。最终，斯科特的坚持得到了回报，耗费巨资搭建的外星怪物巢穴虽然只属于故事的背景，但其带来的恐怖感与压迫感，更好地将观众带入了未知的外星世界，并昭示着影片即将进入阴森、惊悚的情节。

从上述例子中，我们可以看出背景设置对影片叙事的独特作用，它不仅能说明故事发生的环境，还能使观众对影片中人物和事件产生联想，暗示观众许多故事未能诉说的细节和情感。尽管所有人都知道电影是一场虚幻的梦境，影片的内容也只是一种披着真实外衣的假定，但当他们坐在大银幕前，还是难以自拔地深陷影片的叙事世界之中。这种观影心理的形成很大程度上依赖银幕世界的逼真性。因此，在剧本创作中编剧应当同样重视故事与场景的构思，将真实的细节和细腻的场景作为剧本的血肉，为观众带来视听上的快感和情感上的共鸣。

## 二、分场景剧本形式与示范

在世界影视行业中，最常见的剧本形式是分场景剧本。作为文字语言转化为视听语言的中间媒介，分场景剧本以一个场景（故事发生的地点）为最小单位划分剧本内容。这种剧本在符合编剧写作习惯之余，也便于编剧将自己对于影片的设计和思考传递给电影制作的其他部门。导演能通过分场景剧本了解到每一个场景中发生的故事，并提前通过剧本设计涵盖调度、运镜、景别等内容的分镜头剧本；演员通过分场景剧本能了解到自己在每一场戏中的对白、语气、人物关系；美术组可以按照分场景剧本中故事的年代环境，与道具组一起布置场景。更重要的是，分场景剧本也与电影商业息息相关。在好莱坞体系下，分场景剧本通常是一部电影的核心，电影制作方通过阅读分场景剧本就可以确定影片的大致投资规模，并以分场景剧本的叙事风格寻找适合本片拍摄的演员与工作团队，完成剧组搭建。制片人也可以通过分场景剧本中的场景环境，安排拍摄日程、租赁拍摄场地与器材。可以说，一部电影从立项到上映，各方都能从分场景剧本中读出有关自己的工作内容。

弗兰克·德拉邦特导演兼编剧的电影《肖申克的救赎》（1994）讲述了这样一个故事：银行家安迪被指控谋杀了自己的妻子与妻子的情人，蒙冤入狱，被判监禁终生，但他没有失去希望，表面顺应着帮助伪善的典狱长洗黑钱，私下却一直筹划着自己越狱计划。以下片段节选自《肖申克的救赎》电影剧本中讲述安迪越狱的情节，这也是电影情节的高潮之一。我们可以通过阅读这一段剧本了解剧本的大致结构，看看《肖申克的救赎》的编剧是如何将自己头脑中的故事转化为可供拍摄的剧本的。

> **2410 内景，隧道，夜**，1966
> 穿着狱服的安迪在隧道里艰难向前。
>
> **2411 内景，通风井，夜**，1966
> 安迪从隧道里爬出来，先是头，接着是上半身。他伸手试图抓住墙上的铁管。突然，一只大老鼠朝他的手猛冲过来，他急忙躲闪，险些整个人摔下去。他大头朝下，手臂挥舞着，在空中摆荡了几下，接着双手用力地按在了对面的墙上。老鼠吱吱叫着逃走了。
> 安迪再次抓住铁管子。他整个人从隧道中爬出，悬垂在通风井内。现在我们看

到了绳子的作用：绳子一端系着装东西的那个口袋，另一端绑在安迪的脚踝上。

他使劲一蹬腿，双脚支在了墙上。现在他背靠着一面墙，双脚支在另一面墙上，开始朝通风井下面挪去，看上去随时都有摔下去的危险。他手握铁管，不时因为老鼠跑来跑去而将手缩回。

他接近下水道，双腿跪在上面。拿出鹤嘴锄，心中默祷了一下。他将鹤嘴锄高高举起，接着用尽全力砸下去。一次，两次，三次。成功了。一大股污水喷向空中，安迪立刻成了一个被粪便包裹的人。他掉转头，剧烈地呕吐了一阵。下水道中的大粪继续向外喷着。

**2412 内景，下水道，夜，**1966

安迪从凿开的洞向里望去，并用手电来回照着。下水道直径不超过两英尺，内壁上结着厚厚的污垢，看上去似乎有几英里长。没有回头路了，他扭着身子进了下水道，开始向前爬去，脚上拖着那个塑料袋子。

雷德（画外音）：安迪在恶臭的粪汤中爬了500码后获得了他的自由，这对于我是难以想象的，或许我根本也不会那么做。

**2413 外景，大地，夜，**1966

天上下着飘泼大雨。肖申克已经在半英里之外了。镜头向下，拍摄到小溪，镜头推进，对准通向小溪的下水道口。

雷德（画外音）：500码，差不多有5个足球场的长度了。

几个手指捅出来，用力推着罩在下水道口上的铁丝网。我们在黑暗中看到了安迪的脸，自由就在他的眼前。他将铁丝网扭松，从空隙处挤了出来，脑袋先栽进了水里。他从水里抬起头，贪婪地呼吸着新鲜的空气。小溪的水有齐腰深。

他逆流蹚水而上，急切地扯下身上的衣服，在头顶挥舞了几圈，将其扔掉。他伸出双臂，缓慢地转动，任凭雨水的冲刷。一道闪电划破夜空。

通过阅读《肖申克的救赎》的节选剧本，我们可以发现分场景剧本的核心就是将故事以分场景的、适合影视化的方式表现出来。若安迪越狱的这段情节发生在小说中，作家大概会这样描述：心中极度渴望自由的安迪在蒙冤入狱，历经数十年的牢狱之灾后，终于在一个雷雨交加的夜晚，怀着复杂却又激动的心情，顺着下水管道，逃出了监狱。这样的情节再经过作家细腻地刻画，使文章读起来一气呵成、十分动人，但这样的文本交由剧组进行影视化创作是行不通的。与小说不同的是，剧本的受众不是观众，而是剧组中各个部门的创作者。作为一门视听艺术，电影的时空关系都是依靠剧组中的创作者构建的。换句话来讲，电影中的时空关系是虚构的，它的拍摄过程受许多因素影响，有可能那些在剧本中靠后的情节会比靠前的情节先拍摄，也有可能相邻的两个情节拍摄时间却相距甚远。为方便剧组的统筹安排，编剧笔下原本完整的故事可能会因场景的不同被划分为不同的场次。

"2410 内景，隧道，夜，1966" "2411 内景，通风井，夜，1966" "2412 内景，下

水道，夜，1966"这些文字代表编剧对剧本中故事的划分，而剧本中的故事又会依照场景的不同被划分为不同的场次。在分场景剧本中，场景一旦发生变化，就应另起一场次戏并进行描写，这样才能让剧组中的摄影、道具、场地部门进行有序筹备。

同样的，在小说中至关重要的心理描写，在分场景剧本中也有着另一种表现形式。在剧本中，编剧应该避免直接写出人物的心理活动，如在剧本中不能写"安迪心想，我一定要逃出监狱"，因为这样的描述没法依靠影视化的方法表现出来。想要表现人物的内心世界，应该为其在剧本上设计适当的动作语言或镜头语言，例如将人物心里的愤怒表现为捏紧的拳头，用和煦的阳光象征人物的惬意，用暴风雨中展开的双臂昭示人物重获自由的喜悦。

另一个案例剧本是电影《疯狂的石头》（2006）。影片内容是一个拖欠员工八个月工资的工厂，在拆迁过程中发掘出一块颇具价值的翡翠，却不料引起了盗贼们的觊觎，以此展开了一段充满黑色幽默的故事。通过阅读这部电影的剧本，我们可以更加全面地了解分场景剧本创作的细节，了解电影剧本与最终成片的关系与差异。

### 1. 缆车内外 日 外

黑入：淡淡江雾之中，江岸；江面，山城街道高楼平房；镜头航拍掠过。部分字幕。

谢小盟港腔普通话的画外音："这是我儿时的城市，虽然我在香港多年，但这幅情景依然时常萦绕在梦里。我见到你就有一种说不出的感觉，说不清是似曾相识还是一见如故。这感觉好亲切，好强烈……"

一个留着"莫西干头"、肌肉结实、有文身的年轻人坐在陈旧的缆车一角，正在闭目听着MP3，脖子上挂着一副拳击手套。一身港式打扮、圆脑袋大脸戴着太阳帽的谢小盟依在缆车窗口，悠然自得地欣赏着美景，长发被微风轻轻吹动，手中拿着一听饮料，陶醉在自己浓浓的诗意中。在他身旁是一个身材姣好、打扮入时的长发美女。

美女望着他，眼神有些迷茫。谢小盟看了美女一眼，深情地说："你知道你什么气质吸引我？忧郁！我从你眼睛里看得出来，你有一个不堪回首的过去！"他说着轻轻拉起美女的手。

"莫西干头"抬头看见眼前谢小盟的举动，摘下耳机。美女侧头看他，忍不住失笑……突然目光看向谢小盟身后。

谢小盟蓦然回头，"莫西干头"站在他身后。美女把手从谢小盟手里抽出，站到"莫西干头"身边。"莫西干头"的拳头已经狠狠、有力地打了过来。

谢小盟眼前一黑：出字幕。

"莫西干头"又是一拳，谢小盟眼前又是一黑：出字幕。

陈旧的缆车内的其他人瞬间消失，空空的车厢里只有"莫西干头"在酣畅地拳击谢小盟。车厢也瞬间幻化成颇具形式感的拳台。

谢小盟各种被打姿势，眼前不断发黑：连续出字幕。他手中的饮料也甩得到处都是。

　　画面回到现实中，"莫西干头"打出最后一拳，谢小盟脑袋向后仰去，身体也完全失去重心，手中的可乐罐飞出缆车。

　　这段文字是《疯狂的石头》电影剧本中的第一场戏，大多数影视剧本都是按照场景和时间将故事、情节改写为分场景剧本，借由这场戏我们可以了解如何编写剧本的开头。

　　"1. 缆车内外 日 外"，表示这是整部剧本的第一场，地点是在缆车内外，光照环境是白天（夜晚则为"夜"），整场戏为外景拍摄。

　　这之后，便是这场戏的主要内容，大多数电影的开头都是由黑场渐亮入画，也就是上文提到的"黑入"，而后便是一系列环境空镜，"江岸；江面，山城街道高楼平房"，这些空镜头大多起到交代故事发生的时代、环境、地理背景的作用，可以在短时间内将观众拉入观影情绪之中。

　　"镜头航拍掠过"是指此段特殊镜头的拍摄手法。在剧本撰写中，如果编剧认为在这段情节中需要特殊的表现手法或拍摄技巧，可以在后面备注。"部分字幕"是指这里需要结合后面谢小盟的画外音做到声画分离的特殊效果，这是一种艺术化的表现效果，因此在剧本中需要特别标注出来。

　　"谢小盟港腔普通话的画外音：'这是我儿时的城市……'"这是这场戏中的第一句话，借此我们也可以观察剧本是如何呈现人物的话语的。首先，写明是剧中哪位角色说话；其次，注明角色在说话时的语气或其他特殊元素，编剧为塑造谢小盟刚从香港回内地的人物形象，选用"港腔普通话"来凸显人物的独特性；最后，明确这段话语的性质，是独白、对白还是旁白，这决定影片中呈现这段话语的方式。

　　"一个留着'莫西干头'、肌肉结实、有文身的年轻人坐在陈旧的缆车一角，正在闭目听着 MP3，脖子上挂着一副拳击手套"，这段文字是对剧中出现的人物角色的外貌描写，作为一门"看"的艺术，电影中的人物只能依靠外貌和动作让观众获取信息，人物的性格和背景都应该与人物的外貌相符，所以编剧在剧本中对于人物外貌特征的描写应该事无巨细，将自己对于人物的设计完整地展现出来，将人物塑造得立体、生动，便于后期拍摄时的选角与服化道设计。

　　"美女望着他，眼神有些迷茫。谢小盟看了美女一眼"，这是对于影片中人物动作的设计。在剧本中，人物的动作设计同样重要，它不仅指导着拍摄时演员的表演，还能在叙事上起到意想不到的效果，许多导演和编剧都是设计肢体语言的高手，好的动作设计能够告诉观众那些通过对话不能表达的含义，也能暗示许多故事情节的走向。

　　"谢小盟眼前一黑：出字幕"，此处的字幕指的是影片的片头字幕，大多数电影的片名会出现在影片的最开始，但也有许多编剧会在片名出现的时机上大做文章，让观众眼前一亮，并给出本片的风格或基调。

　　此外，我们还应明白的是在大部分电影创作中，导演并不会完全按照剧本上的内容拍摄，而是会考虑拍摄经费、影片节奏、最终呈现效果等多方面因素，在保留剧本大体内容的基础上进行适当优化。例如，在上述这场戏中，编剧岳小军原本设计的是长发美女、谢小盟、留着"莫西干头"的年轻人三人登场，情节上则是谢小盟去调戏与他素不相识的长发美女，然后被留着"莫西干头"的年轻人殴打，以年轻人出拳的动作引导剪辑，幽默地展现出片名，随后谢小盟好似拳击擂台上被击倒的人，他任由年轻人殴打，手中的易拉罐飞出窗外。但在最终的成片中，宁浩删去了长发美女和留"莫西干头"的年轻人这两个角色的戏份，将二者用影片中另一位主要角色——道哥的女友菁菁代替，并将易拉罐飞出窗外的原因，由年轻人殴打改为了道哥女友菁菁脚踩谢小盟，删去了编剧岳小军想要塑造的颇具形式感的场面。这样的改变，一方面是由于《疯狂的石头》的拍摄预算较低，精简演员规模，减少形式感场景的塑造可以压缩制片的周期与经费；另一方面，删除长发美女和留"莫西干头"的年轻人的戏份，换用道哥女友菁菁替代，只保留这场戏中谢小盟调戏他人、被他人反击和易拉罐飞出缆车三个主要的情节点，不仅更好地塑造出了谢小盟好色、猥琐形象，也加快了影片的叙事节奏，提早引出了影片的主要角色和相关人物，使故事更为紧凑。

通过上文的内容，我们可以了解行业内的优秀编剧是如何将自己脑海里天马行空的故事落于剧本的，也可以了解分场景剧本与电影成片的联系与区别。在编写剧本前，我们应该对自己剧本中的故事、情节、结构、人物等元素有一定的安排和设计，列出剧本中故事走向、背景、人物的大致设定，这样能够在编写剧本时更好地展现出自己要表达的主题和思想。剧本虽然只是文字，但却承载着编剧对电影的所有设计和排演，直接关系着整部影片的呈现效果，所以在一切尘埃落定前，编剧应尽全力雕琢自己的剧本。

### 三、封闭式戏剧结构

在电影中，叙事结构是对各个组成部分的布局和安排，决定着电影叙事的发展。而在前文中，我们提到了电影与戏剧的关系，二者在叙述语言、造型语言和艺术语言上有着许多相似的地方。在电影的早期探索者中，梅里爱曾将戏剧舞台的许多元素和戏剧故事搬演到电影中，在演员、置景、灯光、剧本编排上深深地影响了后世的电影创作。简言之，电影和戏剧同属视听艺术，电影借鉴使用了大量的戏剧技法，在叙事表达上也是如此。戏剧的结构被早期电影大规模使用和改进，直到经典好莱坞电影中诞生了影响至今的封闭式戏剧结构。

电影《生死时速》（1994）讲述了一位退休的拆弹专家佩恩因不满政府的退休政策，在满载乘客的公交车上安放了烈性炸药以报复社会的故事。在佩恩的设计下，当公交车车速低于每小时50英里便会爆炸，市区交通状况复杂，车速较缓，在这危急关头，主角特警杰克挺身而出，登上了公交车，解救了人质。下面，我们将通过《生死时速》这部电影来探究封闭式戏剧结构的特征。

（1）影片叙事严格采用封闭式戏剧结构，拥有清晰的开端和明确的结尾，故事封闭且完整。影片开头，通过电梯炸弹事件展现了反派佩恩的反社会性质和主角杰克的勇敢，而在影片结尾，公交车乘客被英雄杰克救下，佩恩被绳之以法，观众由此获得了完美结局和观影满足感。

（2）电影情节需要按照时间顺序线性展开，时空顺序明确，逻辑清晰。在《生死时速》中，故事按照佩恩对社会的不满情绪循序渐进地发展，从最初的电梯炸弹到后来的公交车炸药，再到在另一辆公交车上设置限速炸弹，叙事结构流畅、清晰，几乎没有需要观众思考的情节设计。

（3）在故事发展中，层层推进的情节设计能够带动观众获得生动的情感体验。在《生死时速》中，佩恩设置的炸弹从最初的电梯炸弹，一步步发展至公交车上的限速炸弹，这期间他也在观众心中安装了一枚观影时的"炸弹"。不断出现的意外状况使公交车车速多次逼近每小时 50 英里，这些元素使影片节奏紧凑、环环相扣，让观众时刻保持着对影片情节的高度关注。

（4）故事情节和人物行动紧密相连，整个故事因果关系明确，有着开端、发展、高潮和结尾的全过程。影片中，从佩恩因不满退休政策报复社会到最后杰克成功解救乘客，结构完整，人物欲望和动机十分明确。

（5）故事中有戏剧性强烈的矛盾冲突。影片中，佩恩的反社会性格与特警杰克的勇敢、正义形成强烈对比，佩恩破坏社会安定而杰克拯救百姓，故事中的矛盾冲突简单明了。

以上五点便是封闭式戏剧结构的基本特征，这种电影结构因其叙事结构简单清晰，人物形象生动立体，戏剧冲突激烈，能够满足人类对有序生活的理性追求而经久不衰。尽管当代电影行业从业者探索出了许多复杂、精妙的叙事结构，封闭式戏剧结构也因单调、乏味等弊端而受到抨击，但时至今日，封闭式戏剧结构仍是全球受众最广、最能使人接受的基础叙事结构，它能够满足不同文化语境、不同年龄阶段、不同接受能力的群体的思维模式，是所有初学者最应该掌握的叙事结构，也是剧本文本的典型特征之一。

## 四、"黑、白、灰"人物

电影的叙事和主题主要通过情节和故事开展，而人物作为情节和故事中最重要的参与者，其性格的变化推动着情节和故事的走向。同时，电影作为一门视听艺术，观众在观看时透过银幕关注最多的是人物，观影后印象最深的亦是人物。我们在生活中不难发现，许多时候观众在回想一部许久以前看过的电影时，电影中的情节大多已经忘记，但影片中人物的性格、职业、外貌，有时连扮演他们的演员都能比较轻松地回想起来，并且对人物塑造得越细致、真实，这种现象留存的时间越长。其实，早在古希腊时期，亚里士多德就提出了"模仿说"，认为艺术创作是在模仿现实中的事物，艺术的模仿对象是现实中"行动中的人"，艺术作品反映的是社会中的人的思想、情感和命运。而高尔基也曾提出过"艺术即人学"，在任何以叙事为特征的文学作品中，人物都应是其主体。这一点剧本作为电影艺术中的文学创作也同样适用。

在电影发展历史中，我们在不同电影中几乎找不到两位完全相同的人物，这是因为每一部剧本、每一个人物都是编剧个人意识和社会认知的投影，受编剧所处时代、文化、社会等一系列因素影响。不过，我们也经常会发现某几部或者某一类电影中的人物具有一定的相似性，观众在观影时很容易在心理上将他们归结为一种人物范式，比如西部片中的维护正义的警长，战争电影中一心报国的勇士，恐怖片中恶毒变态的杀人犯等。这些类型片中人物设置的惯例，经过数十年的发展已经十分成熟且经典，得到了观众广泛的认可。这种剧本创作中基本的"黑、白、灰人物",来自经典好莱坞时期的人物类型创作法,曾为那一时期的剧本创作提供了启示。

我们不难发现故事中,总不缺乏两类人物角色,即"好人"与"坏人",这种人们根据道德观念而设置的角色可以制造出简单且激烈的情节对立。但值得注意的是,在不同文化、年代的背景下,人们的道德观念也有所不同。比如,在大卫·格里菲斯导演的电影《一个国家的诞生》(1915)中,格里菲斯受限于当时的时代背景与自己的狭隘认知,使影片充斥着对白人优越主义的提倡。一切有关白人的形象都是正面、高贵的,行为都是"好"的,就连臭名昭著的"3K党"也被极大地美化,成了救世主般的存在。而反观影片中的黑人,人物形象往往愚笨且暴力,都是十足的"坏人"。格里菲斯通过影片中失之偏颇的人物塑造,将美国当时本就对立的种族关系激化,受到了后世的批评与指责。在反种族歧视的趋势下,观众很难再去认可影片中人物的目的与动机,这也是为什么编剧不能只凭借个人的道德观念去塑造人物的原因。

在上文中,我们提到故事情节应与人物行动紧密连接,可见人物行动是故事的主要驱动力,而人物欲望则是人物行动的内因,所以人物欲望才是人物塑造的根本。通过人物欲望,影片中的人物可以粗略地划分为三种——对立的"黑""白"人物,以及夹在中间的"灰"人物。"黑""白"人物很好理解,即一组欲望对立的人物,而人物欲望的对立也造成了他们行为上的差异。在的电影《生死时速》(1994)中,恐怖分子佩恩与警察杰克就是一组很好的"黑""白"人物。电影中,佩恩因不满政府的退休政策,产生了报复社会的念头(欲望),因此开始在城市各处设置炸弹(为了满足欲望产生的行为);而杰克在得知了佩恩的念头和行为后,为了解救苍生百姓(欲望),登上装了炸弹的公交车与佩恩斗智斗勇(为了满足欲望产生的行为),最终杰克解救了百姓(通过行为完成人物欲望),故事也获得了完美的结局。通过这部电影,我们不难看出,通过设置"黑""白"两种人物的对立欲望来引导情节发展的方法简明有效,并且人物欲望能够保证人物行为的合理性与连贯性,故事情节在人物欲望的一次次冲突中也能变得曲折、有趣。处在"黑""白"人物之间的就是"灰"人物,这类人物可以看作是前两种人物在追求欲望时的帮手或是阻挠者,他们能让主角追求欲望的路途不那么顺利,也能在主角陷入困境时拉上一把,如《生死时速》中的司机、警察同事等"灰"人物的存在让故事的内容更加丰富,也让情节的发展更加多元。以上,便是人物塑造中通过人物欲望设置人物的方法——"黑、白、灰"人物。

### 练习与习题

1. 选择自己最近看的一部电影,比较其剧本与最终呈现画面中的不同之处,并思考二者为什么会产生差异。

2. 选择一则篇幅较短的童话故事,试着用分场景剧本的形式改编为影视剧本。

**本章节学习参考电影**

《了不起的盖茨比》（2013）

《雾都孤儿》（2005）

《骆驼祥子》（1982）

《乱世佳人》（1939）

《肖申克的救赎》（1994）

《生死时速》（1994）

《疯狂的石头》（2006）

《窃听风暴》（2006）

《公民凯恩》（1941）

# 第二章　剧本创作中的故事与素材

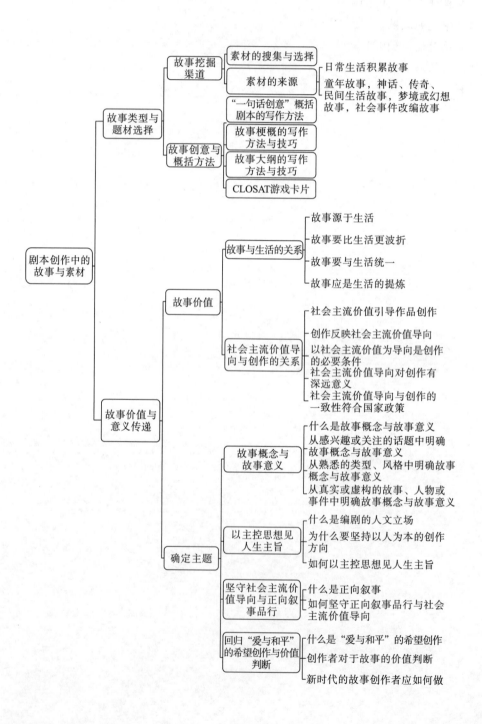

电影要吸引观众，精彩的故事情节是必不可少的。编剧要创作出具有吸引力的电影，需要依靠或紧张、或刺激、或感动的故事情节吸引观众。值得一看的故事情节是一部电影得以立足的根本，而剧本应以符合逻辑的因果循环、强烈的冲突、丰富的故事、饱满鲜活的人物角色，激发观众的观看欲。要写出一部观众喜爱的剧本，编剧应把工作重心放在精心设计故事情节和制造人物矛盾上，以整体框架引领细微事件，追寻戏剧人物与观众之间的情感融合。

## 第一节　故事类型与题材选择

从故事的时空维度划分剧本类型，可以分为古代、民国、现代、科幻等；从故事的叙事题材划分剧本类型，可以分为喜剧、悲剧、历史正剧、家庭伦理剧等。各种类型的剧本都具有其独特的创作方法，新手编剧需要学习并总结前辈经验，以习得的经验为方法论来指导创作。

剧本创作之初，编剧首先需要确定剧本的类型、安插的故事情节，以及以何种类型的故事为支点进行叙事。因为不同类型的剧本写作各有特点，所以编剧在创作之初就应以合适的写作方式创作剧本。如青春校园类和悬疑类剧本在语言风格、人物性格、情节事件上有极大的差别，校园类剧本经常使用轻松欢快的台词来体现主人公的懵懂与青春，悬疑类剧本则往往利用大量留白给观众制造悬念和惊喜。接着，编剧就要确定剧本的题材，即故事是关于人还是动物，是关于亲情还是爱情，是关于悲伤还是幸福。总之，编写剧本最重要的是要找到自己喜欢并擅长的类型与题材。

### 一、故事挖掘渠道

想要获得情感认同，故事就需具备一定的真实性，最好从现实生活中取材，因为来源于生活的故事是最贴近观众的，能在最大程度上引起他们的共鸣。好的故事一定不能全靠编剧坐在桌前想象，不然可能使剧本变得虚无，编剧应扎根现实，从生活中取材，挖掘生活中的善恶美丑，创作出"人生如戏，戏如人生"的故事。编剧可以通过对比一个人独处时的行为和与人交往时的行为，来挖掘真实的人物性格，也可以通过聚焦不同年龄阶段人群的神态、行为差异描绘人生进程。无论是发生在自己身上的故事，还是听说、看见的别人的故事，都可以成为写作的素材。此外，编剧还可以根据神话、传奇、民间故事等内容进行改编，一些导演、编剧甚至从梦境、幻想中找到创作素材。另外，根据新闻事实进行改编也是非常不错的创作方法。《长空之王》（2023）的编剧就提到，她之所以能够创造出雷宇、张挺等有血有肉的试飞员角色，是因为自己和团队亲自走访了大量试飞员，观察试飞员的生活，了解了众多军人的感人事迹，这些亲眼看到、亲耳听到的故事让剧本更加生动、真实。获得第87届奥斯卡金像奖提名的影片《美国狙击手》（2014），是编剧杰森·霍尔根据克里斯·凯尔的同名自传进行改编的，片中精彩的故事、惊险的情节离不开克里斯·凯尔在战争中的亲身经历。可以说，好的故事需要创作者对生活的细致观察和对现实经验的积累和思考。

## （一）素材的搜集与选择

在了解到找寻、积累故事素材之于剧本创作的重要性之后，各位新手编剧可以进入下一阶段——搜集、选择合适的故事素材。根据罗伯特·麦基、理查德·沃尔特等剧作大师的经验，素材的搜集和选择可以从剧本中故事发生的背景、故事发生地、主人公、情节等切入。

### 1. 背景

背景是指对人物、事件起作用的历史情况或现实环境。任何故事的发生都有其特定的背景，不同的背景会对故事的内容、情节产生影响。例如，《美国狙击手》（2014）的故事背景是伊拉克战争爆发，美、伊社会人人自危；《阮玲玉》（1991）的故事背景是半殖民地半封建社会下时局动荡的中国社会。在创作故事之前，编剧要选择合适的背景，去寻找资料，深入了解不同时代、不同地区的社会特点。需要注意的是，剧本中世界运行的规则要符合特定的逻辑，从一而终，一旦确定，在整个写作过程中一般都不再更改。

### 2. 故事发生地

故事发生地即故事发生的场所、环境，也可统称为"空间"。所谓"空间"，是指无限的三维范围，在此范围内，物体存在，事件发生，且均有相对的位置和方向。① 在创作故事之前，编剧要确定主人公活动的空间。不同的活动空间会令人物做出不同的反应，特定情节只能发生在特定地点。以重庆为故事发生地的《疯狂的石头》（2006）、《火锅英雄》（2016）就是极好的例子，正是由于重庆的复杂地形、密集建筑，才让这两部电影中的巧合事件和复杂联系自然成立。如果是现实题材的影片，编剧最好选择自己了解的地点，以此增加剧本的真实性和说服力。若在某一特定场所，那编剧在写作之前需要对该空间进行调查研究，包括人们的语言、饮食、服饰等，避免剧本中出现与现实相悖的情节。

### 3. 主人公

主人公是故事的中心人物或视角的出发点。在剧作中，故事主要围绕主人公展开，主人公须具有典型意义或是突出特点。编剧选择的主人公一方面要能够引起观众共情，另一方面要有自己独特的个性。因此，编剧可以观察生活中的特殊人群，以能够引起观众兴趣的方向来辅助创作。即便主角是一个平平无奇的人，也应赋予其强大的信念感和意志力，去完成一系列挑战，最终获得成长蜕变。《阿甘正传》（1994）中，先天智障者阿甘因母亲的鼓励、自强不息的性格，加之一些好运气，逐步成为橄榄球巨星、越战英雄、乒乓球外交使者、亿万富翁。阿甘普通的出身，质朴、勇敢、真诚的性格以及爱而不得的苦恼，让观众与之产生共鸣，并从中得到鼓舞，获得情感疗愈，电影的价值由此实现。对主人公的刻画是创作剧本的重中之重，只有人物立住了，故事才能展开，剧本

---

① 不列颠百科全书（国际中文版）[M]. 北京：中国大百科全书出版社，1999.

才会精彩。

4. 情节

情节是指叙事作品中表现人物关系的生活事件的发展过程，它由一系列展示人物性格，表现人物与他人及环境之间相互关系的具体事件构成。故事情节需要具有打动人心的功能，使观众透过剧本事件与人物产生共情。《楚门的世界》（1998）中，主人公楚门发现自己生活在一个虚拟世界中后，不顾一切打破舒适圈，寻找真实世界。在看到楚门发现妻子和认识多年的朋友都在骗他时，观众为楚门感到难过；在看到楚门冲破火场、克服海洋恐惧时，观众为他感到骄傲；当楚门终于与心爱的女孩在一起时，观众为他感到开心。楚门的离奇经历牵动着观众的心弦，使观众随着剧情开启了一场酣畅淋漓的心灵之旅。在写剧本之前，编剧可以对长期积累的事件进行回忆与记录，挑选最适合剧本的故事情节，并以此为基础进行改编与创作。

（二）素材的来源

1. 童年故事

童年经历构成了我们各自的记忆。对于写作新手来说，以亲身经历作为剧本的创作材料，会比编造的故事更具逻辑性和可信度。以自身故事作为灵感来源也是部分导演的创作选择。侯孝贤导演的《童年往事》（1985）以少年阿孝的童年经历影射了自身的成长过程——导演将幼年全家从广东搬迁至台湾、青年时与军校失之交臂、长辈相继离世、重回广东探亲等真实生活事件融入电影，使故事真挚动人。法国导演弗朗索瓦·特吕弗称其作品《四百击》（1959）的主角安托万，是他本人和主演让－皮埃尔·雷奥的混合体。他称这部电影是一部童年自传体，影片中安托万的家庭环境源自特吕弗的真实经历。从小他与母亲和继父生活在一起，不被家人关注，形成孤独、叛逆的性格，长大后他将自己的童年记忆映射到安托万身上，通过安托万的经历表达自己对童年往事的情怀，最终创作出具有划时代意义的新浪潮代表作。《玻璃城堡》（2017）的剧本改编自美国记者珍妮特·沃尔斯的传记《玻璃城堡》，书中记录了作者贫困的童年生活和成长过程中的复杂经历。童年时期的小事也许就能成为编剧创作的灵感，你们是否有独属于自己的童年秘密？如果有令你印象深刻的事情，可以尝试写出一个或是温暖、治愈，或是遗憾、唏嘘的故事。

对此，擅长讲述家庭及儿童故事的伊朗电影似乎能提供一些参考。《小鞋子》（1997）是一部根据真实事件改编的电影。本片讲述了生活在伊朗贫民窟中的哥哥弄丢了妹妹的鞋子，却不敢告诉父母，兄妹俩只能轮流穿哥哥的鞋上学，后来哥哥为了给妹妹赢得一双球鞋而去参加比赛，却与鞋子失之交臂，最终父亲给两个孩子买了新鞋的故事。对普通人来说，买一双鞋子是非常容易的，可这对家境贫寒的小孩来说却是天大的事。国产电影中也不乏根据真实童年经历创作的故事。例如，《城南旧事》是林海音以其 7 岁到 13 岁的生活经历为背景创作的小说，后被拍成同名电影《城南旧事》（1983）。在中国台湾被日本帝国主义侵占期间，林海音随父母迁居北京。一开始，林海音以童稚美好的眼光看待世界，直到身边的人相继离开，她发现生活并不如想象中美好，在接二连三的事件后，她意识到自己长大了。编剧可仔细回忆让自己获得成长的经历，这或许是很好的写作素材。

写童年的故事，既可以写家庭、亲人、玩伴，也可以写学习、宠物、玩具。无论剧本的载体是什么，题材是什么，只要是编剧觉得精彩的、感动的、不可思议的、有意义的事件，都能成为剧本创作的灵感来源。比如侧重表现亲情的《天堂回信》（1992）、《海蒂和爷爷》（2015）等，都讲述了小朋友和年迈老人之间发生的感人故事；再比如关于青春期成长故事的《少年时代》（2014）、《狗十三》（2018），它们都侧重于表现童年经历对儿童心理造成的影响；甚至还有关注世界格局，以悲惨童年经历带出反战思想及呼吁世界和平的《穿条纹睡衣的男孩》（2008）、《何以为家》（2018）等影片。编剧在创作剧本前，可以观看此类电影，一方面可以从中获取创作灵感，另一方面可以学习前辈讲述故事的方式。

回顾童年是新手编剧创作剧本非常可行的方法。如果自己的故事素材不够，或童年记忆模糊，还可以参考其他人的记忆，如父母、朋友、同学等。挑选私人记忆成为创作的初始素材是明智的，只有让编剧自己难以忘记或深受震撼的故事才更能引起观众的共鸣。当然，我们也要避免理所当然、自我感动式的故事。如果是写自己的故事，在写的时候一定要将自己从当事人的身份中抽离出来，切忌一味抒发自己的主观情感，否则会让作为旁观者的观众感到故事与自己无关。

2. 神话、传奇、民间生活故事

神话故事主要包括神鬼故事和神化的英雄传说，是古代人民与自然抗争的信念外化，也是一种精神寄托；传奇作为一种文体主要是指情节离奇或人物行为不寻常的故事。电影《特洛伊》（2004）改编自《荷马史诗》中的特洛伊战争，讲述了特洛伊王子帕里斯和斯巴达王后海伦之间的爱情故事；电影《猫鼠游戏》（2002）改编自古希腊神话中瑞克斯和米诺陶洛斯之间智力较量的故事；电影《伊阿宋和金羊毛》（2000）改编自古希腊神话中的杰森和阿尔戈号的故事，讲述了他们寻找金羊毛的冒险旅程；国内也有根据中国经典神话及传奇故事，如《精卫填海》《后羿射日》《梁祝》《聊斋志异》等改编而成的电影、电视剧。例如，以《山海经》为创作蓝本的古装神话电视剧《精卫填海》（2005）围绕神话人物精卫、后羿等主角展开叙事，讲述了一群年轻神仙拯救神界、庇佑人间、降妖除魔的故事。

民间生活故事主要指一些小人物的故事，这些故事在老百姓中广为流传，有爱情故事、家庭故事、哲理故事等。例如，《阿拉丁》（1992）改编自阿拉伯民间故事，讲述了穷小子阿拉丁如何通过魔法灯实现自己的愿望。

选择神话、传奇、民间生活故事作为剧本创作素材主要有以下优点：

（1）故事内容丰富、种类众多、人物饱满，便于挑选自己喜欢和擅长的领域进行创作。

（2）篇幅短小，易于理解和把握故事及其核心主旨并进行改编。

（3）故事曲折、离奇，补充生活中不常见的视角和观点，以新奇的角度讲述生活故事，赋予普通故事惊奇感。

（4）神话、传奇、民间故事体现了从古至今广大人民的精神追求和迫切愿望，与人们的审美趣味和当代民众的美好愿望相契合。

《大话西游之月光宝盒》（1995）、《大话西游之大圣娶亲》（1995）、《西游·降魔篇》（2013）、《哪吒之魔童降世》（2019）等，都是根据民间神话传说《西游记》改编而来的。作为中国四大名著之一，《西游记》多次被改编为影视作品，比较知名的还包括：彩色动画片《大闹天宫》（1961—1964）、央视版《西游记》（1986）、香港 TVB 版《西游记》（1996）、《天地争霸美猴王》（1998）、《西游记续集》（2000）、《西游记之大闹天宫》（2014）以及动画片《大圣归来》（2015）等。中、韩、日、美及东南亚部分国家根据《西游记》改编拍摄的各类影片不下百部。由中国中央电视台、中国电视剧制作中心、铁道部第十一工程局联合录制的 25 集古装神话电视剧《西游记》（1986），是对《西游记》小说改编的经典范例。而由刘镇伟导演的香港电影《大话西游之月光宝盒》和《大话西游之大圣娶亲》两部作品，通过颠覆性改编使故事具有了后现代主义色彩。周星驰导演的《西游·降魔篇》（2013）同样是对《西游记》的一次颠覆性改编，结合成熟的电脑特技、编织主角间的爱恨情仇，令观众眼前一亮，成为了当年的票房冠军。《西游记之大闹天宫》（2014）以《西游记》为基础，辅以魔幻特效，讲述了一个全新的大闹天宫故事。动画片《大圣归来》（2015）将唐僧一角改为小和尚江流儿，讲述了齐天大圣与江流儿的冒险故事。

由神话、传奇、民间生活故事改编而成的优秀剧本，一旦被拍成电影并获得观众认可，将具有独特的现实意义。首先，这些电影可以帮助人们更好地了解和欣赏传统文化。其次，这些电影可以让传统文化得到更广泛传播。通过电影这种大众媒介，传统文化可以被更多的人了解和接受。最后，这些电影也可以为传统文化注入新的元素和活力，通过改编传统故事，电影制作人可以在保留传统文化的基础上，加入一些新的元素和创意，让传统文化焕发出新的生命力。编剧可以尝试以神话、传奇、民间生活故事为原始素材进行新剧本创作，以经典故事为创作蓝本，融入新思想和新内容，站在中国特色社会主义立场进行"旧事新编"，创作出既吸引观众又契合时代发展的好作品。

3. 梦境或幻想故事

奥地利心理学家西格蒙德·弗洛伊德的著作《梦的解析》（1900）一书中提到，梦是一个人与自己内心的真实对话，是自己向自己学习的过程，是另外一个与自己息息相关的人生映射。在隐秘的梦境中，人们所看见、所感觉到的一切，包括呼吸、眼泪、痛苦以及欢乐，都不是无意义的。在梦中，做梦的人可以是任何物种，可以做出任何行为，经历各种稀奇古怪的事。这能够让创作者跳脱出日常生活的束缚，获得超脱世俗的创作灵感。任何诡谲的事情都有可能在梦和幻想里发生，这将让据此创作的剧本故事充满奇幻色彩。

黑泽明的电影《梦》（1990）便是由创作者回忆自己童年时的八段梦境组成，这些梦境之间有着内在的逻辑联系，构建了一场黑泽明对日本历史与文化的回望。电影中的母亲与小男孩，在现实生活中的原型就是黑泽明与母亲。母亲的言辞听起来像是恐吓孩子，但她恰恰遵守了人类与自然的契约，即对万物神灵的谦卑与崇敬。这种自然观源于日本的神道教传统，也是母亲想要教给黑泽明的道理。电影中还出现了狐仙、桃花仙子等自然神灵，警示着人类要对自然持敬畏之心。编剧的梦里是否同样发生了一些精彩的故事？是否细究过这些故事的深层意义？这些故事都能成为很好的创作素材。更令人惊喜的是，梦里的故事甚至可能比编剧费尽心思想象的故事还要精彩。仔细想想，你有哪些记忆深刻的梦？它们能不能衍生出一个剧本呢？

纵观中外电影史，以梦境为主线的电影大致可以分为以下三种类型：第一种是具有精神分析情节的电影，例如《爱德华大夫》（1945）和《穆赫兰道》（2001），这些电影擅长从心理或精神症状切入故事，表现人们的精神世界。弗洛伊德认为，人在清醒的意识下面，还有一个潜在的心理活动。他通过对梦的科学探索和解析，发掘了人性的另一面——潜意识，从而揭开了人类心灵的奥秘。编剧塑造人物时，不仅要研究人物的身高、体型、外貌等表象，更要研究人物藏于表象下的潜意识，由此创作出有血有肉的人物。以下是三个简单的场景。

**1. 内景 餐厅 晚上**
A女性和B女性分别笑着接受了各自男友的求婚。

**2. 内景 卧室 晚上**
A女性梦到婚后一家三口在夏威夷度假。

**3. 内景 卧室 晚上**
B女性梦见自己被困在迷宫，怎么也找不到出口。

梦境反映了两位即将步入婚姻殿堂的女性的潜意识，让观众清楚地体会到不同人物的心理状态，这是一种比花大量时间描写心理活动要好得多的创作方式。编剧可以将主角的难言之隐，或未曾被发觉的欲望等通过梦境的方式呈现给观众。

第二种是套层式或片段式结构的电影，例如《记忆碎片》（2000）和《盗梦空间》（2010），这类电影善于以严谨的逻辑对时空进行解构与重构。它的优点在于用细碎的片段、颠倒的时空、层出不穷的反转与缜密的逻辑，使故事充满悬念，并在吊足观众胃口之后给出意料之外、情理之中的故事结局。以下是《盗梦空间》（2010）中科布等人进入斋藤梦境偷盗信息的情节。

**1. 内景 奢华的餐厅 晚上**
科布与斋藤在餐厅里，一边进餐一边聊天
科布：什么寄生虫是最顽强的？细菌？病毒？还是肠内寄生虫？
斋藤的食叉停在半空中，科布微笑着，阿瑟坐在餐桌旁。
阿瑟：科布先生想说的是……
科布：一个意念。
斋藤看着科布，充满了好奇。
科布：非常有韧劲，极具感染性。念头一旦占据了头脑，那就几乎不可能再将它根除。人们可以遮掩它，忽视它……但是它就待在那儿。一个完整成形、被彻底理解的意念，它会坚持……（指着前额）扎根于此，这里面的某个地方。

斋藤：以便让你这样的人去盗取？

阿瑟：是的。在梦境状态，你的有意识防御会减弱，你的思想可以轻而易举被盗取。这就是所谓的"盗梦"。

科布：斋藤先生，我们可以训练你的潜意识来进行防御，抵挡最娴熟的盗梦者。

斋藤：你如何能做到？

科布：因为我就是最熟练的盗梦者。我知道如何搜索你的头脑，并且找到你的秘密。我知道这些窍门。我可以教你这些窍门。即使你在睡梦里，你的防卫也不会降低。

科布往前探了探身子，直面迎接斋藤的目光。

科布：如果你需要我的帮助，你必须对我完全地开诚布公。我需要以我的方式来认知你的思想，比你的妻子、比你的私人医生、比任何人都更了解。（指着周围）假设这是在你的梦里，你有一个深藏机密的保险柜，我需要知道那个保险柜藏了些什么。为了工作有效，你必须把我当自己人。

斋藤对此微微一笑。他起身。一名保镖打开双叠门，引他们通向一个豪华的聚会。

斋藤：先生们，好好享受你们的夜晚。我会考虑你们的建议。

他们看着斋藤离去。阿瑟转身对着科布，焦虑的样子——

阿瑟：他识破了。

科布示意沉默。开始一阵震动。他们抓稳酒杯。

阿瑟：上面出什么事了？

科布盯着手表——他的秒表加快。

## 2. 外景 混乱的街道 白天

嘣——一个远处的爆炸。

## 3. 内景 肮脏的浴室 白天

科布坐在蒸汽浴室末端的椅子上，睡着了。椅子放在了橱柜上。

满头大汗的纳什看着熟睡的斋藤，远处的爆炸引发的轰鸣声穿透了整间屋子。纳什走到窗户边，掀开一角窗帘，只见外面：城市呈现一片混乱不堪的局面——街上到处都是暴乱分子——打，砸，烧。

纳什检查了亚瑟的手腕，又去查看科布的左手腕。纳什看着科布的手表——秒针慢得很不正常。科布仍在沉睡。

嘣——一个近处的爆炸。

## 4. 外景 豪华餐厅的屋顶 晚上

轻微的震动传遍整个城堡。科布和阿瑟抵着木制的护栏稳住了身子。几个瓦片和一些瓷石的灰屑掉落下来。

阿瑟：斋藤识破了。他在捉弄我们。

科布：我可以在这里拿到。资料在保险箱里——刚才我一提到秘密，他就往那儿张望了一下……

大量类似的情节存在于《盗梦空间》（2010）中。通过对时空的解构与重构，诺兰套层式地将整个故事完整地呈现了出来：在第一层梦境中，唤醒人物需要下坠；在第二层梦境中，唤醒人物需要被杀死；在第三层和第四层梦境中，唤醒人物需要有人在第一层和第二层留守；如果人物想从第五层梦境醒来，则需要自杀或者他杀。五层梦境层层推进，不仅增加了剧本的奇幻性和独特性，还带出了丰富的人生哲理，体现了真实和自由的可贵，探讨了人类对自然的敬畏和人性的复杂性，使观众在看完影片后开始思考人生的意义和价值。要创作此类剧本，需要编剧在整体构思时，为故事发展埋下众多伏笔，并设计丰富的反转情节吸引观众注意力，有的放矢地揭露真相让观众参与其中。这一类剧本非常考验编剧的功力，新手编剧想要写出这样的套层式或片段式剧本，需要多观看此类影片，学习编剧的巧思与方法。

第三种是迷幻的白日梦式电影，如《开罗紫玫瑰》（1985）和《香草的天空》（2001）等浪漫主义影片，这类电影通常会通过幻想、梦境等手段，让观众进入一个虚幻的世界，体验到一种超现实的浪漫感，以人物的奇幻经历为表象，以轻松幽默的形式探讨生活的本质。以上述两部电影为例，我们可将这类电影的基本要素剖解为以下五个部分。

（1）起因：主人公在现实生活中遭遇了巨大的打击，对生活感到绝望和无助。《开罗紫玫瑰》（1985）女主角遭遇了家庭、事业的双重困境；《香草的天空》（2001）男主角毁容并告白失败，家族事业也遭受重创。

（2）转折：能够拯救主人公的事件发生。《开罗紫玫瑰》（1985）中，女主角最爱的电影男主角走出银幕，从她丈夫手中拯救她并带她回到了电影中；《香草的天空》（2001）中男主角整容后容貌恢复，并与心爱的女孩索菲亚在一起了。

（3）危机：美好的虚幻生活中出现不合理的情形，让主人公深刻意识到自己处于虚幻中。两部电影中的主人公都清晰感受到现实与虚幻之间的矛盾，如《香草的天空》（2001）中男主角渐渐发现生活中的诡异和不真实。

（4）抉择：虚拟与现实的挣扎。两部电影中的主人公都经历了"留在梦（幻）境"和"回归现实"的挣扎，但最终都会被动或主动地做出成长的选择。

（5）结局：主角回归现实生活。在两部影片中，在虚幻世界的经历使主人公明白了真实生活的可贵之处，使他们找到了面对生活的勇气。

超现实梦境可以让观众进入一个虚幻的世界，经历各种天马行空的事件，受到强烈的感官和认知冲击。因此，一个吸引观众的梦境故事不失为一个好的创作题材。

任何故事都是编剧主观意识的再创造。以梦境，梦里的人物是否足够立体，事件是否具有开端、冲突、高潮和结局，故事情节是否足够流畅，梦境是否具有普适价值和深刻含义等，都需要编剧进行思考、加工和填补。

4. 社会事件改编故事

社会生活中不乏引人深省、感人泪下的真实故事，编剧也可借此进行创作，但最好注明该故事是根据新闻、真实事件进行改编。《辛德勒的名单》（1993）、《湄公河行动》（2016）等是根据营救类社会事件改编的电影；《熔炉》（2011）、《聚焦》（2015）等是根据社会新闻改编的电影；《风雨哈佛路》（2003）、《叫我第一名》（2008）等则是根据个人励志故事改编的电影。

《辛德勒的名单》（1993）是根据在第二次世界大战中死里逃生的犹太人——波德克·菲佛伯格对辛德勒的回忆创作出来的故事。澳大利亚小说家托马斯·肯尼利根据波德克·菲佛伯格的讲述，完成并出版了小说《辛德勒名单》。斯皮尔伯格在读完该小说的书评后，被辛德勒的故事震撼，于是着手编写剧本并执导了该片。值得一提的是，本片创作之路异常坎坷。1983 年，小说原著作者肯尼利开始改编剧本，但完成的剧本长达 220 页，且重点不突出。斯皮尔伯格随即指派科特·路德特克撰写剧本第二稿，但路德特克认为辛德勒的内心转变让人难以置信，于四年后放弃。在斯皮尔伯格成为本片导演之前，斯蒂文·泽里安曾将剧本删减到只剩 115 页，斯皮尔伯格要求他将剧本扩充至195 页，着重描写故事中的犹太人，并延长犹太人区的大屠杀场景，才产生了《辛德勒的名单》（1993）的剧本。考虑到影片之于世界的重大意义，全剧组工作人员进行了公益拍摄。

回到国内的现实主义题材影视创作，其中也不乏《唐山大地震》（2010）、《亲爱的》（2014）、《失孤》（2015）等以社会事件为基础进行创作的优秀影片，此类影片不仅具有极高的艺术审美价值，还体现出了深厚的人文关怀价值。

根据社会事件进行剧本创作是一条值得编剧深耕的创作道路。编剧应该深入生活，从生活中发现美，汲取创作灵感，并保持高水平的职业精神，对社会和人生进行思考，创作出具有现实意义、反映社会风貌、引领社会风尚的作品。

需要注意的是，虽然灵感来源于真实的社会事件，但我们应该让事件为剧本整体服务，如果是与主题、主要人物活动不相关，或违背社会发展规律的内容，我们应该主动舍弃。总之，编剧一定要确保创作出的剧本具有可看性、审美性、启发性和社会性。

由以上四种素材来源的途径可看出，寻找故事素材的方式和途径是多样的，编剧不应束缚自己发现周围事物的能力，一定要积极地去经历、去感知、去揣摩，记录下引起情感波动的各种细节，并考虑这些素材是否可以用于自己正在进行的剧本创作。

电影行业的辉煌离不开一代代电影人的辛勤创作。虽然创作的过程是漫长且痛苦的，但我们在创作时依然要沉淀下来，用心倾听和感受，在力所能及的范围内，关心社会、关注边缘人群，力争创作出体现中国精神、反映社会现实的文艺精品。

## 二、故事创意与概括方法

故事创意是指故事的基本构思和主题。在编写故事之前，创意是最重要的一步，因为它决定了故事的方向和主题。创意可以来自生活，也可以是完全虚构的。创意的好坏直接影响故事的质量和受众的反响。故事概括是指对故事情节进行简明扼要地叙述，其目的是让读者在很短的时间内了解故事的主要情节，以便更好地理解故事的主题和结构。创作剧本时，编剧一般先有一个想要表达的观点，然后构思表达方式，接着梳理故事走向，最后调整细节。在写作过程中，剧本中的细节可能因为某些原因改变，但是整体的写作思路一定是相对稳定的。因此，编剧最好首先将脑中的故事进行"一句话创意"概括，找到故事的独特性和新颖性；再写出故事梗概，对故事情节、主要人物、背景等内容进行简要梳理，以便把握情节发展的大方向；最后，再以故事大纲的形式对故事内容和结构进行详细规划，以此作为剧本创作的蓝本，提高写作效率。

## （一）从"一句话创意"到故事梗概

"一句话创意"有时也被称作"好莱坞式推销"或"吊人胃口的悬念与钓钩"。面对空白稿纸，寻找故事创意的方法有很多种。编剧可以从自己的生活经历中寻找灵感；也可以从新闻、历史、文学、电影等领域寻找灵感；还可以从社会现象、文化现象、科技进步等方面寻找灵感（下文提到的"CLOSAT 游戏卡片"是一个值得尝试的方法）。故事的"一句话创意"要包含以下必要信息：故事类型、故事主人公、故事设置（目标）、欲达成目标时所遇到的问题或者阻碍。

剧本的故事梗概是指对剧本中的整体故事走向进行概要描述，篇幅较短，不用追求细节，只需要把故事的大致走向和整体特点进行提炼即可。

以一个经典案例《飞越疯人院》（1975）为例，"一句话创意"可以概括为：一个被困在疯人院的正常人想尽办法却无法逃离的故事。从中，我们可以看到以下两对矛盾：正常人与疯人院；困住与逃离。同时，我们还可以根据这句话进行联想：是什么人将他送进疯人院？他在疯人院将过上什么样的生活？他要如何逃离疯人院？他能否逃离疯人院？将这些内容逐步补充成一个段落，一个篇章，直至一个完整的故事。此时，我们就拥有了一个充满矛盾与悬念的剧本。

故事梗概作为"一句话创意"的扩充，需要说明主要人物的身份信息、动机、困境、行动和结果等内容，并应突出整个故事的中心事件以及事件发展脉络。将《飞越疯人院》（1975）"一句话创意"扩充为故事梗概则是："精神正常的迈克被送到了疯人院，他不断向以护士长为代表的院方做斗争，试图逃离疯人院，可是却不断失败。最后，迈克被医院摘去部分大脑，变成了痴呆人。迈克的好朋友酋长不忍看到迈克这样生活下去，闷死了迈克，并带着迈克的灵魂逃离了疯人院。"

悬念大师阿尔弗雷德·希区柯克导演的犯罪类型电影，似乎都很适合用作概括"一句话创意"的训练。以电影《后窗》（1954）为例，该影片的"一句话创意"可以概括为："摄影记者杰弗瑞为了消磨时间，监视自己的邻居，偷窥他们的生活，并由此识破一起杀妻案的故事。"将其扩充为故事梗概则是："摄影师杰弗瑞因一场意外摔断了腿，在家中休息一个星期，无聊的他只能通过观察窗户外的邻居来打发时间。杰佛瑞发现邻居托瓦尔德先生疑似将自己的妻子谋杀并分尸，为此他展开调查，最终揭露案件，让坏人被绳之以法。"

再以另一部经典电影《阿甘正传》（1994）为例，该影片的"一句话创意"为："先天智障的男孩在成长过程中自强不息，得到上天眷顾，最终创造多个奇迹。"将其扩充为故事梗概则是："智商只有 75 的男孩阿甘为躲避其他孩子的捉弄，听从朋友珍妮的建议开始跑步。中学时，他误打误撞跑进橄榄球场，成为橄榄球运动员，并在大学时成为橄榄球巨星。之后，他入伍参加越南战争、告发水门事件的窃听者、代表美国乒乓球队与中国外交、给予歌王灵感使其创作出风靡一时的歌曲、成为一名企业家、隐退成为一名园丁、跑步横跨美国，最终回到家乡与儿子过上了幸福的生活。"

而前文提及的伊朗儿童电影《小鞋子》（1997），情节看似散漫，却也可以进行概括。它的"一句话创意"为："鞋子丢失后，贫穷兄妹只能穿同一双鞋子上学，为此哥哥想要通过比赛赢得一双新鞋子。"将其扩充为故事梗概则是：哥哥阿里弄丢了妹妹的鞋子，因为家庭贫困，兄妹俩没把丢鞋子的事告诉父母，阿里和妹妹只能轮流穿着阿里的鞋子去上学。后来，阿里发现参加赛跑并获得第三名就可以获得一双新球鞋，于是参加比赛，可一心想得第三名的哥哥却意外获得第一名，痛失球鞋，最后父亲挣钱给兄妹俩买了新鞋。

### （二）故事大纲

剧本大纲需要在故事梗概的基础上进行细化，并把开端、冲突、发展、高潮、结尾等内容写出来，形成一个相对完整的故事。以下是几位著名编剧、导演写作剧本大纲的方法。

《机械姬》（2015）的编剧兼导演亚历克斯·加兰提到，写作剧本时，他会先新建一个文档，写上几乎所有的故事节拍点，每个节拍点只写一行或者几行，以此概括事件发展或人物行动。写完后，这些节拍点就构成了故事大纲。这时，他再回到文档首页，就可以根据故事大纲创作剧本初稿了。

《利刃出鞘》（2019）的导演莱恩·约翰逊提到，他会花费大量时间在笔记本上写作和修改故事大纲，包括画故事弧、切分和填充（如图 2—1），当他对整个故事有了把握后，才会开始创作剧本。

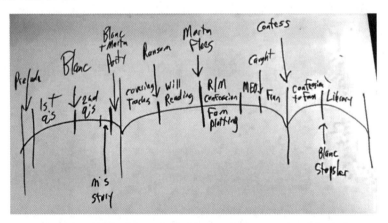

**图 2—1　［美］莱恩·约翰逊《利刃出鞘》（2019）大纲手稿**

《阳光小美女》（2006）的编剧迈克尔·阿恩特则提到，他在写剧本时，会事先将故事场景进行罗列，再写出情节梗概或者场景说明，修改以后的内容就作为他的故事大纲指导剧本写作。同时，他也会用"段落提纲"这一方法，即把故事分为不同的段落，再把段落内容分到四张纸上，每张纸上分别写上第一幕、第二幕、第三幕、第四幕，在每张纸上写出段落名称和主要内容，编剧可以通过这四张纸通览全局，对剧本内容进行整体把握。

虽有前人的经验作为支撑，但我们要明白，写作剧本大纲不是一蹴而就的，它需要花费大量的时间和精力，因为这是整个剧本发展的基础，只有打好了基础，后面的写作才能顺利推进。反之，若是剧本大纲写得不够精彩，那么整个剧本的写作很可能十分艰难。在写大纲的时候，编剧应该反复琢磨事件之间的递进关系，要做到每一场戏之间有所转折，矛盾之间有所激化，故事情节被不断推至高潮。

在写好剧本大纲后，我们可以将剧本大纲的内容讲述给身边人听，若是他们对剧本内容表示极大的兴趣，就可以准备接下来的创作了，因为这往往意味着我们已经拥有了一个有趣的故事。若是他们在听故事时走神，就需要思考是什么让他们无法专注。如果把这个不吸引人的大纲写成剧本、拍成电影，观众很有可能与他们反应相同。这种时候，编剧应该重新回到大纲写作阶段，继续琢磨如何才能让故事更精彩。

## （三）CLOSAT 游戏卡片

如果在寻找故事创意或是写作故事大纲时遇到瓶颈，或总是无法写出令人满意的故事，"CLOSAT 游戏卡片"或许会是帮助编剧寻找灵感和创意的好方法。

"CLOSAT 游戏卡片"由美国电影学者迈克尔·拉毕格提出，指将"人物（Character）、地点（Location）、物件（Object）、情境（Situation）、行动（Act）、主题（Theme）"这六大故事元素的具体内容写在不同的卡片上，根据不同需求对卡片内容进行随机组合，形成各种超乎寻常逻辑的人物活动，以此激发参与者的创作灵感，锻炼其故事想象力和思维逻辑能力。

首先，我们在"人物"卡片上写出主要人物的姓名、身份信息和卡片类别，再将人物的细节描写填充进卡片（如图 2—2）。

| 人物姓名 | 身份 | 卡片类别 |
|---|---|---|
| 阿宝 | 商人 | 人物（C） |

一位三十多岁的男性，五官立体，梳大背头，穿着暗色西服，立于窗边，他拉开窗帘看向窗外，阳光打在他脸上，眼中带笑。

| 人物姓名 | 身份 | 卡片类别 |
|---|---|---|
| 乔安娜 | 家庭主妇 | 人物（C） |

一名中年女性，有一头金色的头发，眼神忧郁，撑着脸颊的右手无名指带着戒指，左手抚摸着睡着的儿子。

| 人物姓名 | 身份 | 卡片类别 |
|---|---|---|
| 杰弗瑞 | 摄影师 | 人物（C） |

一个中年男性，五官立体，黑色的头发中夹杂着几缕白色，他正躺在轮椅上睡午觉，汗珠随着他的额头往下滑。他双眼紧闭，手里拿着望远镜，腿上打着石膏，一动不动地坐在窗边。

**图 2-2　CLOSAT 游戏卡片——"人物"卡片**

　　接下来，再以相同的方法依次制作多张"地点""物件""情境""行动""主题"卡片，形成六个大组。图 2-3 至图 2-5 分别为"地点""物件""情境"卡片样板，"行动"和"主题"卡片也是同样的制作方法。

| 地点 | 卡片类别 |
|---|---|
| 一间教室 | 地点（L） |

教室空无一人，墙壁上挂着的时钟一动不动，风从开着的窗户吹进，桌子上的书被吹得翻页。

| 地点 | 卡片类别 |
|---|---|
| 一间公寓 | 地点（L） |

一栋新修的公寓，与对面的公寓窗户对着窗户，从这边的窗户望过去，正好可以看见对面。

**图 2-3　CLOSAT 游戏卡片——"地点"卡片**

| 物件 | 卡片类别 |
|---|---|
| 鸭舌帽 | 物件（O） |

橄榄色的鸭舌帽，帽子边缘泛白，孤零零躺在地上。

| 物件 | 卡片类别 |
|---|---|
| 望远镜 | 物件（O） |

崭新的黑色长筒望远镜，放在支架上。

| 物件 | 卡片类别 |
|---|---|
| 项链 | 物件（O） |
| 一条小指粗的黄金项链，指甲盖大的爱心吊坠沾满泥垢。 | |

图 2-4　CLOSAT 游戏卡片——"物件"卡片

| 情境 | 卡片类别 |
|---|---|
| 小区花园里经常吠叫的小狗失踪。 | 情境（S） |

| 情境 | 卡片类别 |
|---|---|
| 新上市公司的股价持续上涨，大批股民疯狂买进股票。 | 情境（S） |

| 情境 | 卡片类别 |
|---|---|
| 一位邻居太太失踪，其丈夫三次冒雨提着皮箱出门。 | 情境（S） |

图 2-5　CLOSAT 游戏卡片——"情境"卡片

在制作出六个大组的卡片后，参与者从每一组里任意选择一张或多张卡片，将这些卡片进行组合，使其成为一个故事，以此作为创作灵感。

在"人物"组选择：摄影师；

在"地点"组选择：一栋新修的公寓，与对面的公寓窗户对着窗户，从这边的窗户望过去，正好可以看见对面；

在"物件"组选择：崭新的黑色长筒望远镜，放在支架上；

在"情境"组选择：一位邻居太太失踪，其丈夫三次冒雨提着皮箱出门；小区花园里经常吠叫的小狗失踪；

在"行动"组选择：寻找邻居失踪和小狗死亡真相；

在"主题"组选择：违法犯罪者将会被绳之以法。

将这些元素组合在一起，并进行适当扩充，就得到了电影《后窗》（1954）的故事梗概：摔断腿的摄影记者杰弗瑞在轮椅上养伤，无聊的他透过窗户，用望远镜观察邻居的生活。邻居苏太太从公寓消失，花园里的小狗死去，杰弗瑞与女友感到蹊跷，开始调查，最终识破了一起杀妻案。

组合卡片时，卡片数量越多，越容易出现令人惊喜的结果。将一些原本不相干的元素组合在一起，可以为编剧的剧本创作提供丰富的可能性，不仅使故事更有趣，还能增加剧本的多义性和深刻性。

# 第二节　故事价值与意义传递

## 一、故事价值

故事价值是指故事所传达的思想、情感、道德等方面的意义。故事价值可以是多方面的，如反映社会现实、传递人生哲理、表达情感体验等。一个好的故事应该具有一定的价值，这样才能引起观众的共鸣，让观众从中获得一些启示和收获。无论在何种文化背景下，剧本的创作原则首先应该遵循正确的国家发展理念，禁止传达反社会、反和平、反人性的内容；其次应该具有一定的思想深度，使观众能够从中获得生命感悟和情感共鸣；最后应该避免涉及敏感内容或存在错误的价值导向。

## （一）故事与生活的关系

艺术源于生活而高于生活。剧本作为艺术的具体形式，也来源于生活，但剧本中的故事往往比生活更加一波三折。对比来说，故事必然要给生活着的人们带来一定的思考和启示，而观众生活可能是平淡的、随机的、不可预见的。平淡的故事往往会让观众觉得无趣，随机发生的事件也很可能无法组成一个完整的故事。一个总是一帆风顺，或是始终处于低谷的剧中人物不会受到欢迎。现实生活中不可能存在完全没有苦恼，或完全没有快乐的人。因此，编剧应在剧本创作中拉开生活与故事的距离，通过制造波折、意外、冲突等，赋予故事戏剧张力。

有的创作者认为苦难的生活和苦难的主人公会更容易引起观众的同情，但在只有苦难或与现实生活无异的电影中观众很难寻找到生活的慰藉和情感的共鸣。正如日本导演是枝裕和在其文学作品《有如走路的速度》（2016）中提到的，"我们日常的生活并不足以映照别人的世界"。故事应与生活有所区别，编剧在写大纲的时候，就应该对人物所要经历的事件、情感上的变化了如指掌，让可以引起人物转变的事件一件接一件地发生。

此外，故事和生活应具有统一性，故事来源于生活，故事中人物的情感变化、对事件的反应等都应经得起现实推敲，不要让观众一眼看上去，就觉得这是个编造的、不符合常理的，甚至是完全不可能发生的故事。

很多导演和编剧都曾在创作中受到生活的启发。是枝裕和就曾以自己和女儿关系疏远时的细节体现来推动《如父如子》（2013）的创作。他在一次采访中提到，父亲节时女儿送了他一朵花，可是他当时没有做出任何反馈，后来这朵花就不见了，他自责地将这件事写进日记本。后来，在创作电影剧本时，这篇日记便成了他的素材。在死亡是非常难拍的，但由于经历了母亲的去世，是枝裕和对生死有了很深的感悟，在悲伤的情绪下创作出了《步履不停》（2008）。这也是生活与故事统一性的体现。

好的故事应该是对生活的反映与思考，应该是对生活中精华事件的提炼与概括，编剧应该致力于挖掘藏在生活表象下的社会真相，创作出有深度的故事。

## （二）社会主流价值导向与创作的关系

恩格斯指出："人是全部社会关系的总和。"故事既源于生活，便无法脱离社会而存在。作为群体性生物，人类在逐渐融入集体的过程中，形成了社会主流价值导向。电影创作与时代变迁密切关联，社会的万花筒既折射着时代的精神与情绪，也包含着人们普遍关注与思考的问题。社会主流价值观虽随社会发展发生着系列演变，但爱国主义与集体主义始终是不可动摇的核心。厘清社会主流价值导向与创作的内在关联，始终是编剧创作过程中不可或缺的关键环节。

### 1. 社会主流价值引导作品创作

文艺作品需承载特定的社会价值，包含审美、认知、教育等多重维度。创作者若要使作品具备超越时代的社会价值，必须精准把握社会主流价值导向。创作者对生活素材的选取范围、人物主题的聚焦方向以及最终作品的呈现形态，既取决于其政治思想水平、文化素养与生活阅历，也受制于社会主流价值的深层牵引。

由冯骥、陈珠珠、林明杰编剧，林超贤执导的军事题材影片《红海行动》（2018）改编自中国海军撤离也门南部中国公民的真实事件。影片通过惊心动魄的撤侨战斗，展现了中国军队的战术协同、果敢行动、无畏精神与人道关怀。编剧团队在爱国主义这一社会主流价值内核的驱动下，着力凸显中国军人捍卫国家利益、维护全球和平的牺牲奉献，同步彰显中国履行国际责任与展现军事能力的担当，既重塑了国内外观众对中国军人的认知体系，更通过具象化的银幕形象确立了值得颂扬的价值标杆。

### 2. 创作需要真实反映出社会主流价值导向

电影创作中，编剧需真实映射社会主流价值导向以强化故事的共情力与传播力。作为文化载体，电影承载着深远的社会影响力。真实反映社会主流价值的作品，既能提升叙事的感染力，更易唤起观众的情感共振与角色代入，从而深化观影体验。由林咏琛、李媛、许伊萌编剧，曾国祥执导的《少年的你》（2019）聚焦青少年成长困境、人际羁绊与身份认同等议题，精准对接当代社会对未成年人发展的普遍关切，形成强烈的情感共鸣。创作者以现实主义笔触融合浪漫主义情怀，通过光明驱散阴郁、以美善消解丑恶的叙事策略，引导观众感知希望，触摸理想。社会主流价值导向作为创作根基，若固化于说教模式必将导致艺术停滞。须知社会形态与价值导向始终处于动态演进，创作既要坚守真实映照，更需创新突破，最终仍需回归社会主流价值体系接受检验。编剧当以契合时代的精品创作，开拓艺术表达的新维度。

### 3. 以社会主流价值为导向是创作的必要条件

新时代文艺创作应以民族团结、社会进步、人民幸福为思想内核，以激发爱国情怀与集体意识为宗旨，通过颂扬人性光辉、展望文明图景实现艺术价值。社会主流价值导向既是创作目标亦是方法论根基，又是构成剧本创作的必备条件。创作者既要洞悉生活本质，也需直面社会症结——通过揭示暗面直击时代痛点，实现为民发声与观众共情的双重诉求，指向更高维度的主流价值传播。

由黄渤与张翼联合编剧的《一出好戏》（2018），借荒岛求生的极端情境呈现人类在原始环境下的人性博弈。影片始终围绕"善念筑天堂、恶念堕地狱"的价值母题展开叙事，深刻印证社会主流价值导向中"制度效能取决于人性底色"的核心逻辑——先进制度的价值不在其设计本身，而取决于执行者能否超越利己本能。该片既为观众构建了超现实的镜像世界，激发了观众对情感本质的追寻勇气，更引发了观众关于人性救赎与社会宽容的深层思考。

社会主流价值导向为剧本创作带来了深远意义。无数剧本创作的实践证明，只有遵循社会主流价值导向，才能创作出长久流传的作品。一个作品只有真实反映社会的主流价值，塑造出拥有鲜明品格的人物形象，才能在原有创作过程中不断实现想象与现实的双重飞跃，实现剧本创作的时代化和精品化，使剧本如一朵鲜花永久绽放于观众心中。

电影《无问西东》（2018）讲述的是四个不同时代的清华学子，对青春满怀期待，也因时代变革在矛盾与挣扎中艰难前行，最终找到真实自我的故事。其中，出身显赫的沈光耀作为文武兼修、家训严谨的独子，虽受严母规训恪守孝道，却始终秉持家国情怀。在民族存亡之际，这位世家子弟毅然投身空军序列，以最炽热的生命光华践行卫国之志。编剧借核心人物的命运抉择，揭示当代人共有的生存命题——唯有秉持纯粹信念、消解内心犹疑，方能在纷繁世相中锚定前行方向。影片礼赞的正是这种超越时空的赤子之心与无畏气魄，正是这种永恒的精神特质铸就其历久弥新的艺术魅力。创作者当以直面时代叩问的勇气，在当代中国的创造实践中捕捉叙事母题，通过描摹时代精神图谱、记录文明嬗变轨迹，最终实现为时代造像、立传、明德的艺术使命。

在剧本创作时，我们应牢记习近平总书记的希冀："广大文艺工作者要不忘初心、牢记使命，不负时代、不负人民，努力创作生产更多传播当代中国价值观念、体现中华文化精神、反映中国人审美追求，思想性、艺术性、观赏性有机统一的优秀作品。"[①]艺术创作离不开社会主流价值导向，社会主流价值导向也要在更新迭代的艺术作品中得到丰富、深化和发展，二者相辅相成，共同进步。

## 二、确定主题

正如其他艺术作品一样，影片主题是电影作品中的灵魂和精华，也是我们为之迷恋的"精神家园"。创作者在发掘叙事素材后，不能仅凭创作冲动与灵感火花仓促动笔，还应对故事的可呈现性、可延展性进行评估，并融合个人价值判断与情感取向，精准提炼核心表达。这正是剧本创作的首要环节——主题确立。

剧本主题是指故事或电影所传达的核心观点，或中心思想。它是贯穿整个故事的灵魂，是故事想要探讨、传达或呈现的精神内核。主题通常是抽象的、普遍的，能够引发观众共鸣的。它往往通过价值判断、伦理探讨、人性剖析或社会观察等维度呈现，既可以是直接的表达诉求，也可以随着情节的推进逐渐浮现。如果一部电影的主题是"友情的力量"，那这个主题会贯穿整个故事，通过角色之间的互动、冲突与合作，展现友情存在的意义。如果一部电影的主题是"个体与社会的关系"，就可以通过主人公在社会中的经历，显示其奋斗的决心与成长的收获。主题赋予故事情感与意义，并引导观众思考。

剧本主题的选择往往折射创作者的文化背景与精神诉求。由于电影创作者涵盖多元的文化背景与价值取向，编剧通常基于个人兴趣、专业方向与创作愿景确立主题方向。作品内容实质是创作者世界观、价值观的投射，承载着其对生命经验与情感体悟的理解。这种主题建构绝非表层的、肤浅的，而是深化的、多义的，需要我们从整体上去把握。

---

① 吹响时代号角 勇攀文艺高峰——习近平总书记在中国文联十一大、中国作协十大开幕式上的重要讲话引发热烈反响［EB/OL］．中国青年网，（2021-12-17）［2024-12-19］．http://news.youth.cn/sz/202112/t20211217_13355584.htm.

### （一）故事概念与故事意义

为了确立主题，明确故事概念与故事意义是至关重要的。概念是故事的基本构想，是故事的核心冲突或问题的简洁表述，也是主题的源头。一个好的主题需要表达出概念的状态和结果，说明事件的原因或障碍，并呈现出故事的冲突和结果。《肖申克的救赎》（1994）的故事概念就可以概括为"一个被冤枉入狱的银行家如何在监狱里寻找自由和希望"。一般来说，初学者可以从身边的人物和事件出发，寻找可写的类型和题材，并找到自己想要借鉴或改编的素材或原型，然后精简地描述出故事概念。同时，故事概念应该具有创新性、吸引力和可行性，能够让观众对故事产生好奇心。而故事意义则是故事对观众的启示和影响，是故事想要表达或探讨的深层内容。故事意义应该具有深度、广度和力度，能够让观众对故事产生共鸣。对初学者而言，可以尝试通过以下三种方法明确故事概念与故事意义。

（1）从自己感兴趣或关注的话题出发，找到故事想要表达或探讨的问题，用一个句子将其概括出来，这就是故事概念；根据故事概念，设置相关情境、矛盾或冲突，用一个句子将其描述出来，这就是故事意义。以电影《活着》（1994）为例，编剧想要呈现动荡年代中中国人经历的苦难和性格的坚韧，于是设置了从富有到贫穷，从幸福到悲惨，从一家八口到孤苦伶仃的人物命运，确立了故事概念与故事意义。

（2）从自己熟悉或喜欢的风格或形式出发，找到想要创作或改编的素材或原型，用一个句子将其描述出来，这就是故事概念；思考故事概念所蕴含的问题或观点，用一个句子将其概括出来，这就是故事意义。以电影《黑白道》（2006）为例，编剧想要创作一部警匪片，于是以电影《无间道》（2002）中两个卧底互相对峙的情节为灵感，确立了故事概念。在情节发展中，剧中人物逐渐开始了对人性、正邪、身份等议题的思考与探讨，从而引申出故事意义。

（3）从自己遇到或听过的事件或人物出发，找到想要借鉴或改编的素材或原型，用一个句子将其描述出来，这就是故事概念；思考这个概念所引发的问题或观点，用一个句子将其概括出来，这就是故事意义。以《闻香识女人》（1992）为例，编剧想要改编一部意大利小说《闻香识女人》，于是他们以小说中盲人军官和学生之间的友情为素材，确立了故事概念。与此同时，编剧还思考了这个概念所涉及的关于生命、爱情、自由、责任的议题，从而引申出故事意义。

只有在明确故事概念和故事意义的前提下，才能更集中地围绕主题进行创作。编剧应牢记以下三点：主题应该贯穿故事的始终，体现在人物、情节、对白、场景等各个方面；主题应该通过故事的展开和结尾来呈现和升华，而不是直接告诉观众；主题应该具有一定的开放性和引导性，而不是封闭的和直白的。此外，编剧还应注意日常语言、文学语言和电影语言的区别，将视听思维植入剧本创作，反复推敲细节，营造出逼真的戏剧世界。

### （二）以主控思想见人生主旨

编剧的人文立场往往体现着自己的世界观和价值观，它直接连通着电影的主题。简单来说，这种立场体现着创作者能否以人类普世伦理为基准进行社会观察与价值判断。如果一个编剧没有人文诉求和相应素养，那么他创作的作品就会陷入技术性叙事的窠臼。主控思想作为主题的升华形态，通过关键叙事节点的价值抉择，决定着情节取舍与人物塑造的最终走向。

电影作为人文理想和美学追求的载体，承载着创作者对生命意义、存在价值等命题的思考。创作中，编剧需坚守主控思想，这既是故事的逻辑原点，也是艺术感染力的根本保障。好的作品总是以主控思想来感染人、歌颂人、鼓舞人。编剧的观念、思想、认知和才华决定着作品的质量。这种创作方法的核心在于坚持人本导向，使主控思想成为观照现实的精神透镜。

电影《金陵十三钗》（2011）在南京大屠杀题材影片中具有里程碑意义，并获得华表奖优秀故事片及金球奖最佳外语片提名等艺术成就。该影片之所以成为经典，不仅在于它正确的意识形态、崇高的人道主义精神，还在于编剧对于主控思想与人生主旨的精准把握——中国人民浴血抗争、中国军队骁勇善战、风尘女子舍身赴死……这些不仅能够激发观众的爱国热情，还能让观众反思战争的残酷与人性的多面。

影片将南京大屠杀的集体创伤转化为艺术记忆，通过对人物行为的演绎完成对战争暴力的控诉与和平愿景的呼喊，最终确立民族精神与人性光辉的永恒命题。破城之际，残兵本可选择撤离死城，却为守护南京与敌军血战到底，其决绝姿态恰是中国军人铁血风骨的具象化书写。"金陵十三钗"在危难关头以命换命：舍身赴死的壮举，是对传统侠义精神的艺术再现。假牧师约翰于惨烈屠杀中觉醒，为守护弱小放弃独自逃生的机会，既恪守历史真实又深怀人道主义精神。编剧始终立足正义立场，通过人物命运的抉择来打动观众，引发观众的强烈共鸣。

同样，电影《烈火英雄》（2019）改编自真实发生的"7·16"石油泄漏事故，讲述了沿海油罐区发生严重火灾，消防队伍团结一致，誓死抵抗，以生命维护国家及人民财产安全的故事。编剧不仅还原了灾难现场的惊险画面，展现出消防部队在灾难时刻保护人民群众的英勇形象，映射出消防员践行"赴汤蹈火，竭尽全力为民"的初心与使命的主题，也歌颂了每一个坚守在平凡岗位上默默奉献的人。同样，影片潜移默化地深化了观众的集体主义信仰，引导着许许多多站在人生的岔路口上不知如何抉择的人们——只要坚守初心，默默奉献，就能找到人生价值之所在。

总之，编剧应立足于历史和现实，对故事的情节、人物的设定、表达的主题进行充分的设计，用主控思想呈现人生主旨。

## （三）坚守社会主流价值导向与正向叙事品行

上海戏剧学院教授孙祖平曾说，他分辨好电影的原则就是自己在观影后是否会辗转难眠。[①] 这句话实则道明了电影的感染力和特有的"接受"功能。一般而言，电影主题要有深度、张力和适度的超越性，既与一个时代的大众审美保持距离，具有一定的间离效果和表现张力，又不能将这个距离拉得过大，让观众摸不着头脑，完全成为陌生化的

---

① 陆军. 编剧理论与技法［M］. 上海：上海人民出版社，2017年.

表达。换言之，好的电影要让观众感到新鲜，而非陌生。由此，编剧应知晓社会文化范式和时代意识的原型或符号，化繁为简，以社会主流价值观为导向，以正向叙事为路径，向观众传递真、善、美的创作理念。

所谓正向叙事，是指在叙事方面始终坚持主流的、正能量的、有价值的叙事策略、方法和结构。例如，当我们在创作战争题材作品时，应将叙事重点转向为正义而战的一方，使剧本具有天然的正义感，并体现出社会的主流价值观。

电影《辛德勒的名单》（1993）讲述了德国企业家辛德勒在二战期间，耗尽家产拯救众多犹太人的故事。这部电影根据真实事件改编，一举包揽了包括奥斯卡奖在内的七项大奖，反映出创作者的人道主义关怀与对和平的向往。

战争与救赎是《辛德勒的名单》（1993）的两大主题。20世纪40年代，克拉科夫一带被笼罩在黑云之下。生活在此处的犹太人遭遇了前所未有的屠杀。但编剧并未将叙事重点放在战争的残酷上，而是聚焦了主人公辛德勒——为拯救犹太人，辛德勒花光家产，但仅凭个人力量依然无法解救所有饱受战争折磨的犹太人。这种正向叙事，更加巧妙地道出了人性的美好与战争的残酷，引发观众对和平的珍视，对生命的敬畏。影片以真实的历史和深邃的思想向观众表明：无论何时，人类的良知永不磨灭。此外，犯罪电影《烈日灼心》（2015）也采用了正向叙事。影片中的杀人犯经过自我救赎与法律审判，传递出"天网恢恢，疏而不漏"的价值导向。

### （四）回归"爱与和平"的希望创作与价值判断

在正式开始剧本创作前，我们不妨问自己三个问题：编剧为什么要写下这个故事？编剧眼中的世界是什么样的？电影是什么？

编剧对人物的塑造和对生活的描述，流露出个人的世界观、人生观、价值观。换言之，剧本是编剧三观的映照。由此，我们可以回答第二个问题：编剧呈现的是自己眼中的世界。例如，追求"爱与和平"的编剧，往往会写出"大团圆"式的结局，体现出剧情的圆满和人性的美好。

但与此同时，编剧对于故事的价值有自己的立场。这种价值立场分为正价值与反价值两种。电影《中国合伙人》（2013）就是一部典型的反映编剧正价值的作品。主人公成东青出身农村，贫穷、自卑的他却想通过创业实现自己的梦想。在那段关于梦想的演讲中，他大方地讲述了自己作为一个"土鳖"的生存方式，引人发笑，却并不可笑。这是编剧有意塑造的人物特质——一个会自卑，但不会被自卑打败的"中国梦"实践者。现实生活中，很多人都有成东青的缺点，自卑也不可怕，可怕的是没有迎接挑战和正视自己的勇气。借此，编剧在影片中给出了积极、乐观、勇敢的价值判断与表达。

与之相对，通过故事中设置的障碍而表达出的内容就是负价值。《中国合伙人》（2013）中，编剧对成功带来的负面效果，如人物对现实的妥协、对自我的放任等，就是编剧想要表达的负价值。成东青虽获得成功，却变得圆滑世故，甚至丧失私人空间；合伙人王阳没有成功至上的观念，却常常要在争执不休的成东青和孟晓骏之间做和事佬，心累不已；孟晓骏年轻时对成功过于热衷，傲慢的气场不讨人喜欢。以上负价值是为彰显"中国梦"这一正价值而设置的。编剧通过角色的变化来说明：世界不总像想象中那样美好。

刘勰在《文心雕龙·指瑕》中指出："立文之道，惟字与义。"① 只有向上向善的文艺才能成为时代的号角。相信在"爱与和平"的指引下，新时代的故事创作者能够把有筋骨、有道德、有温度的东西传递给大众。从时代之变、中国之美、人民之盼中提炼主题，弘扬以爱国主义为核心的民族精神和以改革创新为核心的时代精神，弘扬伟大建党精神，展现中华民族之美、大好河山之美、多元文化之美，唱响昂扬的时代主旋律！

### 练习与习题

1．用一句话概括以下参考影片的主题：《辛德勒的名单》（1993）、《肖申克的救赎》（1994）、《勇敢的心》（1995）、《海上钢琴师》（1998）、《少年的你》（2019）、《中国合伙人》（2013）。

2．根据你目前构思的故事以及搜集的素材，尝试进行故事梗概写作。

3．将你搜集的素材和原型进行故事概念描述，从整体上把握编剧中"主题"的含义。

### 本章节学习参考电影

《四百击》（1959）

《城南旧事》（1983）

《童年往事》（1985）

《辛德勒的名单》（1993）

《肖申克的救赎》（1994）

《勇敢的心》（1995）

《小鞋子》（1997）

《海上钢琴师》（1998）

《中国合伙人》（2013）

《玻璃城堡》（2017）

《红海行动》（2018）

《少年的你》（2019）

---

① 习近平总书记在中国文联十一大、中国作协十大开幕式上的重要讲话［EB/OL］. 央视新闻网，（2021-12-14）［2024-12-20］. http://news.cctv.com/2021/12/14/ARTIL8eofrr2mNUU3s3vT1hf211214.shtml.

# 第三章　叙事结构与叙事视点

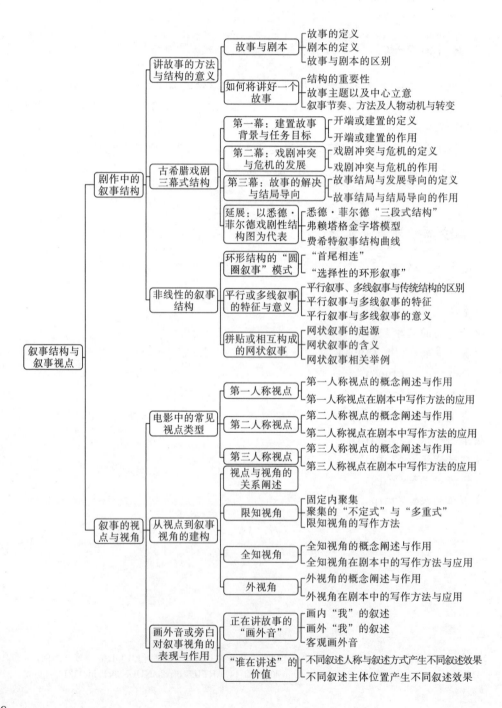

| | | | |
|---|---|---|---|
| | 讲故事的方法与结构的意义 | 故事与剧本 | 故事的定义 |
| | | | 剧本的定义 |
| | | | 故事与剧本的区别 |
| | | 如何将讲好一个故事 | 结构的重要性 |
| | | | 故事主题以及中心立意 |
| | | | 叙事节奏、方法及人物动机与转变 |
| 剧作中的叙事结构 | 古希腊戏剧三幕式结构 | 第一幕：建置故事背景与任务目标 | 开端或建置的定义 |
| | | | 开端或建置的作用 |
| | | 第二幕：戏剧冲突与危机的发展 | 戏剧冲突与危机的定义 |
| | | | 戏剧冲突与危机的作用 |
| | | 第三幕：故事的解决与结局导向 | 故事结局与发展导向的定义 |
| | | | 故事结局与结局导向的作用 |
| | | 延展：以悉德·菲尔德戏剧性结构图为代表 | 悉德·菲尔德"三段式结构" |
| | | | 弗赖塔格金字塔模型 |
| | | | 费希特叙事结构曲线 |
| | 非线性的叙事结构 | 环形结构的"圆圈叙事"模式 | "首尾相连" |
| | | | "选择性的环形叙事" |
| | | 平行或多线叙事的特征与意义 | 平行叙事、多线叙事与传统结构的区别 |
| | | | 平行叙事与多线叙事的特征 |
| | | | 平行叙事与多线叙事的意义 |
| | | 拼贴或相互构成的网状叙事 | 网状叙事的起源 |
| | | | 网状叙事的含义 |
| | | | 网状叙事相关举例 |
| | 电影中的常见视点类型 | 第一人称视点 | 第一人称视点的概念阐述与作用 |
| | | | 第一人称视点在剧本中写作方法的应用 |
| | | 第二人称视点 | 第二人称视点的概念阐述与作用 |
| | | | 第二人称视点在剧本中写作方法的应用 |
| | | 第三人称视点 | 第三人称视点的概念阐述与作用 |
| | | | 第三人称视点在剧本中写作方法的应用 |
| 叙事的视点与视角 | 从视点到叙事视角的建构 | 视点与视角的关系阐述 | |
| | | 限知视角 | 固定内聚集 |
| | | | 聚集的"不定式"与"多重式" |
| | | | 限知视角的写作方法 |
| | | 全知视角 | 全知视角的概念阐述与作用 |
| | | | 全知视角在剧本中的写作方法与应用 |
| | | 外视角 | 外视角的概念阐述与作用 |
| | | | 外视角在剧本中的写作方法与应用 |
| | 画外音或旁白对叙事视角的表现与作用 | 正在讲故事的"画外音" | 画内"我"的叙述 |
| | | | 画外"我"的叙述 |
| | | | 客观画外音 |
| | | "谁在讲述"的价值 | 不同叙述人称与叙述方式产生不同叙述效果 |
| | | | 不同叙述主体位置产生不同叙述效果 |

叙事结构与叙事视点

# 第一节　剧作中的叙事结构

## 一、讲故事的方法与结构的意义

故事，是什么？剧本，是什么？二者有什么关联呢？

常见的一种说法是：故事是文学题材的一种，侧重于事件发生的过程描述，强调情节的生动性和连贯性，即时间、地点、人物、情节、线索等要素的串联。

但是如果我们从理论学家那里获得信息，会发现故事存在更多的表达。叙述学大师杰拉德·普林斯在《故事的语法》中给出的答案是：故事是层层嵌套的，一个最小的故事是由三个相结合的事件组成的，再由一个个小故事组成一个复杂的故事。南加福利尼亚大学电影学院院长弗兰克·丹尼尔给出的答案则是："（故事是）某人非常想要某物，但困难重重。"而在马克思看来："神话是通过人民的幻想，用一种不自觉的艺术方式加工过的自然和社会形式本身。"可以说，人类最早的故事往往是从神话传说开始的。

那么剧本是什么？它与故事的关联又是什么呢？

剧本的核心依旧是"讲故事"。剧本同样包含故事中主题、人物、情节等要素，我们也可以将剧本理解成为一个"分了场次的故事"，因为剧本与故事同样是层层嵌套的，它是由不同的支线组成的一个完整的故事。但是剧本叙事更加注重画面的作用，它需要更加具体地描述，并加以科学地规划与安排。在剧本中，想象力仍然非常重要。大到场景中出场的人物、整体环境，小到物品摆放细节以及人物走位，最终达成视觉效果与声音结合后的整体效果，都需要想象力的协助。

剧本与故事虽然有相同之处，但依旧存在以下不同：

（1）剧本与故事虽然都来源于生活，但剧本经过更好的艺术加工，相较于故事的细节更加丰富，更加具有逻辑性与客观性。剧本中各个人物动机都十分明晰，事件因果联系紧密，多用第三视角来讲述整个事件，而一些故事中可能会出现，人物没有充足的动机来完成一件事，或是事件与事件之间出现矛盾，不符合常理。

以电影《肖申克的救赎》（1994）为例，从关于诺顿假借圣经试验安迪的描写，我们可以大致看出剧本与故事的区别。

> 哈德利瞥了一眼放在窗台上的石块，转向诺顿。
> 哈德利：看上去还符合要求。有几件违禁物品，不过没什么太出格的东西。
> 诺顿点点头，走到丽塔的海报前。
> 诺顿：我说过不允许这类东西，（转向安迪），不过我想例外总是有的。
> 诺顿走出了牢房，警卫们跟他一起出来。牢房门关上。诺顿停下来，转过身。
> 诺顿：我差点儿忘了。
> 他从铁栏杆中间伸手过去，将《圣经》还给了安迪。

诺顿：我可不想拿走你的《圣经》。解救之道尽在于此。

诺顿和警卫们走远了。

雷德（画外音）：抽查牢房只是借口。事实是，诺顿想试试安迪的斤两。

（2）剧本的叙事更加注重对于场景、动作的描写，人物的刻画，多用动词以及陈述句，并以具体的画面来表述故事中一笔带过的背景、环境、人物形象等要素。下面这个片段可以看出剧本中对于各个要素的具体描写。

**2561 内景，诺顿办公室，白天**，1966

诺顿将子弹一颗颗装入枪膛。他紧盯着门，每试一把钥匙，他就装一颗子弹，机械而又狰狞。就在合适的那把钥匙插进门锁的同时，他装好了最后一颗子弹。门突然打开，人们一拥而进。有人大声喊叫着。

……

雷德（画外音）：我想他最后琢磨的，应该不是那些子弹，而是安迪·杜佛雷是怎么战胜他的。

镜头缓慢推进至墙上诺顿夫人绣的那幅格言上，我们最后一次聆听圣经的教诲：他的审判将……

（《肖申克的救赎》剧本片段）

（3）剧本在加强人物的动机与冲突后，需要将文字转换成动态的画面，呈现给观众。故事更加片段化，也更注重其本身传达的寓意。剧本设计得更加真实、具有代入感，是一件需要好好结合生活经验并加以构思的事情。在日常生活中我们应如何锻炼自己讲故事的能力呢？其实，我们可以在向他人讲述过程中不断地想象画面中的环境、细节、人物、声音，并将故事用客观的语言呈现出一幅幅画面讲述给他人。在多次练习后，相信我们对虚构的画面以及声音的把握会有所提升。

那么，在剧本中，我们又需要做些什么才能讲好一个故事呢？编剧大师弗兰克·达拉邦特的名作《肖申克的救赎》（1994）中给出了答案（如图3-1、图3-2）。

**121 内景，监狱巴士，傍晚**，1947

安迪坐在汽车尾部，手上和脚上都铐着铁链。

雷德（画外音）：安迪是1947年上半年进的肖申克监狱。因为他谋杀了自己的妻子和与她偷情的家伙。

汽车缓慢向前行驶，穿过层层狱门。安迪四下望去，视线被监狱的高墙挡住。

雷德（画外音）：在外面时，他曾是波特兰银行的副总裁。如果你知道那个年代的银行是多么保守，你就会明白，对于这个年轻人来说，那的确是一份相当不错的工作。

监视塔警卫：警报解除！

警卫们手持卡宾枪靠近汽车。车门打开。新到的犯人排成一队开始下车，他们沮丧地环顾着围观的犯人。安迪被绊了一下，撞在他前面的人身上，几乎把那人弄倒。警卫长拜伦·哈德利抢起警棍，朝安迪的背上打来。安迪跪倒在地，发出疼痛的喘息声。围观者发出嘲笑和喊叫声。

哈德利：赶快起来，不然当心我让你再也起不来。

**1961 内景，诺顿的办公室，白天，** 1966

安迪被带进来。门被关上，就剩下安迪和诺顿两个人。

诺顿（轻声地）：太可怕了。这么年轻，不到 1 年就可以出去了，竟然试图越狱。打死他令哈德利感到心痛，的确如此。

安迪：我不干了，一切就此打住。到计税公司去汇报你的收入吧。诺顿站了起来，眼睛里充满了愤怒。

诺顿：什么都没停止！没有！（严厉地）不然你在这儿就没好日子过了。不再有警卫关照你。你将不再享受单间的待遇，至于图书室？没有了！用砖墙砌死！我们会在操场上来一次烧书活动！人们从几英里外就能看到火光！我们要像印第安人那样围着火堆跳舞！明白我的话了吗？明白了吗？

镜头缓慢推进至安迪的脸。他眼神茫然。沮丧的神情说明了一切。

**图 3—1　**〔美〕弗兰克·达拉邦特《肖申克的救赎》电影截图

**243 外景，大地，夜，** 1966

天上下着飘泼大雨。肖申克已经在半英里之外了。镜头向下，拍摄到小溪，镜头推进，对准通向小溪的下水道口。

雷德（画外音）：500 码，差不多有 5 个足球场的长度了。

几个手指捅出来，用力推着罩在下水道口上的铁丝网。

我们在黑暗中看到了安迪的脸，自由就在他的眼前。他将铁丝网扭松，从空隙处挤了出来，脑袋先栽进了水里。

他从水里抬起头，贪婪地呼吸着新鲜的空气。小溪的水有齐腰深。他逆流蹚水而上，急切地扯下身上的衣服，在头顶挥舞了几圈，将其扔掉。他伸出双臂，缓慢地转动，任凭雨水的冲刷。他胜利了，他欣喜若狂。一道闪电划破夜空。

图3-2　　［美］弗兰克·达拉邦特《肖申克的救赎》电影截图

**291 外景，海滩，全景镜头**

白天远处的海滩上泊着一艘小船，看上去像是被人遗弃的破船。船边有一个人。

镜头向船推进，一个男人仔细地将船上原来的漆除去，一边仔细地打磨着船体。他脸上戴着护目镜和口罩。

雷德在远处出现，他从沙滩上走过来，穿着他那身廉价的西服，手里提着那个不值钱的提包。船边的那个人停下手中的活，慢慢地转过身。雷德已经来到他跟前，正咧嘴笑着。船边的人抬起眼镜，摘下口罩。没错，这人正是安迪。

安迪：你看上去像是能搞到各种东西的人。

雷德：这方面我的确小有名气。

雷德脱掉上衣，拿起一张砂纸。两人一起干了起来。

（《肖申克的救赎》剧本片段）

上述四个剧本片段对应的分别是：安迪蒙冤入狱（开端）—受挫后坚定逃走信念（发展）—越狱（高潮）—开启新生活（结局）。这也是《肖申克的救赎》中主线安迪相关剧情的大致结构。

可以看出，如果编剧想写好一个剧本，一个好的整体结构是必不可少的。在剧本中，结构是开始剧本写作的基石，一个好的结构是一个好的故事的开始，编剧通常借助结构来理清创作的思路以及叙事方法。同时，因为结构涉及主题、人物等多个方面，所以结构也可以帮助编剧更好地思考剧本的创新之处。如果初步结构已经搭建好了，可以通过以下几点再完善一下结构：

（1）故事主题及中心立意。即故事最终想告诉观众的是什么？是生活本就充满磨难？是即使经过磨难也不放弃生活的希望？是为女性发声？还是对封建迷信等陋习的批判？可供选择的主题很多，但不可否认的是，一个好的主题与立意是一个好故事的灵魂。从东方神话中的夸父追日和古希腊神话中普罗米修斯盗取火种等故事中所歌颂的坚韧不拔的意志，到经典电影不断治愈人心的情节，再到当代电影逐渐对于女性等群体的关注。主题和立意决定了剧本的观众是谁，结构的最终目的是突出主题。

（2）叙事节奏以及叙事方法。结构就像过山车铺好了运行的轨道，在何处上升、何处下降、何处断轨，才能为观众带来最好的体验，就需要依靠叙事节奏与方法了。例如，若用悬念来控制节奏，对于悬念的设置可以放在最开始的地方，利用真相不断吸引观众；也可以放在最后结尾，给予观众无尽的想象空间，亦能放在叙事过程的中间，给予人物动机破除障碍并寻找真相。不同的叙事节奏与方法对于同一结构而言，所呈现出的效果各不相同。在《肖申克的救赎》中，虽然编剧采取的叙事结构非常经典，但安迪受到挫折后的转变以及最后对于安迪如何越狱的悬念解释的节奏恰到好处。影片在叙事方法上也发生了转变，从雷德视角在解释越狱时转变到上帝视角，越狱成功后再转换回雷德视角。简言之，叙事节奏与叙事方法，是在结构已经预设好的起伏中不断进行新的变化，如何进行变化可以参考经典叙事结构。需说明的是，叙事结构与叙事方法只是一种剧本写作手法，并不代表全部。

（3）人物的动机与转变。在剧本中，对于人物的刻画也是非常重要的，结构确定后，根据人物的背景与性格确定人物的转变时刻以及人物的行为动机，推动事件发展。在《肖申克的救赎》中，安迪逃出监狱的动机贯穿整部影片，在得知最后的希望破灭后，安迪决心不再依靠典狱长并自行逃出监狱，在开始新生活的同时也完成了转变。

（4）隐喻。隐喻是电影艺术的重要表达途径之一，隐喻的意象非常丰富，可以是人物的一句话、一个动作，也可以是背景中一件微不足道的物品。隐喻的意象作为一个符号象征，或许已经脱离了其本身的意思，而且对影片的后续铺垫以及升华起到重要作用。通过以下几个片段，我们可以看出隐喻在剧本中的具体运用。

　　2501 **内景，诺顿办公室，白天，**1966
　　诺顿打开自己的保险柜，拿出那本账簿，竟然是安迪的《圣经》。
　　扉页上写道：亲爱的典狱长，你说得对，解救之道尽在于此。
　　诺顿翻到《圣经》的中间发现书页被掏空成一把鹤嘴锄的形状。

　　831 **内景，典狱长诺顿的办公室，白天，**1949
　　安迪被带进来。诺顿正在桌前办公。安迪的目光落在墙上一幅镶着木框的刺绣上，上面绣着：他的审判将很快应验。
　　诺顿：我妻子绣的。
　　安迪：非常美，长官。
　　诺顿：你喜欢在洗衣房工作吗？
　　安迪：不，长官。不是特别喜欢。
　　诺顿：也许我们可以让你干点儿更能发挥你专长的差事。

从上述两个片段中，我们可以看出在《肖申克的救赎》中反复出现的"救赎之道尽在其中"，不仅对照出安迪将越狱工具藏于《圣经》，也预示了典狱长最终被"审判"的结局。

对剧本结构的把控，是对剧本整体把控的第一步，一个好的结构对一个好的剧本影响深远，就像建筑房屋前要先搭建好房屋的立柱与横梁。结构规划着故事的大致发展，是剧本的雏形，可以在开始剧本创作前随时进行调整。

剧本结构起源已久，从早期中国剧作家夏衍等人的口头描述剧本，到如今衍生出多样的戏剧结构；从古希腊三幕式结构（建置—对抗—结局），到环形、网状结构的出现；从莎士比亚戏剧《哈姆雷特》中的开放式结局，到被誉为现代电影纪念碑的《公民凯恩》（1941）中的封闭式结局。剧本结构虽千姿百态，但经典的剧本结构不仅是先辈留下的智慧结晶，更是历经时间与数代观众考验后的精品。

## 二、古希腊戏剧三幕式结构

公元前 5 世纪，受地理、政治等诸多因素影响，古希腊戏剧十分繁荣，出现了一大批戏剧家，其中以埃斯库罗斯、欧里庇德斯、索福克勒斯为代表。戏剧的繁荣促使早期戏剧家不断探索戏剧结构，这在一定程度上促使了古希腊戏剧三幕式的诞生。传统戏剧舞台依靠厚重的帷幕进行转场，帷幕的下降代表着这一阶段剧情的结束，这就是"三幕式"的来源。

最初，古希腊戏剧结构为四幕式，即"铺垫—叙事—高潮—升华、结尾"。后由亚里士多德将其简化为三幕：第一幕为开端或建置；第二幕为对抗，也称戏剧冲突与危机爆发；第三幕为故事的结局与导向，具体结构见图 3-3。

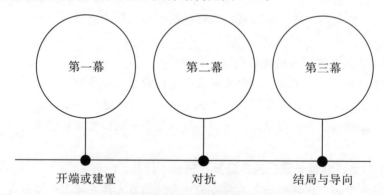

图 3-3 古希腊戏剧的三幕式结构

这是一种简单且符合观众心理预期的传统戏剧结构，如今已经成为好莱坞电影常用的戏剧结构。其原因在于这种戏剧结构符合事件的发展规律，是一种顺序结构，非常容易被观众接受。

（一）第一幕：建置故事背景与任务目标

第一幕为开端或建置，其作用是给电影打基础，强调故事的背景，并将故事背景展现出来。同时，让观众明白主要人物、故事前提和故事情境是什么，这些设置就是为了激发观众的好奇心和对人物的移情心理。经典的三幕式结构意味着在电影的一些特定时刻会出现一些有着特定功能的特定事件。① 简言之，在开端或建置阶段编剧需要让观众明白故事开始发生的缘由，同时吸引观众的注意力，让观众快速地代入故事的背景、人物并为接下来的事件发生做铺垫，就像神话故事总是有一个经典的开头："在很久很久以前……"

此外，第一幕结尾处要有一个情节点，即一个事变或事件，它紧紧织入故事之中，并把故事转向另一个方向。此情节点又被称为"激励事件"，意为主角受到阻碍后出现的启发事件，这个事件为主角带来完成最终的任务的动力。

画外音对于背景的建置可以起到很好的帮助。在电影《魂断蓝桥》（1940）与《卡萨布兰卡》（1942）中，开场分别利用广播声和新闻播报声，向观众传达出故事发生于第二次世界大战时期的时间背景，并清楚交代了当时混乱的社会环境（如图 3－4、图 3－5）。

> 夜晚的伦敦街头。
>
> 黑暗的马路，居民们在专心听广播。马路两旁堆积着沙袋，战争已经开始。（画外广播）："全世界都知道了。一九三九年九月三日，星期天，它将永远被人记住。这天的上午十一点十五分，首相在唐宁街 10 号会议上的演说宣布了英国和德国处于交战状态。而且殷切希望伦敦居民们不要忘记已经发布的紧急状态命令：在灯火管制时间里不得露出任何灯光。任何人在天黑以后不得在街上游荡。并且切记不得在公共防空壕里安置床铺。睡觉之前应该将防毒面具和御寒的衣物放在身边，而且不妨在暖水瓶冲好热水或饮料，这对那些深夜不得不叫醒的儿童不是没有好处的；应该尽量稳定那些仍然留在伦敦的儿童，尽管直到今天夜里，撤退仍将持续不断。"
>
> 一队小学生默默走过。
>
> （《魂断蓝桥》剧本片段）

图 3－4　［美］茂文·勒鲁瓦《魂断蓝桥》电影截图

---

① 刘永欣. 经典三幕式直线结构在《疯狂动物城》中的运用 [J]. 短篇小说（原创版），2017（8）：60－61.

渐显，一个旋转着的地球仪远景，地球仪旋转时，画面便活动起来了。来自欧洲各地的绵长的人流（模型）集中到非洲顶端的一点上来。这个活动画面出现的同时，传来了讲解员的声音。

讲解员：自从第二次世界大战爆发以来，在被禁锢的欧洲，许多人以希望的或失望的眼睛向往着美洲的自由。里斯本变成了一个大的转运站。但是并非所有的人都能直接到达里斯本的；于是，一条迂回曲折的难民路线就形成了。（交代时间、社会环境）

在讲解员讲述沿线各点的时候，画面化入说明那条路线的活动地图。

讲解员：（继续讲）从巴黎到马赛渡过地中海到奥兰。然后坐火车——或汽车——或步行——穿过非洲的边缘，到达法属摩洛哥的卡萨布兰卡。

镜头逐渐划入卡萨布兰卡的地形图，一边是海洋，另一边是沙漠。讲解员的声音又起。

讲解员：在这里，幸运的人——通过金钱，或者势力，或者碰上好运气——得到了出境护照，急急忙忙赶到里斯本，又从里斯本到美洲。但是其他的人却只能留在卡萨布兰卡，——等，等，等。（引出地点卡萨布兰卡）

讲解员的声音消失以后，镜头快速移到地形图上一条街的近景，然后划入这个城市中古老的摩尔人区域的白天的远景。起初只看到衬着热带天色的小尖塔和屋顶，远处是一片雾气笼罩的天空。然后镜头下移，显出摩尔人房屋的正面，又移到一条本地人住区的但却充满着国际生活情调的狭窄、弯曲的街道。强烈的沙漠阳光照得景色麻痹般寂静。一切活动都显得迟缓，什么声音都听不到……忽然一阵刺耳的汽车警号声冲破了寂静，戴面纱的妇女喊叫着找地方躲避，小贩、乞丐、儿童都躲到了门洞里。一辆警车疾驶而来，在一家旧式摩尔旅馆门前停住。

（《卡萨布兰卡》剧本片段）

图3—5　［美］迈克尔·柯蒂兹《卡萨布兰卡》电影截图

从上述两个片段中，我们可以看出画外音对于第一幕的背景建置起到引入的作用，不仅可以帮助观众更快地了解故事所处的时代和地点，还可以帮助观众更快地进入观影状态。《魂断蓝桥》以广播交代出战争背景为影片的开始，在玛拉与罗依告别后，完成了第一幕"相遇"的建置。广播中播报的战争环境交代出了混乱的时代背景，为后期罗依的阵亡做出铺垫。而《卡萨布兰卡》通过开篇讲解员的讲述，配合画面引出卡萨布兰卡的区域位置和里克酒吧多方势力齐聚的现状，在维克多和伊尔沙到达里克酒吧时，完成了第一幕"重逢"的建置。第一幕"重逢"中，最具戏剧性的一场戏是两张通行证鬼使神差地落入了维克多手中，这也是此幕中的"情节点1"。

### （二）第二幕：戏剧冲突与危机的发展

第二幕为对抗。故事主人公会在这一阶段经历各式各样的冲突，面临不同的挑战。这些冲突和挑战是挡在主人公成功路上的障碍，也是观众在情感上的催化剂。[①] 第二幕是第一幕的延续发展。在此幕中，双方都在为最后的爆发进行铺垫，主角一边与反派发生戏剧性冲突与对峙，一边积攒自己的力量为最后的反击做准备。人物关系在此幕更加清晰并获得一定的发展。与第一幕相同，在第二幕即将结束时主角经过反派不断的阻挠，或许丧失信心，但新的"情节点2"促使主角做出改变，激发了主角的人物弧光，为主角带来了继续与反派对抗的希望。

观众在观看主角不断化解危机的同时，对于主角的性格也了解得更加深刻，通过潜意识不断在主角身上找到共同点，如相似的经历、性格，或在面对同一事件时会做出的相似选择，将自己的情感代入故事，以此达到更深层次的共情。例如，在影片《魂断蓝桥》（总共108分钟）第50分钟左右，玛拉在报纸上看到罗依阵亡的消息后对生活彻底失望（如图3-6）。

> 餐厅，玛拉坐在桌旁。女服务员走来拿着一张报纸。
> 玛拉："几点啦？"
> 女服务员："差十分五点。您那位夫人来得可真晚。"
> 玛拉："是的。"
> 女服务员："您是不是先来杯茶喝？"
> 玛拉："谢谢，她一会儿就来。"
> 女侍："您要看晚报吗？"（递给玛拉一份报纸）
> 玛拉（接过报纸）："谢谢！"
> 玛拉拿起报纸，扫了几眼，似乎什么也看不进去。她抬头又向餐厅环视，罗依的母亲还没有来。她再把视线转到报纸上……
> 忽然，报纸上的消息引起了她的注意。报纸上是阵亡将士的名单，醒目的黑体字：上尉罗依·克劳宁阵亡。
> 玛拉按着字母顺序默读阵亡将士名单，当她默读到罗依·克劳宁的名字时，她

---

① 刘永欣. 经典三幕式直线结构在《疯狂动物城》中的运用 [J]. 短篇小说（原创版），2017（8）：60-61.

怀疑自己的眼睛，她睁大了眼睛使劲盯住了看。

玛拉顿时觉得天旋地转，她痛苦地用手捂住了脸。

《魂断蓝桥》剧本片段

图 3-6 ［美］茂文·勒鲁瓦《魂断蓝桥》电影截图

### （三）第三幕：故事的解决与结局导向

第三幕为结局，时间通常控制在影片最后的第 15 到 30 分钟之间（以 120 分钟左右电影为例），大概占故事线索的四分之一。在此幕中，主角与最终反派的矛盾全部爆发并解决，高潮时刻的来临引导着最后的结局，影片的主题在高潮中得到了深刻的体现。

观众在代入主角的过程中潜移默化地吸收了影片所表达的主旨，最后在结局中跟随主角或回归平淡的生活，或继续前进。结局的作用不仅是为了在逻辑上完成故事的最后交代，还是为了让观众产生一种久久回味、无法忘怀的感觉。结局导向可以明确交代所有人的结局，也可以选择开放式结局，为观众留下想象空间。例如，封闭式结局的《魂断蓝桥》（1940）与开放式结局的《卡萨布兰卡》（1942），就带给观众不一样的感受。

> 滑铁卢桥上。夜雾浓重。玛拉独自倚着桥栏杆，似乎向桥下望着什么……
> 一阵皮鞋声，一个打扮妖艳但面孔浮肿的女人走来，她看见玛拉。
> 女人（很熟识地）："是你啊，玛拉，你好！你不是嫁人了吗？"
> 玛拉（嗫嚅地）："没有。"
> 女人："那个凯蒂跟我说过的，说你跟了个体面的人。我说：哪有这好事？"
> 玛拉："是啊——"
> 女人："别泄气，反正就是这么回事，到火车站去吗？唉，我到哪儿都没法儿……"（她耸耸肩叹息着走开。）

玛拉两眼呆滞地望着她的背影，望啊望着……对她来说一切都绝望了，但她却表现出从来没有过的镇静。

桥上，一长队军用汽车亮着车灯，轰轰隆隆地向桥头驶来。

玛拉转过头去，望着驶来的军用卡车。

车队从远处驶近。玛拉迎着车队走去。

车队在行驶，黄色车灯在浓雾中闪烁。

玛拉继续迎着车队走。

车队飞速行进。玛拉迎面走去。

车队轰鸣，越来越近。玛拉迎着车队走，越来越近。

玛拉宁静地向前移动，汽车灯光在她脸上照耀。

玛拉的脸，平静无表情的眼神。

巨大的刹车闸轮声，金属相磨的尖锐声。

车戛然停止，人声惊呼。

人们从四面八方向有红十字标记的卡车拥去，顿时围成一个几层人重叠的圈子。（镜头推进）人群纷乱的脚。

地上，散乱的小手提包，一只象牙雕刻的"吉祥符"。

一只手拿着"吉祥符"。（《一路平安》音乐声起。）

二十年后的罗依，头发已斑白，面容衰老，穿着上校军服，凄切地站在滑铁卢桥心栏杆旁，他望着手里拿着的"吉祥符"，苍老的两眼闪现出哀怨、悲切和无限眷恋的心情。（画外玛拉的声音）："我爱过你，别人我谁也没有爱过，以后也不会。这是真话，罗依！我永远也不……"（强烈的苏格兰民歌《一路平安》将玛拉最后的声音淹没。）

歌声在夜雾的滑铁卢桥上空回荡……，桥上，孤独地走着苍老的罗依。

罗依坐上汽车。汽车驶去。

（《魂断蓝桥》剧本片段）

忽然飞机场的探照灯光扫射到屋子里来了，同时听到了飞机升空的轰鸣声。

这时，里克慢慢地向大门外的阳台走去。

里克走到了平台上，抬头往上看：后景中，飞机在灯光照射下升到了天空。

里克目不转睛地看着它。雷诺走入镜头，站在里克身旁。忽然，他们都往上望。飞机正从他们的头顶上飞过。雷诺望着里克，里克的脸上流露出怅惘。

雷诺：嗯，里克，你不但是一个感情主义者，你也变成一个爱国者了。

里克：也许是，这似乎是重新开始的大好时机。

雷诺：我想，也许你说得对。你离开卡萨布兰卡避一避风，倒是好主意。柏拉查维尔那边有一个自由法国的兵营。我可以替你安排交通。

里克：（他仍然目不转睛地望着即将消失的飞机）这就是你给我的通行证吗？

我可以旅行一下，但是我们打的赌可还得算数。你还是欠我一万法郎。

雷诺：（微笑）这一万法郎可就算我们的开支了。

里克：我们的开支？

雷诺：呃——嗯？

里克：（用新的眼光看他，高兴地）路易斯，我想这是我们美好友谊的开始。

飞机的灯光不见了，镜头渐隐。

（《卡萨布兰卡》剧本片段）

### （四）延展：以悉德·菲尔德戏剧性结构图为代表

古希腊三幕式在发展中衍生出了一些其他的戏剧性结构，如悉德·菲尔德"三段式结构"、弗赖塔格金字塔模型、费希特叙事结构曲线等。

悉德·菲尔德是美国著名编剧、制片人、著名电影编剧理论家，曾任好莱坞电影公司剧本审稿人以及编辑顾问。他促成了现代电影编剧理论的创立，是电影编剧学的先驱者和实践者，也是电影剧本写作的启蒙导师和引领者。在其著作《电影剧本写作基础：从构思到完成剧本的具体指南》中，他提出电影剧本写作的"三段式结构"，强调剧本中前后两大情节点的重要性，以及构思电影剧本最先考虑的是结尾而不是开头，见图3−7。[①] 他在传统"三幕剧"的结构中，进一步将之细化为一种惯用的剧作结构，并在书中将剧本规定在128页左右，放映时长2小时。在这一前提下，第一幕约占30页，时长30分钟左右；第二幕约占60页，时长为1个小时左右；第三幕占20到30页，时长30分钟左右。

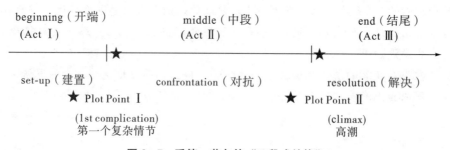

**图3−7 悉德·菲尔德"三段式结构"**

弗赖塔格金字塔模型由德国小说家古斯塔夫·弗赖塔格提出，他认为每个故事都应该包含"两半"，即一出正戏与一出反戏，高潮位于正反戏中间，见图3−8。在此金字塔模型中，"高潮"的含义略有不同，"高潮"在当代故事理论中一般指此处指代故事的逆转折点，即人物在推进事件发展时突遇挫折。

金字塔模型是对古希腊三幕式的进一步探索与补充，但其局限性在于弗赖塔格金字塔模型最初只针对悲剧。

---

① 蔡兴水. 现代电影编剧理论的奠基人——悉德·菲尔德论 [J]. 上海大学学报（社会科学版），2017，34（5）：20—29.

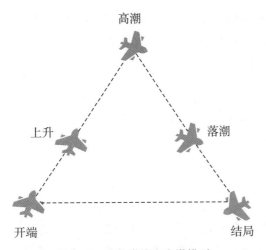

图 3-8　弗赖塔格金字塔模型

费希特叙事结构曲线为常见七种叙事结构之一，主要分为三个部分：上升的行动—高潮—下降的行动（落潮），见图 3-9。由图可见，费希特叙事结构曲线与古希腊三幕式不同的是，它在叙事开始更加注重事件的推进，以几个挫折来展现背景以及人物性格，并不断地通过上升挫折的难度将故事推向最后的"高潮"，即人物即将面对的最大的挫折。在人物做出决定与行动后，得出人物或事件最后的结局。费希特叙事结构曲线适用于线性及非线性叙事，不断升级的挫折也让剧本的结构具有一定的灵活性。

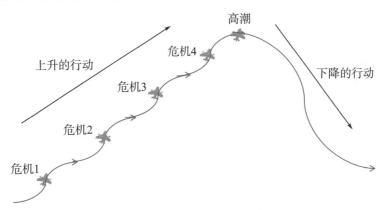

图 3-9　费希特叙事结构曲线

经过不断的发展与实践，悉德·菲尔德的三幕式戏剧结构依旧是最经典的戏剧结构。在古希腊三幕式的基础之上，他凭借自己多年的经验阐释了契合当代电影的"三幕式结构"。

1. 三段或三段式的戏剧构成

电影剧本都必须有明确的"三段式"结构——开端、中段、结尾，对应于开端、中段和结尾的分别是建置、对抗和解决。在悉德·菲尔德看来，不仅影片整体是三段式结构，甚至在每个段落构成上也是整齐划一的三段式："段落也许是电影剧本最重要的组成部分。段落就是用单一的思想把一系列的场景联结在一起，有明确的开端、中段和结尾。"①三段式结构是悉德·菲尔德电影剧本写作的核心。

2. 情节点及"假高潮"的方法运用

悉德·菲尔德同时提出电影剧本中要有前后两个大的情节点，也就是在第一幕的建置和第二幕的对抗中分别构筑全剧至关重要的两个重大事件，即情节点 1 和情节点 2。这样，从结尾出发考虑开端，再加上情节点 1 和情节点 2，便构成了剧本写作的四大条块。②

情节点 1 与情节点 2 作为激励事件，不仅激励着主角，也牵引着观众的情绪。在情节点 1 时，观众往往会误以为故事的高潮即将来临并产生期待，但当观众发现那不是真正的高潮后，便会产生犹如过山车起落般的情绪。作为"假高潮"的情节点 1，欺骗了观众的潜意识，同时在情节点 2 主角身陷困境之时，以突如其来的反转重新调动起观众的情绪，将其引入真正的故事高潮。

悉德·菲尔德戏剧结构是对古希腊戏剧三幕式结构的进一步总结与补充，两大情节点更加明确了编剧是如何通过人物事件来牵引观众情绪、促使观众更好地代入剧情，并与人物感同身受。无论是弗赖塔格金字塔模型，还是费希特叙事结构曲线，抑或其他的戏剧结构，都意在抓住观众，增强剧本的戏剧性使剧情叙述不再平淡、死板。

在探索戏剧结构的道路上，除以上三种以现实时间叙述的线性叙事结构外，还产生了环形结构、平行或多线叙事结构以及网状叙事结构等跳出现实时间的非线性叙事结构。这些叙事结构为叙事带来了更多的可能性和发展方向。

## 三、非线性的叙事结构

### （一）环形结构的"圆圈叙事"模式

环形结构产生于 20 世纪 90 年代。简单而言，环形叙事就是将影片中的故事变成一个"圆"，首尾相连，因果相对。这种全新的叙事模式为众多非线性叙事提供了一种新的可能性，使得人们在观看电影时得到一种全新的形式体验。而这也正是环形叙事结构的魅力所在。环形叙事的根便在于彻底打破时间的顺序限制，在将对因果关系的强调作为前提的基础上，依据矛盾、节奏等因素对故事的发展以及叙述重新排列。③ 环形结构主要分为以下两种叙述模式：

（1）"首尾相连"，即影片开始放出最后人物的结局后再开始叙事。在悬疑短片《调

① 蔡兴水. 现代电影编剧理论的奠基人——悉德·菲尔德论 [J]. 上海大学学报（社会科学版），2017，34（5）：20—29

② 蔡兴水. 现代电影编剧理论的奠基人——悉德·菲尔德论 [J]. 上海大学学报（社会科学版），2017，34（5）：20—29.

③ 李斌. 电影的环形叙事结构研究 [D]. 上海：上海师范大学，2019.

音师》（2010）中，第一场与最后一场的画面相连，并借用标题和枪声暗示主角最后的结局。

### 1. 夜晚，公寓

在一个奥斯曼风格的大公寓里，隐约可见一段阴暗的长廊。大理石地板，白色墙面，装潢十分阔绰。人们可以听到某个房间传来莫扎特的钢琴奏鸣曲，长廊就是通向那里。房间里没有开灯，仅有屋外的路灯透进来些许光亮。就在这半明半暗之中，一个男人安静地坐在长沙发上，似乎正在聆听美妙的音乐。

......

阿德里安：我是盲人。我不可能知道谁在我背后策划着什么。我不可能知道她拿着一把钉枪正虎视眈眈地瞄准我的颈背。既然我什么都不知道，我就应该放轻松。

阿德里安的手在键盘上快速地移动着。女人的食指已经放在了钉枪的扳机上。

### 12. 夜晚，公寓，房间

阿德里安仍旧坐着，心神不宁的。从进门开始一直到洗衣间，女人的阴影始终无法摆脱。

阿德里安一边调试钢琴一边有规律地弹奏和弦。他掂量着手中之一的钥匙，但用这个做武器不是太可笑了吗？如果女人有一把可以开火的武器的话。

......

阿德里安（画外音）：我是盲人。我不可能知道谁在我背后策划着什么。我不可能知道她拿着一把钉枪正虎视眈眈地瞄准我的颈背。既然我什么都不知道，我就应该放轻松。我应该继续演奏。自从我弹琴以后，她一直没动过。在我演奏期间她不能杀我，在我演奏期间她不能杀我……

（《调音师》剧本片段）

这样"首尾相连"的环形结构叙事数不胜数，在科幻惊悚片《香草的天空》（2001）中从开始部分作为闹钟的"Open your eyes！（睁开你的双眼）"唤醒大卫到最后大卫选择回到现实跳下高楼后，以"Open your eyes！（睁开你的双眼）"的声音呼叫大卫惊恐睁开双眼作为结尾；在《公民凯恩》中以报业大王查尔斯·福斯特·凯恩在别墅中死去展开对于他一生的回顾，再以回到凯恩的别墅作为影片结束，完成了首尾相接。这种叙事结构更加容易引起观众对于影片开篇以及整个故事的回忆，产生意犹未尽的效果，同时也有利于升华影片立意。

（2）"选择性的环形叙事"，即影片在叙事发展到某一处关键情节点时，给予人物两种或多种选择路径，根据不同选择而进行情节的展开，提供人物和时空多次交互、重叠的可能性。[①] 在电影《罗拉快跑》（1998）中，主角不断陷入营救男友的循环，并在每

---

① 戴琪. 电影环形结构的误区形式与界定 [J]. 影剧新作，2019（4）：72—77.

次循环中随着罗拉的不同选择变化出不同的结局。

### （二）平行或多线叙事的特征与意义

平行结构影片与传统结构影片的不同之处在于对"时间"与"空间"的重构，但这种重构不单单是在叙述层面上，更主要体现在故事层面上——它们的故事时空，不再是单一的、线性的，而是多维的，甚至错乱的。① 简言之，平行叙事主要以双线或多线并行为主，讲述多个时空、多个主角在相同时间不同空间内发生的故事。

多线叙事电影是非线性叙事电影中的一种形式惯例和叙事范式。埃文·史密斯将这一故事形态命名为"穿线结构"，强调"拥有多位主角；拥有彼此独立的多条故事线；每条故事线都自成一个独立的故事，多线并立，权重相等"。② 也就是说，多线叙事的每条独立的故事线都处在不同时空，不时彼此交叉，最后逐渐汇聚于一点。

平行叙事与多线叙事的概念较为相像，其区别在于，各线是否在同一时间。如果在同一时间为平行叙事，不在同一时间则为多线叙事。平行叙事及多线叙事在剧本中也较为常见，这种叙事手法使影片剧情更加具有表现力，故事情节更加饱满，也更加吸引观众。无论是共时的隐喻关系，还是历时的因果关系，影片通过这种多线平行叙事来强调单个事件在剧作结构层面上的意义，是作为叙事结构中一种特定的标志而存在的。在平行叙事或多线叙事中对于主次情节的划分较弱，多个情节线发挥几乎同样重要的作用，但如何分配各个情节线所需要的时长，更加直观地令观众理解故事的前因后果、情节演变及发展，则需要仔细斟酌。③

电影《两生花》（1991）运用平行叙事的手法，在同一时间对两位名叫薇罗妮卡的女孩的不同行动进行对比，更好地塑造了两人不同的生活状态。电影《刺杀小说家》（2021）中，在现实世界影响小说世界的设定下，现实世界的刺杀与小说中虚拟世界的逃亡双线并行，相互照应，以现实世界的影响带动虚拟世界的剧情，最后反转通过虚拟世界来影响现实世界。电影《时时刻刻》（2003）运用多线叙事的手法，生动地塑造了三位不同时代的女性角色，表述出不同时代女性对命运的抗争和对自由的向往。

平行叙事与多线叙事在弥补了线性叙事内容单一性的同时，也因为打破了传统的现实时序带给了观众不同的感受与体验。多线并行或交替穿插的叙事手法对故事节奏的把控要求很高，先将线索按照线性叙事排列后再进行平行或交替穿插，可以对故事节奏进行更精准的把握。

### （三）拼贴或相互构成的网状叙事

网状叙事同样起源于 20 世纪 90 年代的叙事革命。大卫·波德维尔作为网状叙事电影这一概念的提出者，认为"网状叙事电影里有大于或者等于三个主角，他们活动在相同时空环境当中，因为一些偶然性的事件发生，导致他们的行动路径或交叉或独立，最

---

① 章依仁. 新时空结构电影类型化研究 [D]. 湘潭：湖南科技大学，2016.
② 陈宇航，赵锦鸽. 国产多线叙事电影的社会学美学建构 [J]. 中国报业，2022，549（20）：61—63.
③ 陆长河，邹可欣. 国际视域下儿童电影的多线平行叙事技巧 [J]. 电影文学，2021（20）：33—37.

终剧中人物又都会保持各自的命运独立性以及与他者命运的相似性"。① 简言之，在网状叙事中，各个主线更加独立，它们相互交叉后又回归到各自的独立状态。

电影《低俗小说》（1994）打乱三个故事的叙事时空，使三个叙事时空既相互交叉又完全独立，不断交叉的故事不仅给观众带来了一种陌生的美感，也增加了观众理解影片故事内容的难度。

近年来，网状叙事与小人物的题材相结合，通过拼贴不同小人物的故事，并将其汇聚在一条线上，来更加全面地反映中国当代社会的复杂变化，以及身处其中的普通人物的思考。

电影《疯狂的石头》（2006）讲述了国际大盗迈克与以本土道哥为首的小偷三人组，都盯上了重庆某濒临倒闭的工艺厂的一块翡翠，在双方各自准备偷窃的过程中，与负责保卫翡翠的安保队长包世宏互相对抗，发生了一系列阴差阳错的事件。

电影《无名之辈》（2018）以一把丢失了的老枪为线索，将劫匪、保安、身体残疾的女青年等小人物，通过寻枪这件事串联起来，产生交集，勾勒出一幕由底层普通人物构成的荒诞喜剧。

拼贴或相互构成的网状叙事，使叙事视点由单一视点转向多视点，视点的变化让观众更加全面地了解故事的全貌，增加了多人的主观视角，减少了上帝视角的干预，让影片更加具有沉浸感。但网状叙事的弊端在于，由于视角的不断变换以及上帝视角的缺少，致使部分观众对于剧情的理解可能会出现一些障碍。同时，由于主线的增加，各支线的时间减少分配，如何在短时间内将各线交代清楚并找到交集点，需要编剧多加思考、练习和总结。

总而言之，结构对于剧本创作非常重要，但无论是线性结构还是非线性结构，都是一种辅助创作的手段。结构的形式仍在不断创新发展，但万变不离其宗，经典的戏剧结构仍然是大多数创作者的首选，一个好的戏剧结构对于剧本来说只是基石，结构只有与创作所需的其他要素合理搭配、相辅相成后，才能诞生出优秀的剧本。

## 第二节　叙事的视点与视角

热奈特曾经说过："无叙述者的叙事，无陈述行为的陈述纯属幻想。"② 任何叙述活动都必须有一个叙述者。在小说中，作者将虚构的作品形诸文字。虽然叙述者常常是隐身的，但因其发挥着中介的功能，读者仍可以通过文字感觉到他的存在。电影艺术与文学作品一样，无论是注重复杂叙事情节的艺术作品，还是注重刻画人物成长历程的自传性电影，都由特定的叙述者来讲述，只是由于电影叙事的复杂性和特殊性，模糊了叙事主体的身份，使影视文本看起来似乎没有叙述者，就好像故事是自行呈现的。

这是由于叙述者通常不是抽象出现，而是以一个具体的身份存在，他们可以是由作

---

① 吴小浩. 电影叙事之网状叙事的理论与实践［D］. 重庆：重庆大学，2019.

② ［法］热拉尔·热奈特. 叙事话语 新叙事话语［M］. 王文融，译. 北京：中国社会科学出版社，1990.

者蜕变而成的主要角色，也可以是隐藏在复杂叙事情节背后的非人称叙述身份。总之，电影并非"无主体介入"的"客观"叙事，任何叙事作品都必然存在至少一个叙述者，否则故事将无法顺利地组织和展开。

因此，编剧在构建完整的故事文本之前，首先应该思考叙述者讲述故事的身份，即人们常常谈论的"人称"，或故事讲述的视点。视点是一个文学词汇，主要指叙述者站在什么样的位置给观众讲述故事，以及决定叙述者采用何种人称进行叙述。叙事视点是电影构筑的基础，也是电影叙事的核心，视点的不同会造成不同的叙事效果，运用何种视点直接决定了片子的整体结构和叙事特征，同时也决定了观众对事件的理解程度和接受范围，凝聚了创作者主观的思想态度和价值理念。一旦叙事视点被确认，其叙事的时空范围也将被限定。一般来说，叙事视点主要分为第一人称视点、第二人称视点和第三人称视点。

## 一、电影中的常见视点类型

### （一）第一人称视点：主角式的沉浸体验

在电影中，人称与叙事视点密切相关。第一人称视点是指叙述者通过剧中某个主人公的眼睛或声音来呈现故事，通常用代词"我"来展开叙述，那么观众自然就成为"我"特定的交流对象。在使用第一人称写作时，"我"不仅承担着故事叙述的责任，还具有情感传递的功能，在分享"我"的所见所闻中，毫无保留地将内心思绪与情感流露出来，使观众感受到"我"的真情实感，并在视听刺激下，根据观众个性化的经验与记忆，积极探寻情感与行为上的相似性，从而与叙述角色产生情感共鸣，使观众不知不觉中与角色站在同一位置，产生心理自居和想象性认同的观看效果，带给观众沉浸式的审美体验。

通常而言，第一人称叙述者要么是故事中的某个人物，要么是故事的旁观者，他与整个故事密切相关。在《肖申克的救赎》（1994）中，影片的主角是安迪，但叙述者却是多年之后与安迪共度晚年的雷德——一位以转述者视角切入故事的他者。"安迪是1947年上半年进的肖申克监狱，因为他谋杀了自己的妻子和与她偷情的家伙。""我希望能越过边境。我希望能见到我的朋友，握住他的手。我希望太平洋能像我梦到的一样湛蓝。"透过雷德的画外音，观众可以得知影片以雷德为第一人称视点，讲述安迪1947年入狱之后的故事。时间的沉淀使雷德对安迪过往经历产生了更加客观、理性的看法。由此可见，视角一旦确立，就代表着编剧将以相应的立场和观点去展开故事。

在使用第一人称视点进行写作时，应保证观众与角色知道的信息一样多。叙述者在限定的范围内叙述故事时，容易产生叙述空白，从而调动观众的好奇心理与审美需求，使观众透过影片的碎片化信息，去推理与揣摩叙述者聚焦之外的信息。同时，编剧通过第一人称视点有意向观众展示某些事件的片段，或者刻意展示某些具有符号意义的片段，可以制造影片的悬念感。因此，在撰写悬疑推理类剧本时，编剧可以尝试使用第一人称视点进行写作。在电影《看不见的客人》（2017）中，导演通过多个叙述者的第一人称视点对案件进行呈现，给观众制造匪夷所思的艺术效果。围绕犯罪和官司事件，影片第一层叙述中以商业成功人士艾德里安的视角，向律师古德曼讲述谋杀案，将自身塑造成一个无辜者的形象，使观众对他产生同情；第二层叙事中是以假冒律师古德曼的视角还原密室谋杀案和车祸的真相。叙述视点的不可靠性造成观众观影心理的变化，从开始对艾德里安的同情到最后对他的憎恶，导演利用第一人称视点的局限性使观众贴近人物，并在他们建立起对人物的情感认同的同时将其抽离出来，让观众陷入困惑，不得不思考。

在使用第一人称叙事时，编剧可以把观众想象成自己的朋友，以平等且饱含情感的姿态向观众诉说各种喜怒哀乐的人生故事。电影《城南旧事》（1983）的片头，就是以一个中年女声的画外音来展开叙事的。

> "而今或许已物是人非了，可是，随着岁月的荡涤，在我，一个游子的心头，却日渐清晰起来……然而，这些童年的琐事，无论是酸的甜的苦的辣的，却永久永久地刻印在我的心头。"

通过叙述者的叙述，观众可以准确感受到中年英子内心的淡淡哀愁，以及对童年生活的沉沉哀思，也可以体会到影片所呈现的往事随风、逝者如斯的伤感风格。第一人称视点还通过对人物内心情绪的剖析和表达，拉近观众与角色之间的心理距离，使观众易于接受和认同视点人物。在电影《阳光灿烂的日子》（1995），马小军的画外音如下。

> "那是我一生中最美好的一天，晨风的抚摸使我一阵阵地起着鸡皮疙瘩，周身发麻，我还记得有股烧荒草的味道，特别好闻，可是大夏天儿哪来的荒草呢？但不论是怎样，记忆中那年夏天发生的事总是伴随着那么一股烧荒草的味儿。"

通过马小军的第一人称叙述，我们可以得知，成年马小军将真实的记忆与他幻想的情节杂糅在了一起，以此将其年少时对情感的懵懂，以及对青葱岁月的怀念呈现了出来。

一般情况下，小说可以全部采用第一人称视点来结构作品，但一部影视作品很难依靠某种固定叙事角度来组织和完成。因为第一人称视角的有限性意味着叙述者的观察范围被限定，只能叙述"我"看到的、听到的、亲历的事实。因此，优秀的电影往往在叙事话语上具有丰富的人称变化。电影《罗生门》（1950）中（如图3-10），角色围绕一个凶杀案讲述不同版本的案件发生经过，是一部依靠四个第一人称的叙事者来设置悬念和还原案件真实的经典影片。三位当事人和一位目击者为了美化自己的形象，分别站在各自的立场编造故事情节，视点的交叉运用不仅能给予观众沉浸式的参与感，还能带动观众对事件进行深切思考，引导观众的注意力和情感反应，强化影片的叙述张力，深化影片的艺术效果。

图 3-10 　《罗生门》人物关系图

### （二）第二人称视点：对"你"的倾诉与感染性

相较于第一人称视点和第三人称视点，第二人称视点在电影中的运用并不广泛。第二人称视点通常用代词"你"来称呼，相较于第一人称视点，第二人称视点与观众的距离更近。如果作者用"你"来称呼作品中的人物，会使观众和作品中的角色位于同一位置，产生一种面对面交流的感觉。当作者说："你此刻一定能够感受我的痛苦与哀思。"此时，作者在向作品中人物传达情感的同时，也在一定程度上希望故事外的观众可以读懂自己的情感。但是这种情况通常只出现在小说中，在电影中往往很难成立。因为电影中的"你"与观众联系紧密，观众在听到"你"时，会本能地认为它指代的是观众本身，这意味着电影中的"第四堵墙"被打破，观众与角色直接交流，并成为电影中的一部分。但是，随着电影中主人公的出现，即真正的"你"出现，又会提醒观众"你"另有其人。因此，电影中不会存在完全意义上的第二人称，它的使用更偏向于第一人称，但它是从主人公的视角以偏向第一人称的叙事方式讲述故事中的受述者，因此主人公的视线必须集中在受述者的身上。

一般来讲，双人视点是电影中表现第二人称的主要方式。它通过故事中的两个主要角色，通常是指主人公与反派角色或者是坠入爱河的情侣，分别从各自的视点出发展开故事，视点反复在二者之间交替。在这种视点下，观众通常知道比主人公更多的信息。在电影《怦然心动》（2010）中，导演从男女主人公不同的视角讲述了两条故事线索，展现了男女主青春懵懂的心路历程。在二人初次见面时，小男主角的旁白："我真希望朱莉·贝克别缠着我。我从那时起，开始了长达五年的战术躲避和社交不适症"——在布莱斯的眼中，朱莉于他而言是麻烦与不幸；可在小女主角的视角中，她所想的却是："可是接下来，他拉着我的手，盯着我的眼睛，我的心跳停止了，就要发生了，这会是我的初吻吗？可那会他妈妈出来了，他太不好意思了，小脸儿一下子就红了"——朱莉眼中，布莱斯也如同自己爱慕他一样喜欢自己。这种叙述方式通常会限制叙述范围且带有明显的个人感情色彩，但可以使观众直观感受到人物内心真实的想法与感受。同时，

68

通过在两人视点之间的来回剪辑，也可以营造出紧张的氛围，增添影片的趣味性。

另一种情况中的"你"就是叙述者本人，是真实的自我与从本我中分离出其他面的自己，形成一种自言自语的对话关系。例如，电影《橘色奇迹》（2015）以信件作为跨越时空交流的媒介，26岁的女主人公菜穗将自己的遗憾以书信的方式寄给16岁的自己，希望16岁的自己可以摆脱胆小、懦弱，对喜欢的男生濑翔敞开心扉并阻止他的意外发生。"高二的我，你好吗？我是在十年后的未来给你写的这封信。之所以给高二的你写信，是因为我想让你帮我实现一个愿望。""我很后悔，那时候没有给他做便当，我希望你能给他做便当并交给他。"第二人称"你"的使用可以快速将读者代入人物的角色，营造出一种压迫感和悬念感，使观众可以更加真切地体会到人物的情感。同时，在写作过程中编剧选择采用信件这种带有怀旧色彩的叙述方式，可以使叙述者与他所讲述的故事、叙述者本人曾经的所历所感产生较大的疏离感，从而保持故事讲述的客观性，拓展故事的叙述空间。

### （三）第三人称视点：客观的全知全貌叙事

第三人称视点是指叙述者以他者的口吻来叙述故事。在很多电影中，都会用到第三人称视点。在这种视点下，叙述者将自身从环境和人物中抽离出来，位于整个事件之外，以客观、中立、多角度的态度为我们讲述故事，而不对事件与人物作出评价。因此，第三人称视点是三种叙述方式中最客观的一种。

通常情况下，第三人称叙述者将视点固定在剧中某个角色身上，依靠"隐形叙述者"进行叙述，他们只负责客观叙事，不会以任何方式介入影片，干涉剧情发展。在这种视点下，我们可以借助视点人物来讲述故事。电影《大红灯笼高高挂》（1991）中，叙述者将视点固定在颂莲身上，客观叙述颂莲如何从初入陈府不愿沦为封建礼教制度下的奴隶，到最后放弃抵抗，逐渐成为封建社会牺牲品的过程，揭露出封建家庭礼教对女性身心的压迫与摧毁。

但在第三人称视点下，叙述者知道的内容要小于视点人物。因此，全知全貌的第三人称视点不能仅限于单个人物的视点，它必须借助多个他者的视点，扩大叙事范围，拼成故事全貌。在电影《时时刻刻》（2002）中，通过第三人称视点为创作者的叙述提供了广阔的空间，它可以跨越时间限制将三个不同时空的女人联系起来。我们既可以看到20世纪20年代的作家弗吉尼亚·伍尔夫的世界，也可以了解到20世纪50年代美国家庭主妇劳拉·布朗的故事，同时还可以与20世纪末目睹爱人跳楼自杀的克拉丽莎·沃根感同身受。影片采取打破时空限制的叙事结构，通过一个上帝般的第三人称视点对多个人物进行演绎，使故事完整、客观地呈现出来，达到视觉上的连贯性和逻辑上的合理性，使影片主题的诠释更加细腻深刻，留给编剧足够的叙事空间。

第三人称视点还可以从不同角度和立场去关注同一件事情，叙述主体不同，影片构建的叙事层次和结构意义也不尽相同。电影《疯狂的石头》（2006）就是通过不同主人公的叙事视点，讲述因一块价值连城的翡翠引发的"偷石"与"护石"的故事。影片借助多个他者视点从不同的角度和距离介入故事，叙事者完全采取中立的态度，使得观众跟随摄像机注视着影片中人物的一举一动，目睹事件发生的全过程。

在第三人称全知视点的结构下，创作者可以利用狭窄的第一人称视点和广阔的全知视点，来展现各个叙事线索之间的联系与铺垫，形成一个逻辑紧密、节奏紧凑的叙事结构，还可以利用该叙事结构营造出一种悬念感或曲折性，延伸影片的戏剧张力，产生意想不到的戏剧效果。

## 二、从视点到叙事视角的建构

随着电影理论的发展，人们愈发认识到叙事视角的选择对电影效果的重要影响。所谓叙事视角，是指叙述主体对事件、人物进行观察与感知的特定角度。法国文学理论家热奈特曾经指出："许多理论家都出现了在我所称作的语气和语态之间的令人遗憾的混淆，即谁是叙事文中观察者的问题和完全不同的谁是叙述者的问题之间的混淆，或更直截了当地说，谁看与谁说之间的混淆。"①热奈特在观察者与叙述者之间做了划分，视角研究谁看的问题，视点研究谁说的问题。前者是主体对客观事物的感知，后者是主体对所感知事物加工之后的语言表达与宣泄。二者相辅相成，缺一不可。

（1）叙事视角决定视点看的内容。在电影《罗生门》（1950）中，导演分别从多襄丸、真砂、武士、樵夫的视角向观众传达信息，又通过他们各自的第一人称视点对武士死亡案件进行还原——大盗多襄丸为了展现自己英勇威武的形象，炫耀自己与那武士针锋相对23次后终于杀掉了武士；妻子真砂的证词中声称自己晕倒醒来之后就发现丈夫胸中插着一把匕首；武士为了维护自己作为丈夫的尊严，谎称因难以接受妻子的背叛所以选择自杀；而樵夫作为第一个发现武士尸体的人，则为了掩盖自己偷拿匕首的真相说在现场没发现任何刀、剑之类的武器。可见，采用不同的叙事视角，推理的故事内容和效果也不同，叙述者不可能讲述超过其感知范围以外的事物。

（2）叙事视点反作用于叙事视角。视角作为无声的叙事语言必须通过叙述人将其讲述出来。因此，叙事视角和视点相互依存，共同构成了复杂微妙的叙事关系。

（3）叙事视点与叙事视角相互作用，共同构成了叙述主体叙述功能的两个阶段。叙事视角丰富了叙事主体叙事的情感色彩，强化了叙事主体的叙述功能。叙事主体延伸了叙事视角的范围，深化了影像传播的意义，也因此增加了故事的真实性，直接引发了观众的思考。

想要写出好的剧本，就应熟练掌握并运用叙事视角与视点。上文提到，视点是解决谁在说的问题，而视角是解决谁在看的问题。关于叙事视角，可以用法国文学理论家托多罗夫提出的相等或不相等的方式加以概括。他将叙事视角大体分为三类：第一类是叙述者无所不知，即叙述者＞人物；第二类是叙述者与人物知道的一样多，即叙述者＝人物；第三类是叙述者比人物知道的少，即叙述者＜人物。需要指出的是，不管编剧选择何种视角，在建构第一幕之前，都应该确定好选择何种视角展开和组织故事。视角一旦确立，就代表着作者将以谁的立场和观点去展开故事，从而影响观众对作品的接受程度、观众与人物之间的心理距离，以及观众对角色人物的心理认同和情感认同。

---

① ［法］热拉尔·热奈特. 叙事话语 新叙事话语［M］. 王文融，译. 北京：中国社会科学出版社，1990.

## （一）限知视角："我"等于剧作中某个角色

限知视角是编剧写作中最常用的视角之一，又称"内聚焦"视角。热奈特在《叙事话语 新叙事话语》中称"内聚焦"是叙述者只讲述某个人物知道的内容，即"叙述者＝人物"。[①] 在电影中，限知视角是指将叙事视角固定在某个角色身上，使观众通过第一人称的"我"或者第三人称的"他（她）"，以主观化的叙事立场感受故事。但需要注意的是，"我"的限知视角与前文提到的第一人称"我"者叙述是有本质区别的。前者决定"谁看"，是叙述内容，后者决定"谁说"，是叙述方式。因此，第一人称叙述者可以是剧中人物，也可以作为旁观者来审视剧情走向。而"我"的限知视角必须立足于剧中角色的所见所闻。例如，巴拉兹曾运用一个生动的例子来分析观众在观影过程中的视角置换，"我们实际上不是从观众席上看罗密欧与朱丽叶，而是用罗密欧的眼睛仰视朱丽叶的阳台，并用朱丽叶的眼睛俯视罗密欧。这样，我们的目光和情感就和演员的合而为一了，我看到的正是他们从他们本身的视角中看到的，我本身并没有自己的视角"[②]。可见，限知视角渗透着角色主观的情感倾向，创作者利用这种叙事机制，使角色充分敞开心扉，淋漓尽致地表现人物激烈的内心冲突和虚无缥缈的思绪。

目前，有相当数量的影片以限知视角作为电影组织与叙事的方式。在电影《困在时间里的父亲》（2020）中，由患有阿尔兹海默症的父亲作为叙述人，通过父亲眼中畸变的叙事时间和空间，故事在过去与现在之间不断交汇，使剧情扑朔迷离，展现父亲在疾病缠绕下的惴惴不安和悲痛无助，使观众能够将情感和体悟，移情到老人的视角当中。相较于其他叙事视角，限知视角是最容易引导观众注意力和情绪反应的叙事视角，其天然具备的可信度和亲切感是全知视角无法比拟的。

限知视角的使用通常分为以下三种类型。

### 1. 固定内聚焦

固定内聚焦是编剧写作最经典的叙事形式之一。固定内聚焦是指将叙事视角限制在某个固定的人物身上，通过此人的所见、所闻、所思呈现故事。其特点是视角自始至终限定在同一个人物，故事的组织和表达也是在该人物的感知范围内。

在电影《阿甘正传》（1994）中，从阿甘的童年生活到大学生涯，再到参加战争、经营公司，最后到回归田园生活，在阿甘的每一段经历中，创作者都加入了第一人称视角。比如，阿甘在讲述他与珍妮第一次见面的场景时，就以旁白的形式娓娓道来。

> "说也奇怪，年轻人记忆真差，我不记得我的出生，也不记得我的第一份圣诞节礼物，我也不记得我第一次去野餐，但我记得我第一次听到这个世界上最美的声音，我一生再也没见过如此美丽的人，她就像一位天使……"

通过阿甘第一人称视角的自述，可以体会到他作为一个智商较低的孩子在遭受伙伴

---

① ［法］热拉尔·热奈特. 叙事话语 新叙事话语［M］. 王文融，译. 北京：中国社会科学出版社，1990.
② ［匈］巴拉兹·贝拉. 可见的人：电影文化、电影精神［M］. 安利，译. 北京：中国电影出版社，2000.

的冷落之后，少年珍妮的善良与真诚对他来说有多么珍贵。固定内聚焦视角会让观众倍感亲切，拉近角色与观众之间的距离，使观众在倾听人物心声的过程中，不自觉地与其共情，切实体验到人物内心的真挚情感。

2. 聚焦的"不定式"与"多重式"

"不定式"和"多重式"的内聚焦也是限知视角中不可分割的重要组成部分。和固定内聚焦一样，"不定式"和"多重式"内聚焦的叙述者也是剧中人物，但不同的是其叙述者多采用两个甚至多个人物的视角来呈现事件。电影《无名之辈》（2018）中存在多条叙事线索：一对劫匪的抢劫乌龙、失意协警马先勇寻枪的过程、房地产老板高明与情人卷钱跑路最终良心发现、马依依与父亲之间的隔阂逐渐化解、马依依与高翔之间青涩懵懂的情感等。每一个故事既独立存在又服从于影片主题。通过交叉剪辑，不同的叙事线索组合在一起，多层次地建构出了影片的主体意义与思想内涵。而多重式聚焦叙事则是指相同的事件被不同的叙述者进行叙述。如上文提到的《罗生门》（1950），其中每个叙述者都和其他主体的个性化意识发生冲突，每个人主观的叙述话语让原本简单的案件变得越来越复杂，影片通过对多个叙述声音进行比较，让观众自己去判断故事的结果与含义。

这两种叙事方式打破了传统单线叙事的封闭模式，试图从多样化、复杂化的角度构建故事结构。电影叙事虽然也是采用第一人称或第三人称视角，但电影镜头在不同的叙述者之间反复转换，使故事层次鲜明且富有逻辑性。相较于单视点叙事，多视点叙事凸显出故事结构的复杂性和真实性，增强影片的悬念感，需要观众通过对不同角色提供的信息进行拼凑，还原故事本真，使观众从被动的接受者转变为积极的参与者与思考者。同时，多视点叙事也能将人性的弱点暴露无遗，让观众在纷繁复杂的故事中难以抉择。《公民凯恩》（1941）同样是以多个个性主体对凯恩究竟是个怎样的人各抒己见，影片本身并没有给出权威的答案。这种开放式和互补式的叙事方式赋予了影片多义性和繁复性，丰富了影片的内涵，增加了影片的戏剧张力和叙事力度。

综上所述，编剧在创作过程中想要正确发挥限知视角最大的优势，应遵循以下原则。

（1）限知视角是一种具有严格叙事视野限制的视角类型，它要求编剧以作品中特定人物的视角进行写作，只能讲述人物视野范围内的内容，经历人物所经历的事情，展现人物感知范围内的事件。

（2）由于限知视角对事件的展现往往呈现出个人化、主观化、碎片化的特点，信息的残缺性和非理性使观众对于事件和人物的认知往往是模糊的。所以编剧可以利用限知视角制造悬念感，从而引发观众的好奇心，产生想要找出事件真相的戏剧效果。以莫言编剧、张艺谋导演的电影《红高粱》（1987）的剧本为例。

片段一：

淡紫色的晨雾笼罩下的高粱地，如梦如幻。在晨风追逐下，高粱的绿浪缓缓地涌向朦朦胧胧的天边。

百灵在云雾蒸腾的高空尖声呼啸而过。

高粱梢头，薄气袅袅，刚刚露头的高粱穗子睡眼惺忪。密密层层的高粱拥拥挤挤，推推搡搡，四面八方响着高粱生长的噼啪声。

（画外音）：

"我要讲的事儿就发生在我老家这片高粱地里……"（"我"的视角）

一声锐利的、刺耳的驴叫拔地而起。

远远望去，一处北方村落在渐渐消散的雾气中呈现出来。从东边高粱地里，露出一弧血红血红的朝阳。炽目的、潮湿的阳光，照临大地。

**片段二：**

围着黄土墙的庄户院。高高翘起檐角的破旧门楼贴着大红囍字，五间灰瓦房的门楣上贴着大红对联。除此之外，院内此时并无多少喜气。

（画外音）：

"民国十八年六月初八，是我奶奶的大喜日子。以廉价高粱酿酒发了财的烧锅掌柜的单扁郎许给我曾外公一头大骡子，我曾外公答应将我奶奶嫁给他，尽管有消息说单扁郎早就染上了麻风病。"

通过"我要讲的事儿"，我们得知整个故事都是在"我"的视角范围内展开的，"我"讲的都是"我"知道且确定的事情。同时"我"在讲述的过程中，也设下了很多悬念，比如"单扁郎染麻风病的消息准确吗？""奶奶真的嫁给感染麻风病的单扁郎了吗？"这些悬念持续吸引着观众的注意力，使观众对接下来的剧情产生担忧与好奇。

在运用限知视角时，叙述者要主动表明自己的身份。区别于全知视角极力掩盖叙述者的存在，限知视角的叙述者在影片中会主动明确自己的身份，解释自己与片中人物的关系，并采用第一人称的"我"或第三人称的"他"作为电影叙述者。电影《红高粱》（1987）开篇，以一个小孩的口吻向观众讲述一段关于"我爷爷"和"我奶奶"的故事。显然，影片故事的叙述人是未在银幕中出现的"我"，即"我爷爷""我奶奶"的孙子。因此，叙述者是指在一个叙事文本中给观众讲述故事的人，他是故事与观众沟通的桥梁，通过对叙述者身份的确立，我们可以了解影片的创作风格和叙述结构。

最后，在使用限知视角进行写作时，因为传统限知视角"限定性"的特点，对叙事内容的展现会产生不同程度的限制，所以编剧在塑造人物时可以对作品中人物的所思所想进行深度刻画，为角色注入思想和灵魂，使人物形象更加饱满、立体。以姜文、王朔编剧，姜文导演的电影《阳光灿烂的日子》的剧本为例。

**片段一：**

机场路上

杨树划过。

卡车上，马小军站在父母中间，他高兴地指着画外。

马小军及父母站在卡车上（背），马小军指着远处，远处一辆辆坦克划过。

旁白：

我最大的幻想便是中苏开战。因为我坚信在新的一场世界大战中，我军的铁拳定会把苏美两国的战争机器砸得粉碎。一名举世瞩目的战争英雄将由此诞生，那就是我。

一辆辆坦克划过画面。

**片段二：**

小学校

墙（移）马小军人画，他慢慢地移向窗口。

旁白：

爸爸走了，我获得了空前的自由，我特别羡慕父母都在外地工作的那种孩子。如今我终于加入了他们的行列。

编剧以真实的笔触展现了在那个革命热情空前高涨的年代，在部队大院长大的孩子们的青春岁月。编剧通过对马小军思想与情感的展现与刻画，直观体现出马小军鲜明的人物个性：一方面，他有强烈的个人英雄主义情结；另一方面，他极度想要摆脱束缚，拥有不受父母约束的自由。限知视角的使用，可以将人物的内心情感与思绪自然流露出来，延伸观众对人物和影片的认识，加强观众对角色的心理认同，从而使观众对角色产生共情。

毋庸置疑，限知视角虽然限制了故事表现在时空范围内的深度与广度，具有一定的局限性，但是信息传达的碎片化与非理性化，也激发了观众对隐藏信息的想象，留给观众自由驰骋的空间，促使人们在思考故事背后深意的过程中形成自己的感受与理解。

## （二）全知视角：犹如全局般的故事展开

全知视角又称零聚焦叙事，是传统叙事中最常见的叙事方式。全知视角是指叙述者可以站在任何角度观察所叙内容，且叙述者知道的比任何人都多。同时，全知视角是电影叙事当中最"自由"的叙事视角，它像全能上帝一样，可以从任何时空、任何角度进行观察，带领观众肆意进出任何场景，甚至偷窥到人物的内心活动和思想情感。因此，全知视角可以最大限度地表达创作者想要表达的内容，充分展现电影的叙事功能。电影结构基本的叙事手段——平行蒙太奇、交叉蒙太奇也都是借助全知视角实现的。格里菲斯经典的"最后一分钟营救"，就是通过在空间中营造无所不知的叙事，激发观众内心的紧张情绪来完成的。

虽然全知视角通常采用非固定第三人称的视角进行叙述，但它不受剧中人物视野的限制。编剧视角和叙述者视角是统一的，在电影制作过程中字幕、画外音等叙事手段的介入都是促成"隐形叙述者"伪装成功的原因。电影中，每一个画面都是叙事者视角的展现；每一句台词，都是创作者观点和态度的表达，全知视角自然、客观的叙事策略使观众全身心地关注电影的文本内容。在电影《楚门的世界》（1998）中，电视节目制作人通过桃源岛密密麻麻的摄像机，打造了一档真人秀节目"楚门的世界"，这个节目让观众可以全方位地窥视楚门的日常生活，包括他的隐私。通过全知视角叙事，使观众清楚了解人物的一举一动，看到人物所不知道的事情。同时，观众如上帝一般可以观看电视节目制作人的所作所为。精神分析学家曾经说，人们内心深处与生俱来地存在着一种"窥视欲"。因此，全知视角的灵活性使观众在观看过程中产生了一种视觉愉悦，并满足了内心的窥视欲。

那么，编剧在实际创作中应该如何运用全知视角呢？首先，全知视角没有固定叙述视角，它可以自由切入任何角度和时空，全方位、多层次地叙述故事。因此，编剧在创作人物众多的故事时，可以选择全知视角，它能带你走进不同人物的内心，还可以帮助观众轻易了解剧中人物的细节，使观众迅速贴近人物，增加影片叙事的丰富性和趣味性。以迈克尔·阿恩特编剧，乔纳森·戴顿和维莱莉·法瑞斯共同导演的电影《阳光小美女》（2006）的剧本为例。

片段一：

**内景，地下室观看录像的房间，白天**

一个 7 岁的小女孩端坐着，全神贯注地观看这场选美比赛。她叫奥利弗。相比较她的年龄，她显得有些大，身体稍显丰满。

她的头发卷曲，戴着一副黑框眼镜。她特别关切地在研究录像中的比赛。

然后，她按了一下遥控器，定格了获奖者的画面。她茫然地举起一只手，模仿着"美国小姐"的挥手风格。她重新倒带，从头又看一遍。

"美国小姐"再次听到宣布她获奖的瞬间，并且再次流下了眼泪——心潮澎湃且志满意得的样子。

理查德（画外音）：世界上有两种人，成功人士……与失败人士。

片段二：

**内景，教室，白天**

理查德（45 岁）站在普通大学的大教室的前面——教室的墙是用渣煤空心砖砌成，地上铺着一般的地毯。

他穿着打褶的卡其布短裤，一件高尔夫球短袖和一双运动鞋。他以一种以前是运动员的稳健和迅疾的步伐来回走动。

他表面上精力充沛，神情乐观的状态仅仅掩饰了内心经常翻腾起来的不安全感和挫折感。音乐还在背景里延续。

片段三：

**内景，德韦恩的卧室，白天**

德韦恩长相清秀，瘦削，15 岁。他躺在床上，做仰卧举杠铃的练习，房间的一面墙被一幅巨大的弗里德里希·尼采的画像所占据。画像画在床单上，悬挂在墙上。

德韦恩吊在安装在墙上的吊杠上举腿做收腹练习。

德韦恩背向着墙做引体向上。

德韦恩完成自己设定的运动量后，已经气喘吁吁。

他走向墙边一幅自制的年历，那是用一长卷电脑打印纸做成的。上面写着"应征"字样。

年历上画着约一千个正方形空格，上面几乎有一半空格里面填满了同样的符号。

德韦恩此时扭开一只彩色大头笔，在一个新空格里填上符号。

片段四：

**外景，医院，走廊，白天**

谢赖尔沿着医院的走廊走着，神情焦虑，她摸着脖子上的一个十字架项链坠，四下里搜寻着房间号码。她发现了要找的房间。正当她准备进入病房的时候，一个医生出现了。他们差一点儿撞在了一起。

医生：你是胡佛小姐吗？（她点点头）你弟没事了……

**内景，迪瓦恩的卧室，白天**

迪瓦恩长相清秀，瘦削，15岁。他躺在床上，做仰卧举重杠铃的运动。房间被一幅巨大的尼采的画像所占据。画像是画在床单上，悬挂在墙上。

镜头跳切：

迪瓦恩在安装于墙体的吊杆上做垂直仰卧起坐。

迪瓦恩背靠着墙做引体向上运动，迪瓦恩在完成他设定的运动量后，已经气喘吁吁。

他走向墙边一页自家人制作的挂历，那是用一长卷电脑打印纸做成的。上面画着"应征"字样。挂历卷上是一张大约一千个正方形空格，上面几乎有一半的空格画满了标识符号。迪瓦恩此时扭开一只彩色大头笔，在一个新空格里画上标识符。

片段五：

**内景，汽车，白天**

谢赖尔，40岁左右，她此时正开车穿过铺面林立的商业区，一边抽烟，一边对着手机打电话。她身着办公室里的制服，衣服上还挂着一个名签：谢赖尔·胡佛，高级会计师。

谢赖尔：……我不清楚还有多……不清楚……理查德，他没地方可以去了！她深吸一口烟，一边听着对方的话，神情越来越激动，然后她吐出一口烟。

谢赖尔（继续）：我没吸烟……没有！听着，我要到医院了……好，再见。她关掉手机。

影片开始，编剧就对家庭的成员的肢体动作或心理活动进行了描写，展现出了不同人物的性格特点与生活状态，使观众对角色建立起初步认知。例如，"她茫然地举起一只手，模仿着'美国小姐'的挥手风格"，说明小女孩对参加选美比赛的向往与期待；"内心经常翻腾起来的不安全感和挫折感"，预示着爸爸的事业并非一帆风顺；"迪瓦恩在安装于墙体的吊杆上做垂直仰卧起坐。迪瓦恩背靠着墙做引体向上运动，迪瓦恩在完成他设定的运动量后，已经气喘吁吁"可以看出哥哥坚持锻炼，为了实现当飞行员的梦想付出了很多努力，也为后续梦想被现实击碎后哥哥情绪的转变作好了铺垫。全知视角营造出无所不知、无处不在的叙述氛围，使影片叙述的层次更加丰富，也使叙事焦点的转换更加自由与灵活，增强了叙事的表现力。

其次，在运用限知视角对人物形象进行塑造时，最好可以使每个人物都有自己独特的声音，形成个性化的说话方式，以此帮助观众迅速了解人物，并根据声音来分辨不同的人物。而在运用全知视角进行写作时，则要求保持统一的叙述声音，以电影《阳光灿烂的日子》（1995）为例。

> 片头字幕：
> 黑底中，陆续出现影片主创人员名字的白色字幕。
> 音乐：
> 笛子吹奏的《远飞的大雁》。
> 旁白（中年马小军，下同）：
> 北京变得这么快。20年的工夫它变成一个现代化城市，我几乎从中找不到任何记忆里的东西。
> 事实上这种变化，已破坏了我的记忆，使我分不清幻觉和真实，我的故事总是发生在夏天，炎热的气候使人们裸露得更多，也更难掩饰心中的欲望。
> 那时候好像永远是夏天，太阳总是有空出来伴随我们，阳光充足，太亮，使得眼前一阵阵发黑……
> 黑底中，出现巨大的红色字体：阳光灿烂的日子。

影片一开始就交代了叙述者的身份，"旁白（中年马小军，下同）"，整部影片都是以中年马小军的全知视角展开，通过对青春记忆中那些特别且印象深刻的重要时刻进行回忆，向观众诉说那些充满朝气与悲欢的青春往事。

最后，全知视角还具有视野开阔的优势，可以超越时空的界限，最大限度地展现时空的变化，或承载内容庞大、情节复杂的故事。编剧在创作一些场面宏大、叙事时空复杂的剧情时，可以优先选择运用全知视角。电影《楚门的世界》（1998）展现了主人公楚门近30年的生活。从出生起，楚门就生活在一个被人精心设计的世界里，他是这场真人秀中唯一的主角，丧失了自由与尊严，成为大众娱乐的牺牲品。镜头视点在电视节目制作人、桃源岛以及电视节目观众之间反复切换，借助全知视角将离奇复杂的故事情节不受约束地叙述了出来。

需要注意的是，全知视角始终与摄影机保持最大的一致性，具有强大的主观操纵性。但因其灵活多变的焦点转换和丰富多彩的叙述方式，使观众无意识地沉浸在一种全知全能的状态中，误以为自己是故事的参与者。事实上，全知视角看似是以客观的叙述方式来掩盖故事叙述的主观性，其实早已通过摄影机运动、影像调度、场景选择等无形的手推动故事向前发展，从而暴露了观众位置的被动性和影片内容的虚构性。

（三）外视角："罗生门"式的讲故事方式

外视角又称外聚焦视角，是指叙事者掌握的信息比人物少，用托多洛夫的公式表示，即叙述者<人物。这种聚焦叙事方式追求真实、自然、原汁原味地呈现文本故事，叙述者只对事件与人物的外部形态、动作、环境进行观察，不揣测故事中任何人物的思想意识。同时，又摒弃了传统叙事对观众的说教与引导，创作者逐渐"隐退"，不做任何主观评价，致使观众对剧情理解有一定困难，拉大观众与电影之间的距离。正如美国学者贝·迪克所描述的那样：观看《巴里·林顿》就像欣赏一幅画。一幅伟大的画会把观众吸引过去，但走到它面前时，观众又会本能地退后几步，在一定距离外欣赏它。①在电影的客观叙事中，创作者只提供让人们欣赏的材料，强调对叙事对象的展现，不对观众从中总结归纳的意义加以引导和评价，鼓励观众以独立的审美经验来审视影片，消解电影叙事的导向性。

外视角作为编剧写作的经典叙事视角之一，追求"隐形叙述者"的叙述风格，以旁观者的姿态，从外部呈现事件，让观众误以为叙事在人物的行动和事件的发展中自行呈现。同时，它只提供人物的外在行动，缺少对人物内部目的和动机的探寻，也不会潜入角色内心的情感世界，只在人物外部行动的引领下对故事进行讲述，在所有叙事视角中最具客观性。类似于"罗生门"式的讲述故事的方式，由于叙述者的视角小于剧中人物，叙述者无法探究人物内在的目的、动机、思维与情感，对于剧情发展的变化也无计可施，只能充当一个旁观者，冷眼注视剧情走向，从而制造出影片叙事的复杂性、冲突性与悬念感。电影《看不见的客人》（2016）通过艾德里曼和古德曼德的第一人称视角展开叙述，由于创作者采用旁观的外视角，事件的真相只能随着人物各自的叙述逐步逼近，使得影片呈现出虚实交错、层层反转的叙事效果，在跌宕起伏的剧情中揭露出人意料的故事结局。

编剧想要正确发挥外视角叙事的力量，就只能对人物的外部特征，如语言、表情和肢体动作等进行详细描写，使观众从人物外部表现体验其内部情感。比如表示"她很愤怒"，在未知视角下编剧不能直接写"她非常生气"，因为作者无法进入个体内部精神世界，难以探究人物的确切想法，但可以改为"她握紧双拳，嘴唇发抖，瞪大眼睛直视前方"，以此来暗示人物情绪。因此，外视角在写作时最好能够将实际的场景形诸文字，让观众能够从文字中推断出作者想要表达的内容。

艺术作品中没有纯粹"客观"的叙事，只有创作者叙事策略介入程度的区分。电影叙事中作者不可能完全"隐退"，无论是剧本构造还是影片拍摄及后期制作，都是创作者主观思想情感的选择。任何一个片段都代表了一种倾向、一种选择、一种态度和一种立场。即使是我们日常生活中司空见惯的场景，也不能以日常生活的角度去感受它、定义它，因为镜头已经在电影叙事中赋予了那些平淡无奇的事物超越其自身的深层含义。

---

① 贝·迪克，华钧，齐洪. 电影的叙事手段——戏剧化的序幕、倒叙、预叙和视点 [J]. 世界电影，1985
（3）：46—58.

### 三、画外音或旁白对叙事视角的表现与作用

早期经典叙事理论家将故事的叙事文本分为故事层面和话语层面。其中，故事层面是指文本所要表达的对象，而话语层面是指故事讲述的方式，即叙述行为的发生，二者相互作用构成了叙事文本的意义。[①] 画外音作为电影叙事的重要手段，是电影叙事的话语。当一部影片出现画外音时，画外音的发出者就与故事文本产生了联系，主动参与了文本的构造。他们要么是参与者，讲述自身的故事或者与自身相关的故事；要么是旁观者，客观描述他人的故事。一般来讲，画外音主要有两种表现形式：主观画外音和客观画外音。下文主要是从画外音与故事层面的关系来叙述，分为画内"我"者画外音和画外"我"者画外音。

#### （一）正在讲故事的"画外音"

##### 1. 画内"我"的叙述

与文学文本不同，编剧无法通过文字来直接传递角色内心的所思所想，但是画外音可以在不知不觉中帮助我们传达某些必要信息，使观众在不经意间得知他们想要或必须知道的一切。

首先，编剧在写作中最常用的画外音形式是叙述者"我"。"我"既是故事的讲述者，也是故事中的主要角色。"我"通常描述的是当下的、与自己有关的事情，与事件建立着密切的联系，这类画外音多带有自传性质。在叙述者"我"的带领下，观众可以避免繁杂的细枝末节，直接关注事件本身。同时，只要观众认同叙述者"我"，就可以与角色建立情感连接，拉近观众与剧中人物的时空距离，实现"主体置换"。这种沉浸式的体验与直接传递角色本身的意识与情感，只有第一人称"我"的画外音才可以实现。在这种情形下，画外音多以第一人称独白的形式出现，这种形式意味着编剧在写作中应注重深入人物的内心世界，从角色本身的主观角度呈现其对事件的内心感受与想法。在电影《现代启示录》（1979）的片头，威拉德上尉在房间里的画外音如下。

> "当我在战场时，我很想回家。当我在家，又想着回丛林。我已经回来一个星期，等待任务，意志消沉……"

画外音的叙述内容是对人物当下时空内心感受的真实描述，表明战争对人类心理和精神上的摧残。但"我"是个限定视角，"我"只能传达自己主观情感和与之相关的信息。

另一种是叙述者"我"叙述自己的往事，我们在写作时要注意以回忆的口吻讲述"我"自己过去时空经历的故事，画外音也是以内心独白和旁白的形式出现。这类画外

---

① 胡群英. 电影"画外音"类型与功能论 [D]. 武汉：华中师范大学，2012.

音通常被运用在传记类电影中，并且在故事叙述层面分为两层，一层是回忆中的故事，另一层是叙述者当下所处的环境，且回忆部分占主导地位。在电影《阿甘正传》（1994）中，成年阿甘作为故事叙述者，回顾了自己从一个先天智障的小镇男孩到凭借自强不息、不畏艰难的精神和勇气创造了自己传奇一生的励志故事。在电影《一个陌生女人的来信》（2004）中，影片开头向观众呈现了一位中年男子的生活状况，接着一个女人的画外音响起。

> "你从来也没有认识我，而我要和你谈谈，第一次把一切都告诉你，我要让你知道我整个的一生一直是属于你的，而你对我的一生一无所知……"

整部影片都是以"陌生女人"的自述组织和推动剧情发展的。她既是故事的讲述者，也是故事的参与者。她讲述着自己短暂一生中对男作家毫无保留的爱和付出，既带有她对往事的追忆，也表达了痴情付出得不到回报的无奈与痛楚。

2. 画外"我"的叙述

相较于画内"我"者叙述要求叙述者出现在镜头中讲述与自身相关的故事，画外"我"者叙述则追求一种"只闻其声不见其人"的叙事效果，虽然叙述者"我"和故事中的主要人物息息相关，但作为影片的叙述者，其具体影像并没有出现在电影画面中。画外音以旁白的形式出现，"我"如同说书人，站在画外来讲述故事。这类画外音一般是非叙事性评论，主要讲述他人故事的画外"我"者画外音。同时，这类叙述者也受到第一人称"我"的视角限制，只能讲述"我"的所见所闻。但是由于这类叙述一般都是以旁观者或事后回忆的形式出现，所以其了解故事的方法和途径更加全面，类似全知视角，延展了叙述者的视野，也可以对人物和环境进行评价或表达自己的主观看法。在电影《红高粱》（1987）片头有这样一段画外音。

> "这是我奶奶，那年的七月初九是我奶奶出嫁的日子，我跟你说说我爷爷我奶奶的这段事，这段事在我老家至今还常有人提起，日子久了，有人信，也有人不信。"

从"我爷爷我奶奶"这样的叙述中，我们可以得知影片的叙述者是"爷爷奶奶"的孙子，这种叙述通常具有旁观或者事后回忆的性质，画外音可以脱离叙事时空，运用独白和蒙太奇的手法超越时空界限，任意对事件、环境与人物进行评价，丰富影片的叙事层次。同时，通过构造一个故事外虚拟的人物形象，还可以快速推动剧情发展，避免因画面快速转换而产生的突兀感。以下是电影《红高粱》（1987）剧本中的一段旁白。

> "日本鬼子说来就来。民国二十八年七月，日本鬼子把公路修到了我的老家。这一年，我爹整 10 岁。"

画外音的运用对叙事时间进行了压缩，使时间跨度较大的画面也能顺利衔接，传达了很多影像无法传递的信息，加快了影片的叙事节奏，扩展了叙事的时间与空间。

有时，非叙事性评论者也可以是故事的参与者，这类通常被称为讲述他人故事的画内"我"者画外音，即"我"既是电影的叙述者，也是故事中的具体人物。与同故事画外音不同的是，"我"以旁观者或者参与者的角度讲述别人的故事。类似全能全知的上帝视角，叙述者以旁观者的态度对事情进行描述。在电影《海上钢琴师》（1998）中，迈克斯作为叙述人，超越时空的界限，以俯瞰的姿态向我们展现了1900忧伤而又奇幻的生命旅程。

> "1900就在这里长大，这艘船仿佛是个巨大的摇篮，丹尼很担心1900会被带走，因为他没有出生证明和护照。于是小时候的1900，总是躲在弗尼吉尼亚号的船舱里。"

迈克斯的画外音将1900的生活背景和出生状况交代清楚，导演利用画外音这种艺术表现形式给观众留下了深刻的印象。"我"者画外音的旁观者视角还具有浓烈的主观色彩，在讲述过程中可以表达个人情感和个人评价。"我还记得1900目送他时只说了一句：'去他的爵士乐'……"表现出迈克斯对于杰利之前傲慢无礼和侮辱挑衅的愤愤不平。迈克斯虽然是故事中的参与者，但他主要讲述的还是别人的故事。他超越时空的界限，不断穿插在"过去"与"现在"之间，实现了结构与内容的统一，使观众能够更加透彻地理解影片的深刻内涵。

在这类画外音中，编剧应将叙述者"我"的位置凸显出来，直接表明"我"与故事主人公之间的关系，以平等、客观的态度交代故事发生的必要信息。虽然叙述者与故事无关或者对故事的参与度较低，但是他们足够了解故事发展的进程，是电影当中不可或缺的一部分。因此，编剧在写作中可以借助此种身份控制故事讲述的节奏，把握故事讲述的进度。同时，编剧也可以赋予叙述者独立的思想，表明自己的态度和想法。在电影《红高粱》（1987）中有这样一段画外音。

> "李大头给人杀了，究竟谁干的，一直弄不清楚。我总觉得这事像是我爷爷干的。可直到他老人家去世，也没问过他。"

叙述者可以清晰地表明自己的立场与想法，对于内容的讲述具有较大的自由，延展观众对于人物形象的认识，也可以借此悄无声息地转换叙事时空，产生独特的艺术表现力。

3. 客观画外音

编剧在进行写作时，对规模宏大的历史性故事和场景的描写也是必不可少的。这种电影往往从大处落墨，善于通过真实、客观的影像画面体现其所具有的思辨价值和美学价值，并通过权威性的话语来介绍故事发生的事件、地点、人物等。因此，这类电影最适合客观陈述性质的画外音，客观画外音总是以旁白或者解说的形式出现在影片中，站在相对客观的角度对事件和人物进行描述与评价，观众透过具体的影像无法得知画外音来自何处。他们与故事无关，却能从整体上把握故事的进展。以下是电影《金刚川》（2020）中大段的画外音解说词。

> 1950 年 6 月，朝鲜战争全面爆发。
>
> 6 月 27 日，美国海军第七舰队驶进中国台湾基隆高雄港口，在台湾海峡进行侦查巡逻和作战演习。
>
> 9 月 15 日，美军第十军登陆仁川与"联合国军"向北推进，美远东空军出动上千架次飞机侵扰我国领土，战火燃至鸭绿江边，我国的领土主权和人民的生命安全受到严重威胁。面对侵略者的挑战，中国政府应朝鲜政府的请求，在反复权衡利弊之后，决定赴朝作战。
>
> 10 月 25 日，中国人民志愿军打响了进入朝鲜境内的第一仗，拉开了抗美援朝的序幕。

画外音解说词以"客观"的叙述态度介绍了抗美援朝战争的时间、地点，还原了抗美援朝战争的历史背景及意义，不掺杂丝毫个人情感色彩，让观众对基本剧情拥有初步判断和了解，也将观众的认知从画内空间延伸到广阔的画外空间。同时，客观画外音的叙述视野更加广泛，在叙事维度上也具有一定程度的自由性，所叙故事的范围、距离和程度也比第一人称画外音更加深刻。以电影《天使爱美丽》（2001）的开场为例。

> 旁白：
> 艾米丽的父亲是一个老军医，在安然雷布的矿泉疗养所工作，紧闭的嘴唇显示他没心没肺。艾法尔·布林不喜欢站在别人旁边撒尿，也不喜欢撞见别人对他凉鞋的不满评论，上岸后感觉泳衣紧紧贴在身上。艾法尔·布林喜欢把墙纸大片大片撕下来，把鞋子排成一行并细心上蜡，掏空工具箱仔细清洗，最后细心地摆好。
>
> 艾米丽的妈妈，阿芒丁·弗雷，一位格农的普通小学教师，总是变化无常及莫名紧张，从痉挛的肌肉可以看出她的紧张不安。她不喜欢热水把手指泡汤发白，也不喜欢别人轻触她的手指，早上醒来，脸上有被单挤压的皱纹。电视台播放的艺术溜冰里溜冰者的服装，让她莫名烦躁——她用鞋底把她的板打磨光滑，清理手提袋并仔细清洗，最后仔细摆好一切。
>
> 艾米丽 6 岁
> 她希望父亲不时地把她抱在怀里才有所交流，这小女孩不习惯这种亲密无法控制心跳加速，从那时起她父亲认为她有一种不知名的脏病。
> ……
> 艾米丽唯一的朋友是一条叫"抹香鲸"的金鱼，家庭的温馨使它变得神经衰弱及忧心忡忡。
> （艾米丽大叫）
> 这次自杀未遂增加了母亲的压力，为了安慰艾米丽，她母亲送给她一个柯达相

机。他在这干吗，邻居使她认为是因为她的出现才会引起这起事故。

　　她每天下午都会冲洗底片，黑夜降临的她总会惊恐万分，她端坐在电视前，难于忍受。电视机画面：看到的火灾场面火车出轨，波音747坠毁。

　　通过"不喜欢""喜欢""变化无常""心跳加速"等词，画外叙述者向观众一一介绍了影片中主要人物的职业和喜好，在叙事中占据主导地位，为我们提供了片中人物所未传达出的信息。

　　一个合格的编剧，总是可以通过戏剧化的画外音牢牢抓住观众的注意力，他们像挤牙膏似的一点一点地将必要信息透露给观众，使观众可以跟上故事情节的发展，并且通过设置悬念，引发观众的好奇。比如，上文我们提到的"我要和你谈谈，把我的一切都告诉你""我跟你说说我爷爷我奶奶的这段事"等，都是通过悬念来激发观众对未知信息的渴望，维持观众对影片的兴趣。因此，我们在运用画外音写作时应避免向观众传递故事中已经呈现的信息，或观众通过剧情可以轻易推理出来的信息。

　　画外音作为电影叙事的重要手段，一方面，突破了画框的限制，延展了荧幕之外的叙事空间，填补画面难以展现的图像空白，使观众对故事发展的整体环境具有一定了解，保证电影叙事的连续性；另一方面，画外音作为电影语言独特的叙述方式，弥补了画面叙述过于直白而消解了影片主题思想性与多义性的缺陷，传达出外部表现难以感知到的内部情感，使电影也产生同文学作品一样的审美效果。

## （二）"谁在讲述"的价值

　　过去，人们普遍认为，无论讲故事的方式和叙述者有什么变化，都不会影响故事本身的传达。而现在，人们愈发认识到，"观看一个事件的角度就决定了事件本身的意义"。[①] 的确，人称和视点是电影叙事中最活跃、最富有表现力的叙事元素，正如前文我们提到叙事视角决定谁看，叙事视点决定谁说，二者相互制约又相辅相成，当叙事人在文本中以明确的"你""我""他"等人称形式出现，则意味着其视角也应选择与该人称相对应的视角。不同的叙述主体意味着创作者对故事呈现的方式不同，影片叙事的内容、范围与可信度也不同。

　　首先，观众是从影像中获取信息，创作者借助视点元素，完成信息分配，最终形成影片复杂的叙事内容，所以故事由谁来讲述，对于叙述接受者具有重要意义。因为观众正是通过创作者提供的多元化的叙述视角，才能对影片内容进行意义解读，从而创造出不同的期待系统。因此，任何一部影片叙事结构的构筑，都与叙述主体的身份息息相关。

　　其次，叙述人称与叙述方式不同，故事产生的意义与感受也不相同。大量事实与实践证明："观看一个事件的角度就决定了事件本身的意义。"[②] 叙述主体作为影片叙事的

---

① 封洪. 视点与电影叙事——一种叙事学理论的探讨 [J]. 当代电影, 1994 (5): 80-84.
② ［美］约翰·霍华德·劳逊. 戏剧与电影的剧作理论与技巧 [M]. 邵牧君, 齐宙, 译. 北京: 中国电影出版社, 1978.

重要组成部分，与影像共同构成故事完整的结构与意义。因此，从不同的叙事主体对故事展开叙述，就可以实现影片多重叙事意蕴的建构。电影《罗生门》（1950）通过丰富的视点变化，讲述了一宗错综复杂的杀人案，揭示出人性的阴暗面。但创作者在影片结尾处又设置樵夫抱走婴儿抚养，通过隐形叙述者的视点，暗示人性的回归与道德的复兴，从而引导世人勇于克服人性的弱点，将高尚的品质发扬光大，加深了影片的叙事深度。

最后，叙述主体位置不同，产生的叙事效果也不同。观众更加容易认同视点人物，视点人物的确立直接影响着观众对作品的接受程度以及观众与人物之间的心理距离。电影《阿甘正传》透过男主人公阿甘的视角呈现他看似荒诞不经却又轰轰烈烈的前半生，使观众在沉浸般地体会阿甘情感变化的同时，也被阿甘善良、勇敢、执着的精神所打动。同时，不同的叙述身份给观众带来的情绪反应也是不同的。第一人称叙述者更容易深入人物内心思想与情感，缩短与观众之间的心理距离，使观众感觉更加亲切。第二人称叙述者将观众与角色置于同一位置，能够营造出面对面的交流感。第三人称叙述者能从客观中立的角度叙述故事，是影片可靠的叙述者，可信度较高。

叙述者作为影片叙事的重要组成部分参与着影片叙事结构与文化表征的建构，是影像传情达意的重要工具。它不仅发挥着再现叙述事件、展现人物内在心理和行为态度的表征功能，还可以推动剧情、衔接叙事画面，以此强化影片的叙事结构，成为突破影片叙事特征的重要依据。

### 练习与习题

1. 改编一件在你身上真实发生过的多人事件，从不同叙事视角、人物目的、人物立场讲述整个故事。

2. 结合本章所提到的经典叙事结构，思考题目1中改编的故事在不同结构下应该如何进行划分。

示例：四人寝室在熄灯后开始聊天，聊到如果中彩票后该如何分配这笔钱时，四人因为意见不合爆发争吵。在十二点整时寝室门突然被敲响，四人停止争吵齐齐看向门外，透过猫眼发现外面一片漆黑，害怕地打开门后，发现是宿管提醒他们小声一点。

弗赖塔格金字塔模型：

开端：四人熄灯后聊天

上升：意见不合爆发争吵

高潮：十二点整，门被敲响

落潮：看向门外发现没人

结局：打开门发现是宿管

3. 以电影《肖申克的救赎》为例，选择合适的叙事视点讲述他人的故事。例如，以安迪的身份简要讲述雷德的故事，或者以监狱长的视角讲述安迪的故事。

**本章节学习参考电影**

《魂断蓝桥》（1940）

《卡萨布兰卡》（1942）

《两生花》（1991）

《肖申克的救赎》（1994）

《楚门的世界》（1998）

《天使爱美丽》（2001）

《香草的天空》（2001）

《时时刻刻》（2002）

《阳光小美女》（2006）

《看不见的客人》（2017）

# 第四章　开端、发展与结局

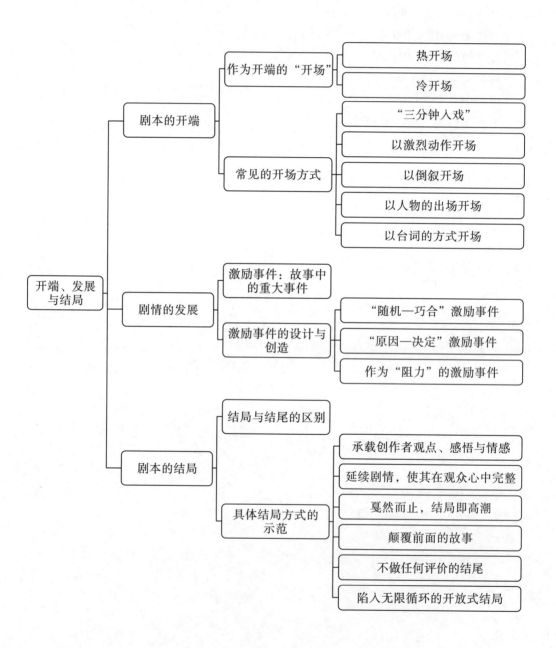

一个事件会随着时间的推移不断发展完善，剧本中的故事往往由事件和情节组成。主流大情节故事，也常以开端、发展、结局进行串联。换言之，无论什么类型的剧本，都要由开端、发展、结局这三部分组成。从某种意义上说，电影可被视为是由画面讲述出来的故事，因此剧本的创作也需要遵循大部分主流故事的共有结构——开端、发展、结局。当然，这样的结构安排不是不能打破的严苛法则，而是作为基础的电影剧本写作逻辑存在，以开端建置背景，引入情节点发展剧情，结尾提供解决方法，将各种元素纳入戏剧性的结构编排，通过画面和语言进行讲述，给观众完整地呈现出一个精彩的故事，完成具有艺术魅力的电影作品。

## 第一节　剧本的开端

通常情况下，剧本的开端就是剧本前三分之一部分。开端往往被视作全剧的浓缩，具有一种常见的开端功能，需要向观众初步介绍全片的基本情境，如时间、地点、人物关系的起点、人物的生存状态、主人公的代表性动作等。在开端功能中，创作者可以自行控制上述交代剧情的节奏，但是以下三件事情，必须要在开端中尽可能迅速地交代清楚。

（1）明确剧本的主人公并让其闪亮登场。观众需要一个确定的视点来完成情感的代入。如果编剧在开篇描绘了形形色色的人和事，却从未锁定一个确定的角色，剧本的开端就没能完成将观众带入剧情的任务。

（2）确定剧本的戏剧特色，即创作者需要告知观众，剧本是关于什么的故事或主题，主人公在这样的戏剧性冲突下需要解决什么。

（3）交代剧本所处的具体环境。不一样的社会环境和文化氛围，会让角色表现出完全不同的性格特质，像出生在农村的主人公可能会对植物和自然有着莫名亲切感，而在城市中的主人公则可能对现代化产物更加熟稔。比如，同样是家宴和吃饭的戏，电影《邪不压正》（2018）里的饺子和酒代表的是老北京，或者说北方的饮食文化；而电影《天水围的日与夜》（2008）里的煲汤和珍贵的冬菇，则是中国香港市民阶层用日常饮食勾连起的邻里亲情。总而言之，剧本在开端构建起来的情境，就像一个确定的沙盒空间，创作者可以基于此不断向其中增添各种元素，如主人公生活的社区、职业、人际关系网等。

确定好上述三项重要任务后，剧本的开端便可以围绕以下三个步骤开始搭建。

（1）明确开端和结尾的状态。开端和结尾并不是相互割裂的两部分。在创作剧本时，如果仅仅设想好有趣的开头设定，那么在后续问题的解决中就会遇到各种各样的问题——因为创作者对人物的动力和目的并不了解，只设定了一个从天而降的宝箱，却没有考虑好之后的事，甚至不确定主人公是否真的需要一个宝箱。只有清楚地知道故事结局后，剧本中人物的动力、戏剧性冲突以及其需要面对的阻碍才能顺利地产生。

作为编剧，一定会在故事中表现出个人想要陈述的观点和意见。因此，在剧本形成初步概念时，即创作者在将奇妙构思转换成充满戏剧性的故事时，就应该设想自己正在做一个最终决定。这个决定应该是表达编剧思想的重要体现，是基于主人公构思出的目的和解决问题的方案。有一句俗语是"好的结尾，会让开端也变得容易"。换言之，编剧在构思故事的开端时，也应同时思考如何结局、如何呼应或反转。

（2）迅速完成上述已分别论述过的三个任务。编剧需明确剧本的主人公，并让其"闪亮"登场，同时确定剧本的戏剧特色，交代剧本所处的具体环境。

（3）选择合适的开场形式。开场一般是指演出的开始，是影片第一幕的第一场戏，是叙事者开始讲故事时选择的情节展开点。它将引发后来的一系列事件，包括人物、戏剧性前提与情景。常见的分类是"热开场"与"冷开场"，当然也有根据不同目的展开的其他开场。

## 一、作为开端的"开场"

开场是建置的一部分。所谓建置，是指在极短的时间内，让观众对故事产生兴趣。那么，如何写开场，又如何进行区分呢？开场的是画面，是激励事件，还是矛盾冲突的前置？其实，它们都不是唯一的，真正的区别在于编剧想要带给观众情感冲击，还是视觉冲击。

普遍来讲，激烈的战斗场面是典型的"热开场"，在诸多战争片或武侠片中都能找到范例，如《血战钢锯岭》（2016）和《信条》（2020）。但开场的类型并不完全取决于故事类型，强调外部戏剧冲突的动作电影，用激烈的"热开场"似乎理所应当，但电影《地久天长》（2019）的开场是一个家庭之中的平淡小事，却也以"热开场"的形式展开。虽然开场的画面平静——两岸青山中间躺着一条大河，山坡上小亭子里的两个孩子安安静静，但戏剧的矛盾非常强烈，孩子的死亡在此发生，造成了两个家庭一生的痛苦。这部电影的前十分钟交代了两家人陷入了难以启齿的伤痛之中，丽云的胎儿被强制流掉，以及耀军和丽云自我放逐到南方小城避世而居的原因，同时将人物关系网平铺开来，起到了很好的"展示"作用。

与"热开场"相反的"冷开场"，如其命名方式一样，好像总是在冷静与祥和中将故事缓缓叙述出来。冷、热开场如何巧妙使用？商业片通常选择"热开场"，而艺术片通常选择"冷开场"吗？其实，二者之间并没有明确的公式设置，根据故事的特性和个人风格选择即可。

### （一）热开场

"热开场"即热闹的开场，往往以强烈的外部动作开场，一般是动作在前，动作的目的性说明在后，用设置小悬念的方法带出故事总情境的介绍。[1]

在"热开场"中，剧作会一上来就抓住观众的眼球，要么是镜头的信息量很大，要么是情绪的信息量很大。"热开场"往往用强烈的视觉冲突制造强大的视觉奇观，给故事的观众带来强烈的冲击力，进而引发观众的强烈吸引力，给故事带来浓烈的情绪与高速推进感。

---

[1] 杨健. 拉片子：电影电视编剧讲义［M］. 北京：作家出版社，2007.

如前文所言，"热开场"是一种通过热闹的动作迅速带领观众了解全剧总情境的有效方法。这种技巧和概念最早来源于戏剧，为的是能在一开始就聚焦剧场内观众的注意力，并引导他们密切地跟随剧情发展。因此，"热开场"常以小规模的强烈外部动作引出全剧主要人物的性格和意志冲突。"热开场"一般分为设置悬念和解开悬念两部分，前者为动作性，后者为说明性[①]，两部分之间有一个小的过渡，开场完成后要画一个段落句号。例如，电影《爱乐之城》（2016）的开场是一个非常复杂的长镜头调度——以美国城区高架桥上堵车的情景，拉开一个涉及百人以上演员的群像演绎，并配合音乐剧、视听综合的形式拉开帷幕（如图4-1）。一场大堵车的"热开场"，使大城市生活中常见的障碍，成为银幕内外之于司机、乘客、演员和观众的共鸣，在音乐和"热开场"的感染之下，人们纷纷下车舞蹈，使电影欢快自由的气氛在一开头便达到顶点。希区柯克的巅峰之作《西北偏北》（1959）开场便给出主人公罗杰的真实身份，并用一段较长的人群赶路的镜头（罗杰有条不紊地向秘书安排工作）来展示他自信的品格与成功的地位。这样，在观众已知罗杰真实身份的前提下，再引出罗杰被误认为秘密特工并遭到绑架的情节，就顺理成章地引出了本片的主悬念——罗杰是否能找到真正的乔治·卡普兰，并解救自己。

图4-1 达米恩·查泽雷《爱乐之城》开场截图

（二）冷开场

"冷开场"同"热开场"的形式相反，它没有激烈冲突和外部动作，而是以平静的基调拉开电影的序幕。在约定俗成的规则中，"冷开场"并不是一定是慢节奏，而是凡是"热开场"之外的开场方式，均被纳入"冷开场"的范畴。很多倾向于小情节叙述的电影都会使用"冷开场"，在非动作性、弱冲突性的基调下，平静地开始影片故事的讲述。[②]虽然"冷开场"往往在画面上显得比较冷静、冷淡，但同样秉持着快速建置开端的任务。换言之，"冷开场"仅仅是将基调和节奏放缓，将矛盾冲突前置，让观众能慢慢跟随着主人公进入影像世界，在情绪递进和情节发展中让故事走向高潮，并为观众提

---

① 杨健. 拉片子：电影电视编剧讲义 [M]. 北京：作家出版社，2007.
② 杨健. 拉片子：电影电视编剧讲义 [M]. 北京：作家出版社，2007.

供强烈且真实的移情体验。

由贾樟柯编剧并执导的电影《山河故人》（2015）是围绕一个家庭及其中成员，随着时代的脉络浮沉的亲情故事。故事开场是一群 20 世纪 90 年代的青年伴着欢快的曲子舞动，带出主角的三角关系。它并没有在一开始就抛出问题，而是用一种比较和缓的情绪带领观众在一小段、一小段接替的故事情节中，逐步发现并拆解其中的现实问题，如时代的浪潮与变革、爱情与婚姻的关系等。因此，缓慢且平静的"冷开场"，仿佛成了故事跨越近 30 年的生活史的记录。电影《罗生门》（1950）开场是行脚僧、樵夫、乞丐三人在废弃的罗生门下避雨，僧人和樵夫在谈论今天发生的惨案，乞丐加入，开始讲述他们对惨案的回忆。三个局外人在回忆与追问中引出影片对于真理的探讨。

"冷开场"与"热开场"的方式并没有固定的模式，创作者需要根据剧本故事的主情绪与节奏，选择更贴合主题，更符合观众期待的开场方式。

## 二、常见的开场方式

几乎每一部电影都有着令人印象深刻的开头，而不同的开场方式，也蕴含着不同的电影美学风格和创作者的独特心思。无论是姜文常用的声势浩大的热烈事件开场，还是侯孝贤常用的悠远平静的空镜开场，都传达出极具个人风格的电影形式。不管什么类型的开场，始终不变的是吸引观众快速进入影像世界的叙事目的。目前，常见的开场方式主要为以下三类。

### （一）"三分钟入戏"

"三分钟入戏"中的三分钟并不是一个强行限制的规定或法则，而是作为创作者必须坚持实现的一种目标，即快速将观众从现实与影像之间游移的临界状态中拉进来，让其彻底投入影像世界，同剧中人物共情，在相同境遇中开启情感交流。"三分钟入戏"的宗旨是将影片开场设置得精彩纷呈，不设置拖沓烦琐的事件，力求完整有力、不拖泥带水地达到以下几个要求：奠定影片基调；交代人物；将观众迅速从现实世界中引进来，进入影像剧作的世界。当下，在网络媒介逐渐成为影视作品不可缺少的传播渠道后，影视作品市场逐渐趋于快节奏、同质化，创作者必须在一部作品中的开场下足功夫，才能吸引更多观众。

电影《让子弹飞》（2010）中，开场就以走马上任的马邦德一行人被主人公劫匪张麻子伏击展开，短短三分钟就交代好故事背景及人物关系。第一，白马拉火车这一看似荒诞的情节，意味着落后和先进的碰撞，与结尾形成完美对应。第二，交代人物关系，为吃着火锅唱着歌的马邦德、夫人、师爷三人复杂的人物关系铺垫。第三，引出主人公，并让他说出"让子弹飞一会儿"这句经典台词。主人公张麻子化身"马邦德"赶赴鹅城上任，陷入激烈的角斗之中。以下是《让子弹飞》剧本中的"三分钟入戏"的开场剧本。

北洋年间　南部中国

### 1. 日 外　青石岭

青山白石。

雄关漫道。

苍鹰翱翔天际。

铁轨直插远方。

一颗后脑勺由画面上方落下，耳朵紧贴轨道，听。

须臾，头颅轻起，让出缝隙，手指插入耳孔，挖净。

再听。铁轨抖动，隆隆声由远而近。

呜——汽笛长嘶。

脑袋一翻，后脑勺变成正脸。

大眼惊恐。火车从这边来了！

铁轮飞转，白烟滚滚，血旗猎猎，风驰电掣。

白马十匹，赫然出现。率两节车厢呼啸而来。

马拉火车。十匹白马是火车的车头。

白马黑车，游龙山间。

### 2. 日 内　火车车厢

车厢内，火锅巨大，如八仙圆桌卧于车中。

沿锅环坐新任县太爷马邦德、县太爷夫人、师爷。师爷背对，连吃带喝。

三人合唱：

> 天之涯。
>
> 地之角。
>
> 知交半零落。
>
> 一壶浊酒尽余欢。
>
> 夕阳山外山。

师爷衔着筷子，热烈鼓掌。

县太爷：汤师爷，是好吃，还是好听？

师爷：也好听，也好吃！都好，都好！

县太爷：我马某人走南闯北，靠的就是能文能武，与众不同。不光吃喝玩乐，更要雪月风花。

三人大笑。

### 3. 日 外　青石岭

准星。长枪的准星里，马拉火车早被牢牢"锁死"。

远处火车飞奔十丈，近处准星缓移一寸，一只手指轻触扳机。

### 4. 日内　火车车厢

师爷：马县长此番风度，正好比，大风起兮云飞扬……

县太爷大笑。

夫人：屁！！

县太爷：刘邦就是个小人！

师爷：力拔山兮气盖世——

夫人：屁！

师爷：屁！屁！

县太爷：汤师爷，你要是拍我马屁，就先要过夫人这一关。

师爷：嗯！

县太爷：写首诗，写首诗！要有风，要有肉，要有火锅，要有雾，要有美女，要有驴！

师爷一脸无奈，县太爷哈哈狂笑，兴奋地拉响汽笛。

### 5. 日外　青石岭

汽笛尖叫，白烟喷射而出。

烟囱金黄，这缕劲道的白烟冲天而上，如巨鲸喷水。

### 6. 日外　青石岭

准星中的白马黑车。

食指压紧扳机，越来越紧。

### 7. 日内　火车车厢

门把手吟的一响，门开。县太爷的脸出现。

这节车厢里，左右各八个窗口。

两窗之间架着巨型长枪，四杆冲左，四杆冲右，交叉共有八杆。

巨枪两头与窗子固定，一人在前扛着枪管，一人在后准备扣扳机。

县太爷：起来起来！一起吃！一起唱！

陆军甲：报告县长！我们铁血十八星陆军护送县长安全上任！我们——

陆军众，不吃饭！

县太爷回转开门，靠着。

县太爷：狗日咧，还……还……陆军！

### 8. 日外 青石岭

磅！磅！磅！磅！磅！磅！磅！磅！磅！磅！

指压扳机，枪弹出膛。枪栓拉推。弹壳飘出。

铿锵如是，反复十番。

枪声回荡，马上的张牧之悠然展臂，收枪抱怀，目光淡然。

但见山间，白马黑车，游龙依旧。

小六子，

没打中？

张牧之，

让子弹飞一会儿……

"三分钟入戏"并不是一种开场类型，而是一种开场准则。对于电影剧本，无论是面向商业市场的类型制作，还是表达自我情绪的艺术电影，最终的叙事目的都是希望通过影像和文字，实现与观众的情感交流和人性交汇。因此，努力做到"三分钟入戏"是创作者在一个剧本开场中，要坚持遵循的准则和努力追求的目标。

### （二）以激烈动作开场

影片中角色的行动要比语言更急促有力。当影片从一开始就由身体这一特殊载体进行驱动，让各种各样的激烈场景交织其中，观众的注意力就很容易被吸引，因为相较于台词，肢体冲突有着更强的动感。

电影《这个杀手不太冷》（1994）在开场就展示了极具视觉震撼力的暴力犯罪场景：杀手里昂独自杀死富豪身边的保镖，完成自己的任务。诸如此类的设计在犯罪类型电影中已经屡见不鲜，一系列商业类型片都会将犯罪瞬间的激烈动作放在影片开场，在奠定犯罪片基调的同时，让观众的肾上腺素飙升，以此更快地被剧中人物和剧作设计吸引。

不仅是犯罪类型电影，多种类型影片都可以采用激烈动作为开场。电影《极速车王》（2019）开场便是激动人心的勒芒拉力赛片段；提名奥斯卡最佳改编剧本的商战及传记电影《华尔街之狼》（2013）开片呈现出在纸醉金迷中兴奋到近乎癫狂的股票公司老板贝尔福特；奇幻黑色影片《龙虾》（2015）以人类对驴的猎杀为开场等，这类的开场都极具冲击力，能快速吸引观众注意力。

### （三）以倒叙开场

开头和结局之间有着奇妙的联系。结局从来不仅只有交代主人公的结果这样简单的剧本作用。当用结局和倒叙来开场时，可以给观众一种完全不同的悬念感，同时在跨越较长历史的作品中使用倒叙的手法，还可以得到极强的宿命感。

著名的悬疑大师希区柯克就曾对倒叙开场予以很高的评价。他认为，只有当观众知道炸弹即将爆炸这个信息时，他们的心情才会紧密地和剧情联系起来。在其作品中，也有多部使用了前置结局的方式。

以获得第 46 届法国戛纳国际电影节金棕榈大奖的电影《霸王别姬》（1994）为例，程蝶衣、段小楼的久别重逢也使用了倒叙的手法。已经年迈的两位京剧角儿重逢登台彩排，然后故事开始倒叙，回到两人的过往（如图 4-2）。时代沉浮，命运辗转，当结尾再次回到开头的段落，悲壮的宿命感就准确地传递给了观众。程蝶衣与段小楼穿过幽暗的长廊来到运动场，通过两人与体育馆工作人员对话，引出两人的久别重逢。运动场的门关上，此刻这里成为他们两人的舞台，暗示着程蝶衣对生命和艺术的最终选择。

图 4-2　陈凯歌《霸王别姬》开场截图

（四）以人物的出场开场

影视艺术的对象是人，观众所关切的也是人。以剧中重要角色为开场，可以迅速调动观众对主要人物的关注。观众只有关心人物的遭遇、命运，才会真正关心人物参与的冲突，并在之后逐步展开的情节中，建立起与人物的内心连接，以此完成从现实世界向影像世界的转变。

以电影《波西米亚狂想曲》（2018）为例，影片开篇便是对传奇乐手、皇后乐队主唱弗雷迪参加人生最后一场演出前生活状态的呈现：他睡在自己布置的华丽豪宅中，但身旁却空无一人，只有一群小猫陪伴他，糟糕的精神面貌和止不住的咳嗽让他看起来十分憔悴，但随之而来的演唱会还是让他打起精神，盛装出席人生中最后一场公开演出。创作者用简短有力的笔触，刻画出弗雷迪生命最后时刻的精神状态，让观众对于这位已故的摇滚巨星有了更加深刻的认识，从而更加好奇他的人生经历。

但是，以人物作为出场方式并不意味着故事一定是忧郁、安静的"冷开场"模式，创作者仍有多重方式为人物的开场赋予活力和新意，比如巧设悬念让观众对作品中人物的命运、情节的发展变化产生期待，让观众由始至终都处在期待的心情中。人物出场应该成为开场中最重要的部分之一，但这样的出场方式需要创作者反复推敲后才能决定。

（五）以台词的方式开场

人物的第一句台词语言非常重要。有时角色开口所说的第一句话，就为整个影片定下了基调。电影《阿甘正传》（1994）以"人生就像一盒巧克力"这样的台词，提前宣告了影片对人生终极意义的阐释。而电影《阳光灿烂的日子》（1994）则以主人公马小军的自述为起点。

　　"北京变得这么快，20年的工夫它变成一个现代化城市，我几乎从中找不到任何记忆里的东西。事实上这种变化，已破坏了我的记忆，使我分不清幻觉和真实，我的故事总是发生在夏天，炎热的天气使人们裸露得更多，也更难掩饰心中的欲望。那时候好像永远是夏天，太阳总是有空伴随我们，阳光充足，太亮，使得眼前一阵阵发黑……"

　　借助马小军的独白，观众迅速沉浸在了那个充满激情与生命力的 70 年代。现实主义悬疑电影《求求你表扬我》（2005）中，也在开场以演员范伟的独白开场。观众迅速被银幕上这个平凡、普通，又带着一点傻气的社会底层形象吸引，同时他陈述的台词也将影片的悬念抛出：他为什么要得到表扬？他究竟需要怎样的表扬？以独白的形式设置疑问和悬念后，再娓娓道来整个故事的前因后果。

　　当然，也有直接以开场人物旁白的形式来展开剧情的做法，这里的台词开场就不完全聚焦在角色的人物塑造上了，而是以独白叙事迅速完成开端建置中的戏剧情境。电影《燕尾蝶》（1996）的开场用女声独白将相对较为复杂的故事背景铺叙清楚，它设定了一个虚构的日本城市"円都"，以及生活在这里的移民"円盗"，快速且准确地将时间、地点交代给观众，影片全新的世界观由此展开。

　　"从前当美元是世界上最强势的货币时，城市里充满了移民，像是淘金热一般，他们来此淘金，想尽一切办法赚钱，移民们称这城市为'円都'（YEN TOWN）。但日本人厌恶这名字，反称这些移民为'円盗'。虽然有点令人费解，但'円都'既指这个城市，也指这些移民，如果你努力赚钱，攒满一口袋日元回到家就成了有钱人，听起来像神话，但这里确实是钱的天堂。这里讲述的就是'円盗'在'円都'的故事。"

## 第二节　剧情的发展

　　剧情结构经过不同特色开场之后推进到发展的阶段，这一部分包含了剧本中最为精彩的激励事件、高潮、危机等情节，既是整个结构中最中间的部分，同时也是剧本创作中最重要的部分。我们可以将剧情发展切分为激励事件引入、多情节进展发展、高潮与危机三个主要任务点，三者在主题的指引下相互嵌套，搭建起富有张力的剧情结构。

### 一、激励事件：故事中的重大事件

　　虽然拥有一个完美的天才创意是剧本能够闪光的重要起点，但作为一个成功的故事讲述者，如何将电光石火般的创意，发展成一个能够与观众之间建立连接，并深深地融入在一起的完整故事也十分重要。在这些不同的情节点之中，激励事件毫无疑问成为其中最重要的情节设定。

"激励事件"一词最早出现在罗伯特·麦基的《故事：材质、结构、风格和银幕剧作的原理》中，他将每一个故事的第一个重大事件定义为该剧本的激励事件。[①] 而在美国剧作家兼好莱坞编剧顾问悉德·菲尔德的书《电影剧本写作基础：从构思到完成剧本的具体指南》中，则将"激励事件"称作"引发事件"[②]。不同的剧作大师对"激励事件"有着不同的词义定性，甚至很多资深编剧会给激励事件一个其他的名字，如情节点、转折点等。不变的是，他们都认为一个剧本需要存在这样一个特殊又关键的设定，来打破剧中主人公的平衡，就像平淡生活中的一点火花，将之前烦琐的生活彻底点燃。因此，激励事件必须是一个可以彻底打破主人公生活中各种力量平衡的事件，它促使主人公的生活被推向正负两个极端，并因此展开大量行动。

出现在剧本中的激励事件通常需要满足以下三个要素：动态的、充分发挥的事件；打破主人公生活平衡的事件；在现实生活中可能发生的事件。在对激励事件的特性进行初步的分析之前，我们举一个特殊例子，来辨别一下它是否是一个满足上述要素的激励事件。

> 小霞厌烦父母的管教，于是和自己的男朋友在夜里前往离家几十千米的汉堡店。

激励事件首先是动态的、充分发挥的，不能只是静态的、普通的、不具备足够冲击力的模糊琐事。比如，编剧设定小霞是一个处在青春期的未成年少女，她厌倦父母的管教，于是选择和男朋友私奔到离家几十千米外的快餐店。这样的事件显然不是激励事件，因为女孩平静的状态并没有打破，她唯一发生改变的是自身的空间和时间状态。如果我们在后续的事件中添加女孩在快餐店等待时，发现自己的男朋友不见了，并带走了自己身上所有的钱和通信设备，这个事件就转变为了激励事件。因为此刻女孩在没有钱财和手机的情况下必须要做出行动。在这种充分刺激之下，激励事件的第二个重要特性才会出现并打破了主人公生活的平衡。

相当一部分剧本很难让观众产生情感共鸣的原因，就是因为激励事件没能打破生活的平衡，这在青春题材的电影中最容易出现。试想，观众希望在电影院中寻找青春的回忆，感受懵懂时期的青涩与执拗，但是创作者却设置主人公因为琐事站在天台怒吼，或站在汪洋大海的小岛上放肆大喊的情节。对此，部分成年观众可能会感到可笑和不理解，因为这并不足以让人物的生活失衡，无病呻吟反而会让观众迅速对角色产生厌倦。在北野武编剧并执导的电影《坏孩子的天空》（1996）中，青春期少年所经历的关于升学、求职、转业的激励事件，就巧妙地抓住了观众的情感共鸣点。电影中的几个少年虽有着不同的人生轨迹，但他们在理想和现实之间的挣扎，是每一个青少年都曾经历过的，这样的人物刻画让观众获得了深层的感悟。

---

① ［美］罗伯特·麦基. 故事：材质、结构、风格和银幕剧作的原理［M］. 周铁东，译. 天津：天津人民出版社，2014.

② ［美］悉德·菲尔德. 电影剧本写作基础：从构思到完成剧本的具体指南［M］. 鲍玉珩，钟大丰，周传基，译. 北京：中国电影出版社，2002.

最后，激励事件也要考虑情况的真实可信度，真实性并不意味着事件一定是真实发生过的，而是编剧在观察生活、体验生活、感受生活的基础上，升华出的合乎理性逻辑和感性思维的组合片段。如果编剧创作出的主人公，是一位仅仅因为吃到了发霉的豆子就决定及时行乐的人，就显得不合情理；但如果主人公在医院检查中，发现自己不幸患上了癌症，那接下来角色所表现出的震惊、悲伤、释然，就变得令人信服，故事的开展也会更加顺利，因为主人公患癌这件事成为本篇剧作的激励事件。

激励事件需要避免落入"重形式、造奇观、轻事件"的逻辑误区。在相当一部分的犯罪题材电影中，一些创作者为了制造视觉上的奇观，创作出了相当多不合常理的犯罪桥段，比如血腥到令人心理不适的虐杀情节，这样的激励事件不仅不符合电影艺术最重要的真实性，更是对剧本艺术性的颠覆，以观众的感官与心理刺激代替了艺术表达的普世价值观。虽然在影史上有大量的犯罪题材作品，但大部分都是根据现实案件改编，小部分虚构影片中的杀戮、情色、黑暗的片段只是为了增添影片的现实主义色彩以及体现人物多面的挣扎与困境，事出无因的变态与凶杀只会让剧本苍白无力，让激励事件沦为宣泄快感的工具。

## 二、激励事件的设计与创造

大多数的编剧在剧作中遇到的问题，并不是缺乏创意或情感，而是如何让主人公遇到一个足以打破原本平静生活的巨大力量——让主人公面临抉择的激励事件。从这个角度切入，激励事件的设计与创造要把握好以下几个方面：选择合适的时间节点；把握真实准确的激励情节方向；思索激励事件置于某处的原因；比较不同情况下激励事件的效果。

在大部分案例中，将激励事件放置在影片的前三分之一可以迅速吸引观众关注。《寻枪》（2002）在影片开始前2分钟便出现了马山发现配枪不见从而开始"寻枪"的情节；《这个杀手不太冷》（1994）在30分钟内交代了整个故事最重要的激励事件——少女马蒂达全家惨死，在走投无路时被杀手里昂收留；《绿皮书》（2018）中有着种族情节的托尼决定接受黑人钢琴家提供的雇佣合同；《热天午后》（1975）中桑尼在抢劫银行时发现金库里没有一分钱。这些都可视作"三分之一"定律的典型案例。激励事件在影片前三分之一部分中出现极其强烈的矛盾冲突与力量对抗，可以迅速引起观众的兴趣，使他们选择留在电影院或屏幕前继续观看故事的进展。如果普通观众在欣赏一部电影近一半时，依然没能摸索到剧作的激励事件，就容易产生迷茫、焦躁的情绪，这显然不是一个传统意义上主流的、经典的、吸引人的电影剧本会出现的问题。

此外，激励事件一定要明确，切忌将其藏匿于文本和影像外。编剧要明确自己书写的电影剧本，电影艺术作为现实的渐近线，应能迅速与观众构建起不可分割的连接。如果不对关键的激励事件进行影像化的呈现，而是如同文学作品那样埋藏在更深维度之中，观众很有可能会断开与影片的连接。同时，激励事件是引起观众好奇心的重要元素，如果将这一部分藏匿，观众也会逐渐丧失观看的欲望。

当然，激励事件的设计与创造并没有一成不变的规则，它可以存在于多个不同的时间节点上。一些表达个人情绪的实验电影，可能会选择将激励事件后移至影片的结尾。例如，电影《不散》（2003）未设置明确的激励事件，而是通过展现破败的电影院中的每一个普通人如同一潭死水的生活，来体现个体情感的机制，营造出一种特殊的情境。

当确定好激励事件出现的时间节点，编剧就可以对激励事件进行精心设计。激励事件主要包括以下三种类型。

### （一）"随机－巧合"激励事件

剧本需要巧合，当你用心地感受生活，就会发现我们本身就存在于一个充满巧合的世界，只不过我们很容易将那些巧合忽略，但在电影中，编剧需要一件以"随机－巧合"为发起点的激励事件让自己站在上帝的视角，为主人公平淡的生活增加涟漪。在科幻电影《回到未来》（1985）中，高中生马丁莫名卷入一场追杀案，慌乱中他乘坐时光机回到30年前，并在这段过去的时间里获得了许多奇妙的体验。这样的安排有着强烈的不确定性，还带有极强的戏谑口吻，编剧可以在天马行空的想象中设置激励事件，甚至不用考虑是否合乎人物情理。比如，主人公在不经意的检中发现自己患有癌症，刚在马路上捡到钱就撞到了急需借钱的人，在医院体检时遇到了早已过世的高中老师……剧本创作需要想象力，激励事件的设置需要巧合。

当然，选择"随机－巧合"激励事件，也要注意不能滥用巧合。当大量的巧合发生，观众就会陷入深深的怀疑——为什么他总是能够在非常危险的情况下化险为夷？为什么主角光环能够"耀眼"到让他改变所有事情？当这样的情况发生时，编剧就需要思考，自己构思的"随机－巧合"激励事件是否合理。

《低俗小说》（1994）中虽然有着种种巧合，但导演用环形拼接的非线性叙事手法，将几个偶然事件拼凑在一起：一对雌雄大盗准备在餐馆中打劫，被一个来者不善的人轻松制服；文森特在追杀布奇时，被返回的布奇反将一军，被他用自己的枪打死；拳击手布奇因食言被黑帮老大马沙的手下朱尔斯与文森特追杀；布奇与马沙在追赶中，一同闯进杂货铺却被变态拖进黑屋等。这些"随机－巧合"激励事件组成了这部黑色暴力美学电影。它并没有违背现实的基本原则，每一个巧合都是情理之中的意外，这就是优秀的"随机－巧合"激励事件设计。

### （二）"原因－决定"激励事件

经主人公思考后做出决定而产生的激励事件，被称作是"原因－决定"激励事件。相较于上述的"随机－巧合"激励事件，"原因－决定"激励事件有着更强的逻辑性和可感受性，需要编剧仔细揣摩分析笔下人物，也需要编剧了解角色，知道他们可能会遇到什么，真正需要什么，为了需要的事情会采取怎样的行动，在行动中又会付出多大的努力等。

在设计"原因－决定"激励事件时，编剧可以从主人公的职业属性切入。比如作为一名心理医生，主人公每天会接触到形形色色的病人；作为一名教师，主人公会面对各种性格的学生；作为一名足球运动员，主人公往往有着严格的职业设定……不同的职业会给人不同的选择空间，而在这些选择空间中，人物会按照自我认知做出决定，激励事件也会在这些决定下顺利产生。例如，获得第33届欧洲电影奖最佳影片的《酒精计划》(2020) 中，人到中年的主人公面临着家庭和学校事业的多重压力，于是决定与同事一起通过饮酒的实验，为自己失去激情的生活重新点燃一丝希望。在得到酒精的"精神加持"后，主人公仿佛完成了重生，激励事件由此产生，故事情节也由此开展。

一个优秀的编剧，要以全局思维思考剧本中的主人公，因为主人公是剧作中当之无愧的中心。如上所述，主人公拥有多重的元素符号和属性特点，需要编剧不断挖掘——除了主人公的职业和生活，还包括他们从呱呱坠地的婴儿，到耄耋之年的老人的生命历程，以及他们在这样的生命历程中处于怎样的变革世界，受到什么样文化习俗的深刻影响……当编剧将这一切梳理清楚，人物就自然拥有了有逻辑的行动趋向。作为编剧，只要将构建起的立体人物进行下去，并选择一个契合人物自我表达的时机，一个合格的激励事件就完成了。

### （三）作为"阻力"的激励事件

激励事件不仅能在开头设置悬念，还能一直伴随着主人公的行动向后发展，这就是作为"阻力"的激励事件。在具体写作中，当开场的激励事件迫使主人公做出抉择，他们就需要对激励事件做出回应。对此，我们可以从以下四种角度展开构思。

#### 1. 从主角切入：如何让主人公陷入困境

无论是什么类型的叙事载体，最终的叙事目的都是写"人"。剧本创作者的责任就是实现人类情感的连接。而激励事件为主人公设置的困境，是最能够完整体现人物性格和特性的载体——人性不是单向度的存在，而是多维、复杂、令人着迷的。在激励事件的面前，人会做出不同的反应和抉择，而这就是表现人物性格的最佳方式。在这样的宗旨之下，我们需要从以下几方面对人物陷入的激励事件进行设计。

（1）设定两个或三个主要人物。只有相遇才会产生故事，如果剧作中的主人公始终孤身一人，那么当主人公面临困境和挑战时，就会产生自我怀疑。这样的困境显然过于局限，且很难实现更强的戏剧张力。而当人物增加，人与人之间必然会出现矛盾和摩擦，主人公也会和不同的人发生不同的故事，对手可能就在此刻产生，挑战也可能在此刻出现。

（2）出现一个看似不可战胜的敌人。编剧可以指定一个强有力的反派，来直接与主人公对抗。值得注意的是，反派应该足够强大，如果反派只是下水道的一只老鼠，那么主人公很容易就能解决困境，故事也就不能进行下去了。在好莱坞电影《复仇者联盟》(2012) 系列里，就有着一个强大到不可战胜的反派——出生在泰坦星的永恒一族、近乎无敌的角色"灭霸"，正是他的强大和坚不可摧，才让复仇者们陷入如此之深的困境，而当这个强有力的反派意图去阻止主人公的行动，这个具体的事件就成为激励事件，因为它让主人公平静的状态发生了改变。

（3）指定一个观众和角色都可理解和执行的游戏规则。这个规则类似游戏的通关秘籍，一般以剧情线索的形式强加给人物，人物反抗的概率非常小。而一系列的"游戏环节"不断地将人物推到更深的绝境中，这样的规则可以是社会上的道德规则，如人在危急关头是选择道德，还是选择生存；也可以是家庭伦理的规则，如从小被过分保护的少年能不能去做一些特立独行的事；更可以是近乎"极端情境"的虚拟规则。在根据英国同名小说改编的"荒岛寓言"电影《蝇王》（1990）中，一群童子军被抛至荒岛上，利益矛盾的激化导致人性善恶的激发。在《大逃杀》（2000）、《少年派的奇幻漂流》（2012）、《一出好戏》（2018）、《悲情三角》（2022）等作品中，也出现了类似的规则设置，可见在以生死、人性为游戏规则的叙事中，阻力和线索的可能性是多样的。人在不同的规则下必然做出不同的选择，但同时要受到多重因素的考验，遵守规则需要承受束缚和痛苦，打破规则需要承担未知的惩罚。

### 2. 从关系切入：人物关系网的构建与破坏

作为社会性生物，人必然在不同的场域中扮演不同的角色：家里的调皮老爸、生意场上的伙伴、运动场上的健将等。如果在某一天中这些关系发生了改变，势必带来一系列的连锁反应，如朋友的背叛、家庭的变故等。一切破坏都会给人物造成阻力，他们必须尝试修复破裂的关系，因为这些曾经都是其生命中非常重要的部分。

而当主人公缺乏某种亲情和社会关系时，就会在不经意间构建起特殊的关系网，这也是好莱坞电影中经典的类型方法——跨越不同种族、不同文化、不同阶级、不同身份之间的友谊，主人公往往拒绝建立这种特殊联系，但又在多种情况下不得不搭建起关系。在双方建立友谊的过程中会产生多种适配期的摩擦和矛盾，关于人性的诸多元素也都会在这一过程中逐渐释放，而当关系网因为内在原因或外部冲击瓦解时，就会产生跌宕起伏的情节事件，为电影剧作的发展提供无限可能。比如，《教父》（1972）中黑手党家族因为内奸的出现和其他家族的对抗而激化了内部家庭关系网的矛盾；《末代皇帝》（1987）中清王朝从气若悬丝到彻底覆灭，以及皇宫中人物关系网的建立与破坏；《社交网络》（2010）中扎克伯格同自己的合作伙伴从共同为一个目标而努力，到因利益而分崩离析。

### 3. 从类型切入：观众期待与突破类型常规

大部分商业电影的创作目的，就是要满足观众的观影期待。因此，在构思激励事件之前，编剧应设想一下故事的观众会期待主人公遇到什么样的困难，以及希望主人公能够在当前的戏剧情境之中做出怎样的决定。人和人之间总是有着数不清的共同点，寻找到这些共性，利用观众的期待，也不失为一种实现可行性激励事件的方法。

电影发展至今已有百余年，随着科技的进步和商业模式的迭新，电影创作已经有了一整套固定的生产模式和类型套路。比如，犯罪悬疑电影的激励事件大多是犯罪事件的发生，爱情电影多数是主角的偶然相遇，科幻电影通常有着超出常理的事件发生等。这些设置都是根据观众的期待，总结出的方法技巧。对于初学者来说，利用这些类型技巧设计激励事件是非常明智的选择。当我们已经对多种类型了如指掌，就可以大胆地突破常规类型，以达到完成不同激励事件的设定，让观众重新点燃起对当前类型电影的期待。在电影《你好，李焕英》（2021）中，编剧就将传统的亲情现实主义带入了新的奇幻元素，让影片的类型更加丰富，满足了观众的期待，使其一度成为现象级的院线电影。

4. 从事件切入：如何让某件事情反复受阻

在困境的营造中，我们可以拼贴出不同种类的困难事件，但是如果在一些事件中反复为主人公制造相似的困难，那么这一部分不仅能具备更强的戏剧张力，还能让故事更具真实性。从这个层面来看，激励事件应该为主人公带来连续不断的状况和反应，这就需要编剧在创设激励事件的过程中，提前布局好激励事件的力量，让它具备足够的困难，并引导主人公一步一步去解决。

在由埃里克·布雷斯与麦凯伊·格鲁伯联合编剧并执导的经典科幻悬疑电影《蝴蝶效应》（2004）中，主人公掌握了"穿越时空"的超能力后，想要获得幸福，并重启人生。但每一次改变历史后伴随的连锁反应让他望而却步——他不断地与困难对抗，故事也得以持续地进行下去，"蝴蝶效应"也因此成了激励事件的经典设计策略。观众甚至会发现，"蝴蝶效应"本身就构成了一个激励事件。

综上所述，激励事件是过程中一个重要的组成部分，但它并不是这一过程的全部内容，而是推动过程完成的核心力量。

# 第三节　剧本的结局

一部电影的结尾有多种表现方法，相较于激励事件和精彩开端，结尾似乎更加随性自然。不同的编剧用不同的方式来结束故事。作为一部剧本的最终章，结局不仅只有结束故事的单一用途，还能在情感接续、主题凸显等方面起到不可替代的作用。

## 一、结局与结尾的区别

"结尾"往往指的事物结束的部分；而"结局"，可视作是联系了时间的前因后果，并构成可供审美鉴赏的故事因素。可以说，结尾是事件的简单终端，而结局则是属于创作的专属名词，它不仅是一个剧本结构中负责结束任务的部分，还是基于前文中出现的多种艺术元素而产生的一个联系和总结。因此，在侧重情节线索和因果逻辑的创作语境下，我们会更强调构思"结局"的重要性。

作为故事元素的结局，通常有以下几个鲜明的特点。

（1）剧本创作中的结局是思想观点。在结局中，什么样的社会力量和观点占了上风，故事冲突的各个方面达到了一个怎样的均衡，矛盾解决后各个角色的反应等，都显示出了编剧的观点和立场。从观众角度来看，他们首先是从作者给予人物的结局来为自己寻得教益的。在最后的结局里，剧中人应该思考构成全篇动作的事件，为自己银幕经历做出总结。

（2）剧本创作的结局是悬念的最终揭晓。编剧需要对主情节影响下的其他人物的后续生活也进行说明和展示。具备巨大力量的高潮不仅会让主人公的生活发生改变（无论主人公在接受终极挑战后，是回到正轨还是面临巨变，其生活状态都必然发生一定的变化），还可能会让事件中的其他人物也出现或多或少的改变。观众在观影时，会将情感融入这些人物的命运中。在某些包含着社会议题和宏大命题的剧本中，结尾的高潮还会对社会产生影响。电影《我不是药神》（2018）的结局中，昂贵的进口特效药正式纳入医保，主人公程勇和其他白血病患者开启了新的生活。这就是"无所不包"式结局的创作倾向——编剧需要尽量满足观众的期待，将这些情节编排进剧本中，让每一个人物都能拥有完整的生命历程。

（3）剧本创作中的结局需要给在情感振荡和虚实游移状态下的观众一个走出影像的空间，让他们重新回到现实生活中去。正如剧情的开端、发展、高潮一样，影像的节奏也如同生活的节奏，高潮带来的激动、热血、悲伤、不舍、震撼等复杂的情感，让观众彻底沉浸在狭小黑暗但却宽广无形的影像空间中。因此，在一些电影的结局中，创作者需要给观众一个调整的机会，主人公完成了一系列的挑战，平静地向每一位观众展示自己现有的生活，观众也在平静中满足地从影像世界中脱离出来，重获面对生活的力量。例如，电影《我和我的祖国》（2019）以所有人物正在经历的平静生活为结局，同现实国家富强、人民幸福的社会图景完成互文，鼓励观众迎接现实生活的美好。

至此，"三幕式"剧作结构在经历开端的冷热开场、过程中多种激励事件的推动、结局的结果揭晓或惊天反转后形成了闭环，一部电影剧本的创作雏形也在此完成。

## 二、具体结局方式的示范

按照形式进行粗略的分类，电影结局有开放式结局和闭合式结局两类——前者往往在故事落下帷幕时，仍有未能完全回答的剧情线索、人物命运、事实真相，使得观众在观影结束后依旧需要思索探寻；后者则如同大部分的主流商业电影一般，在影院灯光亮起之前，已将所有事实和命运交代清楚。除此之外，我们也可以更为细致地划分剧本中的结局类型。

### （一）承载创作者观点、感悟与情感

结局的安排决定了整个故事的主旨意涵，选择的方向往往就是自己想要表达的观点和看法，而观众也能从中体会到讲述者的内心情感。在最后的结局里，剧中人应该思考构成全片的事件，为自己银幕经历做出总结，而这些得出的观点和思想，就是编剧想要表现的故事主旨含义。科幻电影《2001：太空漫游》（1968）的结局中，影片开头出现的巨大星球再次出现，只不过其中出现了新的生命——婴儿的胚胎。编剧便是如此利用影像独有的艺术魅力，完成了与影片前半部分的联系，阐释了生命轮回的真相和宇宙的奥秘。

### （二）延续剧情，使其在观众心中完整

结局需要表现出对观众的尊重，让每位观众在经历情感起伏之后，能够得到情感缓冲。这时编剧就需要延续剧情，将高潮对主人公以及每个角色造成的影响交代清楚，以此来满足观众的期待。在这种结局方式中，编剧通常会使用所有人物在同一场景亮相的方式谢幕——电影所有人的结局遭遇，都在这场戏中给出了交代，大家一起在光影中告

别观众，电影《弱点》（2009）就以奥赫和陶西一家人在大学校园中开心的讨论为结尾。

### （三）戛然而止，结局即高潮

结局即高潮，是指让故事在情节发展的高潮部分戛然而止，在观众震撼的当下结束影片。这样的设计会让观众拥有更强的观影体验，一切终了和高潮来临的力量相结合，能产生回味无穷的沉浸感。

电影《飞驰人生》（2019）中，落魄赛车手张驰克服重重困难重新踏上赛场，在终点的悬崖前选择孤注一掷加马马力，最终获得了冠军。但同时自己也因为赛车刹车故障，葬身大海，他为了心中的梦想拼尽全力，这样的结局是影片的高潮部分，但创作者没有继续延伸这一部分，而是将画面定格在赛车横跨大海的悲壮景观。这样的处理方式，让人同时联想到著名的公路电影《末路狂花》（1991）。

结局即高潮的使用，可突出人物的悲壮和英雄气息，但如果人物本身不具备这样的精神特质，那么结局即高潮的效果就会大打折扣。美国鬼才导演昆汀在电影《金刚不坏》（2007）中使用了这一结尾方式，反派一被击倒，银幕立刻出现字幕宣告故事落幕。这样的设计虽然干净利落，但在一些观众看来未能烘托影片高潮的氛围，是一次较为冒险且有争议的尝试。

### （四）颠覆前面的故事

颠覆前面的故事即所谓的反转，也就是利用结局对之前的叙事进行反转，以达到出其不意的效果。这样的结局方式最早出现在犯罪推理片中，一层套一层的悬念在最后时刻迎来反转，在观众放松心情之时再次将他们拉回剧情，并瞬间产生一种被欺骗的感觉。

电影《少年派的奇幻漂流》（2012）中，占据大量篇幅的开端、发展剧情结束之后，主人公派重新回到了自己的国家，但记者的访问却一步一步颠覆着之前的剧情——派从来没有和老虎等其他动物在海上漂流，他所描绘的场景只不过是自我掩饰的说辞，真相在一步一步地分析之后让人目瞪口呆。反转之后的剧情阐释了创作者想要表达的关于生命、宗教、友情、亲情和世间万物的辩证关系。

### （五）不做任何评价的结尾

对上述提及的几种结局进行梳理，我们可以发现它们最终都回答了故事讲述过程中提出的所有问题，并在不同程度上满足了观众的期待。随着艺术电影的出现，各种反类型、反商业的电影结局开始出现，开放式结局也成为创作者热衷的结局方式。例如，"新浪潮"奠基人——法国导演特吕佛在其具有自传色彩的成长电影《四百击》（2007）中，以小男孩一路奔向海边，追寻他一直寻求的自由为结局（如图4-3）。当他终于来到象征着自由与解脱的海边，故事却戛然而止，让观众对故事产生深深的疑问——孩子最终得到了梦寐以求的自由，可是他真的自由了吗？创作者虽然没有告诉观众答案，但每个观众的内心都会形成自己的答案。

图 4-3  特吕佛《四百击》结尾截图

## （六）陷入无限循环的开放式结局

随着循环叙事的流行，在结局处形成开放但不断循环的形式成了近年来较为热门的一种处理方式。我们可能会想到 2022 年的热播电视剧《开端》，也会由此发现许多号称"烧脑片"的循环叙事式电影，它们几乎都在结局使用了这种让观众不断进入叙事循环的创新方式。

在由英国导演诺兰编剧并执导的商业科幻电影《盗梦空间》（2010）中，主人公科布经历了四层"梦境"维度后回到家里，发现此前在梦中时常陪伴他的孩子们再一次出现在了他的面前。此时的他虽然沉浸在终于摆脱"梦境"的喜悦中，但还是担心这一切仍旧是一场梦，于是他把用于区分梦境与现实的陀螺放在桌子上，等待着一个结果（如图 4-4）。而这时，孩子们的欢笑声让他再也抑制不住内心的情感，最终直接奔向了家人。创作者在之后没有给观众关于陀螺的最终信息，观众只能凭借自己的想象去构建结局——主人公是真的如愿回到了平安的现实，成功与家人团聚；还是又一次跌入了"梦境"空间的一层，他贪恋这美梦构建出的美好，也许永远不再醒来，或者在下一次冒险中继续跌入另一层"梦境"。这样的安排虽然没有呈现出明确的结果，但是创作者仍然成功地表达了自己的核心思想：家庭和亲人是主人公最重要的部分。而影片有关层叠"梦境"叙事的开放式结局设定，也成了很多观众心中的经典一幕。

图 4-4  诺兰《盗梦空间》结尾截图

**练习与习题**

1. 判断下列的三个事件是否为激励事件？如果是，选择一个你喜欢的续写下去。

（1）晚上，实验室科研人员在观察实验，突然培养基发出了奇怪的敲击声，他并未产生怀疑，也没加以注意，关灯回家了。

（2）小玲又一次高考落榜了。

（3）母亲总是和自己的舅妈争吵，因为一盆花的归属就要闹个不停。

2. 完成一个"三幕式"剧本大纲，并与同学探讨创意。

**本章节学习参考电影**

《邪不压正》（2018）

《地久天长》（2019）

《爱乐之城》（2016）

《山河故人》（2015）

《华尔街之狼》（2013）

《霸王别姬》（1994）

《求求你表扬我》（2005）

《燕尾蝶》（1996）

《坏孩子的天空》（1996）

《低俗小说》（1994）

《盗梦空间》（2010）

《罗生门》（1950）

《少年派的奇幻漂流》（2012）

# 第五章　情节设计与故事类型

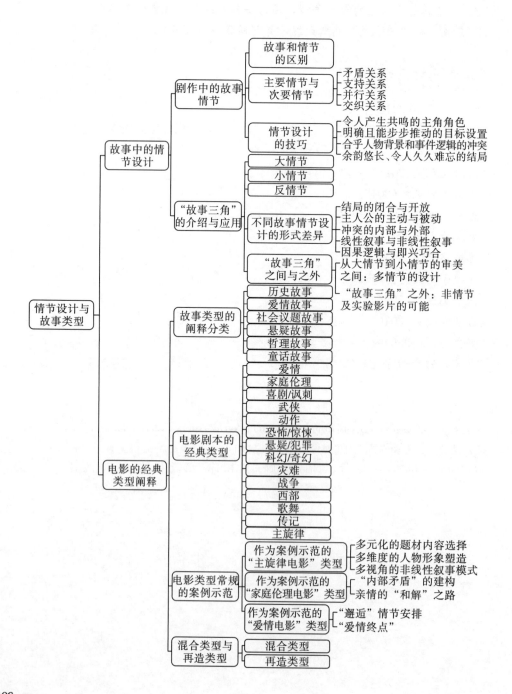

# 第一节 故事中的情节设计

在剧作世界里，深刻且巧妙的情节设计是剧作成功的关键，它能够带领观众走入一个异彩纷呈的故事世界，引导观众穿越情感的起伏，沉浸于角色跌宕起伏的命运之中。

## 一、剧作中的故事情节

情节作为建构故事的关键要素，在文学作品中发挥着重要作用。情节是故事的骨架，它承载着角色的冲突、发展和变化，为观众提供了真实的故事体验。它能够营造出紧张、刺激、悬疑、惊悚或喜庆的氛围，引导观众在故事的起伏中不断经历转折和高潮。一个精心设计的情节能够吸引观众的注意力，引发他们的情感共鸣，并将其带入一个全新的世界。

### （一）故事和情节的区别

故事和情节是创作和叙事中两个密不可分的概念，它们共同构建了精彩的叙事体验。在编剧学中，厘清故事和情节的区别是非常重要的。大多数的创作者会在初学时将"故事（Story)"与"情节（Plot）"混淆，将其视为同义，合称为"故事情节"。这个理解虽不算错误，但过于粗疏。实际上，故事和情节是两个不同的概念，有着本质的区别。

故事是一个广泛的概念，它通常用来描述一个事件或一系列事件的总体框架，它涉及事件发生的起因、经过和结果，以及其中的人物、情感和主题，是一个抽象而宏大的概念，强调整体情感和意义传达。而情节则侧重于故事的具体行动，它描述了故事中的动态变化、冲突发展和转折点，是故事的骨架和发展线索。换句话说，故事是剧本中事件的时间轴，它是一组场景的序列，通过叙述将其连接在一起。而情节围绕着人物的目标、冲突，以及人物为了达成目标所进行的行动展开的，展示了故事中的逻辑和推进力。英国著名小说家福斯特在其作品《小说面面观》中也提出过类似的观点："故事"是按照时间顺序讲述一个事件，"情节"则是在讲述一个事件的过程中强调事件内部的因果关系。我们举一个简单的例子来区分故事与情节。

> 故事：小蔓从小立志成为一名优秀的钢琴家。在童年时期，她便展现出了出色的钢琴天赋，获得了家人和老师的一致认可。在小蔓的成长过程中，她努力学习乐理知识和演奏技巧，在一次次的钢琴比赛中崭露头角、脱颖而出。最终，她在28岁那年，举办了个人钢琴演奏会，成为了一位广受认可的钢琴家。
>
> 情节：自从小蔓5岁那年，在邻居家第一次触摸到了钢琴以后，就对钢琴演奏产生了兴趣。在家人和老师的鼓励与帮助下，小蔓开始学习钢琴演奏，也因其努力的训练和积极的态度，她在很多钢琴比赛中拿到了较好的名次。在经过了长时间的

乐理学习和刻苦练习后，小蔓的钢琴水平逐渐提高。16岁时，小蔓作为区代表在青少年国际钢琴大赛中，获得了金奖，这激励她更加坚定自己的选择与奋斗方向。随着时间的推移，小蔓的钢琴水平不断提升，她参加的比赛越来越多，也越来越专业，成年以后的小蔓逐渐在国内钢琴界崭露头角。最终，28岁的小蔓成功以个人名义举办了全国巡回的钢琴演奏会，演奏会座无虚席，小蔓的演奏备受好评，她的名声也越来越响，终于实现了童年时的梦想——成为广受欢迎与认可的钢琴家。

在这个例子中，"故事"从时间角度描述了小蔓从追求钢琴梦想到最终成功的过程；而"情节"则将重点放在因果关系的叙述上。如由于小蔓通过不断的学习和参加比赛来精进自己的钢琴水平，所以才逐渐在钢琴界崭露头角，最终得以举办个人全国巡回演奏会。由此可见，故事满足的是观众对事件发展的探索欲，而情节不但满足探索欲望，还要满足事件之间的因果关系和逻辑推理关系，故事是故事，而情节包含故事。

尽管故事和情节之间存在区别，但它们是密不可分的。一个好的剧本既需要引人入胜的故事来吸引观众的注意力，又需要转折多变的情节为故事增添趣味和深度。没有跌宕起伏的情节，故事就会如流水账般松散无聊。同样，情节也需要一个有内涵的故事来支撑，否则它就只是一连串的事件而没有真正的意义。

因此在创作中，我们需要综合考虑故事和情节的互动关系，努力在故事和情节之间建立良好的平衡，并选择恰当的情节来展示故事的核心主题，利用情节线展示人物的发展和变化。例如，曾获多个国际奖项提名的电影《本杰明·巴顿奇事》（2008），其本质是一个关于成长和情感的传统故事：一位名叫本杰明·巴顿的男子参军打仗、在外求学、邂逅爱恋、结婚生子、衰老辞世。但不同的是剧本在情节方面的奇幻设置，既包含其中关于人物情节线的创新，也包含其故事背景时间线的编排。本杰明是一个外形逆向生长的怪人，他出生时便满头白发、满脸皱纹，还因此被父亲弃养。之后，本杰明的生物钟开始"逆流"，别人越活越老，他却越长越年轻。其成长经历也和故事的历史背景息息相关，如本杰明23岁时（虽然外形是中老年模样）经历了第二次世界大战，他来到英国为反法西斯战争做出了贡献；再如进入和平时代，49岁的本杰明和43岁的爱人黛西婚后诞下女儿，却在女儿的成长过程中愈发年轻，于是选择变卖家产、独自离家。等到女儿成年后，本杰明回家探望时，他已经长成了青少年的模样。最终，本杰明"老"成了一个婴儿，在白发苍苍的爱人怀里去世。

不得不承认，美国导演大卫·芬奇与埃里克·罗思联合创制的《本杰明·巴顿奇事》，创新性地为这个本身可被追溯为线性叙事发展的故事，提供了情节线上的奇幻式突破。"逆生长"的奇幻情节设置，不仅让观众看到主人公不可思议的逆时变化，也将20世纪的历史巨变，自然地融入主人公的成长经历之中，将风起云涌的历史过往顺时展开……编剧通过创造如此引人入胜的故事和跌宕起伏的情节来打动观众，引发其情感上的共鸣与思考，从而使观众沉浸在编剧所创作的奇妙世界之中。

（二）主要情节与次要情节

在一个故事中，主要情节和次要情节之间存在紧密的关联和互动，它们相互支持和补充，共同构建整体的故事结构。一部优秀的影视作品既离不开主要情节，也离不开次要情节。编剧在创作时，不仅要考虑如何设计主要情节，也要考虑如何设计次要情节。主要情节与次要情节交相辉映、密不可分，具有同样重要的地位和作用。

　　主要情节是故事的核心，它驱动着剧情的发展和主人公的成长。主要情节通过设定明确的目标和制造引人注目的冲突，为观众带来紧张刺激的体验。次要情节是故事的枝叶，它为故事增添了层次和维度。次要情节通过补充和支持角色的故事线，丰富了整个故事的情节发展。次要情节与主要情节紧密相关，它们通过不同的视角和情节线索，为观众提供更深入的角色描绘和故事探索。如果说主要情节是故事的骨架，那么次要情节就是故事的血液，它补充和渗透了主要情节，丰富了故事的层次和维度，为观众提供了更多的情节线索和角色发展的可能性，带给观众更立体、更丰满的故事体验。

　　作为编剧，在创作时要着力找到主要情节和次要情节的平衡点，确保它们相互呼应和相互影响，从而构建出富有张力的、饱满的故事。总的来说，主要情节和次要情节之间一般存在以下四种关系。

　　1. 矛盾关系

　　矛盾关系也称冲突关系，主要指次要情节与主要情节的主控思想之间存在矛盾。影片通过主要、次要情节矛盾的对比，来增强故事的戏剧性，提升观众的沉浸度，提高影片的思想性，使得影片更加耐人寻味。例如，在讲述美国移民"军火商"故事的电影《战争之王》（2005）中，主角尤瑞主要情节的事业追求——维持地下非法的军火生意，和次要情节的家庭责任——一家之主的权威和正向引导之间就构成了一对矛盾关系。这种矛盾关系为故事增加了戏剧性和复杂性，使观众更容易投入角色的内心挣扎和两难抉择之中。

　　电影《黑天鹅》（2010）讲述了芭蕾舞演员妮娜为了成为"天鹅皇后"而挣扎、撕裂、蜕变的过程。该电影的主要情节围绕着妮娜追求完美，只为拿到舞台上白天鹅与黑天鹅双重角色的故事展开。而次要情节则聚焦于妮娜的心理状态和自我认知，以及她与竞争对手莉莉、母亲、导演之间的关系。次要情节展示了妮娜内心深处的压力、恐惧和疯狂，以及她为了实现目标而不断撕扯和挣扎的状态。这两个情节之间的矛盾关系，主要体现在妮娜追求完美的"自我"和渴望自由的"本我"之间的冲突上：一方面，她渴望在舞蹈中呈现完美的表演，以此获得认可与成就感，这是主要情节的核心剧情；另一方面，她内心存在着犹如"黑天鹅"一般压抑、黑暗的一面，她感到自己被困于自我和其他人的期望之中，渴望自由、独立与成长，真正自由地展现自己的天赋和潜力，这是次要情节的主控思想。这种矛盾关系增加了电影的紧张感和情感深度，使观众深陷于主人公的内心危机和艺术蜕变。总的来说，矛盾关系通过主次情节的冲突推动主要情节的发展，突显出故事的主题与角色的特征，创造出极具戏剧性与情感深度的故事体验。合理利用这种关系，编剧才能够塑造出复杂且令人难忘的故事世界。

　　2. 支持关系

　　支持关系是影视剧中十分常见的一种主次关系，当次要情节与主要情节表达的主控思想相同时，主次情节呈支持关系。此时，次要情节会通过提供背景信息、揭示角色关系、制造情境等多种方式来支持主要情节的发展。例如，在电影《阿甘正传》（1994）中，主次情节便是支持关系。主要情节是关于主角阿甘的生活和冒险，展示了他的奇妙人生和他对世界的影响。阿甘虽然智力有限，但他凭借着自己的诚实、善良和坚韧，成为美国历史上最具影响力的人之一。在这个主要情节的支撑下，次要情节中阿甘和其他人物之间的故事，与主要情节间形成了支持关系，并进一步强调了主题。阿甘与他的青梅竹马珍妮之间的情感纽带，构成了一个重要的次要情节——珍妮是阿甘一生中的关键人物，他们之间的友谊和爱情，为整个故事提供了情感和情节上的支持。

此外，阿甘还与其他一些次要角色建立了独特而有趣的关系，比如热衷捕虾的布巴、令人敬畏的长官邓·泰勒上尉等。这些次要情节为主要情节提供了情感和戏剧上的支持，不仅展现了阿甘的人际关系，更突出展示了阿甘的人生观、友情观及爱情观。本片通过主要情节和次要情节之间的支持关系，以多个人物之间的互动，呈现了阿甘的生活、成长经历，以及一个国家的变化与发展。

主要情节和次要情节共同构成了一个丰富而感人的故事，让观众更深入地理解主人公和他身边的人物关系，并进一步理解电影的主题。也就是说，当主次情节呈现支持关系时，次要情节可以支撑主要情节，并为主要情节提供额外的信息、背景和情感，使主要情节的内容与层次更加丰富，更具思想深度与吸引力。

3. 并行关系

并行关系是指主要情节和次要情节在故事中独立发展，没有直接关联，但它们共同构成了故事整体。电影《辛德勒的名单》（1993）便是一个很好的例子。在这部电影中，主要情节围绕着辛德勒展开：他是一位德国商人，通过雇佣犹太人来拯救他们，使其免于被送往纳粹集中营的命运——这个主要情节探索了正义、善良和人性的主题。与此同时，电影中的次要情节则表现了犹太人在纳粹统治下的艰难遭遇。次要情节关注犹太人团体，他们被迫生活在极度残酷和恐惧的环境中。这个次要情节不仅展示了法西斯对犹太人进行大屠杀的现实场景，反映了历史中的残酷现实，也加强了主要情节中辛德勒行动的影响。

可以说，《辛德勒的名单》中的主要情节和次要情节在电影中平行发展，但相互支持——辛德勒的行为对次要情节中犹太人的生活产生了巨大影响，而次要情节又同时为观众展示了辛德勒救援行动的必要性和紧迫性。这种并行关系不仅使电影通过主角的视角来表现片中的世界，也让观众了解到了犹太人的遭遇和困难。

《辛德勒的名单》通过主要情节和次要情节之间的并行关系，以真实的历史事件为背景，将辛德勒的善行与犹太人的命运融合在一起，这种双重叙事方式不仅赋予了电影更大的戏剧张力，还使观众更深入地体验到了战争的残酷和人性的复杂。总的来说，主次情节的并行关系增强了故事的丰富性，主次情节的相互作用，不断为故事加压，增强了故事的紧迫感，使观众能从多个层面参与到叙事逻辑中，为观众提供了丰富的叙事层次和引人入胜的观影体验。

4. 交织关系

交织关系是指主要情节和次要情节交织在一起，彼此影响，相互促进，共同推动故事发展。次要情节的发展可以直接或间接地影响主要情节的进展。

在电影《无间道》（2002）中，主要情节围绕着两个互不相识的角色展开——分别是黑帮安插在警局中的黑帮卧底刘建明和潜伏在黑帮中的警方卧底陈永仁。影片的主要情节非常突出，即两个"卧底"各自在相反的阵营中工作，并试图揭露对方的身份。与此同时，次要情节则展示了刘建明和陈永仁在各自阵营内的复杂关系。一方面，卧底在黑帮的陈永仁与高级警官的秘密合作，以及卧底生活的压力形成了一个次要情节；另一方面，陈永仁与黑帮老大刀疤仔的关系，以及他在黑帮中的危险处境也构成了次要情节。电影中，主要情节和次要情节交织在一起，相互影响和推动——主要情节中正邪对立交锋的紧张心理战，与次要情节中人际关系和道德困境的紧密交织，营造了一种紧张而复杂的氛围。而从两者的关系来看，主要情节的发展会受到次要情节的影响，而次要情节则进一步加深了观众对主要情节的理解，增添了戏剧张力。《无间道》通过主要情节和次要情节的交织关系，展现了警察和黑帮之间的博弈，也刻画了主角的内心挣扎和身份困境。这种交织关系使电影情节更加扣人心弦，让观众在故事发展中充满期待。

除此之外，次要情节在电影中还以多种方式为主要情节做贡献，如为主要情节制造纠葛、增加张力、提供信息、增添层次等。主要情节和次要情节的关系，可以根据故事的需要和创作的目的来灵活安排，但不论两者的关系是什么，都应该相互融合、相互支持，共同构建一个完整且有机的故事结构。

（三）情节设计的技巧

情节设计是一项复杂且艰巨的任务。一部优秀作品的创作既离不开灵光乍现的"金点子"，又离不开蹙金结绣的情节设计，一个独特而富有吸引力的情节能够与观众建立情感联系，使他们沉浸其中，或捧腹大笑，或动情流泪。巧妙的情节设计能够引导观众沿着故事走向思索寻觅，使观众产生强烈的好奇心和探索欲，并给予观众满足感与思考空间。作为编剧，我们需要巧妙地安排情节的起承转合，展现角色的内心世界和外在挑战，创造有趣且富有张力的情节。

1. 令人产生共鸣的主角角色

美国著名悬疑小说家詹姆斯·斯科特·贝尔说过："稳固的情节永远始于有趣的主角。"[1] 主角是情节发展的核心。因此在设计人物时，编剧要明确角色的特点、目标和动机，使他们具备个性和深度。主角不一定要惹人喜爱，但一定要惹人注目，好的主角会让观众对他移不开眼。这就如同"车祸现场"的原理：当我们驾车路过车祸现场时，无论在何种情况下，人们都习惯停下来张望。同样，观众也更喜欢看到那些复杂的角色犯下无法挽回的错误，将自己的生活弄得一团糟。技巧纯熟的编剧能够让观众产生共鸣——觉得如果没有运气加持，那个角色可能就是他们自己。

2. 明确且能步步推动的目标设置

当编剧设置好一个主角后，如何让观众对主角产生兴趣？答案就是为故事的主角设

---

① ［美］詹姆斯·斯科特·贝尔. 这样写出好故事［M］. 苏雅薇，译. 长沙：湖南文艺出版社，2017.

定一个目标，每个角色在故事中都应有一个明确的目标，即他们想要实现或获得的东西。有了目标，主人公才能正式踏上他的求索之路，从而引发一系列或跌宕起伏、或啼笑皆非、或惊心动魄的故事。这里的目标可以是具体的物质需求、精神需求，也可以是个人成就、关系建立等。总而言之，目标是故事的原动力——角色的目标推动他们行动，并驱使他们走向情节发展的关键时刻。目标的设定必须与主角的命运息息相关。

电影《奇迹·笨小孩》（2022）讲述了 20 岁的少年景浩在深圳挥洒汗水、拼搏实干、逆转人生的传奇故事。故事中，景浩的目标是为患有先天性心脏病的妹妹景彤凑钱做手术，所以整个故事都围绕这一目标展开。故事中景浩的一系列行为，无论是购置问题机翻新售卖，做高空清洁员，还是创办好景电子元件厂，都是为了实现其目标——在一年半内凑齐 35 万手术费。如果这个目标未能实现，就意味着景浩和妹妹的生活会急转直下——妹妹的病无法医治，景浩也会面临高利贷追债。在目标的强烈驱动下，纵使景浩经受重重考验，仍旧坚持创业。由此可见，目标使角色有了方向性，指引了他们的行动。一个明确的目标，不仅能够帮助观众理解角色的愿望和努力，还能牢牢抓住观众的好奇心，使观众沉浸其中，一探究竟。

### 3. 合乎人物背景和事件逻辑的冲突

"故事是生活的比喻，活着就是置身于看似永恒的冲突之中。"[①] 冲突是故事叙述的核心与灵魂，若无冲突，故事中的一切都不可能向前发展。冲突是生活的本质，如果一个故事的主角在追求目标的道路上畅通无阻，那么观众将很难与之产生情感的共鸣。情节冲突是指阻碍角色达到目标的困难和障碍，它可以来自外部环境，或角色的内在矛盾。罗伯特·麦基就曾在《故事：材质、结构、风格和银幕剧作的原理》中，将冲突划分为内心冲突、个人冲突以及个人外冲突三种。这些冲突驱使情节发生变化，引发转折和高潮，提供剧情发展的推力。

明确的冲突对于情节设计至关重要，它使情节具备张力，提供情节发展的驱动力，并迫使角色采取行动来推动故事向前发展。电影《肖申克的救赎》（1994）便是一个很好的例子，它展示了明确的冲突之于故事的重要性。影片以主人公安迪被错误定罪并被关押在肖申克监狱的情况为背景。影片开头，安迪在监狱中无辜受罪，揭示了他的冲突——他必须在一个残酷的环境中生存，努力维护自己的尊严，并借机寻找逃脱的机会。随着故事的发展，影片展现了包括但不仅限于以下几种冲突：首先，影片展现了安迪内心的冲突。安迪因被错误地判定犯有双重谋杀罪而入狱，这一错误的定罪对他的内心产生了巨大的冲击。安迪因为被囚禁而感受到愤怒和绝望，他必须面自己对被囚禁在肖申克监狱的残酷现实；同时，他又怀揣着自由的信念，不断地寻找机会来证明自己的清白。他的内心冲突表现在对自由的渴望和对错误定罪的愤怒之中。这种内部冲突加深了角色的复杂性，也增强了故事的紧张感。其次，安迪还面临着与其他囚犯和监狱制度的冲突，他拒绝成为监狱中暴力、腐败和不道德的那部分，这使他与其他囚犯和狱警之间产生了摩擦，他的个人冲突主要体现在坚守道义与监狱生存之间的权衡。最后，影片

---

① ［美］罗伯特·麦基. 故事：材质、结构、风格和银幕剧作的原理［M］. 周铁东，译. 天津：天津人民出版社，2014.

还展现了安迪与监狱环境之间的冲突，他必须面对囚犯生活中的各种威胁和障碍，以及监狱体制的腐败和不公正。监狱中的虐待、腐败和压迫，与安迪所代表的正直、人道和自由精神相对立。影片的高潮是安迪的成功逃脱，他追求的自由和公正也在这时得以实现。通过将冲突与主人公的内心、所经历的事件、环境等紧密结合在一起，《肖申克的救赎》创造了一个扣人心弦的故事。这样的冲突设置为影片提供了情节发展和角色发展的动力，使故事更具吸引力和深刻性。

总的来说，一个好故事，其剧情的推进必然伴随着各种各样的冲突，这些冲突便是整个故事情节的核心。它们驱使主角采取行动，克服困难，追求自己的梦想，并推动故事的发展。面对这些冲突时，主人公将面临各种困难和挑战，还可能面临焦虑、失望、无助等负面情绪。冲突不仅仅是情节的助推器，它还能揭示主角的性格特点和成长经历，使得人物形象更加丰满。

4. 余韵悠长、令人久久难忘的结局

当观众跟随着主人公经历一系列事件后，便会产生一种期待——他们期望主人公有一个圆满的结局。就像好莱坞经典电影，无论故事如何发展总离不开大团圆的结局。在故事的结局中，矛盾冲突得以解决，主人公拨正了生活的天平，让生活恢复了平静。一个好的结局，不仅可以给观众带来情感和心理上的满足感，还能够传递出剧本传达的核心思想和主题。

当然，好的结局并不等同于大团圆结局，很多时候一些悲情的结局或开放式的结局，更具冲击力，也更引人深思。电影《杀人回忆》（2003）便采用了开放式的结局。在影片的最后一幕中，小镇警察朴斗满回到了案发现场，在那里他发现了新的线索，而后他沉默良久，眼含泪水地看向镜头，电影由此落下帷幕。关于他能否抓住凶手，影片并未给出一个明确的答案，开放式的结尾给观众留下了一个谜团，使结局意味深长、余韵无穷，让观众产生了无尽的想象。

精妙的情节设计是编剧构建故事框架，吸引观众兴趣，传递故事主题的关键。通过它，编剧可以操控故事的走向，使之更有深度、更具吸引力，为观众留下深刻的印象。在设计情节时，编剧要着力在主角、目标、冲突和结局上下功夫，打磨出一个富有深度且令观众难忘的故事。

## 二、"故事三角"的介绍与应用

虽然这个世界上有无数个故事和无数个讲故事的人，但是故事本身并非没有限制。倘若我们把世界上所有的故事都汇集起来形成一个故事宇宙，那么这个故事宇宙一定是三角形的。"故事三角（Story Triangle）"这一概念最早出现在罗伯特·麦基的著作《故事：材质、结构、风格和银幕剧作的原理》中。罗伯特·麦基认为，情节是对事件的选择，以及对其在时间中的设计，而这些设计都可以被囊括在一个三角形的地图中（如图 5-1），三个角分别代表故事的三个极端形式，即大情节、小情节和反情节，它们共同构成了著名的"故事三角"。①

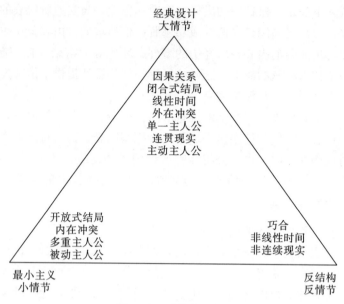

图 5-1　"故事三角"

## （一）大情节

大情节（Arch-plot/Classical plot）处于故事三角的顶端，是运用最广泛的叙事方式。罗伯特·麦基在书中提出，满足因果关系、闭合式结局、线性时间、外在冲突、单一主人公、连贯现实和主动主人公的电影被称为"大情节"。大情节犹如"世界电影的大菜和主食"②，自电影诞生以来，始终占据着主导地位，深受观众的喜爱，许多著名影片都采用了大情节的故事模式，如《战舰波将金号》（1925）、《七武士》（1954）、《辛德勒的名单》（1993）、《霸王别姬》（1993）、《肖申克的救赎》（1994）等。

大情节电影也称经典设计，它围绕一个主动的主人公来构建故事。在大情节中，电影主人公往往为追求某种欲望而与外界产生激烈的抗争，并通过强烈的外在冲突，达到某种不可逆转的闭合式结局。《霸王别姬》（1993）便是一部经典的"大情节"电影。它以中国京剧的发展为背景，讲述了两位男戏曲演员之间复杂的情感故事，呈现了他们在社会历史变迁中的种种抗争。主人公程蝶衣是一个有天赋的旦角演员，他的愿望是和师哥段小楼唱一辈子戏。然而，这种愿望因受外界对抗力量影响，而难以实现。电影通过讲述线性时间内发生的具有因果关联的各个事件，展现了程蝶衣的成长、抗争以及他与段小楼之间的情感。最终，整个故事因程蝶衣自刎这一不可逆转的闭合式结局而落下帷幕。

---

① ［美］罗伯特·麦基. 故事：材质、结构、风格和银幕剧作的原理［M］. 周铁东，译. 天津：天津人民出版社，2014.

② ［美］罗伯特·麦基. 故事：材质、结构、风格和银幕剧作的原理［M］. 周铁东，译. 天津：天津人民出版社，2014.

在大情节的故事模式中，时间往往是线性的，事件的发展具有强烈的因果关系，情节的发展几乎完全依赖于人物向前推进。因此，这要求编剧在"大情节"的故事模式中，必须设计一个"核心戏剧冲突"，这个冲突使主人公踏上主动解决问题的道路。当"核心戏剧冲突"得以解决或来到了不可逆转的局面时，整个故事便就此结束。类似的故事还有由美国著名导演罗伯特·泽米吉斯执导，改编自美国作家温斯顿·格鲁姆同名小说的电影《阿甘正传》（1994）。该故事中的核心戏剧冲突是阿甘如何应对生活中的种种挑战，而在故事结尾，"核心戏剧冲突"得到了解决——阿甘成功实现了自己的人生目标，成为一名商业大亨，并如愿与心爱的女孩珍妮结婚，解决了心中的纠结。

## （二）小情节

"小情节（Mini-plot）"源于最小主义。最小主义又被称为极简主义（Minimalism），发端于 20 世纪 60 年代后期的纽约，是一场爆发在绘画与雕塑领域中的国际运动，其特点是形式极简，秉持纯客观态度，排除艺术家自身任何的感情表现，是现代派艺术中简化论倾向的顶峰。[①] 受极简主义影响，小情节的故事模式追求的是平铺直叙、化繁为简。不同于大情节所追求的紧张、刺激、冲突，小情节是对前者的删减和精炼，其故事同大情节一样精美，却比大情节更加简单。

相比于大情节电影，小情节电影删除了大情节必备的"核心戏剧冲突"，淡化了情节性，简化了戏剧性，更关注和聚焦内部冲突，甚至可能落脚为开放式结局，这一点在侯孝贤导演的影片中便可窥见。以电影《戏梦人生》（1993）为例，全片节奏平缓、简洁流畅，没有激烈的矛盾冲突。虽然主人公李天禄一生中经历过很多个具有强烈戏剧冲突的时刻，但导演却没有肆意渲染，而是在平淡如水的生活日常中一带而过，在静默的观察中展现人物的命运，折射出世事的变迁和社会的动荡。除此之外，小情节更注重人物的刻画。在这样的故事模式中，人物的地位被抬高，人物的形象也更加立体、复杂、饱满。

瑞典导演伯格曼的经典作品《野草莓》（1957）也是一部典型的小情节电影。影片讲述了年迈的医学教授伊萨克探索生命、死亡、记忆和孤独的故事。作为小情节电影，导演非常注重人物的刻画，主人公伊萨克外表孤僻冷漠与世隔绝，但内心深处却无比孤独、无助和痛苦。导演通过一系列细节和情感的呈现，塑造了伊萨克这个立体多面的角色。他的复杂性和对内心的探索，引发了观众对存在和人性的思考，展示了在面对孤独和痛苦时追寻希望与救赎的可能性。影片结尾，主人公伊萨克被真情感化时，导演用一束光将他的脸庞照亮。特写镜头下，伊萨克的眼神逐渐变得柔和、深情，人物的转变跃然眼前，充分展现了小情节影片在人物塑造上的功力。总的来说，小情节通过对大情节的突出特性进行删减、提炼、浓缩，使得影片更加简约、精练，让观众在精简的剧情中感受故事的美妙。

---

① 简明不列颠百科全书［M］. 北京：中国大百科全书出版社，1986.

### （三）反情节

反情节（Anti-plot/Antistructure）是一种追求突破传统情节逻辑的故事模式，它颠覆了大情节的经典设计，试图打破观众对故事情节的预期。反情节电影通常通过非线性叙事、非连贯现实、意识流等手法，来创造一种非传统的叙事方式。

以拍摄犯罪悬疑电影为例，如果我们采用平铺直叙的方式，展现跌宕起伏的剧情和强烈的戏剧冲突，并涉及正邪势力的激烈对峙和斗智斗勇的情节设计，像电影《碟中谍》（1996—2024）系列所做的那样，便是大情节的故事设计。而如果我们打断线性的时间顺序，先呈现故事的大结局或其中某一部分，再不断采用闪回、重复等方式呈现故事的巧合与偶然，像美国导演昆汀在自己的剧情电影中常采用的方式，如《低俗小说》（1994）、《杀死比尔》（2003）等电影中的倒叙、闪回，便是反情节处理模式。

反情节电影强调非线性的叙事模式和意识流的表现手法，善于营造观念和意象，打破了传统的时间顺序和因果关系，使故事以碎片的方式展开，给观众带来思维上的挑战和新鲜感。同时，反情节电影常常通过镜头语言、符号和隐喻，来呈现角色的内心体验和情感状态，加强电影的情感深度和抽象性。这类电影对观众的观看要求相对较高，也容易被归类为艺术电影或先锋影片。

由法国导演阿仑·雷乃执导的《去年在马里昂巴德》（1961）是一部经典的反情节电影。在这部电影中，时间、空间和人物之间的关系被打乱重组。故事发生在一个迷宫似的巴洛克旅馆里，衣冠楚楚的 X 先生喋喋不休地和贵妇 A 小姐，讲述着去年他们在马里昂巴德见面的事情。随着 X 先生的叙述，影片不断穿插着充满虚幻、迷失、回忆的碎片画面。电影以极度的非线性和抽象的手法展现了男女主角之间的相遇，模糊了记忆、真实和幻觉之间的界线，通过不断的闪回与重复强调了电影的细节，创造出了一种迷幻的循环效果，让观众如梦似幻地沉浸在影片中。该故事正是通过打破观众对传统故事情节的期望，来使观众对故事和角色产生更多层次的理解与思考。类似的反情节经典影片还有很多，如戈达尔执导的爱情片《男性女性》（1966）、阿兰·罗布－格里耶执导的喜剧片《横跨欧洲的快车》（1966）、路易斯·布努埃尔执导的喜剧片《自由的幻影》（1974）等。

除此之外，反情节电影还将"偶然""巧合"等强行塞入影片，以此来推动情节发展，展现创作者的思想。反情节的故事模式不注重情节的因果逻辑，故事的发展充满了不确定性，章节或是事件不连贯地从一个现实跳向另一个现实。例如，前文已经提到的被誉为电影史上实验性和革命性的先驱之一，法国新浪潮运动的核心人物，电影导演让－吕克·戈达尔就是个不折不扣的反情节电影大师，他的影片总是充满了反叛精神，让人深深沉迷。其代表作《筋疲力尽》（1960）中大量运用"跳切"的剪辑手法，表现出了对现实世界的批判以及对传统观念的颠覆。在戈达尔的作品中，交叉切割的时间线，拼贴重组的碎片情节，不同流派元素的解构组合等，都彰显出了浓厚的反叛精神，体现出导演强大的叙事功底，需要观众沉浸其中并主动去拼凑和解读电影中的碎片，才能理解电影所传达的真正含义。

### （四）不同故事情节设计的形式差异

故事情节作为编剧创作的核心，其形式差异直接影响故事的独特性。在"故事三角"中，不同的情节设计使得每个故事都有其独特的叙事风格，与其他故事存在着鲜明的差异。这些差异体现在多个方面，理解不同故事情节设计的形式差异，便可以给观众带来不同的观影体验，激发他们的思考和情感共鸣。

#### 1. 结局的闭合与开放

情节是创作者筛选"可叙性"事件形成的产物[①]，这种选择受制于故事的类型、题材、种类，其标准是多重的。情节的选择不同，故事的结局自然不同。在大情节的故事模式中，结局呈现为闭合式的完满收官。这是由于大情节的故事模式需要讲述"核心戏剧冲突"的建立与解决过程，并将最终的解决结果作为故事的高潮与结局进行展现，因此大情节故事的结尾都有强烈的解决之感。例如，侦探悬疑类的影视剧通常属于"大情节"模式，故事常以主角团侦破案件，真凶被缉拿归案作为结尾。也就是说，大情节必须在故事的结尾给观众一个"答案"，从而让观众产生强烈的满足感。

相比于大情节的圆满收官，小情节则呈现出悬而不决的开放式结局。由于小情节删减掉了大情节所必备的"核心戏剧冲突"，弱化了戏剧性与情节性，所以小情节的结尾无须制造解决之感，取而代之的是余韵悠长的开放式结局。日本导演是枝裕和的《海街日记》（2015）讲述了三姐妹在父亲去世后带着同父异母的四妹在一个海边小镇生活与成长的故事。故事围绕着家庭的变故和四姐妹的个人梦想展开，没有强烈的戏剧冲突，是枝裕和用一种近乎白描的方式向观众展现了一幅细腻而温暖的生活画卷。电影遵循小情节的开放式结局——虽然故事中的问题和矛盾没有被完全并解决，但是四姐妹却在彼此的陪伴、帮助和理解中获得了内心的满足，并找到了各自人生的意义。

#### 2. 主人公的主动与被动

在大情节的故事模式中，主人公是动态的、主动的。故事开始，主人公的生活往往处于一种宁静的状态之中，而后忽然的一个事件打破了这种状态，迫使主人公开始采取一系列的应对措施来恢复生活的平衡。在恢复生活平衡的路上，主人公会面临不断升级的困境，会与周遭的人或事产生强烈的冲突，但大情节设计的主人公会意志坚定地追求自己的目标。

电影《奇迹·笨小孩》（2022）中就有这样一个例子：年仅20岁的景浩带着妹妹来深圳务工，生活虽然过得拮据，但也算温馨。突然，妹妹心脏病的加剧打破了这种平衡。为了给妹妹筹钱做手术，景浩不得不赌上所有家当开启创业之路。在创业过程中，景浩面临无数困境，如房东催房租、商家言而无信、高利贷逼债等，但景浩从未放弃，最终凭借愚公移山的精神获得成功。由此可见，在大情节电影中，主人公面对冲突与困境时始终呈现出积极的应对之态。而在小情节的故事模式中，主人公相对消极被动，在

---

① 赵毅衡. 情节与反情节　叙述与未叙述 [J]. 华中师范大学学报（人文社会科学版），2014，53（6）：97-102.

追求欲望时常与自身性格等方面产生矛盾。哈姆雷特这一人物形象便是如此。哈姆雷特表面消极被动，内心却呐喊着"我要复仇"，内心所想与实际行动相违背，所谓"语言上的巨人，行动上的矮子"便是如此。

### 3. 冲突的内部与外部

麦基在《故事：材质、结构、风格和银幕剧作的原理》中将冲突分为三个层面，即内心冲突、个人冲突与个人外冲突。不同的故事情节所设计和强调的冲突不同。在大情节的故事模式中，外部冲突常占主导地位，即主人公与社会中个体、机构、组织等外部环境间的冲突。电影《大红灯笼高高挂》（1991）中，外部冲突的双方便是主人公与封建落后的社会制度。而小情节的故事模式则尤为强调内部冲突，即主人公与其内心的情感、性格等方面的斗争。电影《野草莓》（1957）中，主人公伊萨克从一开始的冷漠，到最后的柔软，便是其内心斗争的结果。在内心冲突中，伊萨克的回忆仿佛一趟心灵旅程，让他的内心得以转变，也让他再一次燃起了对爱的向往。

### 4. 线性叙事与非线性叙事

线性叙事和非线性叙事是影视作品中最常见的两种叙事方式。其中，线性叙事是指按照时间顺序和线性逻辑展示故事情节的叙事方式；非线性叙事则是指一种打乱时间顺序和连贯逻辑所展开的故事叙述方式。在"故事三角"中，大情节的故事模式十分注重故事的因果逻辑和故事内部的连贯。罗伯特·麦基认为，经典设计要通过连续的时间，在一个连贯而具有因果关联的虚构现实里到达一个绝对且变化不可逆转的闭合式结局。[①] 因此，大情节电影往往采用清晰直观的线性叙事方式来讲述故事。在线性叙事中，故事的情节按照逻辑顺序进行，从起始点开始，经历一系列的事件和发展，最终到达结局。观众可以根据故事中的时间进程，轻松理解故事的跌宕起伏，顺利跟随剧情的发展。同时，线性叙事通常会运用起承转合等传统故事结构，来展示角色的成长、故事的发展，传递影片的情感与主题，这与大情节所追求的人物立体、情节饱满不谋而合。

《肖申克的救赎》（1994）是由法国导演弗兰克·德拉邦特编剧并执导的一部剧情片，作为一部大情节影片，电影采用了线性叙事结构。影片讲述了银行家安迪因被误判杀害妻子和她的情人而含冤入狱，在狱中他始终保持积极乐观的心态，与其他犯人建立了深厚的友谊，同时他又不动声色地寻找出狱的机会，最终凭借希望和毅力重获自由的故事。电影以线性时间为基础，围绕安迪的监狱生活、与其他犯人的友谊、与邪恶势力的对抗以及他的逃亡计划展开。线性叙事使整个故事的发展脉络一目了然，情节紧凑而富有张力，观众可以轻松地跟随剧情理解角色的内心世界和成长转变，与角色产生情感链接，更好地体会故事的起伏变化。此外，线性叙事方式也有助于展现故事的主题内涵和深层意义，如希望、救赎和自由的价值等，使观众在欣赏故事的同时，获得心灵上的启示。

与之相反，在"故事三角"中，反情节的故事模式由于追求对传统情节逻辑的突

---

① ［美］罗伯特·麦基. 故事：材质、结构、风格和银幕剧作的原理［M］. 周铁东，译. 天津：天津人民出版社，2014.

破，通常采用非线性的叙事模式，将时空打乱，突破观众的思维定式，为观众带来别样的体验。由王家卫编剧并执导的电影《重庆森林》（1994）是一部经典的反情节电影。影片以香港为背景，通过多个交错的时间线和不同的视角，将两个看似独立却又相互交织的爱情故事，以非线性叙事的方式巧妙地融合在一起，成功地展现了现代都市中人们在快节奏生活下的情感状态。影片中阿武的失恋与挣扎，阿菲对爱情的勇敢追求，反映了现代人在面对爱情时的无奈和迷茫。《重庆森林》（1994）采用非线性的叙事模式，通过回溯、重叠、跳跃等方式来打破时间的顺序，将过去、现在与将来的情节混合。观众需要自行拼凑不同场景和时间下的碎片信息，才能理解每个角色的经历和情感变化。非线性叙事增添了影片的悬念性与复杂性，以一种非传统的方式探索了爱情、友情、亲情等现代都市生活主题，展现了人们在迷茫中寻找真爱与自我的过程，为观众带来了余韵悠长的艺术体验。

### 5. 因果逻辑与即兴巧合

电影的因果逻辑是指情节中事件之间的因果关系，即一个事件的发生导致另一个事件发生，构成了故事的连贯性、合理性和逻辑性。"大情节强调世界上的事情是如何发生的，原因如何导致结果，这个结果如何变成另一个结果的原因。"[1] 简单来说，大情节揭示出了一张互相链接的因果关系网，剧情中的事件和行为之间存在着明确的链接，某个事件或行为的发生会引发后续的结果，这些结果又变成其他结果的原因。故事就在这种因果关系的驱动下，向着高潮层层递进。在这种逻辑下，观众可以通过剧情中因果链条的发展，清晰地理解故事的逻辑，知晓情节的推进，这也是大情节电影的优势所在。

与之相反，反情节的故事模式则打破了因果关系的链条，强调万事万物之间的随意碰撞，致使故事导向支离破碎、毫无意义和荒诞不经。[2] 在反情节电影中，巧合驱动着虚构的世界，这个世界中充满了意外、偶然和不可预测性。在这种情况下，剧情发展中的事件和主人公的行为往往是某种巧合或突发情况造就的结果。故事最终会被拆解为一些互不关联的片段和一个开放式结尾，从而表现出现实存在的互不关联性。因此，观众在观看这类电影时常常会发现一些不可思议的巧合与转折，剧情往往会向一个令人意想不到的方向发展，为观众带来出乎意料的惊喜。

意大利导演费德里科·费里尼的代表作《八部半》（1963）便是一个典型的例子。在该影片中，剧情的推进充满了巧合与偶然：主人公古依多在创作过程中遭遇的种种困境、个人生活中的复杂情感，都是由一系列不可预测的巧合和意外引发的。影片中剧情的发展并非按照传统的线性顺序展开，而是跳跃在主人公古依多的梦境、回忆和现实之间。影片通过独白、梦境、幻觉等一系列碎片场景，展现了主人公古依多对于电影、艺术、爱情和人生的思考。观众在观影时，需要不断解读和拼凑这些碎片场景，以理解导

---

① ［美］罗伯特·麦基. 故事：材质、结构、风格和银幕剧作的原理［M］. 周铁东，译. 天津：天津人民出版社，2014.

② ［美］罗伯特·麦基. 故事：材质、结构、风格和银幕剧作的原理［M］. 周铁东，译. 天津：天津人民出版社，2014.

演的意图和影片的主题。作为一部经典的反情节电影,《八部半》(1963)挑战了传统的叙事方式和观众的观影习惯,通过独特的叙事手法和视觉效果,呈现出一个充满诗意和哲理的电影世界,为观众留下了无限的遐想。

### (五)"故事三角"之间与之外

#### 1. 从大情节到小情节的审美之间:多情节的设计

大情节的故事模式,通常将单一主人公置于故事叙述的中心,一个主要故事支配着银幕时间,其主人公是影片的明星角色。[①] 小情节的故事模式则正相反,它将人物的地位提高,一个故事中存在多重主人公,主人公之间的碰撞引发了一系列情节。那么,如果我们将一个影片分解成若干个较小的次情节故事,且每一个故事都设置一个单一的主人公来削弱大情节的那种过山车般的动力感,故事就会在大情节与小情节之间滑动,从而创造出一种多情节的变体。多情节的故事模式具备了大情节与小情节故事模式的特点,在多情节影片中,情节、人物关系均不会形成断点,影片中的多个主人公可以并行存在,统一的思想将它们紧密联系在一起,影片结构严谨,人物群像充满生命力。

由大卫·纽曼编剧,阿瑟·佩恩执导的犯罪剧情片《邦妮与克莱德》(1967)就是一部典型的多情节电影。影片讲述了邦妮·帕克和克莱德·巴罗两个罪犯成为传奇的犯罪情侣的故事。影片中存在两条主要的情节线:一条情节线围绕邦妮和克莱德的犯罪行动展开;另一条情节线围绕着邦妮和克莱德的个人生活和情感关系展开。两条情节线紧密交织在一起,相互影响并共同推动着故事的发展。作为多情节电影,《邦妮与克莱德》吸收了大情节电影与小情节电影的特点,将二者有机结合,观众在观看电影时,既能够跟随邦妮和克莱德的犯罪行动,感受他们的刺激与冒险,又能够了解他们的人性和情感层面。整个故事兼具犯罪、浪漫和悲剧元素,以一种引人入胜的方式展现了邦妮和克莱德的传奇故事。

此外,类似的多情节影片还有《末路狂花》(1991)、《饮食男女》(1994)等,其历史可以最早追溯到 1916 年由大卫·格里菲斯执导的电影《党同伐异》(1916)。时至今日,多情节影片不断发展,已经成为当下大多数主流商业电影拍摄方法。

#### 2. "故事三角"之外:非情节及实验影片的可能

在"故事三角"之内,当一个激励事件发生,主人公生活的平衡被打破,主人公便踏上了达成目标的求索之路。而在故事结尾,无论主人公的目标是否达成,其生活都会发生一定的变化,故事总是闪烁着动人的弧光。与之相反,"故事三角"之外的故事,始终保持着静止状态,人物弧光也未曾发生变化,于是我们把这类影片称之为非情节影片。

非情节影片有着自身的结构形式、表达方式,它能向观众传递信息并令观众动容,但是它却并没有讲述故事。因为非情节影片或实验影片通常不追求传统的故事结构,它

---

① [美]罗伯特·麦基. 故事:材质、结构、风格和银幕剧作的原理 [M]. 周铁东,译. 天津:天津人民出版社,2014.

们更强调形式、主题、情感或思想的表达，通过符号、隐喻等手法来进行或艺术实验。此外，它们抛弃了传统的情节发展模式，选用非线性或碎片化的叙事方式来突破时空的限制，提升电影的自由度与创造性。由法国导演阿仑·雷乃执导的《去年在马里昂巴德》就是一部典型的非情节电影。影片中的所有故事都是虚构的。在电影结尾，X 与 A 再次在宫殿里相遇，他们之间的对话与互动仍然充满了矛盾和谜团，导演并未给观众提供一个确凿的答案，观众被留在一个迷离的状态中，无法确定他们之间的关系、记忆的真实性或者故事的终点，整部影片呈现为一种静止状态。这种抽象、非线性或实验性的影片激发了观众的想象力和开放性思维，使观众与影片产生互动，让观众在观影过程中产生独特的感受和思考。

无论是非情节影片还是实验影片，都以独特的叙事手法和创意表达，打破了传统电影的情节结构和叙事模式。它们通过碎片化的情节、开放式的结局、创新性的视觉和声音效果等，探索电影艺术的无限可能，挑战观众的观影习惯和思维模式，为电影艺术的发展注入了新的活力。

通过了解和学习"故事三角"，编剧能够在创作的道路上更加游刃有余，无论是追求情节跌宕起伏的经典设计，还是探寻人物内心世界的细腻小品，抑或是挑战传统、颠覆常规的创新之作，都能在这个三角形中找到自己的位置。"故事三角"无疑为创作者提供了一盏指引的明灯，它不仅揭示了故事创作的奥秘，更为创作者打开了一个丰富多彩的想象世界，让无数灵感的火花在其中碰撞、交织，最终凝结成一部部优秀作品。

## 第二节　电影的经典类型阐释

每一种电影类型都蕴含着独特的叙事结构、人物塑造方式和情感表达方法，它们像不同的颜色，供编剧在创作过程中挑选与组合，以塑造出触动人心的故事。本节将详细介绍各种经典电影类型的核心特征和叙事技巧，从浪漫的爱情电影到刺激的悬疑电影，再到大开脑洞的科幻电影等，每一种类型都为创作者提供了一个框架，以便我们更好地理解如何构建情节、发展人物和塑造主题，创造出既符合类型特点又具有个人风格的作品。

### 一、故事类型的阐释分类

一个好故事可以使创作者充满信心，也能使大众回味无穷。自古以来，叙事本就比说理能让人得到更多的感性认识。早在古希腊时期，就有学者对艺术、叙事以及故事情节进行了研究。亚里士多德曾将戏剧分为简单悲剧、简单喜剧、复杂悲剧、复杂喜剧这四种基本类型。歌德在此基础之上，又根据题材将剧情分为爱情、复仇等七种类型。

主题学是中国叙事文化学的重要理论资源，故事类型是中国叙事文化学研究的主体对象，中国叙事文化学研究则以西方的"AT 分类法"（Aarne-Thompson Classification System）作为故事类型分类的主要参照。"AT 分类法"是由芬兰民俗学者阿尔奈与美国民俗学者汤普森根据主题学的基本原理而设计，建构关于世界民间故事的类型编制方法，并根据研究对象作符合民间传统的分类方式。① 基于此，以下从电影剧本的内容方向列举了六种经典的故事类型，每种故事都有其独特的类型常规。

### （一）历史故事

历史故事通常是已知结局的上帝视角，故事背景和人物前史需要经过充分的设计才能支撑起历史题材的故事，又因为大多故事取材于真实的历史，所以情节的发展安排更要符合历史逻辑，在主题表达整体不偏移的情况下可以进行适当的艺术处理。有很多发生在战争中的故事，都很适合用于剧本创作，例如发生在第二次世界大战期间的敦刻尔克大撤退就被拍摄成了经典的电影《敦刻尔克》（2017）。

### （二）爱情故事

爱情故事主要围绕两个人之间的爱情关系展开，故事中通常包含浪漫、情感和冲突。爱情故事重在打动观众的内心情感，可以是现实主义的，也可以是理想主义的。爱情故事的结局难以预料，反映出爱情的多样性和不可预测性。电影《恋恋笔记本》（2004）就从男女主角的青春时代讲到了老年，带领观众回顾了两人一生的情感。

### （三）社会议题故事

社会议题故事通过刻画社会问题、道德困境或伦理挑战来探索社会议题。在对社会议题故事进行编剧时，应经过有效的田野调查，在故事中设计符合社会预期的情节及人物动机。在电影《我不是药神》（2018）中关于"药神案"事件的叙述，就是可用于剧本创作的极佳例子。

### （四）悬疑故事

悬疑故事以解谜、揭示真相或解决神秘事件为主题，通过引发读者的好奇心和紧张感来推动故事发展。这种类型的故事依靠紧张、不确定性和意外转折来维持观众的兴趣，常常通过故事中的角色视角来展开调查或解谜，让观众与角色一同经历寻找答案的过程。韩国导演奉俊昊执导的《杀人回忆》（2003）讲述了韩国警察面对凶杀案件的侦破过程，是悬疑故事中的经典之一。

### （五）哲理故事

哲理故事在情节设计中往往并无很强的戏剧性冲突，而是更加关心内部矛盾，还可能会加入一些隐喻性的对白以及符号元素。创作者通过借喻的表现手法将教育意义和人性道理融入故事情节之中，带有很强的讽刺意味。哲理故事中的主角人物弧光会十分明显，创作者通过故事主角的视角来引起观众的反思。相比于好莱坞电影，欧洲电影更善

---

① ［美］罗伯特·麦基. 故事：材质、结构、风格和银幕剧作的原理［M］. 周铁东，译. 天津：天津人民出版社，2014.

于处理这样的故事题材，《筋疲力尽》（1960）、《广岛之恋》（1959）等电影的出现就很好地证明了这一点。

### （六）童话故事

童话故事中丰富的想象和夸张的表达可以拓宽人的思维，打开人的眼界，调动人的情感。创作者通常将现实生活中人们所遭遇的困境融入某些童话情节之中，并在故事结局处升华整个主题来展示世界的美好。电影《机器人总动员》（2008）讲述了老式机器人与人工智能的故事，通过幻想中人类未来糟糕的生活状态为线索进行叙事，使观众对未来生活产生批判性思考。

## 二、电影剧本的经典类型

电影是一种在时间流逝中的叙事艺术，它的本质就是在讲故事。面对庞大繁杂的故事数量，人们为了加以区分，就以电影中每个故事的内容、题材、主题以及表现形式等共同成分为依据来划分不同的电影类型。电影类型的出现，是电影艺术的巨大进步，更是电影迈向商业化道路的必经之路。

随着人们物质生活与精神生活的日渐丰富，电影中的故事内容与表现形式也越发繁杂，这使不同的电影类型边界变得更加模糊。20 世纪初期，法国戏剧家乔治·普罗第研究了 1200 余部古今戏剧作品，并列出了 36 种剧情模式。[①] 而后，罗伯特·麦基在将剧情和类型概括为 25 种模式。

以下是根据中国观众的观影经验以及电影表现形式划分出的多种经典电影剧本类型，并介绍与之相关的电影范例以及编剧方法。这些类型并不是独立的，而是相互影响的，每种类型往往都杂糅了其他类型元素。在这里，我们只以中国国情和中国人追求的价值观为准进行电影剧本的类型划分。

### （一）爱情

编剧方法及规律：通常遵循三幕结构的剧本编排方法，第一幕介绍主要角色、背景和初步的爱情线索；第二幕深入展开爱情故事，并引入主要冲突和障碍，使情感张力达到顶峰；第三幕解决冲突，带来满意或苦乐参半的结局。情感是爱情电影的核心，剧本需要巧妙安排情节和对话，逐步展现主角之间情感的变化，包括相遇、相知、相爱乃至可能的分离和重聚。这种情感发展要自然且富有逻辑，能令观众产生共鸣。

电影范例：《泰坦尼克号》（1997）、《我的父亲母亲》（1999）。

### （二）家庭伦理

编剧方法及规律：往往不脱离社会背景，通过家庭视角反映社会变迁、经济发展、

---

① ［美］罗伯特·麦基. 故事：材质、结构、风格和银幕剧作的原理 ［M］. 周铁东，译. 天津：天津人民出版社，2014.

文化冲突等问题，这些社会背景的变化会对家庭成员的价值观、生活方式和情感状态产生影响。代际关系是此类型电影中常见的主题，剧本往往通过展现代际观念差异和沟通障碍，将"厚人伦，美教化"的儒家思想作为达成和解的目标。

电影范例：《饮食男女》（1994）、《地久天长》（2019）。

### （三）喜剧/讽刺

编剧方法及规律：通过幽默元素吸引观众，可以是语言玩笑、身体喜剧（如滑稽动作或表情夸张）、情境喜剧（角色置于荒谬或尴尬的情境中）等，剧本编写时要巧妙融合这些元素，并自然流露出幽默感。喜剧电影经常通过讽刺和夸张的手法，对社会现象、人性弱点或特定的文化习俗进行批评。某些本身具备悲剧内核的故事，以喜剧的表现形式往往更能达到反思式的"黑色幽默"效果。

电影范例：《大话西游之大圣娶亲》（1995）、《憨豆特工》（2003）。

### （四）武侠

编剧方法及规律：故事主角要有丰富的人物前史和动机，需要通过情节点对主角本身的江湖情感和侠义精神进行重点表达。"江湖"作为该类型叙事的重要空间，承载了道德的价值对立、独特的文化习俗、人生的自由追求，这些都是武侠电影的灵魂所在。不同于动作类型的是，武侠故事的重心不在打斗桥段，偏好用"留白"的艺术创作方法进行意境上的渲染。

电影范例：《东邪西毒》（1994）、《卧虎藏龙》（2000）。

### （五）动作

编剧方法及规律：核心在于激烈、创意的动作场景设计，这些场景不仅展示了角色的身体能力和战斗技巧，也推动了故事发展和角色成长。尽管以动作场面为主，此类型仍然围绕一个或多个清晰的主题展开，如正义与邪恶的斗争、牺牲、复仇、荣誉等。动作电影中的主角，尤其是英雄和反派，通常具有鲜明的个性特征和动机，英雄角色常展现出超凡的勇气和坚定的信念，而反派角色则具有强大的威胁性和复杂的性格。

电影范例：《杀死比尔》（2003）、《叶问》（2008）。

### （六）恐怖/惊悚

编剧方法及规律：在故事设定上会存在怪物或"非理性"的超自然现象，在氛围设计上也时时蕴藏着危险，剧本需要通过描写设置（如阴森的森林、废弃的房屋、神秘的小镇等），或通过光影、声音等元素的植入，营造出令人不安的气氛。恐怖电影中的角色往往被置于极端情境中，以此展示他们的恐惧、挣扎和勇气。因此，角色的心理状态和动机对于增强故事的情感和主题深度至关重要。

电影范例：《闪灵》（1980）、《招魂》系列（2013—2021）。

（七）悬疑/犯罪

编剧方法及规律：通常采用非线性叙事或包含多个并行故事线，以增加故事的复杂性和不可预测性，这种结构使观众难以在故事初期就猜到结局。通过有限披露的信息，剧本创造了不对称的信息，让观众和故事中的角色一样，在解开谜团的过程中处于部分了解的状态，这使观众成为故事积极的参与者。故事中的反转和意外是悬疑电影的标志性特征，这些反转通常在故事的高潮或结尾处揭示，能够有效地打破观众的预期，引发情感和认知上的震撼。

电影范例：《猫鼠游戏》（2002）、《杀人回忆》（2003）。

（八）科幻/奇幻

编剧方法及规律：核心在于故事世界观中的独特想象，往往有一定的科学基础，使故事具有合理性。虽然不是剧本直接创作的部分，但此类型电影的视觉风格和特效技术对于营造电影的整体氛围和增强故事的吸引力至关重要，剧本需要为这些视觉效果提供足够的创意支持。尽管科幻电影强调科技元素和未来设定，但故事的核心往往是人性的探索和情感的表达，以此反映人类的复杂情感和道德困境。科幻电影通过对未来社会的描绘，表达了对现实世界的批判和反思，这些故事往往映射出当前社会的问题，如不平等、战争、伦理等，展现了较强的忧患意识。

电影范例：《哈利·波特与魔法石》（2001）、《流浪地球》（2019）。

（九）灾难

编剧方法及规律：通常在故事开始时设置一个相对平静的背景，介绍主要角色及其生活状态，这样有助于建立观众对角色的情感连接。灾难电影往往包括一个多样化的角色群体，代表不同的社会阶层、职业和背景。这种设置有助于展现灾难面前人性的多样反应。故事主角需要克服灾难所带来的生理上的危机或心理上的创伤，可以把故事高潮放在灾难来临前的危机应对或灾难之后的创伤疗愈，故事主题也需要更多关照灾难中人与人之间的情感维系。

电影范例：《2012》（2009）、《唐山大地震》（2010）。

（十）战争

编剧方法及规律：通常基于真实的历史事件或时期，剧本需要对历史背景进行准确的研究和再现，确保故事的真实性和可信度。战争电影中的角色通常具有丰富的性格层次和复杂的情感，从士兵到将军，从平民到抵抗者，每个人物的故事都能反映战争对个体的影响。战争环境下的道德冲突和困难选择是此类型电影剧本中经常出现的元素，这些情境反映了战争的复杂性，同时也是角色成长的催化剂。此外，故事除了赞颂战争中的英勇人物和表达家国情感，其主题也会表现出一定的反战思想。

电影范例：《拯救大兵瑞恩》（1998）、《长津湖》（2021）。

（十一）西部

编剧方法及规律：中国西部地区有着独特的地理、历史和文化背景，如西藏的佛教文化、新疆的丝绸之路历史、云南的多民族文化等。电影剧本应充分挖掘这些背景，为故事提供丰富的文化土壤。电影的情节往往涉及探险、家庭纠纷、社会冲突或是个人成长等，剧作时需要构建紧凑的情节，合理的冲突和高潮，以及令人满意的结局，同时还要确保情节与中国西部文化及地理特征相吻合。和美国侧重"牛仔"的西部电影类似，中国西部电影可以探讨诸如自然与人的关系、传统与现代的冲突、个人与社会的关系等深刻主题，这往往需要剧作者对其进行深入研究或实地考察。

电影范例：《无人区》（2013）、《关山飞渡》（1939）。

（十二）歌舞

编剧方法及规律：通常以音乐为故事发展的驱动力，或将音乐作为叙事的核心元素。音乐和舞蹈不仅是表演的一部分，更是推动情节发展、表达角色情感和内心世界的重要手段。作为故事一以贯之的元素，音乐与舞蹈经常在艺术内容的表达上与剧情叙事紧密相连。人物需要通过唱歌和跳舞抒发自己内心的情感，在克服一次又一次的困难之后实现目标，并完成自我成长。

电影范例：《刘三姐》（1978）、《爱乐之城》（2016）。

（十三）传记

编剧方法及规律：剧作者需要对主人公的生平、时代背景、相关事件进行深入研究，确保故事的真实性和准确性，还可以通过阅读书籍、文档、日记、信件以及访谈等方式认识主人公。在大量的历史材料中找到适合叙事的核心主题非常关键，这个主题应该能够代表主人公的人生哲学或其生命中的转折点，同时具有普遍的人性价值，能够引起观众的共鸣。虽然忠实于事实是传记电影的基础，但适当的艺术加工可以使故事更加生动，可以在不歪曲事实的前提下，创意性地选择和组织事件，以突出故事的主题和情感。

电影范例：《辛德勒的名单》（1993）、《奥本海默》（2023）。

（十四）主旋律

编剧方法及规律：故事内容上应展现重大历史事件或聚焦当下现实题材，核心是其价值导向，通常强调社会主义核心价值观，剧作者在创作过程中需要确保这些价值观被清晰地表达，并贯穿整个剧本。剧本的情节设计需要服务于主题的表达，这意味着情节的选择和安排都应该围绕核心主题展开，通过故事情节来体现和强化主旋律价值观。主旋律电影通常通过塑造典型人物来展示特定的道德观和世界观，这些人物往往代表了一代人的共同特征和精神风貌，编剧需要在塑造人物时，兼顾角色个性与时代共性。

电影范例：《我和我的祖国》（2019）、《建国大业》（2009）。

### 三、电影类型常规的案例示范

#### （一）作为案例示范的"主旋律电影"类型

关于主旋律电影，常见的界定是：能充分体现主流意识形态的革命历史重大题材影片和与普通观众生活相贴近的现实主义题材，弘扬主流价值观，讴歌人性和人生的影片。不同于其他大众媒介，主旋律电影能够随着社会语境的变迁而演变，在不同时期承载着不一样的精神内涵，蕴含着不同的社会意义。因此，主旋律电影又被称为"中国社会变迁在精神文化领域的'镜像'"。[①] 作为一种传播国家意识形态的有效方式，主旋律电影对我国实施文化强国战略有着长远的意义。

1. 多元化的题材内容选择

作为中国独有的电影类型，主旋律电影剧本创作除了将关注点放在重大历史事件和杰出人物生涯上，还大量取材于当下中国社会在现代化进程中所发生的变化。一方面，编剧应该通过歌颂中华民族历史上的辉煌伟绩来加强民族文化自信；另一方面，编剧应该时刻关注现实社会变化，并在剧本中反映出时代发展成效。

由张冀编剧、陈可辛导演的电影《夺冠》（2020）就是以中国女排功勋队员兼教练郎平的排球生涯作为故事主线，给观众展示了中国女排发展历史中的低谷与辉煌。体育强国是新时期我国体育工作改革和发展的目标与任务，《夺冠》的出现很好地增强了中国人民的民族凝聚力和运动自信心，对实现体育强国这一目标产生了深远影响。

作为"我和我的"系列电影之一，电影《我和我的家乡》（2020）就是把空间、变化与"小人物"放在了核心位置。从剧作结构上来看，电影将"大中国"东南西北中五个地理空间中的"小人物"的家乡故事借助单元电影的形式娓娓道来，每个地域独立成篇，在当地文化和乡村振兴下催生出一个又一个故事，以全新的叙事视角突破了以往主旋律电影中的宏大叙事。每一个单元故事都给观众们带来了全新的叙事视角，也彰显出个体在中国发展建设中的伟大。

正是通过编剧对历史发展和现实生活中不同题材的深入挖掘，并向观众展现中国社会进程中不同时间、不同地域、不同领域的故事，主旋律电影才能和生活声气相通，迸发出与时俱进的中国精神和时代精神。

2. 多维度的人物形象塑造

20世纪中国的主旋律电影，在人物刻画上大多是英勇无畏、品行端正的完美人物，或许是受限于历史环境，或许是对杰出人物的歌颂略微标签化，该类型电影的人物形象往往显得较为沉闷单调。

由陈宇编剧、张艺谋导演的电影《狙击手》（2021）避开了抗美援朝战争中的重大战役，另辟蹊径地将目光聚焦在战争后期鲜有人知的"冷枪冷炮"运动。与此同时，他

---

[①] 王宇明. 新时代中国主旋律纪录片的创作转型与路径探索［J］. 当代电视，2020（8）：59—62.

们还对故事中的冷枪五班成员进行了人物群像的刻画，每位战士都在荧幕上留下了自己的姓名。同时，影片还塑造了两位重要角色的多样性格特征——班长刘文武和战士大永，他们在与美军的狙击的对峙中拥有了属于自己的人物成长线，前者为了营救自己的士兵牺牲，后者则逐渐脱离胆怯的状态，勇敢地担当起了责任。编剧通过情节的发展使两个角色建立起了有血有肉的形象。

塑造多维、立体的人物形象，会给予编剧在人物性格设计上更多发挥的空间。《狙击手》中的班长刘文武就喜欢用西南方言训斥自己的士兵，但这并不代表他是一个蛮横粗鄙的人，反而从西南方言的文化语境中体现出他是一个关心下属、热血感性的人，这也为他之后的牺牲埋下了伏笔。因此，编剧可以在对白中设计更多接地气的台词并加以方言化，这样能更好地塑造出鲜活的角色，观众也会觉得他们更加真实。

3. 多视角的非线性叙事模式

传统的主旋律电影为了突出影片主旨，使观众易于领悟，往往呈现出黑白分明的"二元对立"特征。剧本通常以单一时间线以及叙事视角作为剧作结构，剧情按照时间的发展进行叙述，没有非线性叙事结构的设计，影片也多是从主角的个人视角进行叙事。到了追求多维度因素的今天，此类手法就稍显简单了。

由管虎编剧并导演的电影《金刚川》（2020），剧本写作聚焦在朝鲜战争最后阶段的金城战役前夕，美军飞机企图炸毁浮桥来摧毁中国人民志愿军的交通要道。其中，编剧在主旋律电影剧作的叙事结构上大胆创新，分别以"工兵战士""美军空军""高炮班""桥"四个视角对故事进行章回体叙事。这种章回体叙事是非线性的平行多线叙事。剧本中的前三章节都是从章节主角的第一人称视角出发，到了最后一章"桥"则变成了全知全能的上帝视角，编剧通过视角的转换一遍遍地审视、重述一场战斗带来的各种状况与个体的遭遇，这一创作手法在时空上延伸出了更多的可能性，也让剧本架构变得更加丰富饱满。

结合上述例子，这对准备创作主旋律电影剧本的编剧提出了一些要求：一是要求创作者能对国家历史上的重大事件进行梳理；二是能挖掘出事件背后可供创作的鲜有人知的情节和中心人物；三是能在剧作结构和叙事视角上进行丰富的设计和巧妙的构思，让观众对同一事件产生全方位、多角度的认识和感悟。这样，主旋律类型故事才不会让观众产生审美疲劳，才能承担起该类型作品之于中国独有的政治和文化责任。

（二）作为案例示范的"家庭伦理电影"类型

1. "内部矛盾"的建构

早期，受传统文化影响和电影技术尚不发达的约束，家庭伦理电影在中国一直是主流类型。作为一种极其特殊的电影类型，中国家庭伦理电影凭借其深刻的人文思想和极强的普世精神，极好地平衡了影片的艺术价值、社会价值与商业价值，是当代中国电影不可或缺的重要组成部分。[①]

---

① 苏丹. 中国家庭伦理电影对"影戏观"的继承与突破［J］. 电影文学，2023（21）：47—52.

在创作该类型电影剧本时，剧作者应该明白道德观念和关系亲疏是这类取材中非常重要的内容元素，而剧中角色在"同一个屋檐下"的场景设定则应该占据此类型故事的大量篇幅。家庭伦理故事要在两个小时左右的时间内完成讲述，就需要编剧在剧作结构上进行紧凑的安排。其中，在剧作结构上构建富有节奏且包含戏剧张力的内部矛盾是极其重要的。《饮食男女》（1994）讲述了一个台北城市家庭的故事，父亲是一位守旧的大厨，而他的三个女儿则有着各自的现代生活方式和价值观。父亲代表了中国传统的家庭观念和生活方式，而女儿们则追求着个人的自由和幸福。三个女儿在追求个人幸福和职业发展的同时，也承担着对家庭的责任和期望，她们在满足个人愿望与履行家庭责任之间挣扎。尽管家庭成员每周都会聚在一起吃饭，但真正的情感交流却很少。父亲通过精心准备的美食来表达对女儿们的爱，但他们之间缺乏直接的情感表达和深度沟通，导致彼此之间的误解和隔阂越来越深。

在阿美、王小帅编剧，王小帅导演的电影《地久天长》（2019）中，故事开端讲述了一对经历了失独悲痛的夫妻，随着剧情发展他们离开了自己多年的好友（直接导致夫妻俩只有独生子和间接导致失独的好友）到异乡生活。夫妻俩收养了一个孩子，试图以这种代替的方式来减轻自己的悲痛。但意料之外的是，夫妻俩的一厢情愿并没有给收养的孩子一个独立完整的人生。归根结底，部分家庭的冲突都产生于"独立"这个基本问题。子女想要有决定他们自己生活的自由，而父母想要保护他们的子女远离成人世界的危险。有时，他们可能会以占有欲来表现他们的关心，那是一种想要全面控制子女生活的欲望。[①] 电影在后半段进入高潮，家庭与亲情濒临崩塌，两个家庭之间的外部矛盾在此时演变成了家庭内部矛盾。

"家家有本难念的经"是每个人都深有感触的一句话。在剧作中，编剧应善于挖掘真实的家庭内部矛盾。不仅如此，一个可以用于电影剧本创作的家庭内部矛盾绝不是由简单的原因形成的。"冰冻三尺，非一日之寒"，任何问题必然是因为人物关系中的多种因素集合而成，如人与人之间在日常相处中产生的摩擦或大家庭中存在的复杂且特殊的事件。

### 2. 亲情的"和解"之路

情感是最能打动人的，既然电影讲述的是有关家庭的故事，那么其中严重的内部矛盾就只能用血浓于水的亲情来消解。编剧借助亲情使矛盾关系发生变化，主角人物在情感的催化下对家庭成员产生更多理解与包容，家庭最终也变得幸福美满。

电影《饮食男女》（1994）中，在父亲与女儿们各自抛开自己的家庭身份而选择个人的理想生活时，那种碍于旧家庭关系与成员身份所产生的不可调和的矛盾也冰消瓦解。二女儿可以守着老宅自在地做着饭菜，父亲也在对饭菜的评价中重拾了味觉，当陈旧的家庭结构崩塌之后，新的家庭关系就这样在父女的真心中重建了。

电影《地久天长》（2019）中，夫妻俩远走他乡的本质是为了保护当年无意导致自己儿子溺水的"凶手"（好友家的儿子）。虽然夫妻俩试图用养子来代替自己去世的孩

---

① ［美］威廉·尹迪克. 编剧心理学：在剧本中建构冲突［M］. 井迎兆，译. 北京：北京联合出版公司，2014.

子，但当错误发生后，夫妻俩也及时醒悟，给养子自由。编剧对夫妻俩人物性格最明显的设定是善良，善良的人抚育出了感恩的养子，在夫妻俩与当年好友顺利和解之后，也收获了养子对自己父母身份的真正认同，外部矛盾和内部矛盾因为主角的美好品质在此时迎刃而解。

因为矛盾是极其复杂的集合体，所以想要缓和甚至解决家庭内部矛盾，剧作者就得学会提炼其中的主要矛盾或矛盾的主要方面，根据主要人物的性格特征或前史经历设计相应的情节点让主要人物发出动作来使矛盾双方和解。这样，家庭伦理类型故事才可以得到相对圆满的结局。

### （三）作为案例示范的"爱情电影"类型

#### 1. "邂逅"情节安排

爱情出现可谓是世界上最美妙的事情之一，作为爱情电影中的男女主角，在影片开始时必然要通过偶然的情节相遇，也就是浪漫的邂逅。那么，在诸多经典的爱情电影中，编剧该如何处理这一邂逅情节才会显得不那么老套呢？

由詹姆斯·卡梅隆编剧并导演的《泰坦尼克号》（1997）讲述了一段凄美的爱情故事，男主角杰克第一次遇见女主角露丝，便被露丝美丽的外表深深吸引，而他们的第二次"邂逅"则是因为露丝想要跳海，杰克不断地劝说并救下了她，两人从此开始建立联系。

#### 第一次"邂逅"

杰克朝井形甲板那边看。在船尾 B 层甲板栏杆的散步场地上站着露丝，她穿着一身黄色长裙，戴白色手套。

杰克目不转睛地凝视她。他们二人相隔约 60 英尺，井形甲板仿佛是他们之间的山谷。她在海角，他在深渊。她低头看大海。

他眼望着她拔掉精制帽子上的别针，摘下帽子。她看看那可笑的边饰，然后从栏杆上把它丢掉。它落到水里并向船尾漂去。浩渺海洋中的一个黄点。他被她吸引住了。她的模样像浪漫小说里的人物，忧伤又孤单。

法布里齐奥拍拍汤米，他们都在看杰克注视露丝。法布里齐奥和汤米相视而笑。

露丝突然转身直接望着杰克。他的盯视被逮着了，可是他并没有把目光移开。她转移了视线，但又往回看。他们四目越过井形甲板的空间，越过世俗的鸿沟，相对而视。

杰克看见一个男士（卡尔）走到她后面，挽起她的胳臂。她使劲抽回胳臂。他们用手势争执。她气呼呼地走开，他尾随其后，消失在 A 层甲板的散步场。杰克目送她的背影。

汤米：忘了吧，老兄，只当作是天使曾经飞过你的头顶，你还可以找别的姑娘嘛。

### 第二次"邂逅"

她往外探身子，伸直手臂……往下瞧得出了神。看着下面的旋涡，她的衣服和头发被船体移动引起的风吹得飘了起来。除了下面的海水激流声，上面的唯一声响，是处在她上方的杰克焦急和严厉的训斥。

杰克：别这样干。

她急急回头到他发出声音的方向。一秒钟之后才能看得清。

露丝：走开！别再走近！

在船尾转动灯的微光中，杰克看到她脸上的斑斑泪痕。

杰克：抓住我的手。我要把你拉回来。

露丝：不！待在你原来的地方。我是认真的。不然我要撒手了。

杰克：不，你不会这么做的。

露丝：你说我不会是什么意思？不要自以为是地对我说，我会或者不会干什么。你不了解我。

杰克：你本来可能已经干完了。现在，来吧，拉住我的手。

露丝被搅糊涂了。她泪眼蒙眬，不可能非常清楚地看到他，因此她用一只手抹抹眼泪，差点儿失掉平衡。

露丝：你在让我分散注意力。走开。

杰克：我不能走开，我现在被掺和进去了。你要是撒手，我必须跟着你跳下去。

露丝：别犯傻，你会死的。

杰克脱下外衣。

在两人的第一次"邂逅"中作者便交代了露丝与未婚夫的不合，甚至产生了自杀想法的背景，由此顺利地在第二次"邂逅"中发展了两人的关系。可以说，这两次邂逅情节的设计在戏中承担着叙事功能，进一步阐述了男女主角的情感动机和发生过程，并暗示了未来可能会遇到的阻力冲突。

由鲍十编剧、张艺谋导演的电影《我的父亲母亲》（1999）则是以新中国成立后的农村为背景，男主角是进村支教的老师，女主角则从小在农村长大，"邂逅"就发生在全村老少爷们欢迎新来的老师时两人对视的一瞬间。当时农村的教育条件非常艰苦，因此老师被全村人簇拥着的欢迎场面显得合情合理，这个设计也顺利地推动了两人的关系发展并让观众对后续的剧情产生好奇。

这些电影没有加入离奇的剧情和老套的模式，而是真实地取材于生活中的细节和人物的本能。经典爱情电影的叙事模式是相对固定的，所以在编写爱情故事时，更需要基于主角的前史来设计合理的情节点使双方相遇，而场景的选择也需要服务于情节，这样由故事的建置发展到冲突也会有较强的逻辑性。

2. "爱情终点"

在爱情中除了美丽的邂逅，自然也会有分别的苦痛，这是每一段爱情都可能面对的困境。马尔克斯曾说过："爱情是一种违背天性的感情，它把两个素不相识的人带进一种自私的、不健康的依赖关系之中，感情越是强烈，就越是短暂。"在爱情电影中，"爱情终点"的到来也往往意味着本片的结局。

以下是电影《泰坦尼克号》剧本片段：

### 288. 外景 海洋

杰克和露丝在眨眼的星星下飘浮。海水像玻璃，只有细微的起伏波动。露丝确实能看到大海这面镜子上星星的反光。

杰克拧干她那件长大衣的水，把它紧紧塞在她双腿周围。他揉她的双臂。黑暗中他的脸呈灰白色。他们周边的黑暗中传来微弱呻吟声。

露丝：愈来愈安静了。

杰克：再等几分钟。他们需要一点时间去安排妥救生艇。

露丝一动不动，只凝视空间。她知道真相。不会有什么救生艇了。她看见杰克背后的官员怀尔德已经停止不动了。他缩在他的救生衣里。像是睡着了。他已经冻死了。

杰克：我不了解你。可是我打算用强硬的措辞写一封信给白星条航运公司讲清这全部事件。

她无力地笑笑，但声音像是恐惧地喘息。露丝在一丝微光中看见他的眼睛。

露丝：我爱你，杰克。

他拿起她的手。

杰克：不……不要告别。露丝。你别放弃，不能放弃。

露丝：我太冷了。

杰克：你会摆脱困境的……你会活下去，你会生儿育女，看着他们长大成人。你会成为老太太才死在暖和的床上。不是这儿。不是今天晚上。明白我说的话吗？

露丝：我感觉不到自己的身体。

杰克：露丝，听我说，听着。赢得那张船票是我有生以来遇到过的最好的事。

杰克说话已经没有力气了。

杰克：船票把我带到你面前。我感激不尽，露丝。我感激不尽。

他的声音由于冷而发颤，寒气进入心肺了。

杰克：你必须赏给我这个面子……答应我，你要活下去……你永远不会放弃……无论发生什么事……无论怎样没希望……现在答应我，永远遵守诺言。

露丝：我答应。

杰克：永远不放弃。

露丝：我保证。我永远不放弃。杰克。我永远不放弃。

她抓住他的手，他们头靠头地躺着。现在安静下来了，只有海水的拍击声。

电影的高潮，就发生在这样一片被黑暗和死寂包裹的海洋上。在电影《泰坦尼克号》（1997）中，杰克和露丝的爱情之火燃烧得如此迅猛，可是海难的侵袭也是如此无情。编剧将两人的爱情发展贯穿于以海难为主线的剧情之中，用生与死的永别升华了电影的爱情主题，也满足了观众的观影期待。人世间美好的事物往往存有遗憾，这样的结局也是编剧处理爱情电影的经典技法之一（如图5-2）。

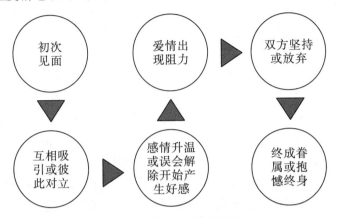

图5-2 经典爱情类型叙事模式之一

303. **内景·成像室/凯尔迪什号**

老年露丝和那伙人坐在成像室里，屏幕上的光照着他们。她那指节变形的手拿着那把有翡翠蝴蝶镶柄的梳子。

博丁：我们从来没有找到杰克的材料。根本没有他的记载。

老年露丝：不，不会有的，是吧？直到今天我才说到他，不是对谁都说的，（对莉莎）连对你的祖父也不说。一个女人的心有海洋般深藏的秘密。可是现在你们全都知道曾经有一个叫杰克·道森的男人救了我，是他千方百计地救了我，（闭上眼）我甚至没有他的照片。他现在只存在于我的记忆里。

通过上述剧本内容可知，大多数爱情电影都是按照时间线的发展进行叙事的，而电影《泰坦尼克号》剧本的文本结构是以老年露丝的自述进行闪回式的叙事的，这样的好处是可以通过主角的回忆将整个故事娓娓道来，以主角的第一人称视角增强过去与现在的联系，使过去的故事仍然鲜活生动（如图5-3）。

图5-3 詹姆斯·卡梅隆《泰坦尼克号》的插叙式叙事

电影《泰坦尼克号》（1997）主角的"爱情终点"建立在生死之上，《我的父亲母亲》（1999）虽然也是如此，但与前者相比，后者的故事主角拥有更长久的爱情，并且影片通过男女主角的爱情展现了对人性的美好，时代暂时阻碍了两人的爱情，却无法阻挡他们相守一生。从中国观众的角度来看，这样的爱情故事或许更符合大家认知中的生活逻辑。

因此，在爱情电影类型中，编剧应该深度体悟生活，用不同故事的结局满足不同观众的观影期待。此外，编剧还需要根据自己的故事主题进行安排，设计好最适合故事主角的命运抉择，在重场戏上需要对故事场景进行精心打造。但无论结局如何，编剧的最终目的是通过爱情这个主题来打动观众。

## 四、混合类型与再造类型

随着社会的发展，观众的审美水平以及审美期待进一步提高，他们已经不再满足于单一的电影类型，到创作者应在原有类型基础上将故事进行混合，并把类型中的常规元素按照比重均匀地分配到故事中。从好莱坞的类型经验来看，自经典好莱坞之后，20世纪70年代以来的好莱坞发展趋势就是类型边界的不断模糊，混合类型的影片不断产生，综合杂糅多种类型的新类型、反类型和超类型影片持续出现，进而导致影像的系列化。细审之下，21世纪的中国电影亦有此相。① 因此，电影类型之间会互相混合，在一部电影中出现多种类型的常规特征是一种常见的现象。甚至，一种类型经过不断变化还会衍生出新的电影类型，这种新的电影类型具备原来类型的常规特征，并在此基础上拥有创造性的新特征，我们就将此种新类型称为再造类型。

### （一）混合类型

目前，电影类型的分类规则层出不穷。这些电影类型的常规特征会在精通类型剧作的编剧手中肆意碰撞从而产生奇妙的化学反应，以无穷的可能性创造出观众从未接触过的电影类型，这就是混合类型。

以喜剧电影为例，卓别林式的纯喜剧已成过去，随着电影产业的发展喜剧出现了其他电影类型的特征。由陈思诚编剧并导演的系列电影《唐人街探案》（2015—2025）作为喜剧电影在春节档上映，虽然电影中的台词和表演使其拥有明显的喜剧特征，但整个情节主线却呈现出强烈的悬疑电影特征。同时，电影中还加入了大量的打斗、追逐戏份，而这些是动作电影的特征。因此，除了喜剧，《唐人街探案》也被冠以悬疑以及动作的标签，这对爱好这三种类型的电影观众有着巨大的吸引力。

由王家卫编剧并导演的电影《一代宗师》（2013）在上映时被宣传为咏春拳宗师叶问的个人传记片，片中有少不了各门派功夫绝学展现的精彩场面，快意恩仇的情节设置更是塑造出了武侠片中独有的江湖感。不过，该电影以角色之间的情感关系作为主线进行叙事的，只有在感情线中设置了足够的阻碍，主角才会有更强的动力去推动后续情节的发展。因此，爱情电影的类型特征也在其中慢慢浮现。

当电影中各种故事类型的常规特征都很明显时，该电影就不能再被定义为单一的电影类型，而是混合的电影故事类型。这需要编剧精通某种或多种故事类型创作，结合个人爱好与观众期待来选择多种类型的常规特征进行杂糅。

### （二）再造类型

当某种电影类型已经成为经典类型并对现代观众影响至深时，这种类型就会因为走

---

① 包磊. 新世纪20年来中国电影的类型化与系列化［J］. 现代传播（中国传媒大学学报），2022，44（6）：115—121.

入流水式的市场模式而变得同质化，因此电影类型必然会随着人类社会的发展而变化，不断涌现出电影的新类型。主流电影在中国的影响是巨大而深远的，它不仅塑造了中国电影市场的发展方向，也影响了中国观众的审美取向和文化消费习惯。主流电影的前身可以追溯到电影产业的早期阶段，经历了银幕默片时代、好莱坞黄金时代和电影工业化的发展历程，最终形成了现代主流电影的商业化模式。但 21 世纪电影市场的威力和类型片的创作得失，尤其是在价值观和形态方面的困境，都迫使整个电影行业对"主流"及其陈述方式进行思考。[①] 时至今日，主流电影又顺利衍生出了一种新的电影类型——"新主流电影"。两者的区别在于，前者是电影需要接受市场经济和电影产业化来对主流市场进行探索，后者则是需要为了被广大人民群众认同和接受而进行自我嬗变。

近年来，新主流电影引领着中国电影市场中的主流价值观输出，这种现象既得益于电影创作人员的不断创新，又得益于中国电影工业美学的建构与发展。新主流电影在塑造人物形象上选择大时代下的平凡英雄，将多种类型元素进行有机融合，并在价值传达、艺术生产与商业诉求之间实现了多元平衡，具备了显著的类型化特征，这也使得新主流电影正在成长为一种较为成熟的电影类型。[②]

2020 年 8 月，国家电影局、中国科协印发《关于促进科幻电影发展的若干意见》，提出将科幻电影打造成为电影高质量发展的重要增长点和新动能，把创作优秀电影作为中心环节，推动我国由电影大国向电影强国迈进。此政策的出台，意味着中国政府对科幻电影产业的重视和支持，同时也表明了政府希望通过政策引导和扶持，推动中国科幻电影的发展，促进中国科幻电影产业的繁荣。电影《流浪地球》（2019），不仅贯彻了国家以科幻电影为重点迈向电影强国的方针，还成为新主流电影类型中的一次成功尝试，其高度电影工业化的科幻架构下蕴含的是国家主流意识形态。首先，它以中华传统思想中的故乡情结为主题，"带着地球流浪"作为电影故事中解决危机的主要方案，向全世界宣扬了中国合作共赢的对外思想；其次，故事以平民视角切入，注重在灾难中的个人经历与生活细节，增强观众与电影故事之间的亲切感，使观众在心理上接受，从而实现对电影思想内涵的认同，填补了传统主旋律电影中缺失的部分人文关怀。从本质上来说，电影《流浪地球》（2019）能取得成功的原因离不开编剧的努力，影片剧本根据刘慈欣的同名小说改编，并在电影《流浪地球》的基础上原创出了前史故事，使得被称作《流浪地球》前传的《流浪地球 2》（2023）也收获了一致的赞誉。

从新主流电影的社会效益和经济效益两方面来看，主旋律电影类型的衍生再造可谓是非常成功。新主流电影不但在剧作文本上开拓出了各种新颖题材，还成功地把握住了当下观众的观影期待，使"以文艺作品讲好中国故事"的文化强国建设迈上了一个新的台阶。作为编剧，我们更应该时刻关注自己精通的故事类型，结合最前沿的理论反馈以及最深入的市场调研对相应的故事类型进行符合时代的创作。

综上所述，当人们想要观看一部电影，通常会打开电影类型选项进行检索，以此挑

---

① 尹鸿，梁君健. 建构大众电影的叙事范式——改革开放四十年以来的电影类型演变 [J]. 当代电影，2018 (7)：10—16.

② 周书红，王传领. 新主流电影的类型化研究 [J]. 四川戏剧，2022 (8)：106—109.

选到符合自己观看期待的影片。电影类型的划分，既能帮助学术工作者进行分类有序的研究，也能帮助电影创作者进行目标明确的创作，还能帮助观众们进行有的放矢的欣赏。本节有关电影故事类型的说明并非一概而论，而是通过大量的电影文本案例分析，得到了关于目前电影故事类型的普遍结论。电影故事类型具有复杂性与多样性会随着世界电影事业的发展持续发生变化。因此，想要在故事类型创作中取得进步，还需要编剧投入更多的精力来观察和了解这个世界。毕竟进行故事创作，不仅要求编剧在某种故事类型上有所造诣，还要求我们顺应时代发展和人民需求，将自身生活经验充分地运用到相应的类型领域中去。

## 练习与习题

1. 挑选近年来的三部高票房电影，分析各自混合了哪几种电影类型常规。

2. 请判断电影《我和我的祖国》是否可以被称为"新主流电影"？如果是，请分析该影片的类型常规特征。如果不是，请说明理由。

3. 选择一部你喜爱的经典电影，分析该电影中的故事结构和角色发展。

4. 以家庭伦理的类型常规作为参考，创作一个家庭故事，并为其构建矛盾、设计和解方式，再结合故事背景与人物前史说明创作构思。

## 本章节学习参考电影

《阿甘正传》（1994）

《辛德勒的名单》（1993）

《戏梦人生》（1993）

《去年在马里昂巴德》（1961）

《海街日记》（2015）

《推手》（1991）

《流浪地球》（2019）

《金刚川》（2020）

《泰坦尼克号》（1997）

《我和我的家乡》（2020）

# 第六章 人物塑造与角色类型

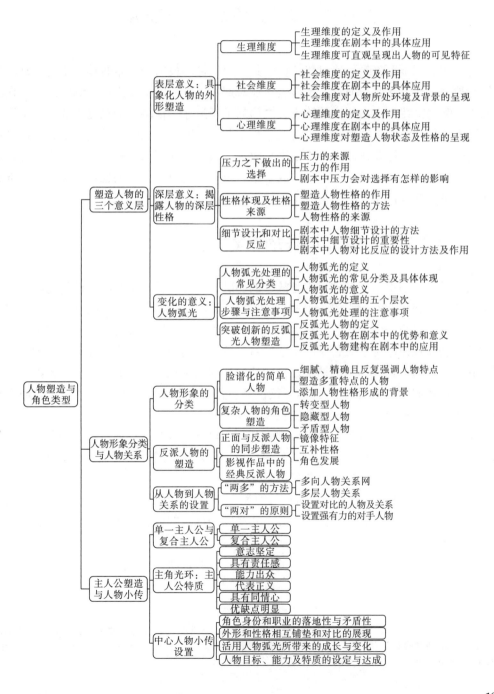

生理维度的定义及作用
生理维度在剧本中的具体应用
生理维度可直观呈现出人物的可见特征

社会维度的定义及作用
社会维度在剧本中的具体应用
社会维度对人物所处环境及背景的呈现

心理维度的定义及作用
心理维度在剧本中的具体应用
心理维度对塑造人物状态及性格的呈现

压力的来源
压力的作用
剧本中压力会对选择有怎样的影响

塑造人物性格的作用
塑造人物性格的方法
人物性格的来源

剧本中人物细节设计的方法
剧本中细节设计的重要性
剧本中人物对比反应的设计方法及作用

人物弧光的定义
人物弧光的常见分类及具体体现
人物弧光的意义

人物弧光处理的五个层次
人物弧光处理的注意事项

反弧光人物的定义
反弧光人物在剧本中的优势和意义
反弧光人物建构在剧本中的应用

细腻、精确且反复强调人物特点
塑造多重特点的人物
添加人物性格形成的背景

转变型人物
隐藏型人物
矛盾型人物

镜像特征
互补性格
角色发展

多向人物关系网
多层人物关系

设置对比的人物及关系
设置强有力的对手人物

单一主人公
复合主人公

意志坚定
具有责任感
能力出众
代表正义
具有同情心
优缺点明显

角色身份和职业的落地性与矛盾性
外形和性格相互铺垫和对比的展现
活用人物弧光所带来的成长与变化
人物目标、能力及特质的设定与达成

137

人的性格复杂多变，难以捉摸。张爱玲说，人性是最有趣的书，一生一世看不完。这句话揭示了人物性格在创作中的永恒魅力。任何剧本都离不开故事，而故事的核心始终是人。创作者塑造角色时，性格刻画是绕不开的根基。那些令观众刻骨铭心的经典作品，无不依托着丰富而饱满的人物形象——正是性格的复杂多变为艺术创作提供了取之不尽的灵感源泉。

# 第一节　塑造人物的三个意义层

古希腊的英雄形象凝聚着时代特征，是理想人格的投射——希腊神话中的英雄既有神性与神力，亦不乏致命弱点。至莎士比亚时期，戏剧人物呈现出更饱满的形象：在经典悲剧《哈姆雷特》中，那位深陷丧父之痛的王子虽才华横溢，却在复仇使命的重压下逐渐陷入疯狂的深渊。这种矛盾与复杂，正是莎士比亚笔下人物的普遍特质。无论是古希腊戏剧还是莎士比亚作品，人物始终是故事的核心。编剧通过塑造立体人物，使观众快速进入剧情并与之共鸣——正如"故事第一位，人物第二位"的创作准则所言，唯有如此，剧本才能真正完成。

## 一、表层意义：具象化人物的外形塑造

人物是电影剧本中的基础，它是故事的心脏、灵魂和神经系统。在动笔之前你必须了解你的人物。[1] 好莱坞编剧顾问琳达·西格强调，人物塑造需经历三重路径：观察体验获取灵感、粗线条勾勒轮廓；挖掘核心特质以建立合理性；捕捉内在矛盾以形成复杂性。这种创作规律印证了《哲学的重建》对具象化的阐释——"具象化是抽象化的逆过程。它最基本的形式（不考虑抽象建构的情况）在抽象化发生的时候，已经被隐含地定义了。比如我们说'这只猫'，指的不仅仅是它作为猫所必须具有的那些特征，而且也包括它本身特有的杂多特征，比如花色和毛长等。"[2]

聚焦反派角色的塑造时，既需要刻画其行为轨迹，也要通过面容特征与服饰细节加以呈现。这引出了"呈现非描述"的关键技巧：区别于平铺直叙的说明性文字，该手法通过感官细节与动态关联让观众获得沉浸体验。

呈现："我"也曾有座花园。翻新后的泥土，散发着清香，种子漏过指缝，发出沙沙的声响，将圆圆的植物球茎捧在手心，感受圆润饱满的触感……这一切，都让我记忆犹新。

描述：那座花园很漂亮，花园里的场景令我记忆犹新。

---

[1]　［美］悉德·菲尔德. 电影剧本写作基础［M］. 钟大丰，鲍玉珩，译. 北京：世界图书出版公司，2012.
[2]　岳耀. 哲学的重建（第三部分：认知的发生）［EB/OL］.（2020－11－12）［2023－10－14］https://zhuanlan.zhihu.com/p/269967132?utm_id=0.2021.

　　主人公对花园的回忆被描述为"翻新泥土的清香"与"种子漏过指缝，发出沙沙的声响"等具象场景，就比"花园很漂亮"之类的笼统描述更能让观众产生情感共鸣，也更具说服力。不过，我们需要警惕在剧本创作中过度沉溺于姓名、年龄、职业等表层信息的堆砌——表层信息易随时间改变，外在的标签无法承担起对人物本质的呈现。

　　总之，理想的外形塑造应把握两个原则：其一，在叙事进程中寻找精准时机展现特征；其二，通过事件参照与动作折射人物状态。为塑造鲜活的形象，创作者可沿着生理特征（体型/容貌）、社会维度（服饰/职业标识）、心理维度（神态/肢体语言）三个维度构建人物形象。

## （一）生理维度：人物直观呈现出的可见特征

　　生理结构的差异使每个人对生活形成不同的看法和态度。如莎士比亚所说："一百个观众眼中有一百个哈姆雷特。"生病的人认为，健康是生活最好的馈赠；而健康的人则鲜少关注自己的健康。在创作中，生理维度的描述能够帮助观众更好地理解人物。通过描写人物外貌、身体特征和肢体语言，编剧可以使笔下的人物更加立体，增强故事的真实感（如图6-1）。

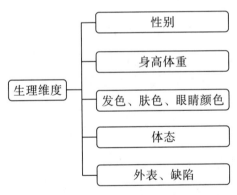

**图6-1　生理维度思维导图**

　　生理维度塑造是人物外形构建的直观层面。创作者通过性别、身高、体重、发色、肤色、体态等视觉符号，便能折射出人物性格的大方与狭隘、谦逊与傲慢、自卑与优越。这种具象化描述呈现并印证了生理特征对人物塑造的决定性作用。

　　电影《教父》（1972）中的经典案例揭示了生理刻画的精妙法则：马龙·白兰度为塑造教父维托·柯里昂的形象，通过口腔塞棉花的细节处理，使面部咀嚼肌呈现出独特的隆起（如图6-2）。这种超越常规的外貌设计印证了"简单"生理维度背后的创作智慧——看似基础的体型特征，实为建构人物深层性格的关键支点。

图6-2 弗朗西斯·福特·科波拉《教父》(1972)

生理特征的象征意义往往源于自然界的深层隐喻。狼被称为"草原清道夫"是因其发达咀嚼肌与啃噬骨头的特性，这成为《教父》（1972）中维托·柯里昂造型的生物学参照——演员面部咀嚼肌的强化设计，正是借由狼的凶狠特质完成视觉转译。这种具象化外形塑造不仅能让观众精准捕获角色的精神内核，还能通过生理维度的符号化表达增强影片的叙事接受度。编剧对人物体貌特征的精心雕琢，实为建构角色可信度与剧本完整性的重要基石。

（二）社会维度：人物所处环境及背景的反射

人类社会的发展史揭示着个体与社会的共生关系：社会由无数个体聚合而成，个体的生存依赖群体的协作，个体的发展更需社会提供的支撑体系。正如《关于费尔巴哈的提纲》所言，"人的本质是其全部社会关系的总和"——任何社会的存续发展，都是全体成员协同作用的产物，个体活动的总和构筑着社会运行的轨迹。因此在剧本创作中，社会维度的人物建构具有不可替代性。

所谓社会维度，是指角色所处的时代坐标与群体网络，本质是回答"你何以成为你"的命题。创作者需通过阶层、职业、教育、家庭生活、宗教信仰等社会符号，来构建人物的生存语境与行为逻辑（如图6-3）。

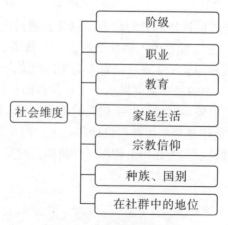

图6-3 社会维度思维导图

　　社会维度建构的核心在于揭示人物行为的社会根系。以电影《阿凡达》（2009）为例，男主角杰克被设定为退伍军人（职业身份）、底层阶级（社会定位）、保家卫国的军人基因（价值信仰），这种三重社会维度为其后续成为纳美族勇士提供了行为上的逻辑支点。影片通过兄弟对比强化社会差异——科学家弟弟汤米（高知职业/精英教育）与军人哥哥杰克（基础教育/体力劳动）的职业分野与教育落差，构成阶层困境的张力。

　　城乡生存境遇的差异印证着社会维度对人格的形塑作用：城市精英后裔与乡村贫寒子弟因资源获取、压力源头不同，必然衍生出迥异的行为模式与心理特质。创作者需要通过职业定位折射阶层属性、借助教育背景构建认知框架、依托家庭网络映射生存环境，立体呈现社会维度对人物的深度影响。

（三）心理维度：人物状态及性格的外部彰显

　　心理维度是人物塑造的重要内容，直接决定人物的性格特质是否鲜活。在创作中，创作者需透视人物本质，深挖其内心世界以凸显性格特质（如图6-4）。

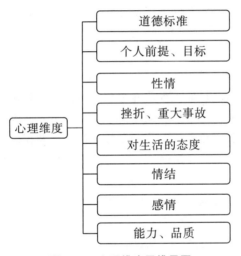

**图6-4　心理维度思维导图**

　　正如电影《阿凡达》（2009）中男主角杰克的心理弧光：初始阶段的沮丧空虚（无目标生存状态），随着身体机能转变（社会维度突破）逐步唤醒军人血性（保卫家园的深层动机），最终完成背叛人类阵营的心理蜕变。这种心理状态与外部行为的戏剧性反差，印证着人物内心世界的演进。

　　电影《心灵捕手》（1997）通过天才清洁工威尔（叛逆防御型心理）与心理医生肖恩（豁达治愈型心理）的对照（如图6-5），生动诠释了心理维度与生理特征（威尔的数学天赋）、社会关系（阶级隔阂）的共生关系。该案例揭示了剧本创作的铁律：唯有统筹生理维度、社会维度、心理维度，才能构建动机可信的行为逻辑体系。

图 6-5 格斯·范·桑特《心灵捕手》（1997）

《心灵捕手》（1997）中的人物外部特征如下。

**威尔：**

生理维度：20岁，男。

社会维度：孤儿、家庭贫穷、麻省理工学院的清洁工。

心理维度：性情：是一个看似放荡不羁，实则是一个内心极其软弱的人，有着自我封闭的性情，自己的生活也是一团糟。能力：智商超人的数学天才。情结：通过打架，偷窃，殴打警察和叛逆不羁的行为来掩饰自卑、宣泄苦闷。

**肖恩：**

生理维度：52岁，男、穿戴正经、体魄健壮、留着漂亮的小胡子。

社会维度：心理学教授。

心理维度：对工作的态度：认真，懂得尊重他人，在给威尔的治疗过程中，肖恩从不发火，即使威尔嘲讽自己最喜欢的画作。性情：随性，喜欢的就要去追逐，不喜欢的也不勉强，曾经因为妻子放弃了自己最喜欢的一场球赛，在辅导威尔的过程中也是尊重他个人思想，只引导不逼迫。在感情上：肖恩是一个很专情的人，为了追求妻子放弃球赛，妻子虽然已故，但却一直爱着妻子，心里的那个人没有因为对方的离开而消失。[1]

通过以上论述，我们可以了解到人物三维建构遵循递进式的塑造规律：生理差异构成最直观的塑造维度，其通过人物的体貌特征直接影响他们的生存体验；社会维度框定人物的生存环境，通过阶层定位与文化语境塑造人物的行为模式；心理维度作为前两者

---

① 银幕先声.《心灵捕手》人物小传及梗概［EB/OL］.（2019-09-04）［2023-11-10］. https://mp.weixin.qq.com/s/eXVuskgu7KvtiiKAU3tsHQ. 2019.

的化合反应，催生野心、情结、防御机制等深层心理结构。如《阿凡达》（2009）中，男主杰克从肢体残缺到重获新生的生理转变，以及《心灵捕手》（1997）里威尔跨越阶级鸿沟的心理突围，它们都印证着三重维度在剧本创作中的动态互文。

创作者应以三位一体的视角塑造人物：生理差异构成基底认知，社会坐标提供行为框架，心理特质则作为显性表征——唯有以上三者交互作用，才能穿透表象，抵达人物灵魂的深处。

## 二、深层意义：揭露人物的深层性格

人物性格的丰富性既表现在广度上，还表现在深度上。托尔斯泰说，"人像溪流"，生动揭示了人类情感和思想的动态本质——这种运动，就其连续性，它表明性格自身处在无穷尽的深化和变化之中，显然存在着一个又一个的不同层次。[①] 表层意义是人物塑造中最基本的要求，但一个鲜活的人的展现需要有更加深层的意义来辅助，这样才能更好地向观众揭示人物的真实性格。

罗伯特·麦基在《故事》中建构的三重冲突体系为我们提供了方法论：第一层是人物内心的冲突，即人物的自我怀疑、欲望挣扎等；第二层是个人与社会的冲突，即体质对抗、文化冲突等；第三层是个体与个体的冲突，即亲情羁绊、爱情困局等。

创作者要有观察生活的习惯，学会用自己的眼光去发现、探索周围生动、鲜活的人物原型。观察对象一般不会轻易对外展露自己的真实个性，但我们可以通过三种路径触及人物的深层性格——了解他们压力之下做出的选择、探究他们的性格体现及性格来源、观察他们的性格细节和无意识流露。

### （一）压力之下做出的选择

戏剧性需求的本质在于压力测试下的人格显影。罗伯特·麦基在《故事：材质、结构、风格和银幕剧作的原理》中揭示："人的性格真相在人处于压力之下做出选择时进行揭示——压力越大，揭示越深，其选择便越能够真实地体现出人物的本性。"换句话说，这就是在塑造人物形象时，将人物置于压力之下以此激发他们的即时反应，了解他们的真实性格。在剧本创作中，这种压力也被称为"戏剧性需求"，指驱动剧本人物欲望和行动的存在。这种创作法在《末路狂花》（1991）中有非常具象的体现：两位女主最初的需求是在山里度假，但因为路易斯开抢杀人，只得顶着被逮捕的风险逃亡墨西哥。此时，她们的需求从度假变为了生存。

戏剧性需求是人物的目的、使命、动机，它们推动着人物去完成故事的叙事。由戏剧性需求激发的内心需求，是剧作人物潜藏的、不轻易展露的部分，这才是打动观众，带领故事成功展开的关键。简而言之，戏剧性冲突的出现源自剧作主人公强烈的戏剧性需求。

电影《阿波罗13号》（1995）中，宇航员的需求是在月球上漫步，但当液氧箱发生

---

① 余昌谷. 在多层次的掘进中深化人物性格 [J]. 安庆师院学报（社会科学版），1983（02）.

爆炸后，宇航员的需求发生了剧烈的转变，问题的关键不再是他们能否登月，而是他们是否能幸存下来并安全地返回地球。此外，电影《飞屋环游记》（2009）中也存在这一的需求转变：一开始，卡尔想带着妻子去旅行，但由于妻子的突然离世，卡尔变得孤独、暴躁。直到遇见充满冒险精神和好奇心的小罗，卡尔才再度踏上旅程。只不过，这一次不再是与妻子的温馨旅行，而是与小罗的冒险之旅。上述这三个经典案例共同证明：戏剧性需求是剧本需求推进的重要动力，它与人物所面临的压力强度呈正相关。

（二）性格体现及性格来源

对于编剧来说，突出剧本中的人物性格需要立足人物的生活经历。现实观察表明，不同阶层、不同身份的人，处理问题的方法和态度很不相同。这要求创作者在完成剧本时，联系现实生活，将笔下人物各自的性格特征具象化。

在创作时，编剧既可以带入自己的成长经历和原生家庭，也可以以旁观者的身份观察周围的人，抓取他们的性格特征。此外，编剧还可以运用对比的手法，深化剧本对人物性格的呈现，暗示笔下人物的命运走向。正如春秋末年的范蠡与文种：前者出身寒微却具有智谋与决断，后者困于权欲执念终致杀身之祸，二者对比之下，印证了人的认知模式对其命运轨迹的支配作用。

精神分析理论为此提供深层解释框架。从哲学角度看，弗洛伊德的精神分析理论，是继反理性主义哲学家叔本华和尼采后，把有关无意识的研究引进哲学领域，并"试图用科学的方法对人的无意识进行探索研究的第一人"。[1] 无法否认，童年是人一生之中的重要阶段，童年经验对人格特质的形成具有极大的影响。郭兰婷团队对1382名中学生的研究数据具象化了这种关联：非父母抚养、家庭暴力、虐待经历等童年创伤与抑郁情绪呈显著正相关。[2] 希区柯克导演的电影《爱德华大夫》（1945）通过男主角的童年阴影与犯罪情结，戏剧化地呈现出了这种心理机制的代际传递（如图6-6）。

**图6-6 阿尔弗雷德·希区柯克《爱德华大夫》（1945）**

电影《爱德华大夫》（1945）中，J. B（约翰·贝兰特）的病理化行为，本质是童

---

① 张传开，章忠民. 弗洛伊德精神分析学述评［M］. 南京：南京大学出版社，1987.
② 郭兰婷，张志群. 中学生抑郁情绪与童年经历、家庭和学校因素分析［J］. 中国心理卫生杂志，2003，（7）.

年创伤的戏剧化复现：幼年因为滑梯事故误杀弟弟的经历，使他形成恐惧症（当他看到白色和条纹时，便会昏倒，或产生犯罪倾向）与自我认知障碍（他变得神经质、高敏感，常常自我怀疑与自我否定）。因此，当真正的爱德华大夫死后，在精神防御机制的作用下，他本能地将自己幻想为爱德华大夫，以此掩饰自己是杀人凶手的真相。而这些都源自弟弟死亡带给他的童年阴影。

此类心理防御机制的运作逻辑，在创作中具有普适意义。在创作剧本时，创作者可以回溯自己的童年，挖掘那些深埋的"决定性瞬间"——或许是一次获奖，或许是一次挨骂，或许是一次闯祸。这些瞬间都是创作时有利于塑造人物性格重要元素。

（三）细节设计和对比反应

托尔斯泰曾说："艺术起于至微。"其中的"至微"指那些显示人情、人性，具有永恒艺术价值的细节。可见，细节对艺术创作的重要性——好的作品中往往有令人难忘的细节。作家李准说，没有细节，就没有艺术。细节是作品的基本构成单位，因此想要作品出彩，首先要学会细节刻画。[①] 成功的细节，往往能达到"一瞬传情，一幕传神"的艺术效果。

好莱坞编剧琳达·西格认为，创造人物必须"通过观察和体验，得到第一个想法，再进一步充实人物，而添加细节使人物非凡而独特"。这一观点，在日剧《深夜食堂》（2015）中得到了完美诠释：主人公小林薰面部的刀疤是剧中的主要细节，它为小林薰的身份做出了铺垫，也从侧面反映出了小林薰的性格（如图6—7）。刀疤这一细节带给观众无限遐想——他的脸上为什么会有刀疤？为什么他会经营一家营业时间如此特殊的居酒屋？其实，小林薰是一个有故事的人。一方面，他是居酒屋的老板兼厨师；而另一方面，他曾经是黑社会组织的金牌打手。一次打斗中，他被人砍伤，在脸上留下了刀疤。这道疤对小林薰而言，是一个耻辱，也是一个污点。为此，他金盆洗手，退出黑社会组织，开了一家只在深夜十二点到清晨七点营业的居酒屋。

图6—7　松冈锭司《深夜食堂》（2015）

① 刘琦. 艺术起于至微 细节决定成败［J］. 中学课程辅导·教育科研，1992-7711（2019）02-004-01.

而在电影《大红灯笼高高挂》（1991）中，也有很多细节的处理。它们暗示着人物的性格以及人物经历的事件，围绕封建礼教展开话题。在这一系列故事中，观众可以看出每个人物不同的性格特点。例如，颂莲是女大学生，她出嫁时并没有坐陈家接她的花轿，而是自己拎着箱子走来的，这样的细节处理体现了在她的叛逆性格与反抗精神。

创作者要善于观察，不仅要观察周围人的言谈举止和精神状态，还要及时捕捉个性化细节，搜集素材，以便塑造真实、鲜活的人物形象。除了细节设计之外，对比描写是凸显出人物个性的一种有效方法。对比描写的方法有两种：一是通过一个人前后的不同反应，表现他对同一事物的认知变化；二是通过两个及以上的人对同一事物的不同态度，来突出他们各自的精神世界。

电影《七宗罪》（1995）中，萨摩赛特与年轻警探米尔斯的人物个性，就是通过对比描写的方法来呈现的（如图6-8）。萨摩赛特是一位即将退休的老警官，几十年来的警察生涯让他变得沉稳老练。对比之下，年轻警探米尔斯性格冲动，显得格外鲁莽。对于一个警探来说，最可怕的就是冲动的性格，所以萨摩赛特不止一次提醒米尔斯要冷静，但是他从未把萨摩赛特的话放在心上。此外，萨摩赛特一丝不苟地生活，保持着良好的作息。每天面对流血与死亡，让他心灰意冷，逐渐失去了生活的热情。这体现了他逃避现实的一种消极态度。而年轻警探米尔斯却总是信心满满，有着极强的责任感和上进心。但是在关键时刻——在处理同一件事情时，米尔斯的缺点暴露无遗，年轻气盛的他缺乏必要冷静和思考，并由此造成了"第七宗罪"的落幕。

图6-8　大卫·芬奇《七宗罪》（1995）

通过上述案例，我们可以看出，不同的人在面对同一件事情或同一场景时。会给出不同的反应，展现出不同的性格特征。正如《蒙娜丽莎》的微笑引发了五个世纪的多义解读，个体面对相同情境的差异化反应，恰好是人物性格特征的显现。面对困境，积极的人凸显果敢的执行力，消极的人则显露出回避的行为倾向，这种认知-行为模式的背反，非关对错善恶，都是制造"戏剧冲突"，凸显人物弧光的珍贵铺垫。

## 三、变化的意义：人物弧光

起初，剧中人物具有某一类性格特征，但在经历一系列磨砺后，产生了一系列变化，最终改变了他们原本的性格和状态。这段人物对抗苦难的变化轨迹就被称为人物弧光（Character Arc）。

人物弧光是塑造人物的一种创作技巧，常被运用到艺术创作中。最早，这一概念主要运用在文学、戏剧中，如《哈姆雷特》。一开始，哈姆雷特是开朗、乐观，对生活怀抱热情和信心的王子，但在经历父亲意外死亡、母亲改嫁、父亲托梦，以及王位丢失后，哈姆雷特的性格不再单纯善良，而是变得多疑多虑、疾恶如仇。

戏剧之后，人物弧光的价值愈发得到人们的认可，逐渐渗透进了电影领域。电影《这个杀手不太冷》（1994）中，杀手里昂一开始是冷酷、无情、内敛、呆板、枯燥的。但在遇到马婷达后，他的性格和生活习惯逐渐发生改变——他会穿女装逗马婷达开心，会为保护马婷达而受伤，马婷达的出现使里昂的生活和性格变得温暖、有趣，呈现出了一段完美的人物弧光。作为创作手段，人物弧光不仅能让创作中的人物充满魅力，还能反映情节的发展和人物的成长。[①]

结合剧情高潮和结局的设置，人物弧光还可以被理解为一个变化过程。不过，这个过程并不漫长。通常情况下，只有在人物面临决定性抉择时，人物弧光才会以精神超拔、自我牺牲等形式迸发出来。该过程将人物拆解为三部分：初始状态（变化之前的人物状态）、激变状态（变化之中的人物状态）、最终状态（人物的最终状态）。可以说，人物弧光最重要的价值便在于使剧作更加有效地显现出人性的力量。

人物弧光的成功塑造，是剧本创作成功的必然因素。福斯特在《小说面面观》中划定的扁平人物和圆形人物的标准，实为人物弧光的理论先声。他认为，扁平人物往往只是某种观念的化身，而圆形人物则不同，"这类人物性格特征鲜明并呈现出发展、变化的态势"。这里的圆形人物，就带有人物弧光。在中国古典叙事中，人物形象通常是扁平化的，如《三国演义》中关羽的"忠义"脸谱。作者塑造人物时注重夸大人物的主要性格，舍弃性格中的次要方面，使人物显得稳定、静态，一旦出场，人物的性格就定型了。[②] 这与西方现代戏剧的圆形人物范式形成了鲜明的对照。

当代创作中的扁平化困境，本质是对角色多面性把控的失焦：过度追求性格一致性（如完美主角缺乏环境冲突）将导致叙事动力衰竭，这正是《末路狂花》（1991）反其道而行的价值——路易斯枪杀哈伦的激变事件，不仅打破其"理性保护者"的初始设定，更通过后续逃亡历程中的抢劫、炸车等行为，逐层剥离社会对女性身份的束缚。

> 路易斯朝汽车的方向退了几步，手里的枪始终瞄准哈伦。哈伦已经从惊吓中缓过劲儿来，恢复了常态。
> 路易斯怒不可遏。她像梦游一般扣动了扳机。哈伦的尸体慢慢下滑。
> 塞尔玛惊恐地跑向汽车。
> 路易斯走到厚颜无耻的哈伦身边。
> 路易斯：闭上你的臭嘴，老兄——她咬牙切齿地说道，转身朝汽车走去。

---

[①] 雷宇. 浅谈影视剧本中"人物弧光"的构建［D］. 西安：陕西师范大学，2021.

[②] 关薇. 网络文本中"人物弧光"技巧的运用——以《魔道祖师》魏无羡为例［J］. 甘肃高师学报，2018，23（01）：14—17.

死去的哈伦背着汽车的散热器，坐在地上。在他白衬衫上心脏正中的部位，一个红色的污点渐渐扩散。

在逃亡墨西哥的路上，塞尔玛被一个名叫乔迪的牛仔迷住，但是实为盗贼的乔迪偷走了她们所有的路费。

路易斯：真不容易！早该这样！那他现在在哪儿？

塞尔玛（无忧无虑地）：在洗澡……

路易斯：塞尔玛，你把他一个人留在房间里？那钱呢？

塞尔玛脸上无忧无虑的神情逐渐消失了。

塞尔玛：放在床头柜里，没问题。他不敢把钱拿走。你干什么？

路易斯从桌旁一跃而起。塞尔玛又哭又喊地跟着她。

塞尔玛和路易斯的客房。路易斯冲进房间。床头柜上只剩下一只空纸袋，钱和乔迪无影无踪。路易斯缓缓跌坐在床边，两手抱头，号啕大哭。

塞尔玛像只母老虎似的在屋里走来走去，随手摔着东西。

为了取得足够的逃亡资金，塞尔玛不得不持枪抢劫了商店，也正因如此，塞尔玛和路易斯走上了绝路。

路易斯萎靡不振，香烟也不能使她打起精神，只抽了一口，就把烟扔掉了。路易斯觉得有人注意她。她四下张望，发现两位老太太，正隔着窗户仔细打量她。路易斯取出口红，想抹抹嘴唇，她向后视镜探过身去，却无力地滑坐在椅子上。

塞尔玛拎着大包从商店里年会小品剧本飞奔而出。

塞尔玛：快开车！——她拼命大叫，跃过车门，将提包扔在后座上。汽车猛地发动，像出膛的子弹一样飞奔向前。路易斯开车。她冷漠的表情已荡然无存。两人的头发迎风飞舞，衬得她们意气风发，活力四射。

路易斯：出什么事了？

塞尔玛：咱们不是需要钱吗，我谁也没打死。需要钱就有钱。路易斯，这下你就别担心了！

塞尔玛：女士们，先生们，请你们大家趴到地上去。不要头脑发热，不然可能会掉脑袋的。您，先生，拿着这顶帽子去收钱，这回您对您的孩子可有的说了，还有您的孙子。把东西都放在这个包里。请您闭上嘴！但愿你们舒舒服服。再给我放一瓶"白突厥人"牌威士忌。请您也趴在地上。谢谢。您帮了我一个大忙！我走之前，请不要从地上站起来。

塞尔玛抓起书包，仍然举枪瞄着众人，离开了商店。

在剧本中，相比起性格要强的路易斯，塞尔玛是一个对丈夫唯命是从的女人，因此她的性格和外形的变化更为强烈。

（变化前的台词）

塞尔玛：我怕你会上班迟到。亲爱的……（塞尔玛看到丈夫在镜子前精心修饰，欲言又止，达里尔却还等待下文）祝你今天顺利，亲爱的……

（变化后的台词）塞尔玛：女士们，先生们，请你们大家趴到地上去。不要头脑发热，不然可能会掉脑袋的。您，先生，拿着这顶帽子去收钱，这回您对您的孩子可有的说了，还有您的孙子。把东西都放在这个包里。请您闭上嘴！但愿你们舒舒服服。再给我放一瓶"白突厥人"牌威士忌。请您也趴在地上。谢谢。您帮了我一个大忙！我走之前，请不要从地上站起。

在剧本中塞尔玛是以一个清晨为了给丈夫做早餐，而不顾打理自己的略显邋遢的形象出场的。

**迪金森家**

塞尔玛正在做早饭。电话铃响了。

塞尔玛：我去接！——她朝外面喊了一声，抓起话筒。

**迪金森家的厨房**

一个年轻的黑发男子冲进房间，看样子他赶着去上班。

达里尔：见鬼，塞尔玛，为什么你老是大喊大叫？我跟你说过多少遍，受不了你这么嚷嚷。

塞尔玛：我怕你会上班迟到。亲爱的……（塞尔玛看到丈夫在镜子前精心修饰，欲言又止，达里尔却还等待下文）祝你今天顺利，亲爱的……

达里尔：我的天哪！——达里尔扫兴地叫了一声。

塞尔玛扑到丈夫身旁，帮他扣上表链，一边讨好地望着他的眼睛。

在这一幕中，塞尔玛为了让丈夫感到"舒适"低声下气地说话。早在这之前，塞尔玛已经接到了路易斯邀请她出游的电话，但她迟迟不敢对丈夫开口，以至于最后她在瞒着丈夫的情况下直接出游了。

路易斯：快不了。这个周末她要和我约会……（路易斯转过身，背对着他，表示谈话已经结束）我两点半去接你……

**迪金森家**

塞尔玛：咱们去哪儿？

**餐厅**

路易斯：进山。一定带几件暖和的衣服。那里可能很冷。待会儿见。路易斯脱下制服，走上街头。她坐进一辆老掉牙的蓝色"雷鸟"。

**迪金森家**

塞尔玛在屋里手忙脚乱。她仍然披着大褂，满头卷发器。她打开衣柜，拿出几件夏天穿的连衣裙，又把一抽屉的内衣倒进箱子。两只手指小心翼翼地拎出一支手枪，放到一大堆东西里。

**路易斯的房间**

路易斯像士兵一样麻利地将物品收进一只小小的手提箱里，然后走到桌前，把一张正在自动应答机前录音的男子的照片收起来。仔细地打量房间之后，走进厨房，认真地擦洗一只玻璃杯。当路易斯在镜子前试穿新夹克的时候，她的表情既专注又严肃。

**迪金森家门口**

塞尔玛已经守着一大堆行李——两个箱子，几只提包，一盏灯，一副渔网和几根钓竿等候女友的到来。

这些动作无不体现了塞尔玛的软弱。而在接下来的路途中，塞尔玛无知无畏、释放天性（如图6-9）。为了取得路费，她持枪抢劫便利店；在路易斯被警察扣下的时候，她持枪威胁警察；为了报复先前对她俩污言秽语的司机，她直接枪击他的油罐车……

**释放天性**

塞尔玛明显活泼起来。她给自己和路易斯各倒了一杯酒。两人干了杯，走向舞池。半路上哈伦轻巧地搂过塞尔玛，剩下路易斯孤零零站在一旁。哈伦搂住塞尔玛的脖子，拉到身边。他们开始随着音乐起舞。塞尔玛喜欢跳舞。她笑容满面，时不时从瓶中啜一口酒。一个客人拽住落单的路易斯。但他笨拙的动作使他们的舞蹈更像是出洋相。哈伦和塞尔玛舞姿轻松协调，仿佛每天一起练习似的。音乐换了新节奏，舞蹈变成了比赛。终于，乐声沉寂。路易斯如释重负地离开笨手笨脚的舞伴，回到桌前。

**持枪抢劫**

塞尔玛：女士们，先生们，请大家趴到地上去。不要头脑发热，不然可能会掉脑袋。您，先生，拿着这顶帽子去收钱，这回您对您的孩子可有的说了，还有您的孙子。把东西都放在这个包里。请您闭上嘴！但愿你们舒舒服服。再给我放一瓶"白突厥人"牌威士忌。请您也趴在地上。谢谢，您帮了我一个大忙！我走之前，请不要从地上站起来。塞尔玛抓起书包，仍然举枪瞄着众人，离开了商店。

**威胁警察**

警官拿起对讲机开始报告。这时塞尔玛突然现身，用枪口瞄准警官的太阳穴，命令他下车。他听话地把手放在脖子后面。塞尔玛对准他，时刻准备扣动扳机。

塞尔玛：警官，您不愿意我开枪吧！如果您和总部联系的话，您就会知道，我们是两名危险的罪犯。特别是我。我并不想打死您。（对路易斯）摘下他的枪。

**面对讨厌的司机**

这次塞尔玛拿起自己的手枪。她的子弹直接射在油罐车上。只听得一声巨响，火光冲天。司机瘫倒在地。路易斯坐在方向盘后，发动了汽车。[1]

---

[1] 末路狂花［EB/OL］. 华语剧本网，（2017-10-08）［2023-11-23］. https://m.juben.pro/writing/10-14689.html. 2022.

**图6-9　雷德利·斯科特《末路狂花》（1991）**

　　路途中，赛尔玛逐渐变得刚强与勇敢，并一步步走上了一条无法回头的路。但这对她来说，这并非坠入深渊，而是获得独立人格的奇妙之旅。

　　人物弧光是变化的，往往体现在"初始状态－激变状态－最终状态"之间。除了塞尔玛在性格、行动上的转变，其服装的变化也从侧面反映了她的成长路径——从初始状态中邋里邋遢的主妇装，到激变状态下的牛仔装，再到最终状态里的无袖骷髅上衣，观众可以直观地感受到塞尔玛的人物弧光，那是一个懦弱主妇成长为独立女人的过程（如图6-10）。

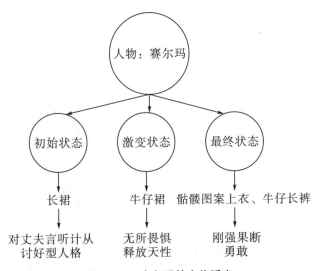

**图6-10　赛尔玛的人物弧光**

　　《末路狂花》（1991）的女性主义电影经典地位，根植于二十世纪下半叶美国女权运动浪潮的土壤。虽然该片有其时代局限性，但两位女主人公的逃亡抗争，本身就是特定历史阶段的症候性表达。

　　此外，对人物弧光的塑造，还可以引入"精神意志力"这一概念。用通俗的话说，"精神意志力"就是人性的高光时刻。以电影《大白鲨》（1975）为例，警长的初始状态是无能且懦弱的，他患有恐水症，这导致他在解决大白鲨这个问题时无法专心致志。换言之，他的"精神意志力"被自己的恐惧囚禁了起来。后来，他不断克服自己对水的恐惧，终于能够出海捕鲨，甚至给予大了白鲨致命一击。这时，警长不仅战胜了恐惧，完成了人物弧光的塑造，也呈现出了他的"精神意志力"。

## （一）人物弧光处理的常见分类

　　人物弧光的常见分类见表6-1。

表6-1　人物弧光的常见分类

| 常见分类 | 电影范例 | 人物弧光表现 |
| --- | --- | --- |
| 最艰难的选择 | 理查德·拉·格拉文斯、罗伯特·杰姆斯·沃勒编剧，克林特·伊斯特伍德导演的《廊桥遗梦》（1995） | 主人公弗朗西斯卡是个典型的贤妻良母，在家庭里任劳任怨，无怨无悔，因罗伯特·金凯的出现让弗朗西斯卡找到了久违的爱，但因梦想与现实的冲突不得不分别。在最后分别的时候，弗朗西斯卡表露出了内心的极端情感和强烈冲动。 |
| 亲情无敌 | 思芜编剧，冯小刚导演的《唐山大地震》（2010） | 唐山大地震时，母亲李元妮在女儿方登和儿子方达同时被埋于废墟时，只能救出其中一个时，她痛苦地选择了"救弟弟"，使女儿在灾难中"丧生"。因此，后侥幸存活下来的方登对李元妮怀恨在心。汶川地震救援时，一幕幕惨状如同32年前那样浮现在方登眼前，身为人母的她逐渐开始理解母亲当年面临的艰难选择，于是她回到家中，与母亲相认。母亲痛苦万分，一盆西红柿、一跪、一声道歉，32年前的思念之情全部涌现了出来。 |
| 自由之心 | 莫言、陈剑雨、朱伟编剧，张艺谋导演的《红高粱》（1998） | 出嫁时，九儿穿着红色的嫁衣，但她的表情却是麻木的，眼睛里面透着倔强与不服。守寡时，九儿穿着粉红色的上衣，这是对封建礼教的反抗，并且此时九儿的脸上开始出现微笑。有了孩子后，九儿穿上了青色的上衣，这表现出九儿面对重大事故时的冷静，在等待余占鳌打完敌人的时候，九儿穿的是洁白的上衣，这是九儿对罗汉的哀悼也是为敌人敲起的丧钟。九儿服饰的变化凸显出她的敢爱敢恨的性格。 |
| 最艰难的成功 | 西蒙·博福伊、维卡斯·斯瓦卢普编剧，丹尼·博伊尔、洛芙琳·坦丹导演的《贫民窟的百万富翁》（2008） | 杰玛尔为找回失踪的女朋友拉媞卡，参加了拉媞卡热衷的电视节目《谁想成为百万富翁》。节目里每一次选择都是杰玛尔现实生活中苦与累交织的悲惨境遇——宗教冲突、险恶的幼儿园、颠沛流离的浪荡、黑帮生涯……杰玛尔在面对他人的鄙夷和猜疑时，并没有退却，而是勇于面对，再次进行挑战，最终通过自身实力获得最终的大奖，赢得众人的欢呼与掌声。 |

| 常见分类 | 电影范例 | 人物弧光表现 |
|---|---|---|
| 自我牺牲 | 詹姆斯·卡梅隆编剧并导演的《泰坦尼克号》(1997) | 青年画家杰克靠赌博赢得船票，并在船上邂逅真爱，在他们爱情最美好的时候，泰坦尼克号发生沉船事故。船上的每个人都充满了对死亡的恐惧，杰克为了让心爱的人活下去，甘愿选择赴死。 |
| 弃恶扬善 | 史蒂文·斯皮尔伯格导演的《辛德勒的名单》(1993) | 辛德勒原本是一个周旋于社会政界，和纳粹军官打成一片的商人。刚开始，他雇佣犹太人也是为了降低成本，因为犹太人是免费的劳动力。但在目睹了纳粹屠杀犹太人的残酷场面后，他不顾牺牲自己的利益，以开纳粹劳役工厂的名义，保住了大量的犹太人。辛德勒所表现出的高尚品格与保护犹太人的做法，体现了他与克拉科夫所有的邪恶势力抗衡的强大力量。 |
| 自我升华 | 大卫·马戈编剧，李安导演的《少年派的奇幻漂流》(2012) | 派的父亲开了一家动物园，里面有很多动物，派想跟孟加拉虎查德帕克交好，但这却让父亲勃然大怒。随后，少年派随父母一同移民，在一场海难中，派的家人全部丧生，然而他却奇迹般活了下来。他搭着救生船在太平洋上漂流，船上还有同伴孟加拉虎理查德帕克。在227天的冒险旅途中，理查德帕克逐渐成为派重返现实世界的最大希望。派和理查德帕克一同经历一场特别凶猛的暴风雨，让他质疑神对他的安排。然而从头到尾，派都没有绝望。一本旧的求生手册、海上的生物光、壮观的飞鱼群在空中划出的虹弧、闪闪发亮的碧波，以及一头跃出海面的座头鲸，都能让派得到喜悦，最终派和理查德帕克一同战胜困境，获得重生。 |
| 以天下为己任 | 约翰·布瑞雷编剧，理查德·阿滕伯勒导演的《甘地传》(1982) | 甘地出生在印度的一个富裕家庭，长大后成为一名律师。在南非的律师生涯中，他体会到了印度人受到的种族歧视，从此开始抵制这些不平等现象。回到印度后，甘地积极参与国民大会党的活动，通过非暴力的方式组织示威和抗议，以推动印度独立。他还发动了著名的盐卫队行动，通过民族团结来推动印度的独立事业的发展。展现了甘地领导能力、智慧和勇气。 |

＊此表格参考了成都大学中国-东盟艺术学院影视与动画学院教师课件内容

## （二）人物弧光处理步骤与注意事项

编剧想要更好地塑造人物弧光，需要做好五个层次的处理。

层次一：在创作时，从生理、社会、心理三个维度，铺陈出主人公的人物特征——是西装革履还是休闲松弛，是出入高级场所还是街头小店。总之，在此步骤内，展现主人公目前的生活常态。

层次二：通过构建角色外在表象与内在本性的反差感，实现观众认知的瞬时穿透。如穿梭于高档场所的西装绅士，回家后却在破旧出租屋里吞咽泡面——光鲜外表与落魄生存的并置，暴露人物"高级惯偷"的真实身份。

层次三：在角色觉醒初期，制造人物表层行为与深层动机的戏剧性错位。当惯偷开始质疑盗窃行为的正当性（觉醒萌芽），其职业惯性（继续行窃）与道德觉醒（渴望新生）的冲突，便会构成人物蜕变的原始动力源。

层次四：通过极端情境的压力测试，逼迫角色在价值观断裂中做出终极抉择。如火灾现场，贵妇面临拯救亲子（本能）或仆人之子（道德）的两难选择——这种生死抉择如同人性显现剂，能够瞬间剥离人物的社会面具，暴露其最本真的性格特征。

层次五：在叙事高潮设置性格转化的不可逆。当惯偷为保护受害者主动暴露身份，其选择已超越求生本能，进入自我重构的伦理维度。这种"灵魂跃迁"一旦完成，角色便会永久脱离初始状态，如《飞屋环游记》中卡尔松开房屋绳索的瞬间，它标志着人物弧光的最终凝固。

此处，以电影《我不是药神》（2018）为例，对上述五个层次进行剖析。

层次一：故事展示主人公的人物塑造特征。

程勇，是一个中年离异，上有老下有小的失败者。

### 5. 养老院 日 内

程勇爸爸不耐烦地：不要吃了。

程勇：好，我来，我来。

护士无奈地站起身来，程勇接过盒饭。

程勇爸爸嘴边挂着饭渣子：搞什么啊，我给你讲啊，我孙子啥地方都不去啊。

程勇：好了啊，好了啊。她打电话我不接不就完了。

### 10. 律师事务所 日 内

程勇坐在桌子前，面前是文件，态度不耐烦。

律师非常和气：程先生，不管怎么说，移民对于孩子来说都是最好的选择。

程勇指着前妻，态度不耐烦：你自己没长嘴啊，找个人来帮你讲话

律师：程先生，曹女士可以给你一笔补偿款，多少钱咱们都可以商量。

程勇压抑着怒气：什么意思啊，让我卖儿子咯？

律师：您现在的经济状况我们很清楚。即便是把孩子留给你，也养不起，曹女士其实是在帮你。

层次二：引入人物的内心，了解他的欲望，了解到他的真实目的。

程勇在偶然中发现用自己手头的资源可以搞到"印度格列宁"货源，便尝试从中谋取暴利，改变生活现状。

### 24. 程勇家 日 内

程勇卧室里，他与吕受益二人专心翻看合同，而后两人翻开合同。吕受益拿出一小份药推到程勇面前。

程勇狐疑：我把药带回来，你确定能帮我卖出去吗？

吕受益肯定：可以的，我们那个医院就有十几个病人。

程勇犹豫了一下。

程勇：我可以跑一趟，但那是你要先给钱。

吕受益笑了笑，而后愣了一下，最后点点头。

层次三：人物的深层本性和人物的外部面貌可以发生冲突。

程勇知道卖假药被查的后果，不仅会让自己卖假药挣来的钱一场空，还要坐监狱，这让胆怯的程勇选择放弃药品代理权。

### 69. 警察局  日  内

警察局内，程勇等五人坐成一排面对民警。

警察：警都报了还动什么手啊，人都跑了吧，签个字，按个手印。

吕受益先行站起来签字，而后程勇也站了起来，语气佯装不在意。

程勇：他要抓起来判多少年啊？

警察：卖假药的八年以上十五年以下，情节重的话，判个无期，你问这个干吗？

程勇：没事儿。

层次四：向所塑造的主人公施压，施加的压力越大，做出选择就越难。好友吕受益因为吃不起药而去世，这给程勇带来了沉重的打击，让其铤而走险继续贩卖"印度格列宁"。程勇的良心开始觉醒，顶着风险卖药。黄毛为了不暴露程勇的行踪，选择自己和警察周旋，最终遭遇车祸去世。

### 81. 走廊  日  内

程勇从门上的玻璃往里看，吕受益身上的创口已经溃烂得不像样。很快，他发出杀猪般的惨叫。

吕受益渐渐面无人色，程勇也是。

程勇和吕受益的妻子听着吕受益的惨叫，状态异常煎熬。

### 87. 厕所  日  内

吕受益上吊自杀了，病友们围在厕所，看着出事的地点。

### 88. 吕受益家  日  内

房间内，一片寂静。吕受益的灵堂摆上了，程勇进来先是参拜，然后拿出一包钱递给吕受益的妻子。

吕受益的妻子冷漠地说：你走吧。

程勇祭拜完，出来穿过全是白血病患者的人群，看到彭浩在吃橘子，白血病患者的脸冷漠无神，带给了他极大的震撼。彭浩的哭仿佛是一柄尖刀，一刀一刀扎在了他的心上。

### 111. 街道  夜  外

彭浩快速开车，程勇追上去的时候从后面看到了曹斌等人的车。彭浩将车停下来，对着曹斌做了一个挑衅的表情。曹斌眼神发狠，在自己的车顶放上了警灯。追逐大战开始，程勇惊讶地看着一切，说不出话来。

警察：靠边停车！

警察追逐着彭浩，彭浩只是加速。

警察：停车！

彭浩开车快到大门口的时候，警察向天上开枪，然而彭浩并没有理会，直接冲了出去，当他以为自己逃脱追捕的时候，却被横向快速开来的卡车撞死。

层次五：故事高潮来临时前，这些选择已经深刻地改变了人物的本性。

程勇开始疯狂向病人兜售药品，面对吃不起的人，他甚至可以赔本售卖。这时，人性打败金钱，程勇真正成为病人心目中的"药神"。最后，程勇被警察带走，法院进行宣判，人民政府也对药价进行了调整。

118. **车间　日　内**

程勇似乎并不惊讶地看着刘牧师。

程勇：以后再没药了是吧。

刘牧师：他说药厂关了，但是药厂还能买到药，如果我们坚持的话，他可以按零售价回购。

思慧：零售多少钱？

刘牧师：要两千一瓶。

程勇：行那就这样。

思慧：那我们卖多少？

程勇：五百，剩下的我来补。

刘牧师开始给印度方打电话，程勇则看着思慧。

程勇：思慧，还能联系到外省的群吗？

思慧点了点头。

126. **车　日　内**

车本来开得不慢，但警察们似乎发现了什么，车的行驶速度变慢了。

警察：开慢一点。

画外音：本庭宣判被告人程勇，犯走私罪，销售假药罪，犯罪证据充足，犯罪证明成立。同时，对程勇帮助病人购买药物的行为，给予一定程度的理解。综上，判处程勇，有期徒刑五年。

程勇乘坐的警车外，白血病患者们自发地戴着口罩给程勇送行。人群异常庞大。

128. **车　日　内**

程勇默默流泪。

从以上五个步骤我们可以清楚看到，编剧创作人物时一定离不开人物弧光，因此我们还需要注意人物弧光的清晰度和真实性。除此以外，针对人物弧光的运用还需提示以下两点：第一，人物弧光要符合剧本逻辑，为剧情服务。第二，有没有人物弧光，是判断剧本好坏的重要标准。随着审美认知力的提升，现在的观众已经不再满足于只有漂亮明星和炫酷镜头的电影了。

简言之，剧本作为一部电影的根本，在创作环节中处于基础且核心的地位。人物是剧本中最重要的元素，创作者想要完成一个性格丰满、形象生动的角色，就必须塑造好人物弧光。

### （三）突破创新的反弧光人物塑造

"弧光"（arc light）是一个物理术语，指电弧所发出的光，光度强烈且异常灼热。在剧本创作中，编剧塑造的人物弧光往往也如此"绚烂"，能够赋予角色动人的光辉。

我们谈到的人物弧光，大多是正向的案例。其实，不只是正面角色有人物弧光，反派或负面角色一样也有存在人物弧光的可能性。罗伯特·麦基说："最优秀的作品不但揭示人物性格真相，而且在其讲述过程中展现人物内在本性中的弧光或变化，无论变好还是变坏。"[①] 一般说来，剧作中有以下两种人物的发展方向。

第一种，正向变化。角色克服外部障碍或内部缺陷，并获得新生。很多好莱坞经典英雄故事都有这样的人物弧光。电影《哈利·波特》系列中，主角哈利因父母的去世，从小生活在姨妈家里。因为姨妈一家的排斥，哈利人生的前 10 年都很不开心。直到 11 岁生日时，哈利得知了自己的身份，进入了魔法学校学习，才找到了生活的乐趣。其后，哈利的精神导师邓布利多去世，让他痛苦不已，而与此同时，年仅 17 岁的他不得不担起"救世主"的担子，直面可怕的伏地魔。最终，在哈利的带领下，他们赢得了战役，杀死了伏地魔。再如，电影《我不是药神》（2018）里，程勇一开始是一个胆小懦弱、唯利是图，靠着卖印度神油生活的小人物。父亲生病住院、和前妻争夺抚养权等负面事件的出现，让他决定铤而走险，贩卖假药。这个阶段，剧本体现的是他作为一个商人的特质。最后，朋友因缺药去世，让程勇开始反思自我，扭转观念，甚至倒贴钱给药。最后，程勇因走私药品，被法律制裁。法院判决后，程勇坐在警车里，而警车外站满了曾被他帮助过的人。这时，道路两侧的病人，程勇的眼泪，使人物弧光得到了真正体现。

### 126. 车 日 内
车本来开得不慢，但警察们似乎发现了什么，车的行驶速度变慢了。

警察：开慢一点。

画外音：本庭宣判被告人程勇，犯走私罪，销售假药罪，犯罪证据充足，犯罪证明成立。同时，对程勇帮助病人购买药物的行为，给予一定程度的理解。综上，判处程勇，有期徒刑五年

程勇乘坐的警车外，白血病患者们自发地戴着口罩给程勇送行，人群异常

---

① ［美］罗伯特·麦基著. 故事：材质、结构、风格和银幕剧作的原理 ［M］. 周铁东，译. 天津：天津人民出版社，2014.

庞大。

病人们纷纷把口罩摘下，程勇仿佛看到了吕受益和彭浩。

**128. 车　日　内**

程勇默默流泪。

第二种，负向变化。让人物最终处于比故事开始时还要糟糕的状态，让角色性格黑化、心态病变，甚至行为畸变等来呈现这种转变。当人物弧光结束，角色往往会走向堕落或死亡。这种类型的人物弧光在悲剧中十分常见。电影《教父》（1972）中的第二代年轻教父迈克尔，原本是一个反感"黑手党"家族事业的青年，但因为家族发生巨变，他不得不为了自己的家族和父亲挺身而出，以至于还是走向了"黑手党"的犯罪老路，以杀戮和犯罪事业成为新一代教父。

在电影《教父3》（1990）中，迈克尔显然已经厌倦了这样动荡的黑色生活，企图救赎灵魂，转向正经生意，却在结尾同样走上了穷途末路：爱女被自己误伤致死，他也在悔恨和绝望中孤独地离开了这个世界。权力使迈克尔登上了事业的巅峰，但权力也使迈克尔在个人心理和亲密关系中，永久地陷入了罪恶的深渊。对于人物弧线和情节弧线的配合，同时作为导演及编剧的科波拉，在创作时也有过犹豫和权衡。不过，科波拉始终认为《教父》系列电影所讲述的就是迈克尔的故事，即一个好人如何陷于黑暗，科波拉觉得，《教父2》（1974）中迈克尔并没为罪孽付出任何代价，希望收山之作《教父3》（1990）能体现出"恶有恶报"的主题。为此，他重写了剧本，才有了今天观众所看到的结局。对此，我们可以搜索《教父》系列电影的剧本，切身感受人物弧光的变化。

电影《小丑》（2019）以恶名昭彰的小丑亚瑟·弗莱克作为主角，原本善良的亚瑟为了生存照顾常年生病卧床的母亲，手拿广告牌，在街上热情地跳小丑舞，却遭几名混混毒打。夜晚，在公交车上，亚瑟好心逗小朋友笑，却被家长训斥。此外，亚瑟因为没有做好工作，遭到老板谩骂，同事的不怀好意又导致他失去了唯一的经济来源。亚瑟渴望得到父爱、母爱，却常年遭受母亲的漠视和精神虐待。诸如此类的悲惨遭遇，让亚瑟内心深处的精神支柱彻底坍塌，使亚瑟的价值观逐渐扭曲。最后，亚瑟面对无奈的现实选择了暴力，杀死了三个调戏女乘客的男子，杀死了一直对他撒谎的母亲，疯狂地报复这个对他充满敌意的世界。亚瑟的反向弧光，源自社会的疏离和病态的文化，让观众在震惊和恐惧之余产生反思，这就是好的反派角色的魅力和价值。以下是"小丑"黑化的部分段落剧本。

没有做好工作而遭到老板的谩骂。

**13. 走廊/老板办公室　日　内**

霍伊特：听着，我喜欢你，亚瑟。很多人都认为你是个怪胎。但我喜欢你。我甚至不知道我为什么喜欢你。但我又接到一个你的投诉，开始让我不爽，肯尼的音乐商店。星期天的时候那家伙说你失踪了，甚至连他的牌子都没还给他。

亚瑟：因为我被抢了，你没听说过吗？

霍伊特：抢了一个牌子？满嘴屁话，狗屁不通。只要你把他的牌子还回去，他就正常歇业了，亚瑟。

同事的不怀好意导致亚瑟失业：

### 27. 街边公用电话亭　夜　内

画着小丑装、戴着假发的亚瑟在打电话。

亚瑟：霍伊特，拜托，我很爱这份工作。

霍伊特画外音：亚瑟，请告诉我，你为什么把枪带进儿童医院？

亚瑟：那是支道具枪，表演用的。

霍伊特画外音：瞎扯，胡说八道！哪门子小丑会带枪？而且兰德尔说，上周你想向他买一把手枪。

亚瑟：兰德尔告诉你了？

霍伊特画外音：你是个失败者！骗子！亚瑟，你被开除了！

霍伊特挂断电话。

亚瑟极度懊恼，他挂了电话。

亚瑟猛地用头撞破电话亭的玻璃。

一直对他撒谎的母亲。

### 46. 韦恩庄园　日　外

阿尔弗雷德：你在做什么？你是谁？

亚瑟：我来见韦恩先生。

阿尔弗雷德：你不应该和他儿子说话。你为什么给他那些花？

阿尔弗雷德把花递给亚瑟。

亚瑟接过花：这不是真花，这是魔术，我只是想逗他笑。

阿尔弗雷德：这不好笑。需要我报警吗？

亚瑟：不，求你了。我母亲叫佩妮·弗莱克。很久前，她在这里工作过。你能告诉韦恩先生，我想要见他吗？

阿尔弗雷德皱起眉头：你是她的儿子？

亚瑟：嗯，你认识她吗？

阿尔弗雷德什么也没说。

亚瑟把脸贴在栏杆上，小声说：我知道他们两个人之间的事，她告诉了我一切。

阿尔弗雷德：没有什么可说的，他们没有任何瓜葛，你母亲有妄想症。她病得很重.

亚瑟：别这么说。

阿尔弗雷德走近亚瑟：快走吧，免得你自取其辱。

亚瑟：托马斯·韦恩是我父亲。

阿尔弗雷德看着亚瑟，忍不住笑了起来。

突然，亚瑟从栏杆外伸出手抓住了阿尔弗雷德，掐着他的脖子。

亚瑟：他抛弃了我。

托德·菲利普斯导演在影片中塑造的人物形象对创作者进行电影剧本创作有着很好的借鉴意义。例如，在个性刻画上，《小丑》的人物性格非常复杂，避免了简单的对立。而这些性格与角色所处的时代背景、现实境遇、原生家庭等紧密相关。在创作剧本时，人物的个性塑造应避免呈现出黑白分明、善恶明晰的绝对感；相反，应尽量让人物立体多面，与其所处的社会背景和文化语境相结合，对人物的行为动机或目的进行合理且有价值的铺垫。

随着信息技术的不断发展，电影、电视也在快速发展，影视作品的种类越来越丰富，观众的选择也越来越多。但随着时间流逝，真正能给观众留下深刻印象的作品却非常少。事实上，想要达到这样的效果，需要创作者将剧本中的人物塑造好。在创作时，创作者要时刻从生理、社会、心理这三个维度把握人物的塑造过程，并呈现出完整的、合理的人物弧光。

## 第二节　人物形象分类与人物关系

### 一、人物形象的分类

真正的杰作，往往都有着震撼灵魂的角色印记：《末代皇帝》（1987）中的末代君主溥仪、《肖申克的救赎》（1994）中的安迪、《美丽人生》（1997）中的圭多。当情节淡去，这些角色依然如符号般铭刻于集体记忆之中——这正是人物塑造的真正魅力。

"物以类聚"的古老谚语，在剧本创作中转化为塑造角色群像的方法。从扁平化的功能性角色，到性格多元的复杂人格，创作者需深谙扁平人物与圆形人物的区别，在影视类型与人物性格间找到平衡支点。

#### （一）脸谱化的简单人物

"脸谱化"是戏剧用语，指通过化妆来区分生、旦、净、末、丑等角色，也被引申为一种程式化的、定式的、刻板的人物形象。

在电影艺术中，脸谱化并非是一个贬义词，而是一种塑造人物的重要技巧。在某些成功的作品中，已经出现了深入人心的角色。编剧在创作时，若能"引用"这些角色，无须过多刻画，便能让笔下的人物跃然纸上。而观众即使并不清楚电影的内容，也能根据脸谱化的角色大致了解人物性格和故事风格。美国好莱坞电影中的经典反派形象，如《蝙蝠侠：黑暗骑士》（2008）里的小丑，就是脸谱化的角色。小丑怪诞的妆容和服装使他成为象征性的艺术符号，代表那些空洞、多义的能指面孔。电影中，小丑不仅是创作者创造的反派角色，还是蝙蝠侠不可或缺的对立面——一个非传统的犯罪天才，对金钱与美色丝毫不感兴趣。

值得注意的是，这种方法更适用于对这一类人物本身就有所了解的观众。以京剧为例，必须是提前了解故事的人，才能知晓每种脸谱所代表的人物性格。因此，使用脸谱化的方法来塑造一些占比不大，但性格突出的配角，更易获得出彩的效果。可惜的是，大部分编剧在写作时喜欢大量运用脸谱化方法，导致人物塑造得过于扁平。如果在故事的发展过程中，编剧未能为角色注入新鲜元素，就会加深观众对角色的刻板印象。除非之后的情节能够巧妙地实现逆转，不然这个剧本将平平无奇。

在创作过程中，虽然角色的过度脸谱化往往导致内容的贫乏，但这种方法同时具备方便执行和特征突出的两大优势，对新手非常友好。不过，若想成为成熟的编剧，我们应致力于雕琢人物形象，不断推敲和完善技艺。为避免编剧在写作中将人物形象塑造得过于脸谱化，我们给出以下几个建议。

1. 细腻、精确且反复强调人物特点

人物特征包括外貌、语言、动作、神态等四个方面，以展现人物性格。反复强调人物特征能够更好地塑造形象、推进情节、强化主题、激发情感、营造风格。《死魂灵》（1842）中，俄罗斯文豪果戈理对泼留希金外观的细腻刻画是世界文学史中的经典案例。

> 从他的脸上，看不出一点特色来，和普通的瘦削的老头子，是不大有什么两样的；不过下巴突出些，并且常常掩着手帕，免得被唾沫所沾湿。那小小的眼睛还没有呆滞，在浓眉底下转来转去，恰如两匹小鼠子，把它的尖嘴钻出洞来，立起耳朵，动着胡须，看看是否藏着猫儿或者顽皮孩子，猜疑地嗅着空气。那衣服可更加有意思，更知道他的睡衣究竟是什么底子，只好白费力；袖子和领口都非常龌龊，发着光，好像做长靴的郁赫皮；背后并非拖着两片的衣裙，倒是有四片，上面还露着一些棉花团。颈子上也围着一种莫名其妙的东西，是旧袜子，是腰带，还是绷带呢，不能断定，但绝不是围巾。

泼留希金家境富裕，拥有上千农奴，但衣着却像一个乞丐——"袖子和领口都非常龌龊""背后拖着两片衣裙""棉花团""旧袜子"，他吃半饱，穿烂衣，就连居住的庄园也萧条破败，到处布满青色的苔藓，空气里都是灰尘的味道。泼留希金的形象，是果戈理笔下塑造得较为成功的没落地主阶级典型，也是俄国封建社会即将走向灭亡的群体缩影。通过精细的人物外观描写，读者能够在想象中构筑出鲜活的人物形象。这种描写方式有助于在读者与角色之间架起情感桥梁，深化读者对故事的共鸣。此外，角色的衣着风格、行为举止等也能映射出他们所处的社会阶层和时代风貌，从而为故事添加更多文化底蕴。《死魂灵》（1842）中的泼留希金与莎士比亚喜剧《威尼斯商人》中的夏洛克、莫里哀喜剧《悭吝人》里的阿巴贡、巴尔扎克小说《欧也妮·葛朗台》中的葛朗台一起被称为欧洲文学中不朽的四大吝啬鬼典型。这四大吝啬鬼，年龄相仿，脾气相似，既有共性，又有其各自鲜明的特征。

采用"去脸谱化"的方法有助于打造更丰富、立体的剧本，这不仅能够显著提升观众的审美享受，而且还能激励编剧深化其创作技巧和思考层次。建议大家尝试精细刻画作品中的人物与场景，邀请周围的朋友进行试读，并通过他们的反馈来检验观众是否能对角色与故事形成清晰且具体的认识。

2. 塑造具有多重特点的人物

人是复杂的社会性动物，剧本中的角色亦是如此。一个角色往往具有多种特点，有些特点甚至完全对立。在创作过程中，编剧应多多挖掘人物的多重性格。在电影《我和我的家乡》（2020）之《最后一课》中，主人公范老师一面是对待工作一丝不苟、教学态度严肃认真的教授，而另一面却是精神恍惚，连亲生儿子都不认识的父亲。范老师的性格反差，突出了一个全身心投入教学事业，却愧对家庭的老师形象。而在电影《小偷家族》（2018）中，柴田治是一个社会底层人士，在风流场所遇见妻子信代，并与她结婚。生活中，柴田治依赖母亲的养老金过活，传授祥太偷窃技巧。但同时，他又将百合接到家中，使她远离亲生父母虐待，给她家庭的温暖和保护。此外，电视剧《权力的游戏》中，提利昂·兰尼斯特也是一个典型的具有多重性格的角色。他是一个喜欢饮酒作乐的小矮人，却又是一个智慧超群的谋士；他出生在一个贪婪冷酷的贵族家庭，却始终保持着一颗善良和正义的心。提利昂的多重性格不仅为剧集增添了深度，也使他成为最受欢迎的角色之一。在这些优秀的作品中，编剧并未局限于塑造纯粹的正面或反面角色，而是通过具有多重性格和内在矛盾的复杂人物，避免了角色的扁平化，强化了角色的成长轨迹，为叙事增添了丰富的层次和深邃的内涵，使故事扣人心弦。

3. 添加人物性格形成的背景

人物的性格与环境息息相关，编剧在描写人物性格时，可以对人物的生活环境、成长经历、当下遭遇进行描写，这也被称为"人物前史"。通过人物前史，编剧可以向观众展示人物的内心世界，使人物形象更加真实、生动，还有助于建立人物之间的联系，形成复杂的人际关系网。此外，人物前史对人物性格的形成及故事的走向有直接影响。电影《教父》（1972）中，迈克尔原本追求普通生活，远离家族黑帮事业，但由于一系列事件，尤其是他妻子和弟弟的悲惨遭遇，迈克尔逐渐被卷入家族的犯罪活动。他的人物前史，尤其是他在忠诚和道德间的挣扎，为他的转变提供了情感基础，使观众能够理解并同情他的选择。《哈利·波特》系列则是另一类典型案例。在系列小说中，哈利的人物前史，尤其是他父母的死亡和他在姨妈家的孤儿生活，对他的性格和故事有着深刻的影响。哈利的人物前史细节为他的勇敢、忠诚和领导力奠定了基础，也解释了他会被伏地魔锁定的原因。综上所述，人物前史在剧本写作中是构建丰富、多重人物形象的重要工具，也是推动故事情节发展和塑造人物关系的关键元素。

（二）复杂人物的角色塑造

《现代汉语词典》（2005版）中，人物性格的注释为："在对人、对事的态度和行为方式上表现出的心理特点。如英勇、刚强、懦弱等。"人类拥有错综复杂的社交属性。在优秀的作品中，每个角色都是多种性格特质的融合体，既有彼此协调的部分，也存在矛盾与对立，编剧应致力于探索角色性格的多维层面。

　　与传统意义上单一角色的构建不同，复杂角色的雕琢既源自角色的基本性格框架，又源自编剧对其额外性格特质的巧妙设计，从而营造出双重乃至多重性格特征的丰满形象。值得注意的是，在当今的电影创作中，复杂人物正逐渐取代单一人物，成为一种电影表演和角色塑造的审美趋向。对此，美国理论家迈·罗默在《现实与表象》（1980）中指出："实际生活事件的顺序以至这些事件形式本身有时使我们觉得实在太古怪，仿佛是偶然的，不合规律的，然而正是生活的事件中，这些仿佛无规律中却蕴涵着生活的极其深刻的复杂性，有时还包含着所发生事件的含义。"

　　在创作中，将人物活动植根于特定情景之中，也称规定情景，即角色生活环境中各种情况的总称。它包括剧本的情节、时代、地点，人物以及人物关系等情况。[①] 它既可以为剧本提供详细的背景资料，还能为人物的行为、故事的发展和主题的传达奠定基础。因此，要讨论复杂的人物塑造，首先应该理解人物所处的规定情景。电影《远山的呼唤》（1980）中，就展现了一个典型的规定情景案例。

　　　　虻田：（大声地）"夫人，听说你不养牛了，到中标津城工作去啦？"

　　　　民子："是的。"

　　　　虻田："听说你们娘俩要在那儿住几年，等你丈夫回来，不管等几年，这是真的吗？"

　　　　民子点点头。

　　　　虻田：（向耕作瞟了一眼）"生活方面没问题吧？据说那傻小子把你们照顾得挺好……这就太好了，真是太好了。"（虻田激动得热泪盈眶）

　　　　耕作听着谈话，含泪凝视民子，极大地抑制感情。

　　　　警察装作没有看见的样子，低头继续吃饭。

　　　　呆呆望着耕作的民子，从手提袋里拿出手帕擦了擦眼泪，然后，果断地把它递给了耕作。

　　　　耕作用戴手铐的手接过手帕，捂上脸。

　　　　虻田大哭。列车继续向前驶去……

　　这是一个朴实无华，却蕴含着深厚艺术韵味的规定情景。剧中，男主人公耕作被判刑之后，被押送上驶向遥远地方的火车，而虻田携带女主人公民子登上火车，恰好落座于耕作的斜对面。在这狭小的车厢内，过往的乘客、喧闹的环境，以及两侧正在用餐的警察，共同勾勒出了一个规定情景。这样的场景布局为男女主人公间的交流设下了难以逾越的障碍，不仅凸显了主人公在混沌中奋力沟通的动人瞬间，还为故事铺垫了必需的背景，有助于人物形象的塑造和故事的推进。

　　一个复杂的角色不但可以通过规定情景来塑造，还有其他复杂人物塑造的方法供创作参考，以下是较为常见的三种复杂人物类型。

────────────

　　① 王劲松. 试论复杂人物性格的 [J]. 电影艺术，1995（03）：83-86.

1. 转变型人物

人物转变指角色在故事进程中，经事件的督促、影响而发生的转变，又称为角色转变弧线或角色发展。该部分可能是剧本写作中最难，也最重要的一个环节。人物转变绝非偶然，往往遵循着一条精心编织的因果链。在剧本创作伊始，编剧就应缜密筹划"前因"，为剧中人物后续的蜕变埋下预兆。这要求编剧巧妙地布置个人动因与外部环境，为人物的转变提供坚实的支撑。一个角色可能因为经历了家庭的破碎或重组，在其成长阶段形成了全新的性格；或一个角色在旅途中目睹了某些震撼心灵的事件，邂逅了对其影响深远的人物，从而触发了角色思想上的彻底革新。一般来说，转变的幅度越小，故事的趣味性越低；转变的幅度越大，故事趣味性越高，但同时难度也更高。在有限的篇幅内，角色很难发生巨大的转变，也就是说，篇幅长度无法给到足够的诱因来支撑人物的转变。同时，我们要注意要区分人物转变与人物改变。例如，你可以呈现一个角色，她一开始是一个普通的农家女孩，但在最后变成了某个国度的女王——从故事的发展层面来说，这属于人物的改变，而非人物的转变。

要想完成人物转变，我们可以从以下角度切入。

（1）从孩童世界观到成人世界观。这里不是指一个人的身体从孩童变为成人，而是指角色在受某些因素影响后，改变了自己原有的信念，获得了更加成熟的心智。例如，《阿甘正传》（1994）中低智但最终成为传奇的阿甘、《心灵捕手》（1997）中曾经是问题少年、清洁工，后来成为天才数学的助教威尔、《麦田里的反叛者》（2017）中在参军后，获得精神觉醒的塞林格等。从孩童到成人的转变不是一蹴而就的，它需要一个循序渐进的转变过程。每个人的发展轨迹都是独特的，会受原生性格、社会环境、学校教育、个人选择等多种因素的影响。在写作过程中，我们需要从角色的认知模式、情感倾向、自我意识等多个方面来立体地呈现人物的转变。

（2）从普通人到领导者。相比从孩童世界观到成人世界观的转变，从普通人到领导者的转变更突出角色在职业或身份上的成长。例如，《拯救大兵瑞恩》（1998）中救援小分队的领导米勒上尉、《狮子王》（2019）中面对困境的辛巴，以及《辛德勒的名单》（1993）中逐渐成为"救世主"的商人辛德勒。从普通人到领导者的转变是一个综合性的成长过程，涉及个人素质的提升、思维模式的转换以及行为习惯的改变。该路径不仅需要内在动机的驱使，也需要外部力量的辅助。我们在写作时应深入探究角色的目标、责任、影响力和适应力等。

（3）从领导者到暴君。并不是所有人物都会向好的方向转变，人物的转变也常见用于正派向反派的过渡。例如，《麦克白》（1948）中受预言诱惑，被利欲熏心的麦克白、《教父》（1972）中不想沾手家族黑帮事业、却因复仇最终成为"教父"的麦克，以及《女伯爵》（2009）中为保持年轻，谋杀大量少女的女伯爵伊丽莎白。这种转变往往是渐进的，暴君式的领导通常不会带来长期繁荣，反而会制造出紧张的氛围，并将故事导向惨淡的结局。

2. 隐藏型人物

在写作过程中，编剧对人物的塑造不可能面面俱到。塑造一个生动的人物形象，不能仅靠剧本,演员对角色的诠释和观众对于角色的理解也非常重要。因此,我们在创作时要学会留白,对人物的性格、行动、话语有所隐藏。这样既留给了演员自我发挥的空间,也留给了观众自由想象的空间,有助于扩充人物形象的多面性。正如当代文艺理论家朱狄所言,"艺术创造,部分是可见的,部分是不可见的,其不可见的部分,是指只能用思想去描述的那种复杂无比的构思过程和协调过程。这里不可见部分控制着可见部分,它是创造的真正动力,远比可见部分重要"。可见,剧本中的留白是创作中的重要因素,具有延伸、拓展、丰富人物形象的作用。在写作中,我们可以使用以下四种方法进行留白。

(1)双重身份,给角色两种差异巨大的身份。例如,《黑客帝国》(1999)中的尼奥,他在现实世界中是一名普通的软件工程师,但在虚拟现实"矩阵"中,他是预言中的救世主"一"。

(2)秘密历史,给角色一个不为人知的过去。例如,《X战警》系列电影中的查尔斯教授,他是变种人学校的创始人,表面上是和平主义者和变种人权利的倡导者,但在某些版本中,他又有着更为复杂、矛盾的一面。

(3)神秘能力,让角色拥有不同寻常的能力或知识。例如,《盗梦空间》(2010)中的迈尔斯,他表面上是团队的"梦境建筑师",但实际上他是唯一知道如何"解梦"的人,他的秘密能力在故事后半段才被揭示。

(4)反转预期,在某个关键时刻颠覆观众对角色的预期。例如,《蝙蝠侠:黑暗骑士》(2008)中的哈维·丹特,他一开始被塑造为"哥谭市的白昼骑士",代表希望和正义,但在悲剧发生后,他成了一个难以预测的危险角色。

3. 矛盾型人物

矛盾是指双方因观念不合,或利益冲突形成的对立关系,当然也可以是人物自身性格原因形成的冲突,如性格多变、过度焦虑、遇事纠结等。在人物塑造中,我们可以通过设置悬念,在冲突解决的过程中逐渐展现人物性格。在撰写故事时,精心布置悬念能够营造出跌宕起伏的观影体验,让观众沉浸于寻找的过程中。这种叙事策略不仅能够激发观众的好奇心,提升观众的参与感,还能在逐步解决谜题的过程中,细腻地勾勒出角色的性格轮廓。例如,《黑天鹅》(2010)中的妮娜是一位芭蕾舞演员,她在准备《天鹅湖》的主角时,表现出极端的艺术性——既是纯洁的白天鹅,也是诱惑的黑天鹅,两个对立的性格融为一体。角色的多重性格不仅为故事增添了深度,而且往往是推动剧情发展的关键因素。通过探讨角色的内心世界,编剧便能够创造出引人入胜的叙事和真实生动的角色。

## 二、反派人物的塑造

光明背后,总是伴随着阴影。反派人物于正面人物而言,意义非同一般,他们不仅仅是邪恶的化身,也是具有复杂情感和深层动机的角色。优秀的反派能为故事增添层次和深度,甚至超越简单的"坏人"角色,成为叙事中不可或缺的部分。

反派人物往往有其独特的动机和背景,受童年经历、心灵创伤、世俗欲望等因素影响。此外，文化、政治、经济等的影响也可能导致反派出现。对反派人物的刻画不能只是营造正义与邪恶的简单对立，大多数经典的反派人物在邪恶扭曲的表象之下往往潜藏着真实、复杂的人性，这也是他们给人留下深刻印象的主要原因。

《蝙蝠侠：黑暗骑士》（2008）中，哈维·丹特的角色起初洋溢着炽烈的正义感。但在遭受毁容和监禁后，他的性格发生了巨变。这场个人悲剧，使哈维对命运感到绝望，也令他原本的正义信念彻底崩溃。哈维的沦陷，不仅是角色从理想英雄到悲剧反派的转变，也是编剧对人性的深度诠释。正是由于创作者对反派的成功塑造，才使电影具有深邃的戏剧张力，也让哈维·丹特成为银幕史上浓墨重彩的一笔。

在大多数情况下，反派人物具备的故事性和矛盾性能为作品塑造探讨理性与欲望的场域。在此意义上，反派人物和正面人物同等重要，都具有特殊的价值与意义。

（一）正面与反派人物的同步塑造

情节的推进要贴紧角色，无论是正面人物还是反派人物，都应该进行同步塑造。正反双方进行正与邪、对与错、是与非的较量，并在双方的角逐中，让正反角色各自散发魅力。在写作中，我们应明确：正反角色在一部剧作中是同等重要的，只是分量不同。反派角色可以突出正面角色在某方面的能力，也可以反映出某些社会现象。

以《肖申克的救赎》（1994）为例，典狱长作为反派人物，其形象塑造非常成功。他是安迪救赎之路上最大的绊脚石，在他的控制下，监狱看似风平浪静，实则暗流涌动。作为监狱的最高执行者，他几乎拥有生杀予夺的权力，仅因一己之私，就残忍地扼杀了安迪洗清冤屈的最后希望，令观众对安迪的不幸遭遇感到同情和愤慨。正是正反角色之间扣人心弦的斗争，才使得影片高潮迭起，当正义最终战胜邪恶时，观众的情感达到了顶峰，不仅彰显了正反派角色的独特魅力，也为影片的叙事增添了强大的力量。正反角色的同步塑造通常有以下三种方法。

（1）镜像特征，即赋予主角和反派相似的背景或性格。例如，正面主角和反派都被强烈的权力欲望驱动，只是他们的方法和目标不同；又或者主角与反派有一些共同的经历或回忆，这可以是他们之间的共鸣点，也可以是分歧点；再或者主角与反派之间有着共同的动机或目标，如对家庭的保护、对自由的追求，但是他们处理的方式和道德的界限不同。

（2）互补性格，设计反派角色的性格特征来补充主角的不足。例如，主角过于冲动，反派则可以塑造得更加谨慎。

（3）角色发展，确保正反角色都有自己的性格转变过程，且该过程符合各自的逻辑和动机。《教父》（1972）是一个典型案例，其中正反角色的同步塑造十分精彩。正面角色迈克尔·柯里昂，反派角色桑尼·柯里昂，二者都是柯里昂家族的重要成员，都对家族有着深厚的感情，具有一定的相似性，但二者解决问题的方法和手段却截然不同，以此形成鲜明的对比。首先，迈克尔犹豫、矛盾，桑尼冲动、暴躁，二者性格形成互补。其次，随着故事的发展，两人的性格都经历了显著的变化，迈克尔从外行人变成无情的黑帮教父，而桑尼最后被暗杀。最后，《教父》通过正反角色的同步塑造，深化了角色的内在层次，增强了故事的戏剧张力，使观众对角色命运产生了浓厚的兴趣。

### （二）影视作品中的经典反派人物

当下的影视作品中，涌现出了许多令人印象深刻的反派角色，他们在电影中展现出的人格魅力甚至一度超过正面角色，令人拍手称绝。以下是经典反派的几项特质：

（1）某一项特质突出（对应主角光环设置）。

（2）有令人同情或者无奈的过往（对应人物小传和人物前史内容）。

（3）亦正亦邪的矛盾性格突出（复杂角色塑造的方法）。

（4）一般都以悲剧结尾的命运设置。

（5）可能有人物弧光的微妙闪现一刻（人物弧光的内容呼应）。

电影《沉默的羔羊》（1991）中，演员安东尼·霍普金斯对连环杀人犯汉尼拔·莱克特博士的诠释达到了极致——他的神态、动作、语言都让人不寒而栗（如图 6-11）。对自由的渴望、人性的扭曲、惊人的智慧展现出了汉尼拔复杂而引人入胜的人物弧光，使其成为令人难忘的反派角色。

图 6-11　安东尼·霍普金斯《沉默的羔羊》（1991）

电影《这个杀手不太冷》（1994）中，加里·奥德曼扮演的反派警察诺曼·斯坦菲尔是一个令人毛骨悚然的反派。电影开场，他便冷酷地屠杀了玛蒂尔达一家。值得注意的是，斯坦菲尔的外貌与行为之间的反差尤为显著——他穿着笔挺的西服，头发梳得一丝不苟，屠杀时的背景音乐是贝多芬的钢琴曲（如图 6-12）。这种强对比，更好地彰显了他对生命的漠视和疯狂的精神状态。此外，本片的男主人公——职业杀手莱昂，也使用了相似的强对比表现手法。当我们看到"杀手"一词，脑海中往往会出现血腥、暴力、恐怖等负面词汇。但莱昂却并非传统意义上的杀手，他强大、暴力的同时，又纯真、善良，是一位真正的绅士。通过外貌与行为、职业与性格的巨大反差，《这个杀手不太冷》成功塑造了正反角色，使他们在观众心中留下了难以磨灭的印象，丰富了整部影片的叙事层次和情感深度。

图 6-12　加里·奥德曼《这个杀手不太冷》（1994）

　　以上例子中涉及的角色都属于带有变态心理的反派人物，他们的坏是与生俱来的，因此通常表现得扭曲、癫狂、变态，让观众恐惧、厌恶、愤恨。但除此以外，那些并非天生就坏的反派，往往存在一个转变的过程，并且尚存一定的人性。这类反派的设定，通常是为了反映某类社会问题，给观众启发，并引导观众思考。在塑造这类反派的时候，编剧应为角色提供具有说服力的转变逻辑，循序渐进地将其转变为反派角色。

　　电影《小丑》（2019）就讲述了一个可怜人被生活的苦难摧毁，最终堕入深渊的故事。经历种种悲剧后，亚瑟的世界观被消极和疯狂的情绪支配，他坚信人性本恶，渴望将世界推向混乱的边缘，期望目睹人类的毁灭，并幻想世界是一个充斥着痛苦和死亡的炼狱。通过精心铺陈的故事背景和人物前史，小丑这一反派角色逐渐变得饱满、生动。这种复杂而立体的角色塑造，不仅赋予了故事丰富的情感层次，也引发了观众对于善恶、秩序与混沌等议题的深刻反思（如图 6-13）。

图 6-13　托德·菲利普斯《小丑》（2019）

### （三）作为对比和对手的反派人物

剧本创作中，反派人物和正面人物同等重要。因此，反派人物的塑造也存在原则和方法。反派人物大致可分为两种：一是与主角形成对比关系，承担着突出主角特质或故事主题的反派；二是与主角形成对立关系，阻拦主角达成最终目的，给故事情节增加冲突点的反派。在学习过程中，我们不仅要学会塑造一个生动、立体的正面角色，还要学会塑造一个真实、自然的反派角色。一方面，反派人物的存在本质上是为了突出与反派所斗争的正向主人公的伟大与力量；另一方面，反派角色的塑造也能更加真实地反映出正邪交锋的社会显示，便于引导观众洞察复杂的人性。

反派人物是故事中的主要对立角色，往往具有明确的行为目标和动机。他们的行为决策往往是为了推动剧情发展和挑战主角的极限，且反派人物通常具有一定的魅力，使观众对他们的动机产生好奇，甚至在某种意义上同情他们的遭遇。"坏人"一词更倾向于道德上的判断，通常指那些没有复杂动机却做坏事的人。这类人的行为源自与生俱来的恶，而非后天的悲惨遭遇。因此，纯粹的反派人物通常不会在剧本中得到太多正面描绘，其存在的意义主要在于被英雄或好人战胜。

## 三、从人物到人物关系的设置

### （一）"两多"的方法

这里的"两多"可以从两个层面理解：第一个"多"是从人物的社会关系层面分析的，即中心人物与身边人物的关系。在剧本构思过程中，编剧通常会运用人物关系网来绘制人物与人物之间的关系。复杂的人物关系网通常会使剧情更加跌宕起伏。第二个"多"是从人物的本我层面分析的，也即人物自身的性格或身份。中心人物的性格可以是孤僻的、活泼的、机灵的、腼腆的、虚荣的、胆怯的……身份也可以有多种形式，如教师、医生、司机……塑造人物的过程中，多重的性格和身份会使中心人物更具艺术感染力。

1. 多向人物关系网

在人际交往中，我们会与身边的人产生联系，或发展出某类关系。在关系的推进和交错中，人际关系网会逐渐形成。同理，在剧本创作中，人物与人物之间也会形成多向的人物关系网。图 6-14 是电影《了不起的盖茨比》（2013）中的人物关系网。

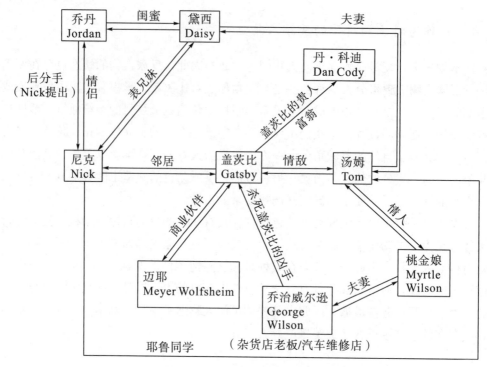

**图6—14　《了不起的盖茨比》人物关系图**

　　故事围绕中心人物盖茨比展开，角色之间的关系是多向的，这些关系相互交织，最终形成动态、复杂的人物关系网。随着剧情发展，人物关系可能会发生变化，如盖茨比、汤姆、桃金娘、乔治威尔逊之间爱恨交织的复杂关系。这种复杂性和不稳定性，让观众在观影时维持着一定的紧张感。此外，通过精心设计的多向人物关系网，编剧可以创造出丰富多彩，引人入胜的故事世界，使观众对角色的经历产生共鸣。

　　一般来说，复杂的人物关系可以使剧情跌宕起伏，而简单的人物关系则容易使剧情枯燥无味。不过，复杂的人物关系也有可能导致剧情混乱，因此编剧在设置人物关系网时，可以采用以下方法，来避免混乱的产生。

　　（1）根据人物的特点设置人物关系网。每个个体都是独特的，其独特性源自其独一无二的成长背景和经历。因此，他们对世界的理解以及对各种事务的看法自然各不相同。剧中角色也遵循这一原则，每个角色都拥有自己独特的性格。根据这些性格，我们可以合理地引申出他们之间的互动模式。例如，一个自信且具有领袖气质的角色可能会吸引一群拥趸他的人，而一个充满神秘感的角色则可能激发旁人强烈的好奇心。按照角色的性格来塑造他们的人物关系网，将使剧本更贴近现实，更具深度，使人物能更有效地服务于故事的整体框架和中心主题。

　　（2）根据人物经历的事件塑造人物关系网。编剧需仔细思路角色的人生经历和成长环境对其社交互动的影响，深入挖掘角色的人物前史，如他们童年的遭遇、接受的教育、经历的事件，以及过往的人际关系，确定哪些事件对角色产生过深远的影响，思考这些事件以何种方式塑造了他们的性格，并描绘出他们的情感和心理变化轨迹。这有助于理解角色与他人互动时的行为动机和心理期待。例如，两个角色可能因共同经历了一场灾难而建立起深厚的情感。

（3）以精炼为原则塑造人物关系网。人物关系网并不是越复杂越好。通常来说，一部作品中的角色都与主要人物有直接或间接联系，因此不要随意设置一些对情节推进和人物塑造没有作用的角色。

2. 多层人物关系

亨利泰弗尔在著作《社会心理学中的群体与社会范畴研究》中，将社会认同界定为个体自我概念的一部分，认为它来自个体对其所属的社会群体（单个或多个）成员身份的认知。换言之，个体对自我身份的认知，往往伴随着其所属群体的价值观。每个人都是一个独一无二的存在，拥有着既独立又交错的社会属性。这样的社会身份深刻地影响着我们的行为模式、沟通方式、乃至性格特征的形成。在剧本创作中，角色常被赋予多重身份，而这些身份之间的碰撞与摩擦会让角色更加生动、真实。以列夫·托尔斯泰的《安娜·卡列尼娜》为例。

**餐厅**

基：康斯坦丁，自从上次相遇好久不见。

列：自从你见我，但我不久前才见过你。

基：何时？

列：你搭车到依格休佛，我在车站远远望着你。

基：但你为何……

列：很兴奋见到你，你照旧没变。

基：希望不是。我以前年幼无知

列：好几个月前的事。

基：你照旧没变。

列：对，我没变，自从我们上次见面，我始终有件事想问你。

基：什么事？

列：我无法宽恕，也无法遗忘，我爱你。

安娜生病，卡列宁来看她。

卡：我宽恕你，我同意你。既然凡斯基伯爵要离开，就不必多此一举。但由你确定。

安：对，我确定了。

卡：我很兴奋。

安：我们说好了，求你别再谈这件事。

卡：当然，我能为你做什么吗？

安：有，拜托你别折关节。我是坏女人。但我无法喘息，我无法报答你的和善，还有你的宽恕。

卡：你请求我的宽恕？

安：但我没死，现在得背负愧疚而活。

卡：不然呢？你要什么？你知道吗？你想见见凡斯基伯爵吗？

安：我想见他，但不是道别。

卡：我没听见。

安：我不要道别。

卡：你会身败名裂，无可挽救，在社会没有地位，更糟的是假如我们离婚，你会是众矢之的，就是说你不能合法再婚，背上不伦之名，这就是你要的吗？

安：你忘了一件事，我和凡斯基伯爵彼此相爱。

卡：这种爱让罪恶的愚蠢变得圣洁吗？

安：我只知道我把他赶走让我痛彻心扉。

卡：我懂了，孩子怎么办？

安：我宁愿为他去死，也不愿这样苦痛度日。

……

主人公安娜在小说中有三重身份，分别是妻子、母亲和情妇。这三重身份反映了19世纪俄国社会对女性的角色期待和身份束缚，同时也揭示了安娜内心的矛盾和挣扎。首先，作为妻子，安娜被期望履行传统的婚姻职责，如顺从丈夫、管理家务、参与社交活动等。但安娜对这种单调乏味的生活感到厌倦，她渴望充满激情的爱情。其次，作为母亲，安娜对儿子谢辽沙怀有深厚的爱。尽管她的行为给孩子带来了伤害，但她始终希望保护他，并在精神上依赖自己与儿子的亲子关系。最后，作为情妇，安娜与贵族军官弗龙斯基陷入热恋。这个身份违背了社会的道德伦理，使她成为舆论焦点，并最终导致了她与丈夫的决裂。安娜的三重身份揭示了她的内心挣扎。她试图摆脱社会对女性身份的束缚，追求自由与幸福，但她失败了。安娜的故事讲述了个人欲望与社会规训之间的冲突，以及女性在追求自我价值时面临的困境。

在不同的社会语境中，角色会展露出不同的性格面向。这表明，当一个角色承担着多重社会身份时，他们的行为和决策便会呈现出多样性。通过精心设计的多重身份，编剧可以更加细致和全面地塑造角色，使之更加饱满。同时，多重身份和复杂性格的设置能够激发来自不同文化背景的观众对作品进行解读。此外，由于身份和性格天然具有某种模糊性，因此它们能为观众留下自由想象的空间，给予角色第二重生命。

（二）"两对"的原则

"两对"原则包含两层含义，第一层为设置对比的人物及其关系，第二层为设置强有力的对手人物。以下是对"两对"原则的详细解读：

1. 设置对比的人物及关系

对比是在剧本创作中突出人物形象的一种强有力的手段。它能使人物的艺术形象更加鲜明、立体。多种对比手法的运用，可以使剧中人与人的矛盾冲突更加激烈，情感更加真实。具体来看，对比描写主要有以下两种形式。

（1）人物自身的前后对比。剧中人物之前是什么样的人，经历了某一事件后，发生了怎样的变化。在《大圣归来》（2012）中，过去桀骜不驯、降妖除魔的孙悟空被封印法力后，变得迷茫、颓废，像一个失败者。在情节推进过程中，孙悟空打败心魔，找回自我，最终战胜了妖魔。这种人物自身的前后对比，展现出了一个生动的性格弧线，能够给观众带来新鲜感。

（2）人物与他人对比。将人物自身的性格、观念、行为与他人（单个人或多个人）进行对比。电影《摔跤吧！爸爸》（2016）就多次使用这一方法，将两个练习摔跤的女孩与其他普通女孩进行对比——无法吃油炸食品的她们和自由享受油炸食品的其他孩子，被剪掉长发的她们和留着漂亮长发的其他女孩。这类对比强化了姐妹俩的失落，直接地反衬出了她们练习摔跤的艰辛。

2. 设置强有力的对手人物

精彩的故事情节需要强烈的矛盾冲突作为支撑，我们可以采用设置强有力的对手人物这一方式来达成。在塑造对手角色时，应确保他们的实力与主角相匹敌，甚至超越主角。对手的核心功能是主角迈向目标途中的障碍，通过不断与主角发生冲突，使剧情波澜起伏。例如，《狮子王》（1994）中，辛巴在得知父亲被害后坚定地选择复仇，以及《指环王：王者无敌》（2003）中，伊奥温公主在目睹叔叔惨遭毒手后，毅然投身于与黑暗势力的战斗。

（三）聚焦主角的人物关系设置

"主角效应"指观众在观看故事时，对主角抱有更多同情和支持的一种心理现象。当主角幸福或成功时，观众会为其欢呼；而当主角犯错或暴露缺点后，观众也依然更倾向于站在主角的立场。这种效应源自人类天生的共情力，我们习惯将自己投射到故事的中心人物上，跟随他们的人生历程，体验他们的喜怒哀乐。此外，叙事艺术的传统结构通常将主角放在正义或道德的高地，促使观众更加认同和接纳主角。在聚焦主角设置人物关系时，通常需要遵循以下原则。

（1）主要冲突。主角与对手之间的关系构成了剧本的主要冲突，是推动剧情发展的核心动力。

（2）支持系统。主角通常会有一组支持者，如朋友、家人、盟友等，他们为主角提供帮助、建议和情感支撑。

（3）对立面。除了主要对手外，还可能设置其他角色来代表主角的对立面，这些角色一般是暴露主角缺点或挑战主角信仰的存在。

（4）转折点。通过引入新角色或新关系，创造转折点，为故事带来新的方向。

（5）角色发展。随着剧情的发展，主角与其他角色的关系也会发生变化，反映出主角的成长和变化。

当然，一个故事不可能只有主角，主角和配角都是必不可少的部分，两者巧妙融合，才能缔造出一个完整的故事。以经典童话《灰姑娘》为例，灰姑娘作为故事的灵魂人物，其主角地位毋庸置疑，而她邪恶的继母和姐姐们则是衬托她的重要配角。这些配角的存在不仅凸显了灰姑娘早期所遭受的磨难，而且加深了观众对灰姑娘坚韧不拔、纯真善良性格的认知。同时，配角更给灰姑娘与王子的爱情制造了一定的阻碍，更加凸显两人的情感的珍贵。可见，主角与配角之间相互依存，缺一不可。

此外，划分主角和配角的界限至关重要。我们必须明确主角是故事的核心，所有的情节发展都应围绕主角展开，并最终使主角得到成长和升华。而配角则起到衬托和推动情节发展的作用，他们的存在是为了增强故事的深度和复杂度。因此，我们应避免将配角过度提升至主角的地位，否则可能会导致叙事重点偏移，使情节变得混乱无序。

## 第三节　主人公塑造与人物小传

"只有拥有人物才能吸引观众融入故事。你不可能通过各种噱头、落日、手持摄影机、镜头缩放或别的什么来吸引他们。他们对这些毫不在乎。但如果你提供一些能够令他们担忧的东西，如让他们担忧和关心的人物，你就拥有了观众，你就能吸引他们融入其中。"① 在剧本创作中，主人公是最重要的人物，是承载主题思想与驱动故事情节发展的核心，因此塑造一个内心世界丰富，拥有优良品质，具备蜕变潜力的主人公将有利于编剧打造精彩的剧本。想要塑造一个独特的主人公时，就离不开人物小传的编写。人物小传有利于明晰主人公的背景与细节，从而帮助编剧塑造真实立体的人物形象。本节，我们将深入探讨塑造主人公的精髓及编写人物小传的技巧，旨在提升创作者捕捉生活细节、深挖人物内心、书写精彩故事的能力。

### 一、单一主人公与复合主人公

#### （一）单一主人公

单一主人公的故事往往将叙事中心放在一个人物身上，即故事情节均围绕着一个人展开，聚焦于人物动作与人物弧光，并以此来揭示故事的主题。单一主人公的故事能将人物的成长与转变铺垫得更为充分，有益于塑造出内心丰富的人物。此外，单一主人公还具备统一性的内在优势，而具有统一性的剧本能更好地抓住观众的注意力。②

电影《当幸福来敲门》（2006）的故事就围绕着单一主人公克里斯·加纳展开。影片塑造了克里斯·加纳吃苦耐劳、尽职尽责、积极上进的人物特质，揭示了"幸福与爱"这一主题。而电影《火星救援》（2015）的故事围绕着主人公马克·沃特尼展开。马克·沃特尼被困在火星后独自生存，经历重重考验，终于重返地球。影片塑造了马克·沃特尼沉着冷静、学识丰富、积极乐观的人物特质，揭示了"坚强的生存意志"这一主题。

在进行单一主人公的塑造时，创作的重点是深入挖掘主人公的内心世界和个性特征。为此，创作者需要通过细致的背景设定、性格分析和心理描写来使主人公的形象更加丰满，使其成为故事的核心。同时，创作者还需要明晰主人公的情感弧线，确定人物

---

① ［英］马克·卡曾斯. 电影的故事［M］. 杨松锋，译. 北京：新星出版社，2009.
② ［美］斯科特·温菲尔德·萨布莱特. 完美编剧成长指南［M］. 罗婧清，译. 武汉：湖北科学技术出版社，2018.

最初的情感状态，并设想人物将如何面对挑战与冲突。

### （二）复合主人公

复合主人公的故事通常将叙事中心放在两个或两个以上的主人公身上，因复合主人公通常有以下两个特征：第一，复合主人公中的成员通常都有相同的目标及欲望，这些共性推动着故事的发展，并将这些人物联系在一起。第二，为了达到共同的目标或满足相同的欲望，他们通常会团结一致、互帮互助、惺惺相惜以及同甘共苦。[①] 基于以上两个特征，复合主人公在大多数情况下像一个特别的任务小组，他们在故事中共同努力，朝着同一个目标前进。

单一主人公的故事能够详细刻画一个人物的外与内，塑造出鲜活的人物，从而有利于引发观众对人物的深度思考。而在复合主人公的故事情节中，主人公之间会形成性格、能力上的互补，不同的人物形象有助于影片的多元表达，引导观众展开自由联想。电影《拯救大兵瑞恩》（1998）中，主人公由八名士兵组成，他们共同的目标是完成解救瑞恩的任务。在情节发展中，不同的人物都展现出了深刻而复杂的人性。如队长约翰·米勒沉着冷静，展现出了军人的纪律与素养；列兵丹尼尔·杰克逊信仰虔诚，这为他带来了内心的力量和对生命更加深刻的理解；军医欧文·韦德内心善良，总是尽职尽责地照顾受伤的战友；厄本下士为人善良但胆小怯懦，他惧怕战争。这些人物共同组成了故事中的复合主人公，并通过对复合主人公不同性格和特征的描写，表达出了战争和生命的多义性，并引导观众对影片产生更多思考。

复合主人公虽有着相同的目标，但并不影响他们拥有自己的故事线。这些故事线既有重合，又有分割，共同推动故事情节的发展。创作者在进行复合主人公的塑造时，需要明晰不同人物之间的故事线，确保每个故事线都有足够的情感深度。此外，创作者还应突出不同人物的性格特征，以便多维度地探讨故事主题，展示主题的复杂性和多样性，充分发挥复合主人公的剧作功能。

总之，单一主人公与复合主人公在写剧本中具有不同的功能，因此所对应的故事也具有不同的特征。单一主人公与复合主人公的选择与塑造取决于故事的主题，如果故事的主题较为简明，表意的方向趋于统一，那么单一主人公的选用能够更有力地帮助我们表达主题。而如果故事的主题较为复杂，表达内涵较为多样，那么选用复合主人公更能多维度地展示作品的价值取向。

## 二、主角光环：主人公特质

日常生活中，每个人都是自己生活的主人公，命运的波动围绕着我们发生，我们所做的决定也会影响自己未来的发展。剧本中，主人公是推动故事发展的人，也是经历变

---

① ［美］罗伯特·麦基. 故事：材质、结构、风格和银幕剧作的原理 ［M］. 周铁东，译. 天津：天津人民出版社，2014.

化的人，他们拥有强烈的总体需求与直接目标。① 剧本通常包含多个人物，每个人物都有自身的特点与功能，但只有主人公能够作为叙事的中心，成为观众观看的焦点。

主人公始终处于矛盾冲突的中心，会制定计划并采用行动来对抗反派，并由此推动整体情节的发展，承载与揭示故事的主题。在电影《雨人》（1988）中，主人公为了获得父亲的遗产，私自将患有自闭症的哥哥雷蒙带回洛杉矶，在漫长的行程中查理逐渐接纳哥哥的"异常"，并开始珍惜与重视家庭关系。查理·巴比特作为主人公推动了故事的发展，揭示了影片提倡尊重个体差异，强调家庭关系的主题思想。而在电影《拯救大兵瑞恩》（1998）中，曾经为小学教师的约翰·米勒是主人公，他为了完成任务，带领着八人小分队穿越战火区，过程中米勒及其他几个队员因此而丧生，最终大兵瑞恩获得解救。影片借助约翰·米勒这一角色，表达出了反对战争、珍惜和平、歌颂人性的主题思想。

在剧本创作中，主人公能够拥有奇幻、惊奇的人生，让观众在观影时体验自己从来没有经历过的生活，满足自己对大千世界的探索欲，并逐渐加深对社会及人性的了解。在电影《本杰明·巴顿奇事》（2008）中，主人公本杰明·巴顿从出生起开始逆向生长，直至他变成婴儿，在爱人黛西的怀中离世。本杰明·巴顿让观众体验了一把返老还童，也引发了观众对时间、生命、爱情更为深刻的思考。

作为故事的中心人物和观众愿望的载体，主人公常拥有一些有别于其他角色的特质。这种特质也被称为主角光环。日常生活中，人们常因某人的特点而记住这个人，这种思维习惯也体现在观影中。主角光环会给观众留下深刻的印象，也有助于观众更加深入地理解人物，以至于当某种特质被提起时，人们就能立刻想起电影中的某个角色。在剧本中，主角光环还会影响故事的发展，因为主角光环总会影响主角做出选择，使其成为剧本中独特的部分。因此，在编写剧本时，我们可以为故事中的主人公设置一些特质，让观众能迅速辨别出主人公与其他角色之间的差异，从而加深观众对主人公的印象。

## （一）意志坚定

现实生活中，处于逆境的人们总会感到恐惧，甚至企图退缩，或逃离逆境，但当他们克服思想的障碍后，便会想方设法地解决问题，实现自己的理想与目标。在艰难与曲折的过程中，他们会在意志力的驱动下迸发出超乎想象的能量，电影中的主人公亦是如此。在故事中，主人公通常都某种戏剧性需求，以推动故事进一步发展，因此主人公也会具有意志坚定的特质。虽然意志力难以被量化，但主人公的意志力得足够支撑他们满足自己的戏剧性需求，否则故事将难以推动。

主人公在故事的开端可以是一个意志不坚定的人，但是随着故事的发展和情节的推进，外部或内部的原因使主人公获得这种特质，从而使其发生转变，完成人物弧光，变

---

① ［美］朱莉·赛尔博. 让你的人物讲故事：十一步打造专业剧本［M］. 谢冰冰，译. 北京：世界图书出版公司，2022.

为一个意志坚定的人。[①] 电影《指环王》（2001—2003）中，主人公佛罗多在护送至尊魔戒的路途上遇到了很多阻碍，内心也产生过动摇的念头，但最终克服了这些困难，完成了任务，拯救了世界。编剧设计主人公在路途中退缩这一情节，不仅使"坚守"特质更显得珍贵，也令佛罗多这一角色更加真实。

塑造人物最有力的方式是让他在银幕上动起来，让他说话，这样我们才能像面对一个真人一样去感知他。[②] 在创作中，编剧可以根据主人公的个人特点来设置意志坚定的特质，并通过故事情节及人物的动作展现出来，这些情节与动作通常都以克服困难为主，而困难往往与主人公的总体需求有关。例如，画家对艺术有着极致的追求，为了完成某个绘画的细节，能够连续两天不饮不食，他坚定的意志足以对抗饥饿；足球运动员对足球运动有很深的执念，在受伤休养时，为了保持竞技状态，只好加强其他身体部位的训练；父亲为了救治孩子的疑难杂症，一边四处求医，一边打工挣钱，坚定的父爱使他能够忍受肉身的疲惫。这些都是主人公意志坚定的具体体现。与此同时，我们也应注意，主人公的意志坚定不一定贯穿在所有事情上。但总的来说，意志坚定这一特质应与主人公的戏剧性需求相关。

在音乐剧情片《爆裂鼓手》（2014）中，主人公安德鲁是一名音乐学院的学生，他梦想成为一流的爵士乐鼓手，并坚持练习打鼓技巧。在乐队指挥弗莱彻的刁难下，安德鲁的内心逐渐异化，致使他与女友分手，与父亲疏远，但他的意志力促使他坚定地走上梦想之路，即使他的手皮开肉绽，仍然坚持练习，即使家人冷嘲热讽，也义无反顾地坚持自我。最终，安德鲁成功在舞台上向众人展示了自己的音乐实力。

## （二）具有责任感

责任指的是有胜任能力的人在社会生活中应承受的负担，以及对自己选择的不良行为所承受的后果。[③] 在日常生活中，履行责任不仅能够树立一个人的可靠形象，还是维护社会秩序的基石。父母承担抚养子女的责任，而子女则有赡养长辈的义务。在电影中，责任感既是人物目标的源泉，也是推动他们达成这些目标的动力。无论是完成任务、实现救赎，还是维护法律，这些情节都源于人物的责任感。对观众来说，具备责任感的角色更易赢得其价值观和情感上的共鸣。

电影《当幸福来敲门》（2006）中，主人公加纳在面对即将破产与妻子离去的窘境时，并没有因此消沉，而是肩负起身为父亲的责任，一边尽力照顾儿子，一边努力寻求机会。加纳的责任感不仅推动他实现了自己的目标，还深深打动了观众。电影《美丽人生》（1997）中，主人公圭多与妻子多拉、儿子乔舒亚被关进纳粹集中营，为了让妻子放心，他冒险利用广播向妻子传话；为了保护儿子的心灵，他编织了一个"玩游戏"的谎言。圭多让妻子与儿子免受毒害，自己却倒在了德国士兵的枪口下，他身上的责任感

①　[美] 罗伯特·麦基. 故事：材质、结构、风格和银幕剧作的原理 [M]. 周铁东，译. 天津：天津人民出版社，2014.

②　[美] 亚历克斯·爱泼斯坦. 编剧的策略：如何打动好莱坞 [M]. 贾志杰，季英凡，译. 成都：四川人民出版社，2018.

③　沈国桢. 浅析责任的涵义、特点和分类 [J]. 江西社会科学，2001（01）：54−57.

促使影片呈现出兼具幽默与悲剧的故事，引发了观众对历史的深刻思考。

在创作中，主人公责任感因其职业的不同而具有不同的特点，若主人公的职业是刑警，侦破案件、抓捕凶手是角色的责任。若主人公的职业是医生，救死扶伤是角色的责任。当我们明确主人公的责任所在后，便可以通过编写事件、细节、行动等来凸显主人公的责任感。

代表荣誉的头衔能让观众直观地了解主人公的品性，我们可以为剧本中的主人公适当地添加荣誉头衔，如拥有三等功勋章的老兵、拥有优秀员工称号的工人等。主人公获得荣誉头衔的过程无须在剧本中详细展现，但除了头衔以外，剧本需要通过别的具体的细节与行动来展现主人公的责任感，使其更具说服力。例如，通过主人公和其他角色之间的对话来凸显责任感，这些对话可以展现主人公对责任的看法，也可以展现主人公是如何将这种责任感融入日常生活中的。同时，我们还可以通过更加具体的动作凸显主人公的责任感，如主人公在他人需要帮助的时候伸出援手，或者在危急时刻挺身而出等。

（三）能力出众

天赋使一些人在特定领域脱颖而出。例如，尤塞恩·博尔特自幼就展现出卓越的短跑天赋，多次打破百米赛跑世界纪录，成为田径界的杰出人物。爱因斯坦以其卓越的智商在 26 岁时提出了狭义相对论和光量子论，为科学界做出了巨大贡献。除了天赋，人们也会通过后天的努力来达到自己的目的。中国著名体操运动员李宁曾获得过多枚奥运奖牌，退役后他创立了自己的体育用品品牌——李宁，并逐渐将其发展为国内外知名品牌。李宁的成功转型展示了努力的价值。同理，电影中的主人公为满足自己的戏剧性需求，也需要具备某种特定的能力。

电影《通勤营救》（2018）中，主人公麦考利是一个朝九晚五的保险公司职员。他曾经是警察，因此擅长推理和打斗。这些能力为后续的情节发展提供了逻辑辩护，也使麦考利满足了自己的戏剧性需求。此外，电影《误杀》（2019）中，主人公李维杰，在外人看来只是一个卖碟片的小老板，但由于他经常观看电影，深知蒙太奇对于事件影响力，因此才能在后续情节中瞒天过海，隐藏杀害妻女的真相。

创作者在设置主人公的能力时，需要考虑人物自身的特点及故事情节。例如，曾经是出租车司机的售货员，不仅车技惊人，还十分熟悉当地的路线，因此他才会在追逐抢劫犯的过程中不断克服阻碍，最终实现了自己的目标。主人公的能力需要通过剧本的背景、情节、动作呈现出来。在创作中，我们可以通过背景来铺垫主人公如何获得或发现这项能力，如训练、天赋或某一事件的影响，还可以通过与其他角色的对比来凸显主人公的能力，如其人的评价和反应等。在情节发展中，主人公能随着故事的推进而提升他们的能力，这种成长是通过训练和实践达成的。除此之外，我们还可以设置一个契机，让主人公的某种能力被突然开发出来。总之，经过背景铺垫、动作呈现和人物对比，创作者可以有效地在剧本中突出主人公的某项能力，让观众加深对角色的理解。

（四）代表正义

随着社会文明的发展，人们的整体道德水准不断提升，构建公平、公正、合法、合理的社会环境成为政府与公民的共同目标。现实中行侠仗义的事迹与法律教育的引导，使正义感深入人心。在创作中，光明战胜黑暗、正义战胜邪恶的叙事始终符合观众期待。即便主人公初期存在缺陷或误判，也需通过情节发展逐步转向正义立场，以此获得观众的情感共鸣。

以刘伟强和麦兆辉联合执导的《无间道》（2002）为例，警察陈永仁潜伏黑帮卧底，始终坚守职责与信念，在身份与道德的剧烈冲突中坚持正义，最终以未泯的光明赢得观众认同。《肖申克的救赎》（1994）中，蒙冤入狱的安迪·杜佛雷凭借智慧揭露腐败、改善狱友处境，通过二十年隐忍实现自由与真相的双重救赎，其追求公正的信念贯穿始终。而《指环王》（2001—2003）的佛罗多·巴金斯，则以抵抗魔戒诱惑、摧毁黑暗势力的历程，诠释个体在宏大使命中对正义的坚守。

剧本创作需在构思阶段聚焦主人公正义价值观，可通过两种技巧强化其正义性：其一为形象塑造，通过言行细节刻画勇敢、诚实、富有同理心的正面特质。例如，设定警察主角屡破大案，并通过家庭对话展现其维护秩序的理想；其二是对比展现，将主人公置于与反派或社会不公的对抗中，以其抉择凸显正义追求。如主角为保护受害者与诈骗团伙殊死斗争，即使遍体鳞伤仍坚守底线，通过冲突强化其正义属性。这种明确的正义立场不仅能推动叙事逻辑，更能引发观众深度共鸣。

（五）具有同情心

同情心作为人类基本情感，使个体更易感知他人的困境并激发帮助的意愿，这种特质令角色更具真实性与感染力。在剧本创作中，主人公的同情心既能塑造立体人格，也可成为驱动戏剧冲突的核心动力。

以《血战钢锯岭》（2016）为例，军医道斯因信仰拒持武器，却在钢锯岭战役中凭借强烈同情心突破生死界限，徒手救出 75 名战友，其价值观通过战场行为具象化。《E. T. 外星人》（1982）中，男孩埃利奥特对小外星人的保护欲源于纯真的童心与天生的共情，冒险营救行为使科幻设定落地为情感羁绊。而《闻香识女人》（1992）中，学生查理面对失明军官的自毁倾向时，选择以陪伴化解危机，其同情心成为治愈他人与自我成长的纽带。

塑造角色的同情心需从两个维度切入：首先是背景故事设计，通过主人公过往创伤或见证不公的经历，赋予其共情行为的合理性。若设定主人公幼年时的受助经历，那么主人公成年后对弱势群体的救助便有了心理依据。其次是职业身份建构，可选择教师、医护等天然承载关怀属性的职业，使同情心通过日常工作自然流露。例如，医生在急诊室争分夺秒的抢救，这既是职责所在，也是人性光辉的投射。通过具象化场景将抽象品质转化为可感知的行动逻辑，角色的同情心方能真正推动叙事发展。

（六）优缺点明显

个体的独特优点如同光束吸引关注，既是职业成就与社交认可的关键，也构成自我强化的方向。① 但正如朱莉·赛尔博所言，完美无缺的角色会削弱观众共鸣与成长空间，刘大鹏也指出人物缺陷是建立精神连结的重要媒介②，优缺点的矛盾张力更能推动人物弧光的完成。

《模仿游戏》（2014）中，图灵以超凡智力破解德军密码，其社交障碍却导致团队关系紧张，天才与缺陷的碰撞形成强烈戏剧反差。《白日梦想家》（2013）里幻想家米蒂通过追寻底片的冒险，将空想转化为行动力，缺陷的克服过程恰是主题升华的路径。而《三块广告牌》（2017）中米尔德丽德追凶的执着母爱，因其暴力偏执演变为对他人的伤害，善恶交织的特质深化了关于仇恨与救赎的探讨。

这些案例印证：角色的优缺点不仅是塑造立体形象的工具，更是驱动叙事与主题表达的结构性要素。创作者需根据故事内核，通过具体抉择与行为动态呈现特质——如让警察主角在追凶时暴露鲁莽倾向，或将科学家的偏执转化为突破困局的关键。特质设计应服务于戏剧需求，而非刻板堆砌。

## 三、中心人物小传设置

剧作者需全面掌握角色的内在生活（性格形成过程）与外在生活（影片中展现的行为逻辑），正如悉德·菲尔德强调的，外在表现必须植根于内在设计的完整性③。每个角色的过往经历都是塑造当前人格的基石，这种隐性背景与显性行为的关联性构成了角色的立体维度。

撰写人物传记被菲尔德称为"最富洞察力的人物创作工具"④，其核心价值在于：通过系统梳理角色的生平、性格与特质，为剧本中的决策行为提供心理依据。新手创作者常因缺乏深度挖掘导致角色脸谱化，而详尽的人物小传能有效避免刻板印象，通过发现隐藏细节增强故事原创性——如补充主角幼年丧亲经历，可解释其成年后对家庭关系的偏执。

以中心人物为例，建议采用结构化模板进行信息梳理：

（1）基础信息：年龄、职业、社会关系。

（2）核心特质：主导性格与矛盾缺陷。

（3）关键经历：影响价值观形成的三个事件。

（4）行为模式：压力下的应激反应特征。

这种系统化建构不仅确保角色动机的连贯性，如让孤僻科学家拒绝团队合作显得合理，还更能通过未被采用的备选故事线，如角色曾有的犯罪记录，为后续创作保留拓展

---

① ［美］朱莉·赛尔博. 让你的人物讲故事：十一步打造专业剧本［M］. 谢冰冰，译. 北京：世界图书出版公司，2022.

② 刘大鹏. 故事创作大师班. 国际卷［M］. 北京：北京联合出版公司，2021.

③ ［美］悉德·菲尔德. 电影编剧创作指南——悉德·菲尔德经典剧作教程 2［M］. 魏枫，译. 北京：北京联合出版公司，2016.

④ ［美］悉德·菲尔德. 电影编剧创作指南——悉德·菲尔德经典剧作教程 2［M］. 魏枫，译. 北京：北京联合出版公司，2016.

空间。人物小传并非创作终点，而是持续修正的动态过程，需随叙事发展不断校准隐性设定与显性表现的匹配度。

以下是人物小传的创作模版，供参考。

人物小传（创作模板）

1. 姓名：
2. 性别：
3. 年龄：
4. 身高：
5. 血型：
6. 婚恋状态：
7. ……（根据人物设想自行扩充）

## （一）角色身份和职业的落地性与矛盾性

身份与职业作为人物塑造的两个重要部分，需兼顾社会逻辑与戏剧张力。身份涵盖出身、阶层、教育等要素，直接影响人物的价值观与行为模式；职业则反映人物的社会角色与生存状态，二者共同将角色拉入现实，并赋予其真实性。《中华人民共和国职业分类大典》中记载的 1636 种职业类型为我们的创作提供了丰富的素材，但需注意的是，应突破刻板印象——如让孤僻天才担任谈判专家，或让利润至上的商人拥有艺术理想。

落地性匹配强调身份与职业的社会合理性。《卡特教练》（2005）中，贫民窟出身却受过高等教育的篮球教练，其职业选择既符合运动专长，又体现出他反哺社区的动机，使执教行为与人物背景形成闭环。创作时，我们需考量时代背景对职业选择的影响，如互联网时代技术精英的崛起轨迹需匹配相应的教育背景和行业机遇。

矛盾性建构则通过身份职业冲突制造戏剧动力。《心灵捕手》（1997）中，清洁工威尔成为数学助教的天赋错位，既凸显阶级跨越的艰难，又为其抗拒精英体系的挣扎提供了支点。相似的情况也出现在了《阿凡达》（2009）中。影片让残疾退伍军人参与科研项目，其军事背景与纳美族战士身份形成双重呼应，将身份矛盾转化为叙事的驱动力。

创作者需在现实逻辑与戏剧需求间寻找平衡：既要确保职业选择符合角色教育、阶层等身份要素，如顶尖学府航天专业毕业生从事飞船研发，也可以刻意制造反差，如富二代拒绝继承家业投身艺术。这种张力既能折射出社会现实的复杂性，又能通过角色在矛盾中的抉择深化主题表达，如《三块广告牌》（2017）中，编剧通过描绘底层母亲与司法体系的对抗，将个体的身份困境升华为集体的社会批判。

## （二）外形和性格相互铺垫和对比的展现

人物外形与性格的互文关系是剧本创作的核心。罗伯特·麦基提出了"人物塑造"

（可观察的外表、行为特征）与"人物真相"（内在动机与性格本质）的二分法①，要求创作者通过人物的生理特征折射其内在世界——如粗糙的皮肤暗示人物户外劳动者身份，高度近视眼镜指向人物知识分子的特质。这种符号化的设计需植根于人物前史：游泳者指间的褶皱不仅可被视为职业印记，还可被视为人物通过运动疗愈情伤的叙事背景。

性格的形成和转变受基因遗传、社会规训与重大事件的影响。以《海边的曼彻斯特》（2016）为例，李·钱德勒火灾前后的服装色彩变化（从亮色运动服到深色夹克），正是创伤事件重塑性格的视觉表征。创作时，我们应建立人物性格演变的档案：原生家庭决定基础人格（如控制型的母亲养出讨好型人格的孩子），教育经历塑造认知方式（如军校背景强化人物的纪律性），而突发灾难则可能触发极端转变（如截肢事故引发人物的抑郁倾向）。总的来说，外形与性格的互证机制可被概括为两种模式：

（1）协同强化。《速度与激情》中霍布斯的肌肉体型强化其强硬特工形象，道恩·强森的摔跤手身份使选角与角色高度契合。

（2）反差制造。《剪刀手爱德华》中，主人公的哥特式外形与纯真内心的对立，打破了"恐怖外表即邪恶"的思维定式，这种认知错位恰恰是悲剧张力的来源。

动态映射策略要求外形随性格弧光同步变化。《我不是药神》（2018）中的程勇从蓬头垢面的商贩到整洁的救世主，服装的演变标记着程勇道德觉醒的过程。创作者了在剧情的关键转折点上设计人物外形的突变，如精英律师经历冤案后改穿粗布麻衣，暗示其价值观崩塌与重构。

创作中，我们还需平衡符号化与真实性，既要利用观众对西装革履就等于权威的认知惯性，又要通过细节颠覆，如严肃法官佩戴卡通袖扣等，暗示角色隐藏的性格层次。这种创作方式最终服务于叙事逻辑，正如《指环王》（2001—2003）中佛罗多的矮小体型更好地凸显了他对抗黑暗的勇气，使其英雄形象更具凡人质感。

## （三）活用人物弧光所带来的成长与变化

人物弧光的本质是角色内在心理的质变，体现为角色价值观的重构，如从自私到无私，从怨恨到宽恕等根本性的转折。

这种蜕变需要通过具体行为的转化来实现叙事的闭合，如《辛德勒的名单》（1993）中投机商人的转变：从剥削犹太劳工牟利，到散尽家财拯救一千多条生命，红衣女孩的死亡触发了辛德勒良知的觉醒，也使他通过个人的营救行动完成了从利己主义到人道主义的人物弧光。《土拨鼠之日》（1993）则通过时间循环机制，让傲慢的主播菲尔在追求爱情的过程中，从放纵享乐转变为助人为乐，其拯救孩童、照料流浪汉等行为成为衡量人物蜕变的标尺。

创作人物小传时，我们需要主义人物弧光前后的对比维度。

（1）价值观。商人从"家庭是地位附属品"到"家庭是幸福源泉"的认知迭代。

---

① ［美］悉德·菲尔德. 电影编剧创作指南——悉德·菲尔德经典剧作教程 2 ［M］. 魏枫，译. 北京：北京联合出版公司，2016.

（2）行为表现。例如，人物摘下显贵首饰、投身公益项目等行动。

（3）外在映射。例如，从张扬的服饰变为朴素的衣着，或搭配阅读静思的生活细节等。

这种内外同步转变的前后对比，使《海边的曼彻斯特》（2016）中李·钱德勒从明亮到深暗的服装色彩变化，成为人物心理创伤的视觉符号。此外，创作者应当建立转变的可验证系统：若角色经历生死离别后宣称珍视生命，则需在剧本中设计其放弃高风险工作、参与医疗志愿等现实选择，以避免弧光仅停留于口号。

### （四）人物目标、能力及特质的设定与达成

中心人物的戏剧性需求即其核心目标，正如悉德·菲尔德所定义"人物想要赢得、获取、争得或成就的东西"[①]。在《心灵奇旅》（2020）中，乔伊·高纳通过灵魂奇旅实现自己的钢琴梦，与《回到未来》（1985）中，马蒂确保父母相爱的时空任务，同样构成了推动叙事的核心动能。这类需求应兼具戏剧张力与内在逻辑，《辛德勒的名单》（1993）中，商人从敛财到救人的转变是以红衣女孩的惨死为动机完成的；而《卡特教练》（2005）则借角色的教育背景与友人悲剧，将其改造问题少年的执念合理化了。

实现需求应匹配人物的能力与特质，如侦探需依靠逻辑推理来破解迷局，商人需依赖社交策略来达成交易。首先，能力需在障碍克服中验证效果，如《消失的她》（2022）中，何非的赌徒心理既推动了婚姻骗局，又导致了阴谋败露。其次，特质决定角色行为的独特性，如勇敢者直面威胁而非逃避，责任感驱使角色逆势涉险。最后，编剧在创作中应建立"需求、能力、特质"的三角模型：第一，根据核心目标配置基础能力（救援专家需生存技能）。第二，通过特质强化行为动机（偏执科学家为真理牺牲亲情）。第三，在冲突中检验能力与特质的适配性（谈判专家口才在暴乱中失效）。

此外，人物的表层形象，如侦探的风衣烟斗，与深层性格，如追求正义的偏执，都将随弧光同步演变。《华尔街之狼》（2005）中，主人公从草根到金融巨鳄的服饰升级，正是贪婪人格外化的视觉隐喻。人物关系的建构往往通过需求的碰撞实现，如导师的保守与主角的激进形成价值对冲，恋人间的目标分歧导致情感张力等。这种动态平衡使角色既是主题载体，又是叙事引擎。

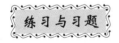

撰写 100 条关于"主人公"的信息，筛选后根据其中 50 条内容，完成正在构思的剧本主角的人物小传。

《乱世佳人》（1939）

---

① S. 菲尔德，钟大丰. 电影剧作指南（一）［J］. 世界电影，2001（04）：123-142.

《教父》（1972）

《远山的呼唤》（1980）

《沉默的羔羊》（1991）

《终结者2：审判日》（1991）

《辛德勒的名单》（1993）

《这个杀手不太冷》（1994）

《肖申克的救赎》（1994）

《阿甘正传》（1994）

《拯救大兵瑞恩》（1998）

《魔戒》（2001）

《了不起的盖茨比》（2013）

《小丑》（2019）

《卡特教练》（2005）

# 第七章　剧本悬念设计

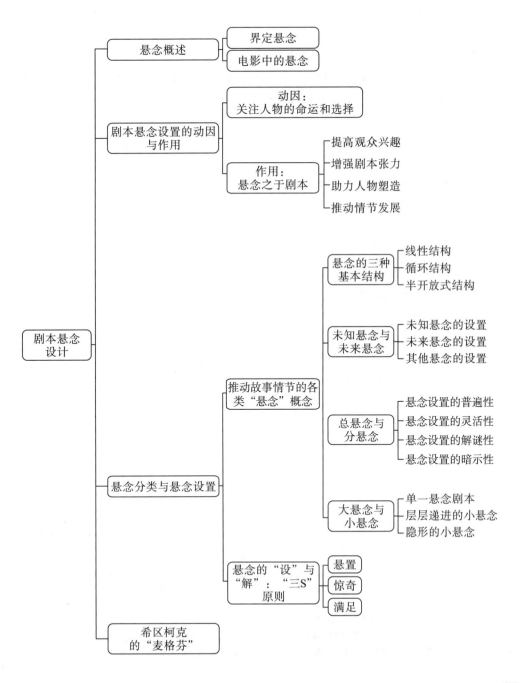

## 第一节　悬念概述

悬念（suspense）无疑是剧本创作中一种极具魅力的叙事手法。它如同磁铁般吸引着观众的目光，引领着他们走进一个个充满未知与期待的世界。

自《诗学》中首次提出"突转"与"发现"这两个概念，有关悬念的探讨便成了文艺理论的重要议题。悬念源于观众对于未知的好奇与渴望。当故事情节出现转折，或人物命运面临挑战时，观众便会不自觉地产生紧张、期待等情绪，这就是悬念的魅力。在电影艺术中，镜头语言的运用、剪辑技巧的处理以及音效的烘托，能够营造出紧张的氛围，让观众完全沉浸在故事里。因此，悬念的设置往往与观众心理紧密相连，它不仅能够吸引观众的注意力，还能引导他们深入思考故事背后的意义。同时，悬念也是推动剧情发展的重要动力，它能让故事更加扣人心弦，让观众在紧张与期待中体验到电影艺术的无穷魅力。

### 一、界定悬念

"悬念"这一概念最早出自亚里士多德的《诗学》。亚里士多德在分析古希腊悲剧时提出的两个概念——"突转"与"发现"，是有关悬念最早的系统性阐述。[①]

如字义所示，"发现"指从不知到知的转变。例如，在某些剧本中，编剧使那些处于顺境或逆境的人物发现他们和对方有亲属或仇敌关系。[②]《雷雨》中，本是恋人关系的周萍和鲁四凤，意外发现二人是同父异母的亲兄妹；而在《麦克白》中，麦克白将军在女巫的暗示、夫人的怂恿，以及野心和贪婪的驱使下，弑君夺位，杀尽忠臣。麦克白这一人物形象也由一个忠心者变为反叛者，其中关于麦克白野心的"发现"，导致了他身份的"突转"。通过以上两个作品，我们不难看出亚里士多德强调的"发现"，是从事物的本质和事件发展的内在规律中汲取的。这种"发现"有一定的逻辑性，稍经推敲，便可以揭示事物的本质和人物关系的属性。

而"突转"则是"指行动按照我们所说的原则转向相反的方面"[③]。例如，故事的发展由顺境进入逆境，再由逆境进入顺境。"突转"是按照自然律或者必然律发生的，换句话说，也叫"必然符合可然或必然"，这是亚里士多德关于"突转"提出的一条原则。无论是悲剧还是喜剧，都必须符合事物发展的客观规律，不可违背情理。亚里士多德没有明确阐释"突转"的运行规律，但不难发现，"突转"发生之前，剧本中往往会埋下大量伏笔，只有这样，"突转"才显得有说服力，才会产生惊心动魄的戏剧效果。"剧情的纠结和矛盾需逐渐增强，但当它发展至最高峰时，又应将其轻巧地解决掉。也

---

① 陈瑜. 电影悬念的叙事分析 [D]. 上海：上海大学，2009：37.

② 亚里士多德. 诗学 [M]. 罗念生，译. 上海：上海人民出版社，2006.

③ 亚里士多德. 诗学 [M]. 罗念生，译. 上海：上海人民出版社，2006.

就是说，既要纠结得难解难分，把主题重重封裹，又要说明真相，让秘密突然暴露，使一切顿改旧观，使一切出人意表，这样才能让观众惊奇叫好。"①

有关悬念的界定，我们可参考学者范培松在《悬念的技巧》中的定义："悬念，顾名思义，是悬在心中的思念。它所指的含义有两个，一方面从读者阅读接受心理来看，是指读者在阅读叙事性文学作品时，看到悬而未决的地方不由自主产生迫切了解情节发展的心理活动，例如对作品中人物未来走向的好奇心，从而激发产生阅读的强烈欲望。另一方面则是从作者创作的表现角度来看，是作者在安排情节和描绘人物到了某个关头故意卡住，对矛盾不加以解决，让读者对情节、对人物牵肠挂肚，以达到感染读者的目的各种手段和技巧，这也叫悬念。"②

## 二、电影中的悬念

悬念这一叙事手法随着电影的发展而不断演进。在《电影词汇》中，悬念一词被这样论述："悬念是指通过引发受众一种不同于吃惊的期待而将其置于紧张的状态中的处理手段。希区柯克在与特吕弗的交谈中这样解释道：我们借助叙述结构先于处于危险中的人物知道一些事，我们将自己认同为这个人物，这样既能预料到即将发生的事件，又同时能体验到恐惧与快感。"③

而《电影艺术词典》中，悬念被认为是处理情节结构的手法之一。它是利用观众关切故事发展和人物命运的期待心情，在剧中设置的悬而未决的矛盾现象。在不同风格样式的电影剧作中，悬念的表现方式并不相同。例如，惊险类型片常以紧张冲突不断带来"危机"或"突转"等情势。而其他类型的电影则多通过人物性格的刻画来增加观众兴趣，构成剧作悬念。作为重要的结构技巧，悬念的表现形态虽然受具体剧作风格的制约，但作用却大抵相同，都能集中观众的注意力，引导观众进入剧情，从而使欣赏效果达到饱和。④

此外，希区柯克作为电影界的悬疑大师，曾提出过著名的"炸弹理论"：两个人进入一个房间，房间的桌子下安装着炸弹，他们围桌而坐，对此事毫不知情，但银幕前的观众却十分清楚，并为他们捏了一把汗。那么，这两人最终是被炸死还是成功逃生，就成了吸引观众注意力的主要元素，也即这颗炸弹是否被引爆，就是创作者营造的悬念。

电影中的悬念，不仅是情节上的转折与突变，更是一种心理层面的策略。它通过对观众好奇心的激发，引导他们深入思考故事背后的意义，体验情感的起伏与波动。通过悬念的定义及其在电影中的表现，我们应更加清晰地认识到悬念在电影叙事中的重要作用。无论是亚里士多德所言的"突转"与"发现"，还是现代电影中的情节设计，悬念始终散发着独特的魅力，让观众与角色同呼吸、共命运。

---

① ［法］布瓦洛. 诗的艺术［M］. 任典，译. 北京：人民文学出版社，2009.
② 范培松. 悬念的技巧［M］. 广州：花城出版社，1988.
③ ［法］玛丽－特蕾莎·茹尔诺. 电影词汇［M］. 曹轶，译. 北京：中国电影出版社，2006.
④ 电影艺术词典编辑委员会. 电影艺术词典［M］. 北京：中国电影出版社，1986.

## 第二节　剧本悬念设置的动因与作用

在电影中，悬念设置如同一把巧妙的钥匙，开启了观众情感与认知的双重体验。它是连接观众与故事的桥梁，让观众在紧张刺激的氛围中享受电影带来的独特体验。具体而言，悬念设置的动因源于编剧对于观众心理的深入洞察。编剧深知，观众渴望在观影过程中体验未知与惊奇，他们希望跟随情节的发展，不断猜测、推理，直至真相大白。由此，悬念的作用体现在以下四个层面：

（1）悬念能够激发观众的好奇心，让他们对故事的发展产生浓厚的兴趣，从而更加投入地观看电影。

（2）悬念能够增强剧本的张力，使故事情节更加紧凑、扣人心弦。通过悬念的设置，编剧能够在关键时刻制造转折，引发观众的情感共鸣，使电影更具吸引力。

（3）悬念有助于丰富人物形象，让观众对剧中人物产生更深层次的认同。

（4）悬念是推动情节发展的重要动力，它能够让故事更加连贯、自然，为观众带来更加流畅的观影体验。

### 一、动因：关注人物的命运和选择

悬念是吸引观众的重要叙事手法，它可以贯穿故事脉络，让观众持续关注人物的命运走向和人生选择。换言之，悬念的存在可以让观众集中注意力，沉浸式投入故事之中。

电影《盗梦空间》（2010）以梦境为主题，讲述了一组人物试图在某人的梦境中植入想法的故事。影片中的大悬念主要围绕角色如何操控梦境、如何区分梦境，以及能否成功完成任务等核心问题展开。而影片中的小悬念，如陀螺是否停转等，增强了影片的紧张感和观众的期待感。大小悬念相互交织，共同构建了一个充满神秘与惊险的梦境世界，使观众在观影过程中始终保持紧张状态。

人物的命运和选择是悬念的关注点。观众通常对主人公的命运产生浓厚兴趣，他们希望看到主人公如何应对各种挑战，如何做出各自抉择。编剧可以通过设置角色面临的难题和抉择来引发悬念，让观众持续关注主人公的决策过程。以《泰坦尼克号》（1997）为例，这部爱情灾难片讲述了一对来自不同阶层的年轻人在泰坦尼克号船上相识、相爱，最终互相救赎的故事。影片中的悬念主要集中在这对恋人的命运和选择上，让观众热切地期待他们能够战胜重重困难。此外，影片中还设置了许多小悬念，如船体的裂缝、救生艇的数量等，这些悬念与主人公的命运和选择相互交织，使整部影片紧张刺激又深情感人。

悬念的设置不仅能够增强观众的投入度，还可以让他们对故事的发展产生浓厚的兴趣。通过观察角色的命运与选择，我们可以更好地理解电影中悬念设置的动因。悬念可以让观众在观影过程中不断地猜测、推理，从而增强他们的观影体验；同时，悬念还能激发观众的想象力，让他们在观影过程中加入自己的理解，以至于在影片结束后仍然回味无穷。

总之，电影中的悬念是吸引观众的关键因素之一。若能巧妙设置人物命运的不确定性和人生选择的模糊性，便能成功引导观众持续关注故事发展，深入探究角色的内心世界。这种叙事手法不仅能增强故事的吸引力，还能加深观众对故事主题的认知度。

## 二、作用：悬念之于剧本

在剧本中设置悬念既能增强剧本张力，又能丰富角色形象、推动故事发展。无论是电影、电视剧还是戏剧，悬念都是一种有效的叙事手法。那么，悬念之于剧本的具体作用是什么呢？

### （一）提高观众兴趣

在信息爆炸的时代，观众会面对海量的影片，如何让自己的作品在众多影片中脱颖而出，成了一个艰巨的问题。而悬念正是解决这个问题的有效手段之一。通过设置悬念，观众会更加关注故事的发展，产生强烈的好奇心，并在好奇心的驱动下自愿投入剧情。

（1）在激发观众好奇心方面，编剧通常会设置一些疑问或者神秘元素，让观众想要一探究竟。《盗墓笔记》（2016）在开头就抛出疑问：主人公吴邪的父亲是否是盗墓贼？这个疑问让故事充满悬念，也紧紧抓住了观众的注意力，让他们对后续剧情产生好奇心。

（2）在提高观众参与度方面，编剧通常会引导观众不断猜测后续剧情，这种猜测过程使观众更愿意投入剧情。《战狼2》（2017）设置了一个悬念：冷锋能否成功救出被困同胞？这个悬念让观众在观影过程中始终期待着冷锋的成功营救。最终，当冷锋终于成功救出同胞，便能让观众感到无比欣慰。

（3）在为观众留下深刻印象方面，编剧通常会在电影结尾揭示悬念的答案，给观众一个满意的回应。这种回应使观众对电影的记忆更加深刻。《无问西东》（2018）在结尾处揭示了主角陈鹏在生死关头的选择——他选择了牺牲自己，以换取他人的生命。这个答案不仅让观众印象深刻，也让这部电影成为经典。

综上，悬念作为一种提高观众观看兴趣的手段，在电影艺术中发挥着重要作用。

### （二）增强剧本张力

在创作中，戏剧张力是保证剧情紧凑、流畅，充满吸引力的重要因素。而悬念正是增加剧本张力的有效方法之一。通过设置悬念，编剧可以在关键时刻反转剧情，使其产生出乎意料的变化，从而增加剧情的戏剧张力。

（1）情节设计。一个好的剧本需要紧张刺激的情节，让观众在观看过程中始终保持注意力的高度集中。悬念可以让情节更加曲折离奇，增加观众的好奇心。例如，在惊悚题材的剧本中，编剧可以在关键时刻设置悬念：主角能否成功逃脱危险？这个悬念可以让观众在观看过程中始终保持紧张和期待，也可以让情节更加引人入胜。

（2）主题表达。一个好的剧本需要好的主题，让观众在观看中产生思考。悬念可以让主题更加突出和深刻。例如，在社会题材的剧本中，编剧可以在关键时刻设置悬念：主角能否改变社会的不公？这个悬念可以让观众在观看过程中始终保持思考和探究的状态，也可以深化主题，让影片的叙事更有深度。

因此，悬念具有增强剧本张力的作用，需要我们不断提高剧本情节的设计水平，并增强主题的表达力度。

### （三）助力人物塑造

在剧本中，人物形象的塑造对提高剧本的质量和观众的满意度具有重要意义。悬念是助力塑造更为丰富、立体的人物形象的一种有效手段。通常，我们可以从人物之间的矛盾冲突、情感纠葛、互动与碰撞等角度出发，对人物进行塑造。

（1）矛盾冲突。在电影《肖申克的救赎》（1994）中，主角安迪与监狱长诺顿之间的矛盾冲突成为剧情发展的主要推力。通过研究安迪与诺顿之间的关系，我们可以更加深入地了解他们的性格和行为动机。安迪作为无辜人狱的银行家，以其智慧、冷静和坚韧的性格赢得了众人的尊敬。而诺顿作为贪婪、残忍且专横的监狱管理者，却对安迪抱有深深的敌意。这种性格上的对立从一开始就埋下了悬念的种子——安迪能否在诺顿的打压下生存下来？他是否能够揭露诺顿的罪行并为自己赢得自由？随着剧情的发展，这种矛盾冲突不断升级，为观众带来了更多悬念——当安迪发现诺顿的财务丑闻并试图以此威胁他时，观众开始紧张地关注着双方的对决。安迪能否成功利用这个秘密来改变自己的命运？诺顿又会如何应对这个威胁？同时，诺顿对安迪的打压和陷害也进一步加深了悬念——他暗中破坏安迪的假释申请，甚至设计陷害安迪，试图将其永远留在监狱。这些行为让观众为安迪的命运捏了一把汗，同时也对诺顿的下一步行动充满了好奇。观众迫切地想要知道，安迪能否在诺顿的阴谋中幸存下来，并最终完成自己的救赎？

（2）情感纠葛。电影《泰坦尼克号》（1997）为观众展现了杰克与罗丝之间复杂而深刻的爱情故事。这种纠葛不仅使剧情扣人心弦，还让观众能够更深入地了解角色的情感世界，从而更加投入地参与到剧情中。虽然杰克与罗丝所处的社会阶层相差悬殊，但罗丝对上流社会虚伪生活的厌倦恰好与杰克无拘无束、乐观积极的性格互补。这种差异性与互补性使他们的每一次互动都充满了张力，让观众不禁好奇——这两个来自不同世界的人，他们的感情将如何发展？随着剧情的推进，杰克与罗丝之间的情感也迅速升温。然而，他们的爱情并非一帆风顺，罗丝面临着家族和社会的压力，而杰克则因贫穷饱受冷眼和嘲讽。这些外部因素使他们的感情充满了不确定性，也让观众更渴望追踪他们的情感动向，使整个故事充满了悬念和期待。

（3）互动与碰撞。电影《霸王别姬》（1994）中，悬念在程蝶衣与段小楼两位主角间得到了完美展现。他们之间的关系既微妙又复杂，每一次互动都仿佛是一场心理战，令观众紧张而期待。作为舞台上的绝代双骄，程蝶衣与段小楼的艺术才华相互辉映，而情感纠葛则成为他们生命中无法逃避的宿命。在艺术的追求与情感的挣扎中，他们不断碰撞、试探，每一次的接触都让观众对他们的关系产生新的疑问。程蝶衣的离开，无疑为他们的关系投下了一颗重磅炸弹。观众在猜测他离去的真正原因时，也在期待段小楼的反应。而当程蝶衣因无法承受被爱人背叛的痛苦而选择自杀时，这一惊人的反转不仅令观众震惊，更使剧情达到了高潮。通过一系列的互动和碰撞，电影成功地塑造了程蝶衣与段小楼这两个角色。可以说，程蝶衣与段小楼之间的悬念不仅增强了电影的吸引力，也使观众能够更加深入地了解和感受角色的内心世界。

### （四）推动情节发展

在剧本中，故事情节的发展需要有一个合理的逻辑顺序和节奏安排，而悬念可以在这个过程中起到推动作用。通过设置悬念，编剧可以在关键时刻制造转折点，引导故事情节向前发展。这种推动作用不仅能使故事情节更加紧凑和连贯，还能够增加观众的期待感和惊喜感。

（1）悬念可以增加故事情节的转折点，并引出高潮部分。在电影《盗梦空间》（2010）中，悬念不仅增加了故事情节的转折点，更在高潮部分将观众的紧张情绪推向极致。主人公多姆·科布为了重获自由，勇敢地踏入了一个充满危险与未知的梦境世界，每一个转折点都饱含浓厚的悬念，让观众时刻处于紧张状态。随着剧情的深入，多姆和他的团队在梦境中遭遇了一系列意想不到的挑战。这些挑战不仅考验着他们的智慧和勇气，也让观众对他们的命运充满了担忧。每一次危机都似乎预示着新的转折点即将到来，但观众却无法准确预测接下来会发生什么。这种未知感正是悬念的魅力所在，让故事情节更加扣人心弦，也让观众更加投入。当剧情终于到达高潮时，多姆凭借坚定的信念和过人的智慧，成功地实现了他的计划，获得了久违的自由。这一部分不仅是对多姆个人努力的肯定，也是对观众期待和好奇心的回应。

（2）悬念可以让故事更具深度和内涵。在电影《肖申克的救赎》（1994）中，悬念不仅使故事情节更加跌宕起伏，更赋予了作品深刻的内涵和哲思。主角安迪被误判入狱，身处黑暗绝望的环境中，却始终保持着对自由的渴望和追求。观众在跟随他的逃亡之路时，被浓厚的悬念所包围，既期待着他能够成功逃脱，又对他未知的未来充满好奇。安迪的逃亡计划并非一帆风顺，他面临着种种困难和挑战。每一次计划的尝试，每一次与狱警的交锋，都让观众为他捏了一把汗。而安迪与狱友雷德的深厚友情，以及他对监狱图书馆的无私奉献，更是让观众看到了他内心的坚韧和善良。这些情节不仅丰富了故事的内容，也增加了悬念的层次。随着故事的深入，观众开始思考安迪是否能够成功逃脱，以及他逃脱后如何面对自己的过去和未来。这种对未知的探索和对命运的思考，使得整个故事情节不再仅仅是一个简单的逃亡故事，而是成为一个关于希望、友谊和救赎的深刻寓言。最终，当安迪在雨中张开双臂，享受自由的那一刻，观众心中的悬念得到了解答。但更重要的是，安迪的逃亡之旅所揭示的关于坚持信念、勇敢面对困境的精神内涵，以及关于人生意义的深刻思考，让故事情节具有了更加丰富的深度和内涵。

## 第三节　悬念分类与悬念设置

悬念是一个综合的表现技巧，在悬念的设置上不需要很大的篇幅，也不需要直白的台词。被誉为"世界最短科幻小说"的《最后一个人》，只有两句话，却完成了悬念的设置："地球上最后一个人独自坐在房间里，这时忽然响起了敲门声。"第一句话营造了极致的孤独与绝望，第二句的敲门声则非常规地打破了常规叙事。在我们的认知中，敲门声通常意味着有人到访。而这敲门声对地球上最后一个人而言又意味着什么呢？这种悬念可以让读者根据自己的想象和理解来解读和预测，从而增加了故事的吸引力。电影《盗梦空间》（2010）里，结尾的"旋转陀螺"也是令人回味无穷的开放式结局，它让观众产生疑问：主人公是回到现实，还是仍存于梦境？他下一步将如何行动？这些疑问共同作用，制造了影片强烈的悬念效果。

观众的耐心是有限的。悬念就像一颗颗紧密连接剧情的"扣子"，将故事的叙事板块紧凑、流畅、完整地串联了起来。因此，在创作中如何理解并使用悬念尤为重要。本节，我们将具体讲述悬念的概念和划分，利用案例分析，让大家了解并学会使用悬念。

### 一、推动故事情节的各类"悬念"概念

悬念的使用非常广泛，但学界对它的定义却一直较为模糊，它在《辞海》中被解释为：欣赏戏剧、电影或其他文艺作品时，对故事发展和人物命运的关切心情。因此，我们可以将其理解为"悬挂起来的念头"。

希区柯克曾说："我必须制造悬念，否则人们就会失望。如果我拍摄《灰姑娘》，那么我只有在马车里放进一具尸体，他们才会满足。"悬念就是创作者为使影片达到令观众满意的效果，在创作中依托不同的信息媒介，对情节进行突转、中断和延伸等处理的表现手法。

同时，悬念具有明显的交际功能和语法功能，这在评书中"暂且按下不表""欲知后事如何，且听下回分解"等话术中得以体现。也就是说，高级的故事并不会直接生成悬念，而以未完成、未封闭的故事情节给观众制造留白，从而让他们不断思考。在悬念设置中，我们可以通过打破故事叙述序列和悬置悬念等方式逐步揭开谜题，以便更好地展示出剧本中的矛盾冲突。

#### （一）悬念的三种基本结构

悬念的"设"与"解"功能，大致可以分为以下三种悬念结构（如图7-1）。

（1）线性结构。在创作过程中，线性结构是一种较为常见的悬念结构。在这种结构里，悬念的"设"和"解"有着明显的先后顺序，一般是在作品中先抛出一个悬念，引发观众思考，再在后续的剧情中对这个悬念进行解释。悬念的"设"指向悬念的"解"，这种结构会将观众的注意力集中在故事的发展之中。例如，在《波斯语课》（2020）中，

主人公雷扎在生死边缘伪装成波斯人，获得一线生机，结果却被德国军官克劳斯要求进行波斯语教学，雷扎不仅要随时编出合适的单词，还要记住自己编出的所有单词，更要面对克劳斯随时可能提出的问题。影片不断设下的悬念为剧本增添紧张感，也为雷扎成功获救的结局增添了戏剧张力。

（2）循环结构。循环结构是指一个情节点中呈现出解设一体的特征。在很多非线性结构作品中，编剧会把部分情节前置，让观众从一开始就知道某件事或某个人的结局。例如，电影《泰坦尼克号》（1997）开头直接拍摄沉船事故，然后将时间倒回到出事前，讲述发生在泰坦尼克号上的故事。影片在片头为观众埋下了游船为什么会发生事故，船上都发生了什么故事等悬念的同时，也揭露了悬念"解"的一部分，即泰坦尼克号沉没了。影片结尾在照应片头情节的同时，也解开片头设下的悬念，构成悬念的循环结构。在《拯救大兵瑞恩》（1998）等影片中，也出现了循环结构——编剧将结局提前，用亲历者的姿态讲述之前的故事，让观众对故事产生极强的好奇心。

（3）半开放式结构。半开放式结构往往体现在影片的结尾处。它一般不会呈现出戛然而止的效果，而是会使用各种线索来暗示观众剧情接下来的可能走向，或给出这部片子以外的信息，为下一部电影做铺垫。这种悬念的设置会带给观众余韵悠长的感觉，也会让观众不断地期待下一部影片。情节的悬置不仅能在下一部影片上映时维持住观众的黏性，还能提高系列电影之间的关联度，并在系列电影中回应上一部电影设下的悬念，满足观众心中的期待。

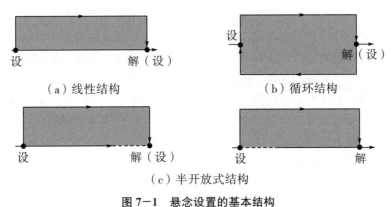

（a）线性结构　　　　（b）循环结构

（c）半开放式结构

**图 7-1　悬念设置的基本结构**

## （二）未知悬念与未来悬念

未知悬念与未来悬念都是悬念设置中的重要环节。哲学家苏珊·郎格曾说："戏剧是未来时态，它总是通过回顾，暗示着未来。所以，未知悬念与未来悬念，像一个摆动于过去与未来之间的钟摆，它通过'未知'的隐秘，指向未来的隐忧。"未知悬念和未来悬念一体双面，二者常常同时出现，或同时作用于文本和电影。具体表现为：未知悬念是未知的条件信息，是观众暂时未知的人物前史、行为动机、事件起因等。而未来悬念则指向尚未发生，但观众希望知道的人物结局、事件结局等。当观众对未知悬念产生好奇的时，自然也会对未来悬念产生好奇。人物的形象总是在事件的发展中不断丰满，人物/事件的转变往往也是通过各种障碍或者契机，进行转变，并为最终的结局埋下线索。

不同于一般的开场，设置未知悬念的开头会更有戏剧性和可看性。电影《李米的猜想》（2008）一开场就是李米坐在出租车驾驶室内抽烟，口中念念有词道："9，38，52，69，80，83，103，193……"随后，几段李米对数字的推理，让观众感到非常困惑，也让影片充满悬念。这种未知悬念的铺垫继而形成全篇的悬念。与影片名称一致，出租车女司机李米的男友方文失踪了，深爱他的李米仅掌握方文寄信的时间，却没有其地址或其他联系方式。一路上，她对方文的猜想构成了影片的开头。这种开头，看似云里雾里，却暗暗留下了线索，不断吸引着观众的好奇心和探求欲。此外，《烈日灼心》（2015）和《血观音》（2017）等影片，也都采用了评说式的开头来设置未知悬念，一如前文提及的"评书式"话术。

其中，《烈日灼心》（2015）中的故事得从一起五口人的灭门惨案讲起。

> 案发别墅
> 黑屏淡入。一声惊堂木。
> 别墅外中年男女横尸在地，鲜血淋漓。
> 起画外音：一人一台戏，盘古开天地。列为，话说七年前，福建的西陇发生了一宗灭门大案，被杀的是一家五口人，父母，外公，外婆，还有个女孩。

开场，影片给出了模糊的犯罪现场和画外音，采用评说式的开头，配合剧本场景的切换，营造出了一种后世对案件的审判感。接着，第二场戏是辛小丰、杨自道、陈比绝三人与另一同伴逃跑的画面，让观众自然地将灭门惨案与三人联系起来，从而引发观众对人物动机和作案手法等的好奇。值得注意的是，剧本中凶杀案的真凶除辛小丰外，还有一个人。兄弟三人认为是自己杀死了真凶并抛尸，才承担下了灭门案的凶手罪名。因此，评说这一叙事形式本身就是以事件发生后民间收集到的各类资料、后人评说的各类信息串联起来的伪上帝视角。

而从设置未来悬念到揭示悬念的过程中，故事情节势必要几经反转，时时刻刻调动观众的兴趣。《心迷宫》（2015）与《暴裂无声》（2018）都运用了未来悬念来制造冲突。其中，《心迷宫》（2015）中最大的谜团是村民对焦尸身份的认定（如表7-1），以及村中各个人物角色的秘密关系和利益勾结（如图7-2），每个人物在导演的设计下都携带着巨大的悬念。影片开始，导演就用了几个片段展现了村长肖卫国和儿子肖宗耀之间生硬的关系，又在一个农村酒席场景中，通过人物对话展现出主要人物之间的复杂关系。村民宝山扬言要黄欢一命抵一命，宝山和大壮都对丽琴有好感……村中人际关系复杂，也为事情的发展提供了更多的可能性。编剧对于人性的把控很有自己的见解，借用悬疑题材来展现揭露人性丑恶的一面，让全知视角和有限视角反复穿插，并在不同线索之下，持续地误导观众，让情节多次反转，不断强化最终的未来悬念。

表7-1　《心迷宫》中的被害人所属认定

| 序号 | 被害人被认定为 | 凶手被认定为 | 原因 |
|---|---|---|---|
| 1 | 白虎 | / | 宗耀和黄欢的事情被白虎撞破,宗耀不小心杀掉白虎。 |
| 2 | 非白虎,是黄欢 | 王宝山 | 大壮晚上看到宝山尾随黄欢,且王宝山曾经扬言要黄欢一命抵一命,并在小卖部购买了烟和打火机。 |
| 3 | 非白虎,是陈自立 | / | 从被害人身上找到了陈自立的身份证。 |
| 4 | 非陈自立 | / | 警察找到陈自立的尸体,并让丽琴前去辨认。 |
| 5 | 非白虎,是"白虎" | / | 白虎欠下高额债务被威胁,哥嫂借焦尸冒充白虎。 |
| 6 | 非白虎 | / | 不是白虎,不能入祖坟,抛尸荒野。 |

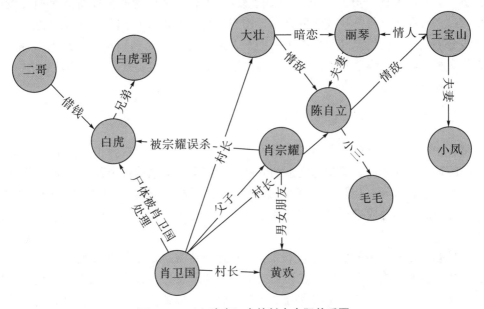

图7-2　《心迷宫》中的村中人际关系图

除了通过情节设置带来的悬念之外,电影还可以通过改变叙事结构,从人物、语言、视觉等方面设置悬念。《记忆碎片》(2000)中,剧本的不同场景用彩色和黑白进行区分,将过去的时空和未来的时空相叠,形成一种对过去事件不断回忆的效果,并在最后逐步揭示出事件的真相。不同时间线穿插与人类回忆的生理特征相符合,大部分人的回忆并不是按照时间顺序进行的,它往往是碎片的、模糊的,可能因为某些情景和物件联想到某段回忆,也可能因为别人的一句话被拉回现实。对此,《记忆碎片》(2000)采用了相似但更为极致的表现方式。由于主角自身的记忆错乱症状,他所处的时空并不是线性的,而是断裂、重组的,他需要从一团模糊、散乱的记忆中,找到妻子被杀的真相,于是碎片式地开始了揭开整个悬念的过程。

1. 序幕,段落。(彩色)凶案现场的拍立得相片逐渐褪色,子弹从受害人头上飞回枪管里，血液逆流回身体。

2. 段落。（黑白）莱纳从酒店醒来，推断其所处的时空和信息。

3. 段落。（彩色）莱纳在酒店前台询问拍立得上的泰迪是谁，转头遇到来找他的泰迪，泰迪想捉弄莱纳，却被莱纳用拍立得照片识破，两人驱车前往废弃工厂，莱纳通过拍立得上的字样，找到泰迪，并打伤了他，要求泰迪向莱纳老婆赔罪。

4. 段落。（黑白）莱纳通过自己身上文身以及拍立得的字样找寻信息。

5. 段落。（彩色）莱纳在泰迪的拍立得后面写"不要相信他，他是凶手，杀掉他"并在枪里装好子弹，下楼询问前台泰迪的线索，并告诉前台自己记忆的问题。

在《记忆碎片》的剧本中，剧本前半段给出了很多线索，但这些线索都是分散且模糊的，有些甚至是错位的。不过，全部线索都指向案件的真相，观众可以通过彩色片段的叙事，展开对人物前史的猜测（未知悬念），或对未来悬念产生期待。黑白片段中，主角通过文身和拍立得查找线索的方式，构想事件未来的发展路径（未来悬念）。两条叙事线分别从影片的终点和起点向中间汇集，最终将会如何到达这个"终点"，即妻子被害的真相，以及在谋杀泰迪之后，莱纳命运的走向，都始终让观众集中注意力（未来悬念与未知悬念并行）。

### （三）总悬念与分悬念

影片中最大的悬念就是总悬念，是人物的总目标和根本动机，也是自始至终悬在观众心中的最大疑问。而在总悬念之下的分悬念，则是总悬念的各个部分，每个分悬念之间相互呼应，通常具有相似性，或呈因果递进的结构。此外，根据悬念在剧本中的作用，也可对悬念的性质进行简单归纳和分类，主要为普遍性、灵活性、解谜性、暗示性四类。

总悬念与分悬念的关系，类似于文本中的总分结构。影片中的总悬念和分悬念也构成总叙和分叙的结构关系。如果迁移到文本的框架，总悬念和分悬念的关系则更像是一篇行文规范的议论文中的总论点和分论点。总悬念可以通过各部分的分悬念逐步展开，而分悬念又一步步指向影片的总悬念。不同的是，总悬念和分悬念能够扩展进系列作品。例如，《复仇者联盟》系列电影的核心内容是：超能力者逐渐成长并最终拯救世界。在这个内核的引导下，该系列中的每一部电影都是美式英雄世界观的一部分，在角色安排、情节构架和画面风格等方面高度统一。相似的作品还有《哈利·波特》系列、《指环王》系列等。

（1）悬念设置的普遍性。不论哪种类型的影片，我们都能从中找到悬念的痕迹。在由长镜头组成的纪录片里，存在将故事线索暂时悬置，以引起观众兴趣的剪辑手法；而在24小时固定机位的长镜头影像中，也存在通过强调下一秒未知情节来吸引观众注意力的录制方式。

（2）悬念设置的灵活性。悬念的存在方式是多种多样的，有时精彩的画面就引发悬念，吸引观众，如特效、3D、美景等视觉效果。悬念并非只存在于影片的开端，它还可以存在于电影的构架脉络之中。在影片高潮来临之际，人物的行动和意愿有时都是悬念。

（3）悬念设置的解谜性。悬念的"设"与"解"就是解谜的过程，可以刺激观众对结局的猜测，引起观众的观影兴趣。《禁闭岛》（2010）中，"不存在"的 67 号病人与主人公之间的关系被反复强化，让我们跟随主人公的视角寻找犯人的线索，最终被泰迪道破——主人公和 67 号病人的名字是回文构词法，他们其实是同一个人。相似的影片还有《无人生还》（1939）、《罗杰疑案》（2002）等。

（4）悬念设置的暗示性。在某些情节里，悬念的设置并不明显。这种悬念会作用于观众的潜意识，在影片的声音、画面、动作、环境、服化道等信息中，植入不和谐的部分，以此暗示情节发展的不同线索。例如，根据同名小说改编的史诗电影《赎罪》（2007）中，小布里奥妮的行动中总是伴随着打字机敲击的声音，以此暗示整个电影都是老布里奥妮的小说。此处，突兀的打字音效是一种隐蔽的悬念。再如，获第 19 届北京大学生电影节最佳影片奖的《Hello! 树先生》（2011）也通过人物的前后反差，隐喻男主人公个人愿望在现实世界中的投射，并暗指后半段可能存在精神幻想或梦境。此时，前后反差的人物性格也是一种隐蔽的悬念。

### （四）大悬念与小悬念

大悬念又称结构性悬念，是指构建起整个剧本框架的悬念。小悬念又称兴奋性悬念，是指围绕大悬念展开的隐性或显性、直接或间接的各类悬念。在创作中，编剧除了要始终坚定大悬念对情节走向的主导性，还要设置不同的小悬念，使其发挥铺垫故事情节、烘托人物形象、提高读者兴趣等作用。

电影《暴裂无声》（2018）的开场画面以小孩、原野、羊群、车辆、水杯、石头等日常意象昭示着某种异常。正在打架的张保民被矿友告知自己的儿子磊子丢了，于是寻找儿子就成了全片的大悬念。而小悬念则围绕着大悬念展开：老丁羊肉馆老板杀羊；张保民曾因赔偿金的事，不慎把羊肉店老板的眼睛戳瞎；羊肉店里传来孩子的哭声，保民冲进去，发现一个戴着奥特曼面具的孩子，可摘下面具后，却发现是别人家的孩子。以上小悬念层层递进，不断加深剧情的悬疑感，并最终将观众的注意力引至大悬念。

（1）单一悬念剧本。某些影片中只设置一个悬念，这种情况就是所谓的单一悬念剧本。该类剧本的篇幅通常较小，更适合视频博客、广告片、微电影等。陈可辛导演的《三分钟》（2018）就是一部单一悬念的小短片。

（2）层层递进的小悬念。小悬念能起到强化和维系大悬念的作用。科幻电影《源代码》（2011）在特殊的设定和技术支持下，通过对时空的抽象化表达，营造出了弱化现实的梦幻时空。而在《盗梦空间》中，主人公一步步深入梦境，又一次次从中醒来。小悬念的递进让大悬念不断强化，不断加深观众对主人公命运的关注。

（3）隐形的小悬念。在设置上，隐形的小悬念往往起到愚弄或者暗示观众的作用。将本应该引发观众思考的地方通过场景、对话等方式隐藏起来，使观众落入思维惯性。《彗星来的那一夜》（2013）中，编剧通过停电的方式为平行时空的切换找好理由，将变化隐藏起来；而《爱的成人式》（2015）中，女主角将两任男友都称为"TA 君"，通过现男友那句"与她的相遇，简直像磁带从 A 面翻到了 B 面，我开始了一段全新的人生"

产生的误导，让观众自然地将后文前男友的情节套入现男友的未来故事之中，从而落入编剧的圈套。

此外，我们常常在电影中看到与总悬念异曲同工的谜题。在这种情况下，小悬念并不能直接推动剧情，或揭开大悬念，但能给出一定的暗示或线索。《致命魔术》（2006）的开头是两场魔术表演。罗伯特·安杰在表演隔笼取鸟时，点出魔术的三个步骤："以虚代实""偷天换日"和"化腐朽为神奇"。这个魔术与最后揭开兄弟二人共用同一身份，完成从监狱瞬移的"魔术"有异曲同工之妙。

大悬念与小悬念、总悬念与分悬念的关联及区别见表 7-2。

表 7-2　大悬念与小悬念、总悬念与分悬念的关系表

| 类别 | 关联 | 区别 |
|---|---|---|
| 大悬念与小悬念 | 在一部片子内大悬念与总悬念的意思一致。小悬念与分悬念都指向大悬念，或总悬念。 | 1. 总悬念与分悬念构成总分关系；而大悬念与小悬念并不一定构成总分关系。<br>2. 总悬念与分悬念不仅是一部影片的总分结构，还可能是一系列片子的总分结构；大悬念和小悬念的概念只存在于一部影片内。<br>3. 在同一部影片中，小悬念的含义包含分悬念。 |
| 总悬念与分悬念 | | |

## 二、悬念的"设"与"解"："三 S"原则

好莱坞曾对悬念的设置提出的"三 S"原则：悬置（suspense）、惊奇（surprise）、满足（satisfaction）。三者分别对应叙事结构中的开端、发展和高潮。悬置作用于文本开端，通过悬置最大的悬念，引导观众持续聚焦叙事进程。在情节发展中，不断注入反转与惊奇元素，令观众不至于丧失兴趣。继而，惊奇打破观众对叙事的预期，以出其不意的转折增强戏剧张力。最终，在结局处达成满足消除观众之前的心理悬念状态，形成一个完成的故事。

### （一）悬置

从狭义上来说，悬置是在开端处将文本的大悬念悬置起来；而从广义上说，悬置对文本小悬念的"设"与"解"也可以达到很好的效果。悬置就是将情节中断，转而去开启其他情节，或只展现一件事中的一部分，并在即将揭开事件全貌时，插入或者另起一个情节，将原本的叙事节奏打断，从而达到让观众持续关心该事件的目的。

在电影《搏击俱乐部》（1999）中，最终炸弹即将爆炸，但是主角杰克在和他的另一个人格争斗，期间还插入了女友被绑架的情节，将紧急的爆炸悬置了起来。此外，在悬置的过程中，编剧也常常会采用"抑制"和"拖延"的技巧，如在主线剧情中穿插副线剧情等。

### （二）惊奇

希区柯克的"炸弹理论"提到，如果桌下隐藏的炸弹在几个人闲聊时突然爆炸，只

是会给观众造成短暂的惊吓。这种突发的视听冲击会引发观众心理层面的惊奇体验。可以说，不符合逻辑常规的剧情、反刻板印象的人物等都会给观众带来这类体验，如巨大的爆炸、突然的死亡、打破氛围的一通电话等。电影《闪灵》（1980）中，浴室突然出现老妇的诡异场景、妻子发现丈夫的文稿竟全篇复制等，均是通过打破叙事预期的惊悚画面给观众造成强烈的心理冲击。

### （三）满足

满足是指观众对影片的结局感到满意。一方面，它指影片解决了之前留下的悬念，让所有的谜团在结局得到了解释；另一方面，它指观众的心理预期被完全满足，很多影片喜欢在结局处呈现大团圆，让每个角色都获得自己应得的结局，以符合观众心目中的预期，使观众得到心理上的满足感。

## 第四节　希区柯克的"麦格芬"

"麦格芬（MacGuffin）"作为电影叙事的一种表现形式，特指一个本身并不存在，或无关紧要的客体。在《希区柯克与特吕弗对话录》中，导演通过经典比喻阐释其本质：当火车上的旅客用"阿迪朗达克山猎狮工具"来揭示虚构的包装时，这个被证伪的谎言恰恰揭示了"麦格芬"的虚空本质——其价值不在于实体存在，而在于激发叙事功能。

希区柯克在多部电影里实践这一概念：《擒凶记》（1956）里被截获的情报、《房客》（1927）里疑似连环杀手的神秘房客、《蝴蝶梦》（1940）里在庄园里留下痕迹和影子的前妻丽贝卡、《迷魂记》（1958）里被丈夫声称鬼魂附身的美丽妻子玛德琳。以上均是通过"缺席的存在"维系的悬念。这种手法在《后窗》（1954）中演化为虚实交织的谋杀疑云——观众与角色共同建构的犯罪想象，本质上正是驱动叙事的"麦格芬"。

《惊魂记》（1960）将这种虚实建构推向极致。贝茨太太始终以声音控制着影片的叙事，观众与诺曼一起陷入"暴虐母亲"的心理牢笼。但随着警察的深入调查，真相终于被揭开：贝茨太太只是阁楼上的一具尸体，她在多年前便已被儿子诺曼杀害。这个子虚乌有的贝茨太太就是故事里的"麦格芬"。希区柯克的另一悬疑代表作——《西北偏北》（1959）也生成了一个类似的"麦格芬"：男主角罗杰本来是一个普通的广告商，因为被错认成卡普兰，卷入了绑架和追杀事件。在逃亡过程中，罗杰结识了女主角伊娃，两人一同面对这场诡异的风波。整部影片都围绕着这个未曾出现过的卡普兰展开，罗杰冒着生命危险，寻找卡普兰的秘密。但是直到最后，他才发现卡普兰根本不存在，他只是为了掩护潜伏的伊娃小姐编造出来的角色。希区柯克本人对《西北偏北》中"麦格芬"的运用十分满意，他评价道："我最好的'麦格芬'手法——所谓最好的，我的意思是说最空灵的，最不存在的，最微不足道的——就是《西北偏北》中的那一个。"他将"麦格芬"的表现形式塑造成了一个真正虚拟的人物，也就是"麦格芬"最纯粹的表述形式：什么也没有。

如今，"麦格芬"被运用在了很多电影里，如《荒蛮故事》（2014）、《低俗小说》（1994）、《拯救大兵瑞恩》（1998）等。在这些影片里，"麦格芬"的运用并不是为了让观众将全部注意力放在"麦格芬"上，而仅仅是一种更好地推进故事发展的表现形式。

## 练习与习题

1. 举出其他电影中运用"麦格芬"的例子。

2. 举出某一电影中你印象最深的悬念使用案例。

3. 梳理出你正在构思的剧本中的大悬念，围绕大悬念至少设置三个与之密切相关的小悬念。

4. 任选一个微电影剧本，划分剧本的主题结构、人物悬念结构。

## 本章节学习参考电影

1. 电影

《盗梦空间》（2010）

《心迷宫》（2015）

《记忆碎片》（2000）

《七宗罪》（1995）

《致命魔术》（2006）

《Hello！树先生》（2011）

《搏击俱乐部》（1999）

《惊魂记》（1960）

《后窗》（1954）

2. 短片

《梦骑士》（2011）

《宵禁》（2012）

《三分钟》（2018）

# 第八章 编剧思维与艺术风格

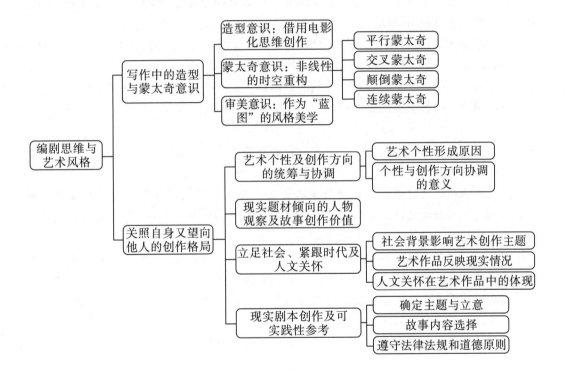

## 第一节 写作中的造型与蒙太奇意识

### 一、造型意识：借用电影化思维创作

为便于拍摄，编剧应带着造型意识进行创作。普多夫金曾说："电影编剧必须锻炼自己的想象力，必须养成这样一种习惯，使他所想到的任何东西，都能像表现在银幕上的那一系列形象那样地浮现在他的脑海。"这种习惯能够培养编剧将想象的内容转化成剧本的能力。换言之，编剧要想最终呈现的视听效果符合自己的预期，就要在剧本创作中带入造型意识和视听思维。

电影造型元素包括形状、光影、色彩、构图、蒙太奇等。通过它们，影片可以塑造出人物和环境的特质，使观众对影片的理解更加具体、深刻。此外，它们在画面中的变化还能塑造观众的视觉逻辑，使观众的心理活动随视觉变化而变化，从而更好地渲染氛围、调动情绪，或突出强调画面中的某一部分。以电影《魂断蓝桥》（1940）为例。

> 桥上，一长队军用汽车亮着车灯，轰轰隆隆地向桥头驶来。玛拉转过头去，望着驶来的军用卡车。
>
> 车队从远处驶近，玛拉迎着车队走去。车队在行驶，黄色车灯在浓雾中闪烁（色彩）。玛拉继续迎着车队走。车队飞速行进，玛拉迎面走去。车队轰鸣，越来越近，玛拉迎着车队走，越来越近。
>
> 玛拉平静地向前移动，汽车灯光在她脸上照耀（光线）。玛拉的脸，平静，无表情的眼神。巨大的刹车闸轮声，金属相磨的尖厉声。车戛然停止，人声惊呼。人们从四面八方向有红十字标记的卡车涌去，顿时围成一个几层人重叠的圈子。[镜头推近]人群纷乱的脚。
>
> 地上，散乱的小手提包，一只象牙雕刻的"吉祥符"。

这段文字充分调动了造型语言，给出了光影和色彩，营造出了越来越快的节奏和紧张的氛围，如"黄色车灯在浓雾中闪烁""车灯在她脸上照耀"。画面之外，编剧采用了声画同步的方式，使用了与画面吻合的声音描写，来强调卡车紧急刹车的画面内容如"巨大的刹车闸轮声、金属相磨的尖厉声"。可见，编剧在创作剧本时，可通过使用造型语言对画面和场景进行细节刻画。以电影《夜宴》（2006）为例。

> **先帝寝宫**
>
> 黑暗之中，厚重的门声隆隆响起，灯光从缓缓开启的雕着蟠龙的大门照进来，映出寝宫内床榻、器具的模糊视像，床旁边一幅黑甲在灯光映照下泛着金属的光泽。（色彩和光影）

女人拖长的身影从门外斜入，影子延伸到盔甲前，又从盔甲的靴子一直爬到镶嵌着面具的头盔上。（光影）镜头长时间聚焦在笼罩在影子里的面具上。

女人冷漠的画外音："你撑不起它！"头盔上的面具被一双手托起，露出一个男人苍白的面孔。

这段文字对光影的运用较多。开场，灯光从门外照进室内，打破了黑暗的银幕。随后，被照亮的范围逐渐扩大，故事的环境也逐渐清晰。文中，"寝宫内床榻、器具的模糊视像"与"黑甲在灯光映照下泛着金属的光泽"这两句，通过"金属"这一色彩描述与床榻和器具的模糊视像形成对比，在画面中突出了黑甲的存在。此外，"女人拖长的身影从门外斜入，影子延伸到盔甲前，又从盔甲的靴子一直爬到镶嵌着面具的头盔上"这一句，通过光影来引导观众视线，将画面的重心和观众的注意力都转移到盔甲上，为人物接下来围绕黑甲展开的对话做好了铺垫。苏联电影编剧格里戈里耶夫说："当我写作电影剧本的时候，在我的眼前就出现了一个小小的银幕。"这就是带着电影思维创作剧本时的状态。与剧本不同，小说偏向于使用描述性语言引发读者想象。以下是电影《妖猫传》的小说原著《沙门空海之大唐鬼宴》的节选。

那天下午，云樵的妻子坐在看得见庭院夹竹桃的厢房里，正吃着木盘上的瓜果。女佣端上来的是哈密瓜。整颗哈密瓜对切成两半，再将每一半切成三片，她正品尝着这些哈密瓜。这时，有只黑猫，慢条斯理地从庭院走了过来。那是只长毛大猫。它走到盛着哈密瓜的木盘前坐了下来，用碧绿瞳孔仰望着云樵的妻子。

"喂，看起来很好吃喔。"猫如此说。

突然来了只会说话的猫，把云樵的妻子吓一大跳。她把含在口中的哈密瓜囫囵吞下，环视四周。四下无人。再把视线落在猫身上。

"是俺在说话啦。"大猫说。

似乎没错。果然就是猫在说话。这下子，云樵的妻子猛盯着猫端详。那只猫张开红色大嘴巴，蠕动舌头近在眼前。

她虽然还不至于吓得呆若木鸡，却也讲不出话来了。它真的在说人话。可能是猫舌头长度、下巴构造和人类不同吧！发音和人有些不一样，但它所说的无疑是人话。

这一段大量使用了描述性语言来刻画人物的动作和性格，具有较强的趣味性，但没有过多使用光影、色彩等元素对画面细节进行刻画，因此文字的造型力较弱。

## 二、蒙太奇意识：非线性的时空重构

蒙太奇在法语中意为"组装"或"剪辑"，是一种通过剪辑手法将不同镜头、场景拼接起来，以创造特定的情感、节奏和意义的技术，由苏联电影理论家列夫·库里肖夫和谢尔盖·爱森斯坦在20世纪20年代提出并发展。

镜头是影片中的最小单位——若干镜头构成场面，若干场面组成段落，若干段落组成影片。创作时，编剧可以利用蒙太奇，完成非线性叙事的剧本。传统叙事结构遵循"开端—发展—高潮—结局"的逻辑顺序，通常由单一线索引导故事情节发展。而非传统叙事的结构较为复杂，通常不遵循线性逻辑，具有不连贯性、片段性等特点。以电影《疯狂的石头》（2006）为例，影片叙事结构由三条主线构成：第一条为以道哥为首，黑皮、小军组成的小贼；第二条为以包世宏为首的保卫科；第三条为冯总派来的国际大盗麦克。三条主线以意外发现的珍贵翡翠为中心，围绕翡翠衍生出了一系列精彩的故事。

蒙太奇是非传统叙事影片常用的剪辑技术，大致可分为两类：叙事性蒙太奇和表现性蒙太奇。前者主要用于改变叙事节奏和交代故事情节；后者主要用于渲染氛围和加强情绪感染力。这里，我们主要介绍叙事性蒙太奇在非传统叙事中常见的几类运用。

（1）平行蒙太奇。它通常用于不同时空，或同一时间不同空间发生的两条或两条以上情节线的并列表达。电影《罗拉快跑》（1998）中，罗拉奔跑的同时，她的父亲正在银行被情人逼迫离婚，这就是两条在同一时间不同空间并行的情节线。

（2）交叉蒙太奇。它通常用于同一时间不同空间发生的两条或多条情节线，通过交替剪辑，将情节拼接在一起。与平行蒙太奇不同，交叉蒙太奇其中一条线索的发展往往影响其他线索，各条线索相互依存，最终汇集成影片的主题。电影《完美的世界》（1993）讲述了两名罪犯——布奇和同伙在万圣节凌晨逃出监狱，劫持了8岁的菲利普和一辆汽车，在警探和犯罪专家的追捕下向边境逃亡的故事。影片由两条主要线索组成，一条为布奇的逃亡视角，另一条为警探和犯罪专家的追捕视角，大量运用了交叉蒙太奇，令同一时间不同空间下的两条线交替进行，在推动情节发展的同时，营造了双方矛盾冲突的激烈氛围，有利于引导观众情绪，使其将注意力集中在故事情节上。

（3）颠倒蒙太奇。这是一种打乱结构的蒙太奇类型，表现为时间概念上"过去"与"现在"的重新组合。它通常先展现故事的或事件的当前状态，再介绍故事的始末。电影《泰坦尼克号》（1997）先以"泰坦尼克号"的遗迹在海底被发现为线索，拉开故事的帷幕；再以船舱墙壁上的画引出女主人公露丝；最后经由露丝的回忆和讲述将时空从"现在"跳转到"过去"。

（4）连续蒙太奇。与平行蒙太奇、交叉蒙太奇不同，连续蒙太奇往往沿着一条单一的线索，按逻辑顺序，完成有节奏的连续性叙事。电影《罗拉快跑》（1998）中，罗拉在街上奔跑遇到的每一个人，导演都会按事件发生的时间顺序，用连续的定格镜头交代出他们以后的命运。

学会使用蒙太奇来构筑剧本，不仅能使剧本更便于拍摄，还能更精准、全面地表达出编剧的所思所想。因此，在创作时，我们可以在剧本中明确标注场景切换，或分割对话和视觉等方式预设蒙太奇。

## 三、审美意识：作为"蓝图"的风格美学

风格，指艺术作品在整体上呈现的具有代表性的面貌。风格不同于一般的艺术特色，它通过艺术品所表现出来的相对稳定的、内在的特点，能反映时代、民族或艺术家

的思想、审美等内在特性。其本质是艺术家对审美的独特表现，具有无限的丰富性。在主观上，艺术家由于各自的生活经历、思想观念、艺术素养、情感倾向、个性特征、审美理想的不同，必然会在艺术创作中自觉或不自觉地形成区别于其他艺术家的、具有相对稳定性和显著特征的创作个性。艺术风格就是这种个性的自然流露和具体表现。①

审美能力是个体从事艺术活动所必需的，而提高审美能力对于创造优秀作品具有重要的基础性作用。审美能力需要审美知识作为根基，正确地理解和分析艺术作品也需要审美知识作为支撑。缺乏相应的知识就难以感受美，更不可能创造出动人的剧本。审美能力的养成不是简单的记忆，而是在具备审美知识的前提下，通过不断的审美活动来提高的。这个过程必然需要大量的实践经验，并遵循循序渐进、厚积薄发的规律。

我们可以将电影的风格基本分为三类：现实主义、形式主义和古典主义。现实主义电影试图尽可能真实地呈现生活，通常会避免使用过多的艺术修饰，如特效或华丽的摄影技巧。这类电影往往关注社会问题和人物的日常生活，力求展现生活的本质与社会的真实面貌。其特点在于对现实素材进行最大程度的真实客观还原——现实是这类电影的原始素材，创作者在其中寻找可利用的材料，再通过艺术加工予以呈现。此类风格的电影剧情多改编自真实事件，创作者也更为关注影片的现实意义。

形式主义电影强调其作为艺术形式的审美价值，注重视觉风格和技术创新。这类电影往往会运用各种摄影技巧、剪辑手法和视觉效果来创造独特的艺术表达，而非单纯追求故事的真实性。其特点在于将精神变化与心理状态通过外在客观物象来呈现。形式主义创作者通常更强调技巧与表现手法，例如当主人公遭遇困境时，画面常以阴云密布甚至降雨天气来象征；而当角色走向成功时，则往往以晴空万里的场景进行对应。

古典主义电影可视为形式主义与现实主义的融合，形成两者间的平衡状态。它既包含对现实素材的利用与还原，又融入艺术技巧对素材的加工处理，使形式与内容相互支撑。这种风格既保持了内容的深度，又通过易于被大众接受的表现形式实现艺术传达。

## 第二节　关照自身又望向他人的创作格局

马克思主义哲学认为，实践是认识的来源，一切科学知识都是人们实践经验的总结，都源于实践活动的积累。艺术源于生活，艺术家的创作动因多源于对生活的实际感受与体验，他们将生活认知进行艺术加工后形成作品。因此，创作者对社会生活的观察与体悟在艺术创作中具有不可替代的重要性。

与此同时，艺术也会反作用于生活，这是艺术作为文化形态的能动性体现。艺术能够能动地反映生活，但创作者的意识与选择会使艺术作品对生活产生选择性反映。每个时代的艺术都承载着独特的时代印记。"文化作为一种精神力量，能够在人们认识世界、改造世界的过程中转化为物质力量，对社会发展产生深刻影响。这种影响既体现在个人的成长历程中，也显现在民族与国家的历史轨迹里。先进的、健康的文化对社会发展具

---

① 彭吉象.《艺术学概论》[M]. 北京：北京大学出版社，2006.

有显著促进作用；反动的、腐朽的文化则对社会进步形成严重阻碍。"优秀的艺术作品无论是处于社会动荡期还是稳定期，都能产生深远影响——或为迷茫者指引方向，或成为温暖人心的精神力量，或化身为观众自我观照、激励进步的明镜。编剧在创作时应深刻认知艺术的社会功能，始终铭记责任使命，弘扬真善美、传递正向价值观，秉持对社会负责的创作立场，从火热现实中汲取创作养分，增强深入生活、扎根人民的自觉性与主动性，通过实践淬炼，创作出真实全面反映社会生活、契合人民需求的艺术作品。

## 一、艺术个性及创作方向的统筹与协调

艺术个性指艺术家基于独特的生活经历、社会体验、思想观念、艺术素养、个性气质及社会文化背景等因素，在长期实践中形成的独特艺术特质，这种特质贯穿于创作过程与作品风格之中，呈现出区别于其他艺术家的独特性，本质上是艺术家审美意识与个性差异在艺术创作中的具象表现。值得注意的是，艺术家在创作中展现的艺术特色与创作个性，有时会与其创作方向产生矛盾，进而导致作品内部出现不协调性。

在创作方向层面，创作者需明确认知：绝大多数影视作品需要观众接纳，面向大众传播的特性必然要求兼顾大众审美趣味与市场需求。当个体的艺术理解、艺术坚持乃至独特审美取向与大众需求产生局部性冲突时，创作者便面临艺术个性与创作方向的双向抉择，需要协调二者关系。理想状态是既能保持艺术个性又能契合大众需求，但在实际创作中，往往存在因侧重创作方向而弱化个性表达的情况，更多时候两者处于相互调适的动态平衡。

部分受艺术个性深刻影响的创作者，往往更擅长特定类型的艺术创作。当他们突破擅长的创作领域尝试新类型时，极易遭遇创作理念与表达方式的适配困境。此时，创作者需精准辨析新旧创作类型的本质差异，警惕作品陷入"换壳不换核"的窠臼，仅改变外在形式而内核依旧沿袭固有模式。温子仁执导的《速度与激情7》（2015）以2.5亿美元制作成本斩获全球15.16亿美元票房，其执导的超级英雄电影《海王》（2018）更突破DC扩展宇宙固有模式，凭借独特视觉想象力创下11.48亿美元票房佳绩。克里斯托弗·诺兰的创作则跨越悬疑、科幻、传记及商业大片等多种类型，在平衡商业诉求与艺术追求方面堪称典范。他始终坚持在类型框架内进行创新突破，将个人风格深度融入不同题材，既保持类型电影的多样性，又确保每部作品均达到极高的艺术完成度。

## 二、现实题材倾向的人物观察及故事创作价值

现实主义作品通常具备三个核心特征：细节的真实性、形象的典型性、描写方式的客观性。这类作品通过对社会现实的真实摹写，运用具有历史纵深感的具体生活图景反映时代面貌。创作者在客观呈现现实素材的基础上，需对庞杂的生活素材进行艺术化筛选与提炼，进而深刻揭示社会运行的本质规律，使作者的价值取向自然融入对现实生活的精准刻画中。

《我不是药神》（2018）聚焦民生痛点，以"天价药"困境下的患者群体为叙事主

体，通过真实细腻的生存图景引发全社会广泛关注。影片不仅唤起病患群体的强烈共鸣，更直接推动立法机关修订药品管理法，实现抗癌药物价格调控与假药认定标准的科学化调整。

《烈火英雄》（2019）以消防职业群体为观察切口，通过对抢险救灾场景的震撼再现，在提升公众消防安全意识的同时深化了社会对消防职业的尊重。影片塑造的英雄群像既传递出震撼人心的奉献精神，也促使公众重新审视灾难防范体系。

这些优秀案例印证了现实主义创作的重要价值：当艺术作品扎根于时代土壤，以艺术真实映照社会真实时，往往能形成强大的现实干预力，有效推动社会进步。

## 三、立足社会、紧跟时代及人文关怀

不同时代背景为艺术创作提供的条件各异，受政治、经济、科技及社会环境等多重因素影响，产生的艺术作品亦呈现显著差异。14世纪，文艺复兴时期的欧洲正经历从封建制度向资本主义制度的转型，宽松的政治环境为艺术繁荣奠定了基础。政治稳定与逐渐开放的政治体制为艺术家提供了艺术创作的自由空间，促使欧洲艺术创作主题从宗教信仰转向人与自然，涌现出米开朗基罗的《大卫像》、拉斐尔的《雅典学院》等人文主义杰作，宗教性逐步被人文精神取代。第一次世界大战后，社会承受深重的物质损毁与精神创伤，催生出欧洲反战艺术思潮的勃兴。颠覆性思潮及理论的出现，既是艺术家对时代创伤的反思性回应，也印证了艺术源于生活并反哺生活的本质规律。

当今时代以经济全球化与信息技术高速发展为特征。中国正处于承前启后、继往开来的历史方位，在新征程中持续推进中国特色社会主义事业，致力于实现全体人民共同富裕。物质文明快速发展的背景下，精神文明亟待同步提升。优秀艺术作品应承载时代精神与人文价值。编剧创作时需立足当代社会现实，把握中国电影发展方向，紧扣人民群众精神需求，在融合中华优秀传统文化与现代生活元素的过程中彰显文明魅力，同时保持对现实问题的敏锐观照。

中共十七大报告首次明确提出："加强和改进思想政治工作，注重人文关怀和心理疏导。"人文关怀核心在于肯定人的主体价值，关注人的理性思维与精神需求，致力于实现人的全面发展。电影《我不是药神》（2018）改编自真实事件，聚焦高价药困境中的弱势群体，通过艺术呈现引发社会关注，切实回应特定群体的生存诉求，体现了艺术创作对社会现实的深切关怀。

"我和我的"系列电影是践行人文关怀的典范之作。2019年，适逢中华人民共和国成立70周年，《我和我的祖国》择国庆档期上映，选取开国大典、首颗原子弹成功研制、女排夺冠、香港回归、北京奥运会、70周年阅兵及神舟十一号返回舱着陆等标志性事件，以出租车司机、科研人员等普通民众视角切入，将国家叙事与个体命运紧密交织。2020年，全面建成小康社会收官之际，《我和我的家乡》通过农村医保、精准扶贫、沙漠治理等五个新农村建设案例，生动诠释脱贫攻坚的伟大实践。2021年，"两个一百年"交汇节点，《我和我的父辈》以抗战精神、"两弹一星"精神、改革开放精神与科技创新精神为脉络，通过四段时空叙事展现民族精神谱系。该系列始终立足时代坐标，选择重大历史节点上映，通过基层干部、药酒销售员等小人物命运折射时代巨变，既展现个体与国家的命运共振，又满足群众渴望被看见、被认同的精神需求，实现了宏大叙事与人文关怀的有机统一。

## 四、现实剧本创作及可实践性参考

现实主义题材剧本与完全架空的虚构创作不同，其创作所受限制更为复杂，稍有不慎便容易陷入模式化窠臼。

创作现实题材剧本之初，创作者须首先确立清晰立意，明确作品的核心主题。立意需在正确、鲜明且积极向上的基调上，力求实现新颖性与深刻性。合格的立意应既符合自然规律与社会发展规律，又能揭示生活本质；所谓深刻新颖，即要求在反映客观规律的基础上，进一步开掘事物蕴含的思想深度，为受众提供新的认知视角。优质的立意能为后续创作提供坚实根基与明确导向。

确立立意后，人物形象塑造成为关键环节。本书人物章节具体阐述了如何构建立体鲜活的人物形象。创作现实主义题材作品时，多数人物形象可在现实生活找到对应原型或近似参照。创作者需深入观察原型特质，经艺术提炼转化为人物特征。需特别注意的是，人物塑造应避免完美化倾向——现实世界中不存在完整个体，全然无缺的角色将丧失真实感，难以引发观众情感共鸣。主人公作为核心人物，其塑造尤需注重积极性导向。这个承载最多叙事篇幅的角色，应具备吸引观众的特质，通过情感共振引发观者心理波动。主人公的诉求与目标主导叙事走向，故其价值取向不能呈现消极倾向乃至反社会特质，更不可存在原则性错误。

创作过程中须始终立足社会现实，紧扣时代脉搏。需时刻铭记艺术作品的社会影响力，严格遵守道德准则与法律法规，杜绝篡改历史、美化毒品交易、宣扬拜金主义或传播迷信思想等违背公序良俗、阻碍社会进步的内容呈现。

### 练习与习题

1. 将 5 分钟顺叙剧本的时间线打乱重组，并指出蒙太奇的应用形式。

2. 选取同一类型下的两个不同电影剧本，找出两者在造型、风格和审美上的不同之处。

3. 选取一到两则社会新闻并将其改编为剧本，剧本需体现人文关怀。

4. 综合运用全书内容，完成剧本内容编写。

### 本章节学习参考电影

《魂断蓝桥》（1940）

《夜宴》（2006）

《妖猫传》（2017）

《疯狂的石头》（2006）

《完美的世界》（1993）

《泰坦尼克号》（1997）

《我不是药神》（2018）

《我和我的祖国》（2019）

《我和我的家乡》（2020）

《我和我的父辈》（2021）

《罗拉快跑》（1998）

# 参考文献

1. 专著

［1］大卫·波德维尔，克里斯汀·汤普森. 世界电影史［M］. 范倍，译. 北京：北京大学出版社，2014.

［2］张巍. 中国电影编剧史［M］. 北京：北京联合出版公司，2021.

［3］罗伯特·麦基. 故事：材质、结构、风格和银幕剧作的原理［M］. 周铁东，译. 天津：天津人民出版社，2014.

［4］迈克尔·拉毕格. 开发故事创意［M］. 胡晓钰，毕侃明，译. 北京：北京联合出版公司，2016.

［5］汪流. 电影编剧学（修订版）［M］. 北京：中国传媒大学出版社，2009.

［6］刘藩，马丛峰. 故事·产业·类型：电影编剧讲义［M］. 北京：中国电影出版社，2012.

［7］厉震林，濮波. 电影编剧九讲［M］. 北京：文化艺术出版社，2015.

［8］陆军. 编剧理论与技法［M］. 上海：上海人民出版社，2017.

［9］宋传. 故事的织体：电影编剧的操作系统［M］. 北京：九州出版社，2018.

［10］普多夫金. 论电影的编剧、导演和演员［M］. 何力，译. 北京：中国电影出版社，1980.

［11］布莱德·斯奈德. 救猫咪：电影编剧宝典［M］. 王旭锋，译. 杭州：杭州大学出版社，2011.

［12］杰弗里·诺维尔，史密斯. 世界电影史：第1卷［M］. 杨击，译. 上海：复旦大学出版社，2015.

［13］邵清风，李骏，俞洁，等. 视听语言（第2版）［M］. 北京：中国传媒大学出版社，2013.

［14］温迪·简汉森. 编剧：步步为营［M］. 郝哲，柳青，译. 北京：世界图书出版公司，2010.

［15］安德烈·戈德罗，弗朗索瓦·若斯特. 什么是电影叙事学［M］. 刘云舟，译. 北京：商务印书馆，2005.

［16］琳达·西格. 编剧点金术［M］. 曹怡平，译. 北京：北京联合出版公司，2015.

［17］胡亚敏. 叙事学［M］. 武汉：华中师范大学出版社，2004.

［18］亚里士多德，贺拉斯. 诗学 诗艺：诗艺［M］. 罗念生，杨周翰，译. 北京：人民文学出版社，1962.

[19] 杨健. 拉片子：电影电视编剧讲义 [M]. 北京：作家出版社，2007.

[20] 陈吉德. 影视编剧艺术 [M]. 北京：中国广播电视出版社，2006.

[21] 珍·格里桑迪. 故事情节设计——从生活中提炼创作的金点子 [M]. 张敬华，译. 北京：人民邮电出版社，2014

[22] 詹姆斯·斯科特·贝尔. 这样写出好故事 [M]. 苏雅薇，译. 长沙：湖南文艺出版社，2017.

[23] 拉约什·埃格里. 编剧的艺术 [M]. 高远，译. 北京：北京联合出版社，2013.

[24] 罗伯特·麦基. 人物：文本、舞台、银幕角色与卡司设计的艺术 [M]. 周铁东，译. 杭州：浙江文艺出版社，2022.

[25] 威廉·尹迪克. 编剧心理学 [M]. 井迎兆，译. 北京：北京联合出版社，2014.

[26] 悉德·菲尔德. 电影剧本写作基础 [M]. 钟大丰，鲍玉珩，译. 北京：世界图书出版公司，2012.

[27] 悉德·菲尔德. 电影编剧创作指南——悉德·菲尔德经典剧作教程2 [M]. 钟大丰，鲍玉珩，译. 北京：北京联合出版公司，2016.

[28] 张传开，章忠民. 弗洛伊德精神分析学述评 [M]. 南京：南京大学出版社，1987.

[29] 朱狄. 当代西方艺术哲学 [M]. 北京：人民出版社，1994.

[30] 范培松. 悬念的技巧 [M]. 广州：花城出版社，1988.

[31] 弗朗索瓦·特吕弗. 希区柯克与特吕弗对话录 [M]. 郑克鲁，译. 上海：上海人民出版社，2007.

[32] 马丁·艾思林. 戏剧剖析 [M]. 罗婉华，译. 北京：中国戏剧出版社，1981.

[33] 彭吉象. 影视美学（修订版）[M]. 北京：北京大学出版社，2009.

[34] 杰拉德·普林斯. 故事的语法 [M]. 徐强，译. 北京：中国人民大学出版社，2015.

[35] 夏征农. 《辞海》：1999年版缩印本 [M]. 上海：上海辞书出版社，2000.

2. 报纸期刊

[1] 尹鸿. 创造主流价值与主流受众的最大共识——从主旋律到新主流影视的发展 [N]. 中国艺术报，2022-12-12（003）.

[2] 戴清. 枝叶关情 人民心声——试析近年来优秀主题性电视剧创作的人民美学品格 [J]. 中国艺术报，2022-12-12（003）.

[3] 李跃森. 以人民立场刻写时代光影——关于近年来视听艺术创作的思考 [J]. 中国艺术报，2022-12-13.

[4] 高峰. 谈编剧在创作中环境要素的思维特性 [J]. 文艺荟萃. 2014（3）：141.

[5] 蔡兴水. 现代电影编剧理论的奠基人——悉德·菲尔德论 [J]. 上海大学学报（社会科学版），2017，34（5）：20-29.

[6] 戴琪. 电影环形结构的误区形式与界定 [J]. 影剧新作，2019（4）：72-77.

[7] 陆长河，邬可欣. 国际视域下儿童电影的多线平行叙事技巧 [J]. 电影文学，2021（20）：33-37.

[8] 黄文芬. 叙事视角、时空及结构的精妙布局——影片《盗梦空间》的叙事学解读 [J]. 西部广播电视, 2020 (2)：87-88.

[9] 黄灿. 电影叙述者的非人称性问题 [J]. 天津大学学报（社会科学版）, 2016, 18 (6)：553-557.

[10] 殷昭玖, 仲呈祥. 内聚焦视点叙事与观众主体性建构——以穿越剧为例 [J]. 当代电视, 2016 (11)：54-55.

[11] 孙东升. 从电影叙事学的角度分析《怦然心动》 [J]. 电影文学, 2014 (24)：110-111.

[12] 李永东. 论电影叙事的视点问题 [J]. 福建艺术, 1997 (6)：16-20.

[13] 李正奥.《看不见的客人》的多元叙事视点 [J]. 电影文学, 2019 (6)：73-76.

[14] 李显杰, 修倜. 叙述人·人称·视点——电影叙事中的主体策略 [J]. 电影艺术, 1996 (3)：60-68.

[15] 林黎胜. "视点镜头"电影叙事的立足点 [J]. 电影艺术, 1995 (2)：22-28.

[16] 封洪. 视点与电影叙事——一种叙事学理论的探讨 [J]. 当代电影, 1994 (5)：80-84.

[17] 赵世佳. 谈电影叙事中的人称 [J]. 电影文学, 2010, 525 (24)：9-10.

[18] 悉德·菲尔德, 鲍玉珩, 钟大丰. 电影剧本写作基础 [J]. 电影艺术, 2002, 000 (005)：123-127.

[19] 张弛. "小情节"电影及其人物塑造与价值观表达——近年来我国低成本文艺片的叙事分析 [J]. 电影新作, 2017 (2)：36-40.

[20] 唐子靓. 国产青春电影的小情节发展可能性探究 [J]. 齐齐哈尔师范高等专科学校学报, 2017 (1)：83-85.

[21] 杨旦修. 反情节：当代电影的一个叙事趋势 [J]. 文艺评论, 2009 (1)：45-48.

[22] 赵毅衡. 情节与反情节 叙述与未叙述 [J]. 华中师范大学学报（人文社会科学版）, 2014, 53 (6)：97-102.

[23] 宁稼雨. 从"AT分类法"到中国叙事文化学的故事类型分类——中国叙事文化学研究丛谈之五 [J]. 天中学刊, 2015, 30 (1)：18-21.

[24] 高年士. 论当代电影剧作的人物形象塑造 [J]. 艺海, 2000 (3)：36-40.

[25] 关薇. 网络文本中"人物弧光"技巧的运用——以《魔道祖师》魏无羡为例 [J]. 甘肃高师学报, 2018, 23 (01)：14-17.

[26] 郭兰婷, 张志群. 中学生抑郁情绪与童年经历、家庭和学校因素分析 [J]. 中国心理卫生杂志, 2003 (07)：458-461.

[27] 李攀江, 周梦涵. 新闻事件改编影片中的人物弧光创作分析——以《我不是药神》《达拉斯买家俱乐部》为例 [J]. 视听, 2020 (7)：113-114.

[28] 李永红. 影视作品中反派人物的艺术价值 [J]. 新闻研究导刊, 2020, 11 (8)：100-101.

[29] 王铮. 电视剧人物形象设计对人物性格的诠释 [J]. 当代电视, 2016 (12)：19-21.

［30］悉德·菲尔德，鲍玉珩，钟大丰.《电影剧本写作基础》（连载·4）［J］. 电影评介，2011（9）：1—6.

［31］悉德·菲尔德，鲍玉珩，钟大丰.《电影剧本写作基础》（连载·5）［J］. 电影评介，2011（10）：1—6.

［32］徐靖轩. 浅谈影视剧中正反角色的塑造——以电影《"大"人物》为例［J］. 卫星电视与宽带多媒体，2019，484（3）：61—62.

［33］薛尧. 解读皮克斯动画电影《料理鼠王》的经典故事模式［J］. 中国民族博览，2018（3）：234—236.

［34］余昌谷. 在多层次的掘进中深化人物性格［J］. 安庆师院学报（社会科学版），1983（2）：54—60.

［35］赵光慧. 叙事作品人物文化身份的多重性探析——从安娜·卡列尼娜的性格与文化身份的关系谈起［J］. 外国文学研究，2005（3）：122—125+174.

［36］冷欣，熊荣.《烈日灼心》：国产犯罪电影的美学剖析［J］. 电影文学，2018（16）：3.

［37］周宝东. 希区柯克电影叙事中的"麦格芬"［J］. 世界文化，2019（9）：3.

［38］冯陶. 从故事创作层面谈电影叙事中的悬念设置［J］. 美与时代：美学（下），2020（11）：3.

［39］李智贤，张维刚. 从《西北偏北》看希区柯克电影的悬念符号［J］. 电影评介，2014（20）：2.

［40］悉德·菲尔德，鲍玉珩，钟大丰. 电影剧本写作基础［J］. 电影艺术，2003（1）：124—127.

3. 学术论文

［1］吴小浩. 电影叙事之网状叙事的理论与实践［D］. 重庆：重庆大学，2019.

［2］于丽娜. 叙述位置与叙述立场［D］. 北京：中国艺术研究院，2005.

［3］韦世栋. 第一人称电影叙述者研究［D］. 兰州：兰州大学，2007.

［4］许栩. 电影叙事视角探究［D］. 昆明：云南艺术学院，2011.

［5］袁旭. 电影中的内聚焦叙事模式研究［D］. 上海：上海师范大学，2018.

［6］胡群英. 电影"画外音"类型与功能论［D］. 武汉：华中师范大学，2012.

［7］雷宇. 浅谈影视剧本中"人物弧光"的构建［D］. 西安：陕西师范大学，2021.

［8］刘子嫣. 论电影编剧创作技巧——"人物弧光"［D］. 长春：东北师范大学，2013.

［9］陈瑜. 电影悬念的叙事分析［D］. 上海：上海大学，2009.

4. 电子资源

［1］《红高粱》剧本片段［EB/OL］. 华语剧本网，（2019—3—27）［2023—11—8］. https：//m. juben. pro/writing/3—22040. html.

［2］《阳光小美女》剧本片段［EB/OL］. 华语剧本网，（2017—10—9）［2023—11—8］. https：//m. juben. pro/writing/10—14705. html.

［3］《心灵捕手》人物小传及梗概［EB—OL］. 银幕先声，（2019—9—4）［2023—11—

8]. https：//mp. weixin. qq. com/s/eXVuskgu7KvtiiKAU3tsHQ.

［4］《末路狂花》剧本片段［EB－OL］. 华语剧本网，（2017－10－8）［2023－11－8］.
https：//m. juben. pro/writing/10－14689. html. 2022.

［5］《我不是药神》剧本片段［EB－OL］. 华语剧本网，（2018－11－1）［2023－11－8］.
https：//m. juben. pro/writing/11－20041. html.

［6］《小丑》剧本片段［EB－OL］. 华语剧本网，（2019－11－7）［2023－11－8］.
https：//m. juben. pro/writing/11－25628. html.

［7］《教父》剧本片段［EB－OL］. 华语剧本网，（2016－9－2）［2023－11－8］. https：//
m. juben. pro/writing/9－12348. html.

［8］岳耀. 哲学的重建（第三部分：认知的发生）［EB－OL］. 知乎，（2020－10－
31）［2024－1－20］. https：//zhuanlan. zhihu. com/p/269967132?utm＿id=0. 2021.

# 附录 人物小传参考案例

1. 姓名：于祥吉

2. 性别：男

3. 年龄：41 岁

4. 身高：168cm

5. 血型：AB

6. 体重：73kg

7. 发型：三七分

8. 塌鼻子

9. 双眼皮

10. 职业：个体户，售卖机械加工零件

11. 年收入：15 万

12. 婚姻：已婚，妻子是黎丽

13. 生育情况：两个儿子，大儿子于文杰，小儿子于文彬

14. 一个哥哥

15. 父母健在，父亲于平，母亲张阿妹

16. 生日：1977 年 4 月 28 日

17. 教育程度：中专毕业

18. 语言：普通话、粤语

19. 所在城市：深城

20. 房产情况：有一套小产权房子

21. 居住楼层：3 楼

22. 家居面积：99 平方米

23. 装修风格：中式装修，木质沙发

24. 店铺位置：马路旁的商铺，楼上是出租房

25. 员工情况：两名员工

26. 店铺面积：30 平方米

27. 店铺营业时间：早上 9 点到晚上 8 点

28. 汽车型号：香槟色日产轩逸

29. 夏天衣服款式：Polo 衫，西裤

30. 冬天衣服款式：外棉服，内条纹衬衫＋毛衣，西裤

31. 最喜欢的鞋款：凉皮鞋、登山鞋

32. 钱包颜色：棕色

33. 最喜欢的肉：鸡肉、鸭肉

34. 最喜欢的蔬菜：白萝卜、芥菜

35. 最喜欢的啤酒品牌：珠江纯生

36. 最喜欢的白酒：百年糊涂

37. 最喜欢喝的茶：铁观音

38. 习惯去的饭馆：老江大排档

39. 早餐：白粥＋菜干

40. 习惯抽的烟：硬盒红双喜

41. 酒后行为：自夸，自大，好为人师

42. 作息规律：早上7点起床，12点前睡

43. 习惯的睡姿：平躺

44. 走路外八

45. 鞋码：42码

46. 爱好：斗地主

47. 好的朋友：啊喜、啊通、啊达、雨哥

**1～12 岁**

48. 出生地：南方小山村

49. 家庭条件：农民家庭，生活艰苦

50. 居住环境：瓦砖屋

51. 身材较瘦

52. 种植作物：水稻

53. 最喜欢的事情：自制孔明灯，偷别人家果树的果子

54. 每天要去放牛

55. 吃粥与蔬菜为主，只有过年过节才有鸡肉或猪肉吃

56. 家里除了肉以外，其他食物基本是自己种植加工

57. 上学年龄：8岁

58. 走路上学

59. 性格：稍微内向，不善言辞

60. 肤色：古铜色

61. 梦想：能每天都吃上肉

62. 闯过最大的祸：将家里的牛放不见了，最后在山沟里找到，牛摔死了，妈妈狠狠用藤条揍了他一顿

63. 胆小，怕鬼，不敢一个人晚上走山路

64. 受过最重的伤：踩到钉子，血流不止

65. 最羡慕的人：村里搞建筑的于铁，常常手里吊着一条猪肉

66. 最讨厌的人：村里大几岁的恶霸，经常给人取外号，打架

67. 最想要的东西：属于自己的自行车

68. 最有成就的事：小学运动会长跑获得第三名

69. 最喜欢的事情：到公社看电视，看《霍元甲》《陈真》

**12～17 岁**

70. 心态开始变化，有叛逆倾向

71. 经常和父母争论

72. 经常翘课

73. 会和伙伴上山取柴，换取微薄的零花钱

74. 经常到镇上听流行音乐的录音带

75. 最喜欢的歌：张雨生的《大海》

76. 房间贴满了小虎队、张国荣、Beyond 的海报

77. 学习香港明星的发型，中分

78. 偷偷把自己的裤子改成喇叭裤

79. 学大人抽烟，偷偷把家里的烟草拿来抽

80. 经常看镇上的露天电影

81. 偶尔和其他村的同龄人发生矛盾，然后变为群架

82. 最期待的事情：去城市看看

83. 初中到职业中学读书

84. 家里养了一只中华田园犬

85. 偶尔骑单车去遥远的集市

86. 学校植树节组织在山上种树

**17～25 岁**

87. 1994 年初中毕业

88. 1994 年夏天在哥哥介绍下到深城一家台湾人开的制衣厂打工，在工厂干了 2 年

89. 工作主要是流水线工作

90. 坐大巴两天一夜到达深城

91. 第一份工资：两百多元

92. 第一份工资大部分寄了回家，剩下的自己买了一套衣服

93. 打工期间省吃俭用

94. 1996 年到哥哥开的商铺打工

95. 工作内容为推销商品

96. 经常骑车到工厂推销

97. 偶尔难收到货款

98. 坐大巴搬东西的时候口袋里的钱和身份证都被小偷偷了

99. 偶尔会吃夜宵，买河粉自己炒

100. 偶尔和老乡去喝啤酒

101. 开始慢慢变肥

102. 在一次朋友的生日聚会上认识雨哥

103. 1997 年用自己的积蓄和向朋友亲戚借的钱开了一家分店

104. 买了一台爱立信手机，手机号开头 1390

105. 雨哥给了一些商业上的指点与帮助

106. 1999 年父母安排了 5 场相亲，都没有下文

107. 2000 年收回了开店成本

108. 和附近的工厂生意来往越来越密切

109. 时常和台湾商人外出吃饭洽谈

110. 店铺增加到 6 个员工

111. 媒人介绍黎丽

112. 2000 年与妻子黎丽结婚

113. 在家乡摆酒

114. 2001 年生下大儿子于文杰

115. 因为没有准生证被罚款

116. 附近类似的商铺变多，但是利润仍然可观

117. 2002 年买了第一辆车

118. 2002 年家乡新修的房子入住

**25～35 岁**

119. 2003 年次子于文彬出生

120. 次子出生超生，缴纳超生罚款

121. 2003 年和哥哥分家，在深城贷款买了房子

122. 店铺由于租约到期搬迁

123. 2004 年结识后生本生，并将他介绍入行

124. 将父母接来了城市

125. 雇保姆照料家务

126. 带长子去吃麦当劳

127. 母亲患糖尿病

128. 将两万块借给堂弟用以修建乡下楼房

129. 坐火车去上海参加了年度商会

130. 深城新家入住，在深城摆了十桌酒

131. 拍了一张全家福

132. 年底酒驾被抓，罚款后放人

133. 2005 年将长子送去读幼儿园

134. 买了一台电脑

135. 经常在附近新开的商场购物

136. 与工厂（健身爱好者）土谷结识

137. 因为喝酒以及不规律饮食导致慢性胃炎

138. 体重慢慢下降

139. 和哥哥以及同乡朋友一起去湖南旅游

140. 参加香港商人的生日聚会，认识了李威生
141. 2006 年过年没回乡下过年
142. 在商场春节抽奖抽到金猪存钱罐，并将这个存钱罐送给了于文彬
143. 一家自驾到广城旅游
144. 和李威生等人策划开厂
145. 将积蓄的绝大部分用以投资开厂
146. 2007 年工厂建成
147. 将次子送去幼儿园
148. 每天操劳于工厂，时常晚归家
149. 业务需要，换了一辆车，银色日产轩逸
150. 旧车卖给了机械修理工人沈百方
151. 捐钱给村里建设小学
152. 捐钱修缮村里祠堂
153. 和老乡因为商业纠纷而撕破脸
154. 2008 年 5 月汶川地震捐了工厂生产的衣服
155. 2008 年 8 月北京奥运会关注田径比赛
156. 2008 年 9 月金融危机影响，工厂资金吃紧，订单减少，业务不景气
157. 店铺货款难收，流动资金吃紧
158. 由于没有本地户口，托关系将长子送去私立学校读小学
159. 继续用积蓄和贷款维持工厂生计
160. 2009 年合作伙伴李威生卷款跑路
161. 工厂倒闭
162. 欠下银行 50 万债务
163. 工作重心转回店铺
164. 去参加长子家长会受到老师表扬
165. 妻子去医院结扎
166. 向向阳借了 10 万现金
167. 常常失眠
168. 瘦了 10 斤
169. 店铺有两名员工辞职
170. 经常和妻子吵架
171. 台湾商人登门借钱，但被拒绝
172. 又一次喝醉后进错家门发酒疯
173. 父母回到乡下生活
174. 2010 年次子上小学，将他送到和长子同一学校
175. 时常叮嘱自己儿子要好好读书
176. 因为长子成绩拔尖感到欣慰
177. 店铺收益相比以往下降

178. 经常去广场散步
179. 2011 年去接儿子偶然发现一家包子铺很好吃
180. 苦恼于次子学习成绩偏差
181. 给次子买了一个篮球
182. 经常去补自己的鞋子
183. 2012 年还清银行债务
184. 打算在乡下开餐馆，想法没能实现
185. 2013 年长子考上公立初中
186. 时常呵斥儿子没有完成作业
187. 夫妻关系缓和稳定
188. 做了堂弟的担保人去借款
189. 附近工厂搬迁了几家到隔壁城市
190. 店铺只剩两名员工
191. 将保姆辞退
192. 买了一套《十万个为什么》
193. 买了一缸老茶叶
194. 2014 年将自己的店铺面积减少了一半
195. 时常抱怨经济环境不好
196. 投资了食品贩卖机
197. 2015 年次子通过社会积分进入公立初中
198. 长子英语作文比赛获奖，买了一个动漫模型奖励
199. 2016 年常常和次子吵架
200. 长子考上重点高中

# 后　记

　　《电影编剧方法与实例》致力于引导读者实现从观影者到创作者的思维转换——在摄影机启动前，成为执笔为剑的幕后叙事者。

　　正所谓不积跬步，无以至千里。任何宏大文本皆始于基本单元的建构，正如剧本完成后启动的影视制作，必然始于首个镜头的构思与拍摄。本书将剧作理论视野依托于感性的创作实践，从拆解最小剧本单位入手，从"单一动作"与"独立场景"的基础形态展开解析，循序渐进地完成从故事讲述到剧本创作的跨越。这种教材建构逻辑恰似从构思单字、组词造句，到合成完整篇章的创作历程。

　　在视觉文化主导的时代语境中，我们倡导以创作者视角对周遭文本、事件、故事及现实展开人文观察与理性思辨。这种观察方式将伴随剧本学习与写作全程，要求创作者持续践行"观察—思考—提炼—升华"的闭环，始终带着创作自觉与人文关怀去捕捉"身边好故事"，以中国叙事视角去凝练"中国好故事"，透过社会与人性光谱去书写时代故事。这种实践路径是影视专业学生高效的专业训练方式，既能锤炼初生的剧作思维，又能在无形中积淀人文底蕴，深化专业志趣、滋养生活感知，最终升华为对艺术的赤诚追求。

　　《电影编剧方法与实例》教材的写作计划和出版构想一出，课程团队便即刻启动协同机制，展开历时数月的深度研讨。我们的团队中既有深耕剧本创作教学十余载的资深教师，也有持续以实践反哺教学的青年教师；既有跨专业引入宏观视野与多元思维的导师顾问，也有在理论与实践交融中探索创作路径的学子。我们共同耕耘"编剧人生"的知识田野，竭力为更多潜力种子提供生根、拔节、绽放、结果的生长沃土。

　　值此付梓之际，谨向成都大学中国-东盟艺术学院、影视与动画学院、影视艺术系的领导专家致以谢忱。感谢他们对教材建设的全方位支持，在课程思政层面的方向指引，以及为编校团队的专业护航。同时，致敬过往十六载修读《编剧理论与实践》《编剧基础》《编剧与叙事研究》课程的学子，他们投入的课堂实践与创作成果，构筑成本书珍贵的实证样本。愿这份从创作热忱走向学术深耕的成果结晶，能以实务指南、方法论体系、经典案例库的多重形态回归教学课堂，持续释放其多维的价值能量。

　　当这份凝聚多方心力的成果尚未真正开枝散叶时，所有积淀仍处于知识发酵与观念沉淀的阶段。而一本指南类著作的面世，恰似作者群将心血封存进"漂流瓶"任其启航的时刻——它将流向何处，经何人之手，于何时被翻开细品，都会延展为一个个崭新的故事。正如书中提到的那些故事，这个关于编剧的"元故事"也将在不同时空不断续写，永远精彩！